Karen
KINGSBURY
com Gary Smalley

Redenção

O INÍCIO DA SAGA DA FAMÍLIA BAXTER

Tradução
Valéria Lamim Delgado

PÓRTICO

Título original: *Redemption Series #1: Redemption*
Revisão: Gabriela Ghetti e Fernanda Pinto
Projeto Gráfico e Diagramação: Mauro C. Naxara
Capa: Adaptada do projeto gráfico original.
Fotografia da capa: © 2002 por Tyndale House Publishers, Inc.
Ilustração da capa: © 2002 por David Henderson.

Copyright da foto de Karen Kingsbury: © 2009 por dandansphotography.com.
Copyright da foto de Gary Smalley: © 2001 por Jim Lersch. Todos os direitos reservados.

Todas as citações das Escrituras, a menos se diferentemente indicado,
foram extraídas da Bíblia Sagrada: Nova Versão Internacional. NIV®.

Copyright © 2001, 2005 da Sociedade Bíblica Internacional.

CIP-BRASIL. CATALOGAÇÃO-NA-FONTE
SINDICATO NACIONAL DOS EDITORES DE LIVROS, RJ

K63r

Kingsbury, Karen
Redenção / Karen Kingsbury ; tradução Valéria Lamim
Delgado. - 1. ed. - São Paulo : Planeta, 2015.

Tradução de: Redemption

ISBN 978-85-422-0471-1

1. Ficção americana. I. Delgado, Valéria Lamim. II. Título.

15-19184. CDD: 813
CDU: 821.111(73)-3

Grafia atualizada segundo o Acordo Ortográfico da Língua Portuguesa de 1990, que entrou em vigor no Brasil em 2009.

2015
Todos os direitos desta edição reservados à
Editora Planeta do Brasil Ltda.
Rua Padre João Manoel, 100 | 21° andar
Edifício Horsa II | Cerqueira César | 01411-000 | São Paulo – SP
www.planetadelivros.com.br
atendimento@editoraplaneta.com.br

PARA NOSSAS FAMÍLIAS,
que sonham conosco, desafiam-nos e fazem-nos lembrar
todos os dias a realidade da redenção de Cristo.

E PARA NOSSO DEUS TODO-PODEROSO,
que, por ora, tem nos abençoado com estas coisas.

NOTA DOS AUTORES

A série *Redenção* começa em Bloomington, Indiana. Alguns dos pontos de referência – a Universidade de Indiana, por exemplo – são colocados precisamente em seus cenários reais. Outros edifícios, parques e estabelecimentos nada mais serão do que criações de nossa imaginação. Esperamos que aqueles de vocês que conhecem Bloomington e a área circunvizinha se divirtam ao distinguirem os dois.

CAPÍTULO 1

Do banco da frente de sua velha caminhonete, Dirk Bennett fitava o apartamento no prédio de três andares onde sua namorada morava. Dali mesmo, ele viu quando o vulto indistinto de duas pessoas se abraçaram – e assim permaneceram.

Passou-se um minuto, depois dois. Em seguida, as luzes do apartamento se apagaram. Os dedos de Dirk tremeram, e seu coração deu saltos no peito. Ele deu uma olhada no revólver, colocado no banco do carona, e estremeceu. O que estava acontecendo? Como, afinal de contas, havia chegado a tal situação? Ele era um bom rapaz, de uma boa família. Pessoas como ele, afinal de contas, não carregavam armas e não perdiam o sono, à noite, com ódio de outro homem por roubar sua namorada. "Talvez eu esteja ficando louco", pensou. Ou, talvez, fossem aqueles comprimidos... Eles podiam fazer isso com uma pessoa, não podiam? Deixá-la louca da cabeça? Não, isso era paranoia.

Dirk acalmou-se. Ora, os comprimidos não tinham nada a ver com o modo como ele se sentia. E nem sequer eram esteroides – quer dizer, não exatamente; mas estavam acarretando efeitos desagradáveis. Ele havia engordado quatro quilos e meio nas últimas seis semanas, desde que dobrara a dose regular. Quatro quilos e meio de músculos! Então, apertou a testa e tentou se lembrar do que seu treinador havia dito quando lhe vendeu o frasco. "Use bem a fórmula", advertiu. "Se tomar em quantidade inferior, de nada adiantará o levantamento de peso. Mas, se tomar em excesso", continuou, "pode haver outros efeitos." Raiva, depressão e comportamento irracional eram alguns deles.

Era assim que funcionava? E aquele zumbido constante em sua cabeça? Comprimidos em excesso faziam isso? Dirk deu um tapa na testa. Era impossível. O remédio era totalmente natural; era isso, ao menos, que todo mundo dizia. E metade dos rapazes da escola estava tomando, e ninguém se queixava de qualquer tipo de reação estranha.

Ele ficou olhando para a arma novamente. "É o que qualquer um faria", pensou, como que se justificando pelo desatino que estava prestes a cometer. Mas ele não machucaria o professor Jacobs, apesar de tudo – só lhe daria um susto. Então, Dirk e Angela Manning poderiam ficar juntos, como era para ser desde o começo. Ele sabia, desde o início, que Angela era a mulher certa, a única que ele poderia amar. E a garota sentia isso também no início, antes de conhecer o professor. Dirk desviou os olhos para o apartamento de Angela. O que ela viu naquele cara? Ele era pelo menos dez anos mais velho que ela, tinha o cabelo ralo e a barba grisalha, e estava começando a ficar com barriga... Além disso, o professor Jacobs era casado. Dirk havia visto a esposa do homem no Departamento de Jornalismo uma ou duas vezes. Era uma mulher bonita, de cabelos escuros, que sorria constantemente e parecia apaixonada pelo marido. Nada daquilo fazia sentido: um velho como o professor com duas mulheres lindas! Dirk mordeu os lábios por dentro. Aquela história logo mudaria, pensou.

Sob a luz de um poste de rua, ele olhou para o relógio e viu que passava das dez da noite. Em um dia normal, ele estaria em casa, estudando – inclusive, havia um artigo sobre os generais da Guerra Civil que deveria ser entregue no dia seguinte.

Dirk contraiu os músculos da mandíbula ao pegar a arma e colocá-la sob seu assento. Ele teria de assustar o professor Jacobs em outro momento.

Então, ao dar partida no carro, teve uma ideia tão boa e convincente que fez surgir um raio de esperança em seu coração. Talvez ele não tivesse de usar a arma. Quem sabe, havia outra maneira de assustar o professor, afastando-o de sua namorada. Então, riu alto ao se distanciar do meio-fio. Dez minutos depois, lá estava ele sentado no chão de seu quarto no dormitório da Universidade de Indiana, olhando para um único registro nas páginas amarelas de Bloomington, enquanto os dedos começavam a apertar os números.

***

A poucos quarteirões de distância, o professor Tim Jacobs estava no apartamento da namorada, que ficava fora do *campus*, imaginando o que estava lhe acontecendo. Ele bem que estava acostumado com a culpa e a insônia; mas as lágrimas, essas eram novidade. Desde que começara a quebrar seus votos conjugais, dividindo a cama com Angela Manning – talvez, a aluna mais promissora de sua turma de redação –, houve mudanças sutis em sua rotina. Ela era jovem, idealista e belíssima, e Tim sabia que seu caso era mais do que uma distração passageira. Assim, em muitos momentos nos quais ele, como mestre, deveria estar no trabalho, lendo o material entregue pelos alunos, ou em uma ou outra conferência, era com ela que ele se encontrava.

Às vezes, essa constatação levava a culpa a gritar tanto a ponto de quase assumir uma voz que deixava Tim acordado, mesmo quando estava morto de cansaço. A tal voz não podia ser ouvida; mas, mesmo assim, acordava-o em muitas noites. Tim estava encostado em Angela, inebriado pelo tipo de pecado que nunca imaginara quando, do nada, surgia a voz: "Arrependa-se! Fuja da imoralidade. Eu estou à porta de seu coração e bato! Fuja...". Tim rolava na cama, na esperança de encontrar uma forma de voltar a dormir, de retornar ao lugar imaginário onde sua esposa, Kari, não estaria esperando sozinha em casa, acreditando que ele era fiel. Mas a voz da culpa surgia com frequência, chamando-o para casa de forma persistente, implacável e incansável, apesar de sua falta de reação àquilo.

Tim deitou-se de lado, tentando não acordar a aluna. Fitou a parede branca do apartamento dela, e uma lembrança lhe veio à mente: o dia em que Angela fora pela primeira vez ao seu escritório e deixou claras as intenções que tinha. Eles conversaram por quinze minutos, provocando um ao outro, rindo e revelando sentimentos de admiração mútua, enquanto Tim mexia na aliança, escondendo-a atrás dos dedos da mão direita. Quando Angela saiu, um perfume de jasmim almiscarado ficou na sala, além de um calor quase suficiente para aquecer o prédio. Tim passou os minutos antes da aula seguinte se deliciando com o modo como ela o fez se sentir. Mas, ao sair do escritório naquele dia, seus olhos pousaram em uma placa que Kari lhe tinha dado como presente de primeiro ano de casamento. Era a imagem entalhada de uma águia em um voo, com palavras das quais ele se lembrou naquele momento: *Os olhos do Senhor estão atentos sobre toda a terra para fortalecer aqueles que lhe dedicam totalmente o coração.*

Naquele momento, tudo o que estava relacionado a servir ao Senhor pareceu-lhe obrigatório e restritivo. Sem pensar muito, Tim tirou o pó da placa, jogou-a dentro da gaveta mais próxima e saiu rapidamente do escritório. Não, aquela placa já não se aplicava mais à sua vida. Era melhor, portanto, que ficasse longe de vista. Sua força não vinha de um coração totalmente dedicado a Deus. Não mais.

Desde a noite quente de agosto em que ele e Angela dormiram juntos pela primeira vez, a força de Tim vinha da companhia dela, além de suas realizações profissionais, é claro. Ele dedicara sua carreira à excelência no jornalismo, primeiro trabalhando como repórter, e depois como professor do ofício, preparando uma safra anual de profissionais que levariam adiante a devoção dos Estados Unidos à preservação de uma imprensa livre. Em um tempo relativamente pequeno, Tim Jacobs tornou-se um respeitado professor que também escrevia em uma coluna regular para o *Indianapolis Star*. Nos círculos mais influentes da disciplina, seu nome estava ganhando reconhecimento. Esse era um tipo de força que fazia diferença na vida de qualquer um.

Outra razão para seu orgulho era o compromisso absoluto com a integridade jornalística, tanto em campo como em sala de aula. Na época em que era repórter, Tim jamais revelou uma fonte. E, embora frequentasse a igreja – ele frequentava, sim, uma igreja com regularidade –, nunca deixou que sua fé religiosa interferisse em sua capacidade de praticar o jornalismo objetivo. Preconceito de crença, por exemplo, não tinha espaço no seu texto nem nas salas de aula. Era um profissional íntegro em seu trabalho, de mente aberta e elevado senso crítico.

Kari, é bem verdade, sempre lutou um pouco contra os pensamentos de Tim sobre a fé e a imprensa. Mas Angela, não: ela apreciava o fato de o professor ser um "homem de fé", como ela dizia. A aluna também o admirava pela capacidade de deixar de lado suas crenças pessoais quando escrevia uma coluna ou dava aulas. "Nunca sabíamos exatamente qual era sua posição", ela lhe disse certa vez, paralisando-o com seus olhos azuis vivos. "Mas sempre sabíamos que você apoiava o bom jornalismo. Sabíamos que você nunca desabaria, nunca cederia. Você sabe como isso é raro hoje em dia, não é?"

Tim era o herói de Angela, sem dúvida. Ele soube disso desde aquele primeiro dia de primavera, em que ela apareceu diante da mesa dele depois da aula, no penúltimo ano da faculdade, e o convidou para sair. "Professores não podem namorar alunas", ele lhe disse, reprimindo um sorriso meio cúmplice. Ela simplesmente prendeu o olhar dele com sua franqueza desconcertante e, ao mesmo tempo, fascinante. "E eles podem almoçar juntos?"

Eles almoçaram. A visita ao escritório aconteceu uma semana depois. A proximidade foi aumentando. Depois disso, mês após mês, ele começou a lutar contra a tentação. Afinal, era política da escola não permitir que professores namorassem com alunos que estivessem frequentando suas aulas – embora, há muito tempo, o Departamento de Ética e Assédio Moral da universidade houvesse acordado que não havia problema algum em um relacionamento com mútuo consentimento, desde que o período letivo houvesse acabado.

Então, Tim se conteve apenas flertando, almoçando e estudando com Angela. No entanto, por esse tempo, nunca ultrapassou o limite. Quando chegou o verão e Angela voltou para Boston, sua cidade natal, Tim sentiu-se aliviado da culpa daquele namorico com a garota que mexera com ele e até estava tentando se concentrar em seu casamento. Mas Kari ficava fora quase todos os dias, muito ocupada para passar tempo com ele. Muitas vezes, excessivamente cansada para dar-lhe carinho no fim do dia.

Assim, quando a aluna voltou para a escola, o professor finalmente teve de admitir a verdade para si mesmo, ainda que não estivesse pronto para revelá-la à sua esposa. Ele estava apaixonado por Angela Manning: profunda e completamente apaixonado. Era errado, sem dúvida, mas ele não podia negar seus sentimentos ou o modo como ela o deixou sem opção senão a de ficar com ela. E foi desde essa constatação que a voz da culpa passou a ser nada menos do que implacável.

“Arrependa-se... O ladrão vem apenas para roubar, matar e destruir”, recitava aquela voz, martelando sua mente. Ela declarava versículos bíblicos, passagens que ele havia memorizado quando menino, mas fazia anos que não lia: “Eu vim para que tenham vida, e a tenham plenamente” era uma delas. De todas, essa era a de que Tim menos gostava. Vida em abundância... Como se ler uma Bíblia ou ir à igreja toda vez que tivesse um dia de folga pudesse se comparar com o modo como Angela o fazia se sentir. Vida em abundância? A Bíblia estava obviamente enganada nesse sentido. Nos braços de Angela, a vida nunca esteve mais abundante. Então, Tim foi aos poucos abrindo mão das crenças que antes eram o alicerce de sua vida – uma base que, agora, parecia débil e quase ridícula.

Ele duvidou de alguns detalhes por um bom tempo, é claro. Um mundo feito em seis dias? Uma arca com centenas de animais, flutuando sobre um mundo coberto pela água? E quanto aos relatos de pessoas sendo curadas de doenças graves com um simples banho ou voltando a enxergar depois de ter os olhos cobertos com lama? Há muito tempo, Tim havia deixado de acreditar na literalidade desses acontecimentos. Em sua mente privilegiada, tudo lhe parecia meramente simbólico ou mesmo irrelevante. Porém, havia coisas mais sérias. Tempos depois, ele começou a fazer perguntas ainda mais fundamentais. E se, no fim de tudo, Deus não existisse? E se a Bíblia não passasse de um amontoado de escritos antigos, inventados por um grupo de líderes religiosos com objetivo de estabelecer uma moral rígida para controlar uma sociedade que tinha tudo para dar errado? E se a vida real estivesse, simplesmente, em descobrir prazeres? Ora, então nada mais restaria a um homem do que trabalhar e descobrir sua alma gêmea, alguém que fosse a peça que faltava para completar sua existência. Alguém – por que não? – como Angela.

Nas primeiras semanas em que Tim e Angela se relacionaram sexualmente, aquelas perguntas foram, aos poucos, se tornando afirmações em sua mente. Agora, ele já estava pronto para soltar totalmente a muleta da tradição religiosa, ansioso para abraçar a realidade da nova vida com seu novo amor. Só não estava pronto para contar tudo à sua esposa, e era aí que estava o problema. Tim sabia que a única coisa certa a fazer era confessar o caso. Mas, todas as noites, quando Kari vinha ao seu encontro à porta de casa, ele não conseguia olhar em seus olhos e contar a verdade. Como dizer àquela doce criatura que seu marido queria o divórcio porque estava apaixonado por outra mulher, nada menos que uma estudante? Não era preciso um psicólogo para descobrir a fonte mais provável da culpa que perturbava seus dias e o mantinha acordado à noite. E não foi difícil para Tim se convencer de que os lampejos sussurrados das Escrituras eram fruto de sua imaginação, uma consequência de sinais cerebrais confusos – ou, muito provavelmente, a manifestação de uma consciência hiperativa.

Assim, ele optou por não lutar mais consigo mesmo. A culpa passaria com o tempo, uma vez que ele colocasse em prática sua decisão de deixar Kari e aquele estresse ocasionado por uma vida dupla ficasse para trás. No final, as incômodas vozes cessariam – embora, naquele momento, tornassem seu sono quase impossível.

E foi aí que as coisas mudaram. Durante semanas, a culpa o acordou com pensamentos de remorso que levemente persistiam e lhe davam lições de moral. Mas, ultimamente, aqueles sentimentos o estavam despertando com algo mais.

Lágrimas. No meio do sono de uma noite perfeitamente boa ao lado de uma mulher que havia conquistado seu coração e inebriado seus sentidos, Tim Jacobs, professor respeitado e colunista habilidoso, estava chorando. Chorando baixinho, como se alguém tivesse morrido. O homem piscou para limpar a visão e, de repente, soube que alguém, de fato, havia deixado de existir. Ele mesmo.

Em silêncio, discretamente, Tim silenciou os soluços e enxugou as lágrimas, mas nada disso apagou a tristeza em sua alma. Uma tristeza tão profunda e verdadeira que dava para quase sentir, fisicamente, sua força. Como se um véu tivesse sido tirado de seu coração, ele viu tudo o que havia sido antes – o menino idealista, o adolescente cheio de energia, o universitário centrado em Deus, o jornalista trabalhador. Depois, o noivo romântico, o marido fiel. Aquele sujeito estava morto. Trair Kari foi a última e fatal bala disparada contra o que restava do homem que ele havia sido antes.

Ali no escuro, com Angela aconchegada ao seu lado, absorta no sono, a tristeza dentro dele aumentou. Ele chorou por Kari, a jovem doce a quem ele havia prometido toda a sua vida. Ele chorou pelos filhos que nunca tiveram e pela vida que jamais teriam juntos enquanto envelhecessem.

Tim sentiu um nó na garganta e tentou novamente limpar as lágrimas dos olhos. De onde estavam vindo esses sentimentos? Por que eles estavam se apoderando dele naquele momento? Seu amor pela esposa havia esfriado muito tempo antes de ter conhecido Angela. Ainda assim, sua mulher era Kari. Por mais que ele quisesse estar com Angela, Kari merecia mais.

Por que eu deixei que as coisas ficassem tão ruins? O que aconteceu comigo? Em que eu me tornei? As respostas eram feias e vinham com a mesma rapidez das perguntas, causando uma opressão no coração de Tim. Por mais forte e capaz que se achasse, a profundidade da tristeza que o cercou agora era suficiente para destruí-lo. Era um momento que, normalmente, seria acompanhado pela voz da culpa, assegurando-lhe de que, mesmo agora, bastava pedir para ter o perdão. Contudo, enquanto Tim chorava em silêncio no travesseiro de Angela, lamentando pela primeira vez pelo homem que era antes, pelo casamento que estava prestes a perder e pelo fato de não ter intenção alguma de mudar de ideia, ele percebeu algo ainda mais doloroso do que todas as outras perdas juntas. As palavras na placa que Kari lhe tinha dado estavam certas. Sem Deus, ele não era tão forte quanto achava. Nem um pouco. E era por isso que as lágrimas fluíam tão facilmente. Em seu estado endurecido, o coração frágil de Tim fez algo que ele nunca havia esperado quando começou a andar com Angela Manning: ele se partiu em dois.

CAPÍTULO 2

O telefone tocou enquanto Kari Baxter Jacobs lavava o rosto para tirar a maquiagem naquela noite. Ela deixou a esponja na pia do banheiro e bateu rapidamente uma toalha no rosto e na testa.

Era uma noite linda de outono em Bloomington, Indiana – o tipo de noite em que os artistas se inspiram para pintar quadros mostrando fazendas e colinas iluminadas pela Lua. Por mais ocupados que ela e Tim estivessem nesses dias, e por mais cansada e indisposta que, muitas vezes, se sentisse ultimamente, Kari recebia com alegria a mudança das estações. Os dias mais curtos e as folhas coloridas pareciam prometer a chegada de tempos mais tranquilos, noitinhas escuras e longas em que ela e Tim conseguiriam conversar sobre a ideia que, nos últimos seis meses, estava fazendo o coração de Kari se agitar.

A ideia de ministrar na vida de outros casais.

Não seria nada em tempo integral ou exaustivo, ela pensou – talvez, uma reunião no meio da semana para casais que quisessem andar mais intimamente com Deus e um com o outro. Casais como ela e...

O telefone tocou pela terceira vez quando ela o atendeu. Tim estava participando de uma conferência em outra cidade e não estaria em casa até domingo à tarde. Provavelmente, pensou, era o marido, ligando para saber como estavam as coisas.

— Alô. — Ela se sentou na beira da cama e olhou para o relógio. Eram 22h30, a hora em que Tim normalmente telefonava quando estava fora de casa. Ela esperou a voz dele, mas só houve um som fraco de respiração do outro lado da linha. Kari franziu a testa e tentou descobrir se a ligação estava ruim. — Tim?

— Uh... — Era a voz rouca de um jovem. O sorriso de Kari desapareceu. O rapaz não parecia profissional o bastante para ser um vendedor. E, mesmo pelo telefone, ela podia ouvir algo estranho em seu tom. Medo, talvez. Um trote, quem sabe? Ela se inclinou para desligar o telefone quando a pessoa do outro lado limpou a garganta.

— Eu tenho algo para lhe dizer.

A respiração de Kari ficou presa. Em poucos instantes, porém, pensamentos tranquilizadores vieram à sua mente. Não havia nada com que se preocupar. Tim havia se hospedado com segurança no hotel, na noite anterior. Quanto à sua família, bem, ela havia conversado com sua mãe naquela mesma manhã e ficou sabendo que todos estavam bem. Ela deu um suspiro e se antecipou:

— Você está vendendo alguma coisa?

— Não. — A resposta do homem foi rápida. Muito rápida. — Como eu disse, tenho algo para lhe dizer.

Kari suspirou e começou a pensar em um monte de coisas. Ela mal percebeu que sua respiração havia acelerado.

— Olhe, eu estou ocupada. — Ela descruzou os braços e, distraída, começou a bater as unhas no cômodo ao lado da cama. — Diga.

— Eu não posso revelar meu nome. — O homem respirava de forma instável. — Mas o que eu vou dizer é verdade absoluta. Você pode tirar a história a limpo.

O esforço para dar sentido à ligação era cada vez maior. Sobre o que o homem estava falando? Quem era ele e por que não podia dizer seu nome? E o que exatamente ele tinha a dizer para ela? Ela já estava com raiva.

— Afinal, o que você quer?

O homem respirou profundamente mais uma vez.

— Seu marido está tendo um caso.

O coração de Kari iniciou uma queda livre que levou consigo seu estômago. Ela piscou e deu uma única risada superficial.

— Do que você está falando? — *Que brincadeira sem graça, ligar para minha casa e inventar uma mentira dessas...* — Você não conhece meu marido.

— Eu acho que você também não. — Ele fez uma pausa. — E achei que você merecia saber a verdade. Tenho que ir.

— Espere! — As artérias de Kari se encheram de adrenalina, espalhando-se por seus braços e suas pernas. Novamente, sentiu-se como que caindo, descendo cada vez mais em um terrível abismo escuro. Ela balançou a cabeça e tentou se apegar a qualquer coisa que pudesse fazer sentido. O homem estava mentindo; só podia ser isso. Tim estava em Gary, em uma conferência sobre liberdade da imprensa. Fora meio contra a vontade, apenas por obrigação do ofício, conforme disse na noite em que viajou.

Kari fechou os olhos, e seu coração pareceu parar. A voz de Tim voltou à sua cabeça novamente. *Eu odeio essas coisas, mas tenho de fazê-las, querida.* Ela ainda podia ver seus olhos sinceros, ouvir a franqueza em sua voz. *A administração espera que eu esteja lá*, justificou.

Kari sentiu seu coração voltar a bater, desta vez duas vezes mais rápido que antes. Ela abriu os olhos e remexeu a gaveta do criado-mudo à procura do bloco de anotações e da caneta que guardava ali. Suas mãos tremiam tanto que ela mal conseguia segurá-los. *É impossível... isso não está acontecendo... é mentira...*

— Por quê...? — Sua voz era baixa e vazia, como se toda a sua existência tivesse sido destruída no curto intervalo de tempo que o homem levou para entregar sua mensagem. Ela se esforçou para encontrar as palavras. — Por que eu deveria acreditar em você?

O homem hesitou.

— Digamos que eu esteja fazendo um favor para nós dois. Seu marido está fora do *campus*, nos Silverlake Apartments. Ele esteve lá na noite passada, e eu acho que está lá de novo, agora, no apartamento de Angela Manning. Ela é estudante de jornalismo da universidade. — Ele hesitou. — Agora, você acredita em mim?

Kari fez que não, primeiro devagar e depois de modo impetuoso.

— Não, não, eu não acredito.

Lágrimas corriam de seus olhos, e a sensação de queda aumentou.

— Você... você o confundiu com outra pessoa.

— Olha, senhora... — O homem estava ficando impaciente. — O homem de quem eu estou falando é o professor Tim Jacobs. Ele é seu marido, certo?

Os olhos de Kari arregalaram-se e seu estômago embrulhou. Ela deixou o telefone cair como se o aparelho, de repente, estivesse pegando fogo. Em seguida, sem parar para pegá-lo do chão, voltou correndo para o banheiro.

Caiu de joelhos e quase não conseguiu colocar o rosto no vaso sanitário a tempo. Seu estômago contorceu-se várias vezes até não restar nada nele. Fraca e tremendo da cabeça aos pés, Kari tentou ficar em pé e enxugou a boca em um pedaço de papel higiênico. *Não podia ser verdade, podia? Não havia sinal algum...*

Esse pensamento despertou algo estranho, e Kari se lembrou de pequenos detalhes dos últimos meses. O inverno, muitas vezes, era um período intenso de conferências para Tim, mas neste ano havia sido o pior de todos. Foram tantos os fins de semana longe de casa que Kari teve de se esforçar para lembrar com precisão quantas vezes ele ficou fora. Quatro sábados e domingos? Cinco? Outra onda de náusea a atingiu, mas ela continuou em pé. Não teve tempo de se sentar no vaso, temendo o pior e se perguntando se era possível que a vida, como ela a conhecia há tanto tempo, havia acabado de parar abruptamente.

Kari olhou para seu reflexo no espelho e abanou a cabeça.

— Tudo isso é um engano —, ela sussurrou. — Só pode ser. — Seu cabelo havia se soltado da presilha grande e agora caía, formando mechas largas em torno de seu rosto. Ela as puxou para trás com uma das mãos e inclinou-se para mais perto do espelho, examinando seus olhos e os cantos da boca. Não viu linhas de expressão perceptíveis, mesmo com o rosto sem a camada grossa de base que havia usado para as fotos. Kari trabalhava meio período como modelo para catálogos de lojas de departamentos, e o trabalho daquele dia era com roupas para noite, e as imagens exigiam maquiagem pesada. Mas, sem ela, ela parecia ainda ter menos do que seus 28 anos.

Ela examinou as maçãs do rosto e o queixo e puxou a camiseta folgada, apertando-a nas costas para que pudesse ver sua silhueta. Bem, talvez tivesse ganhado alguns quilinhos nos últimos meses, mas não o suficiente para lhe custar algum trabalho do gênero. É claro que não o suficiente para...

Ela fechou os olhos, e o rosto de Tim lhe veio à mente. *Você é linda, querida, linda. Eu não me canso de você.* Ele dizia isso desde que se conheceram, em seu último ano na Universidade de Indiana – o ano em que ela e Ryan Taylor, finalmente, concordaram em seguir, cada um, seu caminho.

A imagem em sua mente mudou.

Ryan...

Kari balançou levemente a cabeça. Justo naquela manhã, ela ficou sabendo que ele estava de volta à cidade, aceitando um emprego como treinador na escola de ensino médio de Clear Creek. Os pensamentos se sucediam rapidamente, como em um filme acelerado. *Não, Kari, não vá até lá,* ela ordenou ao seu coração. É melhor deixar as lembranças do antigo namorado no passado, especialmente agora que seu casamento – toda a sua vida, aliás – dependia da legitimidade de um único telefonema.

Ela abriu os olhos e olhou mais uma vez para o espelho, como se ele pudesse dizer o que ela precisava saber. Havia de fato outra pessoa, alguém com quem Tim estivesse tendo um caso? Em resposta, seu estômago apertou. Não era possível. Tim Jacobs? O líder do Clube Vida Jovem de sua escola de ensino médio? O presidente da Associação de Atletas Cristãos da universidade? Antigo líder de estudos bíblicos com universitários? Ele nunca iria traí-la... Iria? Ela se lembrou da voz do homem ao telefone e viu que só havia uma maneira de descobrir. Fechou os olhos novamente e pediu força em oração.

– Tu estás aí, Senhor?

Não tenha medo. Eu suprirei todas as suas necessidades.

As palavras faziam parte de uma mensagem que ela havia ouvido no rádio enquanto voltava de carro para casa depois da sessão fotográfica de horas antes. Naquele momento, as palavras não pareceram especialmente profundas; pelo menos, não para ela. Afinal, Kari não estava sentindo medo de nada e não tinha nenhuma necessidade urgente. Ao contrário – ela adorava a direção que sua vida estava tomando. Tinha uma ótima família, uma excelente igreja, um trabalho agradável, um marido maravilhoso...

Mas isso foi antes do telefonema.

Como se tivesse levado um murro no peito, tentou engolir a ansiedade que aumentava dentro dela. *Não tenha medo...*

O pensamento ficou pendurado em um gancho no coração de Kari e balançou ali por um momento. *Eu só quero que esse homem esteja errado, Senhor. Eu amo Tim, de verdade. Ajude-me a entender o que está acontecendo!*

Não tenha medo... Eram as palavras que lhe subiam ao coração.

Paz, entusiasmo e segurança acalmaram-na, e ela sentiu os músculos do pescoço relaxarem. Era algum tipo de confusão ou uma brincadeira de mau gosto. Só podia ser.

O telefone no quarto ao lado emitia o som que indicava que estava fora do gancho. Kari Jacobs voltou ao quarto para desligá-lo. Seus braços e suas pernas ainda estavam tremendo, e seu estômago doía. Uma série de possíveis cenários inundava sua alma e, enquanto ela os examinava, o medo voltou para zombar dela. Tim tinha mesmo uma conferência naquele fim de semana? E as outras conferências – ele participou mesmo delas? Senão, onde esteve?

Então, ela se lembrou. Ele havia escrito às pressas os detalhes sobre o evento num pedaço de papel, em algum lugar. Na cozinha, onde ela se despediu dele com um beijo? Kari desceu correndo as escadas e procurou na mesa da copa, mexendo em pilhas de contas e correspondências, procurando desesperadamente o papel escrito à mão por Tim. Ela não havia prestado atenção porque achou que não precisaria da informação. Ele telefonara na noite anterior, e Kari estava certa de que o marido ligaria de novo, a qualquer momento.

— Vamos! — ela murmurou. Na afobação, derrubou uma pilha de revistas. Finalmente, seus olhos caíram sobre um adesivo amarelo com um nome de hotel e número de telefone. Era a letra de Tim.

Kari pegou o telefone e digitou o número antes de ter tempo para reconsiderar o assunto.

— Marriott Hotel, Gary, Indiana.

Ela engoliu em seco.

— Sim. Eu, uh, eu preciso falar com Tim Jacobs. Ele está hospedado aí.

— Um minuto, por favor.

Deus, por favor, permita que ele esteja lá...

A voz do homem voltou na linha.

— Sinto muito. Não há ninguém aqui com esse nome.

Kari não teria se sentido pior se alguém tivesse se aproximado e lhe dado uma bordoada na cabeça. A sensação de queda começou novamente, e ela teve de se apoiar na mesa.

— Ele está... participando da conferência. Uma conferência sobre liberdade de imprensa...

— Um minuto. — Kari ouviu o som de papéis sendo revirados. O atendente continuou, com um tom quase impessoal — Temos quatro conferências aqui neste fim de semana, mas nada sobre a imprensa. *Chefs* do Meio Oeste, talvez?

Kari fez que não com a cabeça e com os olhos se enchendo rapidamente de lágrimas.

— Não. Eu devo ter confundido o hotel. Desculpe.

O sangue desapareceu de seu rosto, e ela desligou o telefone. Seu coração e sua mente usavam todos os meios para conseguir a liderança em uma corrida que parecia destinada a matá-la. A jovem mulher tentou recuperar o fôlego enquanto escondia o rosto entre as mãos e procurava uma explicação razoável. Quem sabe se, por engano, Tim tivesse dado as informações de uma conferência anterior? Isso acontece, claro. Ele simplesmente pegou o nome do hotel errado com a secretária. Tinha de haver uma resposta. Alguma coisa, qualquer coisa.

Kari abriu os olhos e percebeu que só havia outra maneira de descobrir.

— Certo. — Respirou rapidamente e pegou as chaves do carro. Ela morou na região de Bloomington durante toda a vida e passou anos visitando amigos nos apartamentos fora do *campus*.

Dez minutos depois, já dobrava a South Maple e seguia em direção aos Silverlake Apartments. Procurou pelo Lexus preto do marido do outro lado da rua, mas não viu nada. Seu coração, antes disparado, foi se acalmando aos poucos. O homem ao telefone estava fazendo uma brincadeira de mau gosto. Havia uma explicação para tudo. Tim estava em Gary, não aqui em...

Ela engasgou. Mais à frente, do lado direito da rua, debaixo de um poste de luz, seus olhos perceberam um objeto escuro familiar. *Não, Senhor. Não!* Ela pisou lentamente no acelerador e, quando o carro preto apareceu diante de seus olhos, ela viu que era um Lexus. Assim como o de Tim.

Muitas pessoas dirigem um carro como esse. Muitas pessoas. A placa... ela não podia ter certeza sem ler a placa.

Dois anos antes, ela fez uma série particularmente boa de fotos como modelo e surpreendeu Tim no aniversário dele com o carro de seus sonhos. Até a placa era personalizada para agradá-lo. Nesse instante, parada atrás do Lexus, ela teve uma visão clara da traseira com seus faróis dianteiros. Ali estavam as letras que ela mesma havia escolhido: WRITE2U.

Seu rosto esquentou, e ela não conseguia respirar fundo. Lágrimas escorriam por seu rosto, e ela cerrou os punhos. Então, era verdade.

Tudo o que tinha a ver com a última hora parecia ter sido tirado de um pesadelo, e Kari orou para que pudesse acordar. Em nenhum momento, desde que conhecera Tim, ela teria pensado que ele fosse capaz de fazer isso, de mentir e enganar e...

Uma centena de opções passou pela cabeça de Kari. Ela poderia estacionar e ir de um apartamento a outro, até encontrá-lo. Ou poderia ir para casa e telefonar para um advogado. As lágrimas vinham mais rápido agora, e o pânico brotou dentro dela. Os problemas dançavam diante de seus olhos, e ela se perguntava se estava ofegante.

Havia ainda alguma explicação possível? Talvez ele estivesse ajudando um amigo ou se reunindo com outro professor? Talvez tivesse viajado para Gary com outra pessoa, alguém que morasse aqui em...

As desculpas desapareceram e, no lugar delas, surgiu uma ideia. Ela estacionou e saiu do carro. Em seguida, foi até o carro de Tim e jogou o corpo contra ele com toda a sua raiva – uma raiva reprimida pelo medo, mas que não a impedia de agir, movida pelo desespero.

Imediatamente, o alarme do carro do marido cortou o silêncio da noite, ecoando gritos ensurdecedores que vinham das fachadas dos apartamentos. Kari voltou para seu carro, entrou nele e esperou.

Não esteja aqui, Tim. Por favor... que haja uma razão...

Ela ficou olhando para a entrada do prédio enquanto o alarme disparou por um minuto inteiro, e depois outro. A porta que dava acesso ao complexo, de repente, se abriu, e lá estava ele: seu marido, o homem em quem ela confiava de corpo e alma. Usava um moletom e uma camiseta branca, e seu cabelo parecia despenteado. Kari sentiu um nó na garganta. Como ele pôde fazer isso? Como ele pôde ter mentido para ela?

Ela o viu correr em direção à rua, procurar o chaveiro no Lexus e pressionar o botão. O silêncio encheu o ar, e Tim examinou a área. Antes que pudesse se virar, ela abriu a porta do carro e saiu.

Seu movimento súbito chamou a atenção de Tim e, a quinze metros de distância, os olhos dos dois se encontraram. A boca de Tim ficou aberta por um tempo que parecia ser uma hora, e Kari viu a cor do rosto do marido desaparecer.

— Kari... — Ele deu dois passos em sua direção e parou.

Ela queria dar-lhe um tapa no rosto ou um chute; ou pedir lhe que fosse para casa com ela e dissesse que era tudo um engano. Porém, a evidência era grande demais para essas possibilidades. Kari pensou em desmoronar no carro e chorar, mas não teve forças para nada. Em vez disso, afundou no banco do motorista e ligou o carro com os olhos embaçados pelas lágrimas.

Aquilo era inimaginável, como se estivesse acontecendo com outra pessoa. Kari mal conseguia respirar enquanto as mãos, como se fossem as de um robô, viravam o volante e achavam o caminho de casa. Ao longo do caminho, ela pensou em procurar seus pais ou uma de suas três irmãs, que moravam a alguns minutos dali. Mas haveria tempo para isso mais tarde. Naquele momento, ela não queria falar com ninguém. Precisava ficar sozinha, absorver o golpe e dar-se tempo para sofrer até que, finalmente, acreditasse nos fatos pelo que eles eram.

Tim estava tendo um caso. Com uma aluna.

Ela atravessou a garagem com passos curtos e arrastados e entrou na casa, onde se jogou no sofá da sala e chorou. Um choro sentido, profundo, inédito para ela. Não eram lágrimas como as que derramara quando ela e Ryan romperam na faculdade, nem mesmo quando teve um aborto espontâneo de seu primeiro filho, muito tempo depois de estar casada com Tim. Naquela noite, o choro rouco vinha de um lugar de sua alma que ela só soube que existia naquele momento. Um lugar escuro onde não havia todas as palavras, exceto um *por quê* doloroso.

Por que isso aconteceu? O que deu errado? Kari sabia muito bem que Tim ainda tinha atração por ela. Então, qual era o problema? Ela ficou quebrando a cabeça na tentativa de imaginar por que não conseguira ser suficiente para o marido. Então, começou a entender. A aluna de Tim provavelmente era mais esperta, mais douta, melhor com as palavras. Só podia ser isso. E ele não estava sempre voltando para casa falando dessa ou daquela aluna? Compartilhando exemplos de trabalhos de alunos, como se a habilidade com as palavras fosse o maior talento que uma pessoa pudesse ter?

Kari se lembrou de uma ocasião em que ela e Tim participaram de uma festa oferecida pela universidade. Foi um de seus primeiros encontros na faculdade, e ela estava emocionada por estar lá com ele. Estavam juntos em um círculo de pessoas espirituosas e notáveis quando a conversa passou a ser sobre livros. O presidente do departamento de Tim falou sem parar por um tempo sobre alguma exposição em Washington, e uma mulher que Kari havia conhecido rapidamente mencionou uma coleção de poemas sul-americanos que apreciava. Então, a mulher alta e curvada à esquerda virou-se candidamente e perguntou o que Kari gostava de ler.

Ela sentiu-se confiante e disse a verdade. "Quase tudo de John Grisham. Mas *A firma* foi meu favorito."

A pausa que se seguiu pareceu ser de uma hora. O presidente de Tim ergueu as sobrancelhas. A boca da mulher alta formou um sorriso desconfortável que por pouco não foi de escárnio. Quanto à outra, que falara sobre poesia, parecia que sua face estava paralisada; então, ela deu uma gargalhada como se tivesse acabado de perceber que Kari havia contado uma piada. Um homem mais velho, que parecia distraído, ficou coçando a cabeça e parecendo confuso. "Grisham... Acho que não conheço... Era aquele homem de Iowa, que escreveu aquela análise sobre a literatura corporativa?"

Até então, Kari não estava ouvindo. Ela viu no olhar de Tim uma mistura de irritação e determinação em cortar o assunto. Ele pôs o braço em volta dos ombros de Kari e puxou-a para perto com um olhar desafiador, como se dissesse ao mundo: "Ei, pelo menos, ela é bonita".

A conversa continuou, mas Kari guardou aquele momento ao longo dos anos. É óbvio que Tim ficou envergonhado, querendo que ela fosse espirituosa, inteligente e bem-informada como as outras esposas. Essa devia ser a razão pela qual ele estava saindo com outra pessoa. A tal aluna, provavelmente, era brilhante e capaz de conversar em um nível que Kari jamais alcançou. E se ela também fosse bonita? No final, a beleza de Kari não foi suficiente para manter Ryan Taylor. E, agora, não era suficiente para Tim também.

Outras lembranças desconfortáveis vieram à mente. Em diversos momentos, ela agora reconhecia meio ressentida, Tim a fizera se sentir ignorante e inferior. Não era por isso que ela passava tanto tempo trabalhando como voluntária na igreja? Não era por isso que ela havia se juntado ao clube do livro e se inscrito como guia de visitação a museus? Assim, ele iria vê-la como alguém que valia mais que um objeto de decoração? Teria orgulho dela?

Era tudo tão injusto! Ela amava Tim de todo o coração, tinha a intenção de continuar casada com ele para sempre. Não era o suficiente para um homem?

Passaram-se horas, e Tim não voltou para casa. Kari não ficou surpresa. O que ele poderia dizer? O que restava a dizer?

As lágrimas, finalmente, diminuíram, e ela se sentou. Sua garganta estava inchada, e ela lutava para respirar fundo. Assoou o nariz e olhou pela janela da frente para o céu escuro, lá longe. Como era possível que, ontem mesmo, ela tivesse pensado que seu casamento com Tim fosse um exemplo brilhante de como o amor conjugal deveria ser? O que aconteceu? Mesmo que a aluna tivesse algo que Kari não podia oferecer, era tão fácil para Tim se afastar de tudo o que eles haviam compartilhado, tudo o que haviam prometido um ao outro?

Seus dedos apertaram-se contra as mãos. Se era assim que ele se sentia, então que fosse em frente. Que saísse de casa, e cada um tocaria a sua vida.

— Idiota. — Ela sussurrou com os dentes cerrados. — Tínhamos tudo, e você simplesmente jogou fora.

As respostas não vieram, e Kari fechou os olhos, irritada e frustrada.

Onde estavam os sussurros de Deus para confortá-la agora? Falando nisso, onde estava Deus?

Ela piscou e suspirou profundamente, sabendo a resposta mesmo enquanto fazia as perguntas. Deus não havia desaparecido só porque Tim estava tendo um caso. Mesmo agora, com seu mundo de cabeça para baixo e tendo de se esforçar para respirar, Kari sabia que o Senhor nunca iria deixá-la – e, de algum modo que ela não cogitava como seria, seu Deus os ajudaria a consertar aquele estrago, mesmo que, nesse momento, a ideia a deixasse com nojo.

Sim, as coisas, por fim, dariam certo. Tim chegaria em casa e pediria desculpas. Eles chorariam juntos e buscariam aconselhamento, como fizeram algumas das amigas de Kari quando sentiram o casamento ameaçado. Então, depois de um tempo de sofrimento, a restauração aconteceria. Eles fariam isso dar certo, não fariam? Não era esse o alicerce daquilo em que ela acreditava – aquele que garante ao crente que, para Deus, tudo é possível?

Ainda assim, o pensamento de estar casada com um homem que podia mentir para ela, enganá-la e traí-la era tão reconfortante quanto uma cela de prisão. Deus poderia, sim, trazer restauração – mas ela sabia que nunca mais seria a mesma depois de hoje. Lágrimas arderam em seus olhos mais uma vez, e uma grande tristeza caiu como um cobertor pesado sobre seu coração. Tudo acabara. Tudo.

Kari apoiou o queixo nos joelhos dobrados e pensou na mulher que tinha sido naquela mesma manhã. Feliz, idealista, confiando no marido de forma incondicional e pronta para iniciar em casa um grupo para discutir questões conjugais. Não houve um único sinal de alerta. Ela esteve ocupada, é claro; mas quem não é ocupado no mundo moderno? Isso nunca foi um empecilho para eles antes. E, enquanto as horas da madrugada avançavam no relógio, Kari chorou pela mulher que era antes. A mulher que ela nunca mais voltaria a ser – uma mulher que tinha dado seu último suspiro às 22h30 daquela noite fatídica que começara com o telefonema de um desconhecido.

***

A pipoca feita havia pouco e as velas de baunilha aqueciam a casa espaçosa e em estilo vitoriano dos Baxter no município vizinho de Clear Creek. O Dallas Cowboys havia acabado de ganhar uma disputa acirrada, e John Baxter usou o controle remoto para desligar a televisão. Ele desviou os olhos para Elizabeth, sua esposa havia mais de trinta anos. Ela ainda era bonita, mas sua atração por ela ia além disso. Elizabeth tinha certo charme e uma elegância toda própria. Algo que não podia ser ensinado a ninguém; era parte de sua essência.

A tela da televisão ficou escura, mas John não teve pressa para se levantar. Depois de criar cinco filhos, o silêncio parecia quase sagrado. Ele passou o polegar sobre a mão suave da esposa e apreciou sua presença.

Deus, tu és tão bom para mim... obrigado por deixá-la com vida. Obrigado.

A tranquilidade sagrada massageava as arestas da alma de John, e ele sentiu os cantos da boca se levantarem. Ele tinha 57 anos, era casado com sua melhor amiga e tinha certeza de que, quando seu tempo nesta vida chegasse ao fim, teria uma eternidade junto com seus entes queridos em um lugar muito melhor que todas as maravilhas deste mundo.

A vida não poderia ficar melhor.

Ele estava prestes a dizer tudo isso quando Elizabeth deu um suspiro preocupado, levantou-se e atravessou a sala devagar, com os olhos fixos nas fotos alinhadas na prateleira sobre a lareira. Lá estavam eles, todos os cinco – Brooke, Kari, Ashley, Erin e Luke. Da mais velha ao mais novo.

Depois de alguns minutos, Elizabeth enxugou duas lágrimas que caíram em silêncio. O coração de John ficou pequeno, e ele foi para o lado dela.

— Qual deles? — Ele perguntou, escorregando o braço nos ombros de Elizabeth.

A mulher enxugou outra lágrima e fez um som que, em parte, era um sorriso e, em parte, era um soluço contido.

— Kari.

John desviou os olhos e ficou olhando para o rosto de sua segunda filha.

— Estou preocupada com ela e com Tim. — Elizabeth aconchegou a cabeça no ombro de John.

A pele de seu braço estava arrepiada, e John passou a mão ao longo dele.

— Você falou com ela?

— Hoje de manhã, antes da sessão de fotos dela.

— O que ela disse?

Ele examinou a esposa, querendo ter o poder de diminuir sua ansiedade.

— Que tudo está bem. — Outra lágrima escorreu por seu rosto. — Talvez eu seja a única que está vendo isso, mas há alguma coisa errada. — Ela enxugou a lágrima. — O olhar distante dele ultimamente, o modo como está sempre muito ocupado para os jantares em família... — Elizabeth fez uma pausa. — Ele está fora da cidade de novo.

John ficou quieto. Olhou para o rosto na foto mais uma vez. De repente, a imagem em sua mente mudou, e Kari já não era mais uma jovem confiante com seus vinte e poucos anos, casada e morando não muito longe dali, em Bloomington. Naquele momento, ela lhe parecia a adolescente ansiosa, querendo saber por que Ryan Taylor não havia telefonado.

Papai, você ora por mim todas as noites? John podia escutar sua preciosa voz com a mesma clareza com que a ouvira naquele dia, há muito tempo. Ele fechou os olhos e se permitiu voltar no tempo.

É claro. John se lembrou de segurar as mãos da filha, tentando acalmar seu jovem coração angustiado.

Você ainda vai orar por mim quando eu estiver adulta e casada? Os olhos de Kari se encheram de lágrimas e seu queixo tremia. *Eu vou precisar de suas orações para sempre, papai.*

O coração de Kari estaria novamente angustiado agora? Ela e Tim estavam tendo problemas dos quais nenhum deles sabia? Elizabeth sempre foi muito intuitiva em se tratando dos filhos, às vezes identificando suas necessidades antes mesmo que eles as reconhecessem.

— Tudo bem. — Ele apertou suavemente o ombro de Elizabeth. — Vamos orar.

Elizabeth fez que sim com a cabeça quando eles se deram as mãos, inclinaram a cabeça e colocaram a filha Kari nas mãos de Deus, onde era o lugar dela, mesmo que não tivesse problemas de modo algum.

CAPÍTULO 3

Tim Jacobs queria mais do que qualquer coisa que seu iminente encontro com Kari já tivesse acabado.

Foi errado ficar na casa de Angela depois de ter visto sua mulher na rua, mas Tim se sentiu paralisado para fazer qualquer coisa. E ele não tinha mesmo ideia do que diria à mulher. De qualquer maneira, já lhe era praticamente impossível abrir mão de um fim de semana com Angela Manning. Ela o cativou como nenhuma outra mulher; os sentimentos de Tim eram muito fortes.

Na noite de domingo, ao parar do lado de fora da casa que dividia com a esposa, ele se convenceu de que foi providencial Kari ter descoberto tudo. Agora, ele poderia admitir o caso e pedir o divórcio. Sim, seria triste e, com certeza, difícil para ambos; mas o resultado era bastante previsível. Tim precisaria sair enquanto o divórcio estivesse em andamento, e isso significava algo muito maravilhoso: ele e Angela nunca mais precisariam ficar separados.

O professor desligou o motor do Lexus e olhou para a porta da frente. Se, ao menos, toda essa experiência difícil já tivesse chegado ao fim! Afinal, ele não era o primeiro marido do mundo a chegar em casa e pedir divórcio à esposa. Esse tipo de coisa acontecia todos os dias nas vizinhanças em todo o país, certo? Mas não – o nó na garganta era mais forte. Tim engoliu em seco e lembrou-se de algo que havia ouvido, certa vez, em um sermão: quanto piores forem as escolhas que você faz, menos ruins essas escolhas parecem.

Ele ignorou a ideia. Ridículo. Era apenas sua consciência pensando demais, só isso. A vida estava prestes a ser melhor do que nunca. Seus sentimentos de culpa já não o surpreendiam. Ele era culpado, e pronto. De certa forma, Tim se sentia mal com isso. Mas, durante estes últimos meses com Angela, ele parecia uma criança em uma loja de brinquedos, atraído para longe de sua vida cotidiana por uma mulher que havia aprisionado seu coração, sua mente e sua alma.

Um suspiro passou por entre os dentes cerrados de Tim enquanto descia do carro e entrava. Ela não estava na sala da frente. Então, ele secou o suor da palma das mãos nas calças e sentiu a garganta tão apertada que mal conseguia falar.

— Kari?

O que estava prestes a fazer seria a parte mais difícil. Ela choraria e ficaria descontrolada, e, neste ínterim, ele poderia até derramar uma ou duas lágrimas. A verdade era que ele ainda se preocupava com Kari. E sentiu muita falta dela quando se foi.

Imagens de Angela vieram à sua mente, e seu coração bateu em ritmo dobrado. Tudo bem, assim ele não sentiria falta da obrigação de estar casado. Contudo, deixaria de ver Kari à mesa do café da manhã, com o cabelo em desalinho antes de tomar banho e com a roupa de dormir meio amarrotada. E aquele jeito com que ela cantarolava para si mesma quando trabalhava pela casa? É claro que ele não se esqueceria da agenda ocupada de Kari, do modo como ela arrumava tempo para cada um e cada coisa, menos para ele; e do modo como os momentos íntimos foram diminuindo e perdendo o encanto até serem um pouco mais que uma simples rotina.

A verdade era que a vida de Kari estava cheia. O trabalho como modelo, as aulas na escola dominical, o coral da igreja, as atividades como voluntária no museu, o tempo que passava com sua família. Quando o choque passasse, ela ficaria bem. O desenlace era a melhor coisa que ele poderia fazer, por mais que sentisse falta da companhia de Kari. Aliás, era o que deveria ter feito meses atrás, quando pensou que algumas tardes e noites com Angela curariam a atração que tinha pela aluna – como se tivesse, alguma vez, se enganado neste sentido.

— Kari? — Tim pôs a bolsa no chão. Suas mãos estavam suadas novamente. Ele as escondeu no fundo dos bolsos de trás e respirou fundo. A cada novo avanço em seu relacionamento com Angela, ele encontrava uma maneira de justificar suas ações. Afinal, seu coração não estava envolvido, a princípio, até o fim do verão. Tim imaginou como seu relacionamento com Angela se desenvolveu de forma tão devagar, tão traiçoeira. Tudo bem que ele se sentiu atraído por ela desde o primeiro dia – e era difícil ignorar alguém com aquela aparência –, mas isso não sinalizou um alarme. Dezenas de alunas atraentes surgiram ao longo de sua carreira. Então, ele leu os trabalhos de Angela.

Se fosse honesto consigo mesmo, o experiente professor teria de admitir que não se apaixonara tanto por Angela por causa de sua beleza física, mas por causa do modo como ela podia escrever. A combinação de inteligência e emoção que fluía de seus textos era impressionante, e a aluna fazia isso de modo brilhante. Mais – depois de passar um semestre na classe de Tim, Angela começou a atribuir-lhe o crédito de ter feito dela uma escritora melhor. Aquilo fez coisas incríveis ao ego dele.

Ainda assim, o relacionamento entre eles não passava de admiração e desejo até que ela voltou das férias de verão no meio de agosto. No primeiro dia de aula, almoçaram juntos, como muitas vezes fizeram durante a primavera anterior. Mas, depois de uma estação inteira separados, não havia como negar que ambos queriam mais, precisavam de mais do que apenas encontros no refeitório ou conversas depois das aulas. Depois de um almoço, eles foram para o apartamento de Angela e, durante as duas horas seguintes, Tim percebeu que seu casamento com Kari nunca mais voltaria a ser o mesmo.

Uma semana depois, toda a sua visão da vida mudou, e ele tinha quase certeza de que queria o divórcio. Algo com relação a estar com Angela fez Tim se sentir melhor do que ninguém jamais havia feito, nem mesmo nos melhores tempos com Kari. Era como se ele estivesse viciado em tudo o que dizia respeito ao seu novo amor – o modo como ela o olhava, a maneira como o fazia se sentir.

Angela estava ciente do efeito que sua aparência tinha sobre os homens. Ela era calma e controlada de dia, em seu papel como estudante universitária. Mas à noite...

Tim respirou lentamente. Não havia palavras para descrever o modo como ela...

Passos soaram no corredor. *Tudo bem. Acabe logo com isso.*

Kari entrou na sala por uma porta lateral, e Tim sentiu que suas palavras encontraram um empecilho em algum lugar lá no fundo dos pulmões. Havia marcas dos dois lados do rosto de Kari, e seus olhos estavam vermelhos e inchados. No entanto, sua beleza ainda o pegou desprevenido. Uma beleza pura e saudável, do tipo que já não mais o arrebatava.

Por um longo momento, eles ficaram assim, de olhos paralisados. Não foram necessárias palavras. A expressão no rosto de Kari disse a Tim tudo o que ele já sabia – que o caso extraconjugal do marido a havia pegado de surpresa e arrebentado seu coração.

Tim mordeu o lábio inferior e chegou à conclusão de que era melhor ir logo ao que interessava.

— Sinto muito, Kari. — Seu coração desacelerava enquanto ele respirava de forma longa e lenta. — Eu não quero mais continuar casado com você.

***

Suas palavras acertaram em cheio o coração de Kari e deixaram-na sem ar. Nem em seus piores pesadelos ela imaginou que Tim começaria a discussão assim. Esta era a parte em que ele deveria se desculpar e pedir perdão. Ela se lembrou de respirar. *Ajude-me, Deus.* Simplesmente, não queria acreditar, mesmo depois de vê-lo sair daquele apartamento no dia anterior. E, depois de seu colapso inicial, Kari decidiu guardar todas as considerações sobre o assunto para quando ele voltasse para casa, até que pudessem conversar sobre o que aconteceu e por que Tim não estava na conferência, como havia dito.

Enquanto isso, ela não teve escolha senão agir como se nada estivesse errado. Foi à igreja naquela manhã e, como sempre, deu aula na escola dominical para crianças da segunda série. A cada pergunta sobre os olhos inchados, ela culpou as alergias, sem dizer nada sobre a situação com Tim, mesmo depois de sua mãe perguntar, por duas vezes, se havia algo errado.

Depois do culto, ela parou para pôr gasolina no carro. Toda vez que pensamentos de Tim vinham à sua mente, seu coração disparava de ansiedade e sua respiração, de repente, ficava acelerada e superficial. *Há uma razão,* ela disse a si mesma. *Há uma razão... há uma razão...*

E a ansiedade diminuía.

Três horas antes de Tim chegar em casa, ela tentava manter a rotina, guardando as roupas lavadas e insistindo consigo mesma que, de alguma forma, a situação não poderia ser tão ruim quanto parecia. Quando passou pela foto do casamento deles na estante da sala, Kari parou. Ela examinou os olhos inteligentes de Tim, seu rosto simpático, absorto no amor que claramente existiu entre os dois, e se lembrou das palavras do homem ao telefone no dia anterior.

Seu marido está tendo um caso... tendo um caso... tendo um caso...

Em um piscar de olhos, o faz-de-conta que a tranquilizou desapareceu. Soluços sufocados irromperam de sua alma irada e arrancaram lágrimas quentes que desceram por seu rosto.

Imediatamente, a situação ficou clara. Sim, o marido tinha uma razão para ter mentido para ela e passado o fim de semana no apartamento de uma aluna. Era a mesma razão que o homem ao telefone lhe tinha dado, e, quaisquer que fossem as mentiras que ela quisesse contar para si mesma, a verdade era óbvia. Tim estava envolvido com outra mulher.

Naquele momento, a tristeza e a raiva no coração de Kari se transformaram em fúria. Ela apanhou a foto de casamento, atirou-a para o outro lado da sala e viu o vidro se quebrar em dezenas de pedaços. Então, devagar, como se estivesse em um transe, Kari caiu de joelhos e começou a orar.

— Eu te odeio, Deus! — Ela gritou as palavras, chorando mais do que antes. — Como ele pôde fazer isso comigo?

No fim de duas horas, a raiva e a tristeza de Kari, assim como a dor pela traição, não eram menores do que antes. Mas, de alguma forma, ela se encheu de determinação e, com isso, veio um lembrete claro e santo de uma verdade. Uma verdade que era referência para seus pais, aquela que ela e Tim aceitaram antes de se casar.

A verdade era esta: o amor é uma decisão.

Como consequência da infidelidade de Tim, seu coração induziu-a a odiá-lo, dizer que ele não era bem-vindo de volta à casa e, depois, nunca mais vê-lo novamente. Deus queria outra coisa. Ele queria que ela ouvisse a explicação do marido e estivesse disposta a perdoar, disposta a buscar orientação e fazer as coisas darem certo – não porque ela tivesse vontade, mas porque era algo que havia decidido fazer quase seis anos atrás.

Então, na última hora antes do retorno de Tim, Kari imaginou uma centena de coisas que ele poderia lhe dizer quando passasse pela porta, quando eles se enfrentassem à luz do que havia acontecido. Ele se desculparia e diria que foi um erro; prometeria nunca mais mentir. Insistiria que a mulher não havia passado de uma diversão, um capricho passageiro, desses que acontecem com tantos homens. Culparia o estresse no trabalho e o fato de que o casamento deles havia caído na rotina – o tipo de desculpa que se dá nessas situações.

Mas a última coisa que ela esperava que Tim dissesse, a única que ela nunca imaginou que ele poderia dizer, era que não mais queria estar casado.

Tim foi se sentar no sofá e apoiou os cotovelos nos joelhos. Franziu a testa e procurou os olhos dela.

— Você me ouviu? — Sua voz era calma, com um tom de determinação. — Eu não quero mais estar casado com você.

A raiva dentro dela era sufocante, mas não houve soluços desta vez, nem choro.

— Só isso? — Ela cruzou os braços, tentando aliviar a sensação de mal-estar no estômago. — Nada de explicações ou promessas? Nada?

Tim pôs a cabeça nas mãos, suspirou e depois olhou novamente para ela.

— Eu deveria ter dito isso há um mês.

A sensação de mal-estar transformou-se em uma forte náusea, que foi parar na garganta de Kari. Ela não sabia se deveria correr para o banheiro ou vomitar no tapete. *O que está acontecendo? O que é isso, meu Deus?*

Não tenha medo. As palavras voltaram.

Desta vez, a confiança serena demorou para vir. Em meio a sentimentos de dor e de raiva – ódio, até –, Kari teve um momento de puro terror. Os papéis do divórcio já estavam prontos e esperando para serem assinados? Ele estava fazendo planos de morar com a mulher? Isso poderia realmente acontecer? Tim poderia deixá-la e casar-se com outra pessoa?

As perguntas batiam nela como se fossem granizo.

Ela não conseguiria viver em Bloomington sabendo que poderia se deparar com Tim e com sua... sua aluna.

O pressentimento do que sua vida poderia se tornar logo ficou insuportável para Kari. Ela piscou os olhos, e o terror desapareceu. Em seu lugar, a fúria que ela sentia era mais contida.

— Quem... — sua voz era um sussurro, sua garganta apertava — quem é ela?

Tim ficou olhando para as mãos e, ao erguer os olhos, pareceu dez anos mais velho do que antes.

— Não importa.

Novamente, Kari ficou espantada.

— Então, você não está negando o caso? Você está saindo com outra pessoa?

— Eu pensei que fosse uma fase. — Os olhos de Tim permaneceram fixos nos dela. — Que acabaria com o tempo.

Kari apertou a mão nas costas de uma cadeira e, desesperada, tentou entender o que estava acontecendo. A náusea ainda estava lá, mas sendo superada por uma sensação de pânico cada vez maior. Suas emoções oscilavam de modo desenfreado, passando do medo à raiva e vice-versa, e ela não conseguia pensar em nada para dizer.

Depois de uma longa pausa, Tim voltou a olhar para os pés.

Ele está com medo de olhar para mim. O pensamento acomodou-se como uma pedra em seu estômago vazio.

— Não tem outro jeito de dizer isto, Kari. Eu quero o divórcio. — Ele olhou rapidamente para ela. — Eu ainda me preocupo com você, mas não estou... não estou apaixonado por você.

O pânico transformou-se em uma grande onda à volta de Kari, consumindo-a.

— Você está *apaixonado* por ela?

Tim olhou-a nos olhos e encolheu um pouco os ombros.

— Estou.

O que ele estava dizendo? Kari quase pôde sentir as mãos dos anjos impedindo-a de cair no chão. Ela se endireitou e começou a andar de um lado para outro da sala, parando em frente ao marido.

— Ela é uma aluna, Tim. Quantos anos ela tem? Dezenove? Vinte?

Pela primeira vez, desde que chegara, a expressão de Tim tornou-se defensiva.

— Ela tem 24 anos, está bem? E eu a conheci há quase um ano.

A cabeça de Kari estava rodando.

— Um ano? — Sua voz era quase um sussurro. Quem era esta mulher, e como ela era? Era uma das alunas a quem ele havia elogiado no ano passado? Toda aquela situação era inadmissível. — Você está saindo com ela há *um ano*?

Tim fez que não com a cabeça e ficou passando os dedos nas têmporas.

— Eu a conheci no início do semestre, na primavera. Só ficou sério há... há poucos meses.

Ele se levantou e lançou as mãos para o alto.

— Isso é inútil, Kari. — Sua voz era alta, frustrada. — O que vou fazer com minha vida depois de você e do divórcio é problema meu.

A onda grande veio de encontro a Kari, e ela caiu sentada na cadeira novamente. Seu coração estava perigosamente disparado, e ela não respirava com regularidade. A dor enfraqueceu seus braços, e havia um peso em seu peito que piorava a cada segundo que passava.

Senhor, ajude-me. Eu estou caindo. Pai... me ajude!

Eu estou com você.

Os sussurros suaves no fundo da alma de Kari trouxeram apenas um pingo de alívio, mas isso foi suficiente para permitir que ela respirasse.

— Você me deve mais do que isso, Tim. — Kari se acalmou e olhou para ele. — Ela não é sua esposa. Eu sou.

Tim abriu as mãos, segurou sua aliança e a deslizou para fora do dedo.

— Você não quer isso, Kari? — Ele jogou a aliança na mesinha de centro, fez que não com a cabeça e se sentou. — Acabou. Eu quero ir embora. Eu não quero mais estar casado com você.

Enquanto a aliança retinia na mesa, algo dentro de Kari se fechou. Era quase como se houvesse um escudo protetor em volta de seu coração, uma espécie de armadura que simplesmente não a permitia sentir mais dor. Sentia-se tonta e pior do que antes, mas, de alguma forma, desinteressada e realista, como se estivesse observando toda aquela cena à distância.

Seu marido não era nada daquele homem que ela pensava que ele fosse. Em vez disso, ele mentiu e a enganou, e, agora, estava dizendo que o casamento havia chegado ao fim. Ela olhou para ele, sentado ali com os dedos dobrados e cabisbaixo, dando-lhe uma visão clara dos sinais de calvície que estavam começando a aparecer no alto de sua cabeça. E lembrou-se de um versículo de seu casamento: *Assim, permanecem agora estes três: a fé, a esperança e o amor. O maior deles, porém, é o amor.*

Agindo com o que ela poderia explicar apenas como uma força sobrenatural e sem nem mesmo uma única lágrima, ela examinou o marido e acalmou a voz. A raiva ainda estava lá, mas sua determinação era maior.

— Nós precisamos de aconselhamento.

A boca de Tim se abriu.

— Aconselhamento? — Ele girou os olhos, com o tom mais alto do que antes. — Kari, eu sinto muito por ser difícil para você aceitar isso, mas você precisa me ouvir. Eu quero o divórcio, e não aconselhamento. Eu estou apaixonado por outra mulher.

— Isso não importa. — Kari encostou-se na cadeira e cruzou com firmeza os braços à sua frente. — Deus pode perdoá-lo.

Tim praguejou baixinho e ficou olhando para ela como se tivesse acabado de sair de um disco voador.

— Eu não quero o perdão de Deus. — Sua voz encheu a sala. — Nem agora, nem nunca. A vida é minha... portanto, eu escolho vivê-la. — Ela abriu a boca para dizer algo, mas ele estendeu a mão para impedi-la. — Eu não quero *seu* perdão também. Eu não quero continuar casado. Não é justo para nenhum de nós. — Ele fez uma pausa, e uma calma abatida voltou ao seu tom. — Eu quero o divórcio. Nada menos.

Mais uma vez, Kari se encheu de uma força que ela não conseguia explicar.

— Você é meu marido, Tim. Prometemos um ao outro ficar juntos para sempre. Seja lá o que você fez, Deus pode me ajudar a perdoá-lo. Nós podemos buscar aconselhamento e resolver essa situação.

A circunstância era quase patética. Tim fulminou-a com o olhar, levantou-se, atravessou a sala e pegou a bolsa com uma muda de roupas que havia trazido consigo para casa. Ficou parado por um instante; então, ele a soltou mais uma vez e veio lentamente até onde ela estava, com os pés quase tocando os dela.

— Eu amei você, Kari. — Os olhos dele, agora, estavam mais tristes do que quando havia chegado. — Eu nunca quis machucar você com essa história. Mas não vou continuar casado com você. Eu não posso viver uma mentira. — Sua voz ficou mais suave. — Eu estou me mudando para a casa de Angela hoje à noite.

— Não... — O comentário foi feito antes que ela pudesse impedi-lo. O clima de paz foi cedendo, ameaçando lançar uma avalanche de raiva, de dor e de sofrimento. Kari podia sentir seus braços e suas pernas tremendo de emoções dispersas, e sua mente não parava enquanto ela considerava suas opções.

Tim passou os dedos na parte de cima das coxas como se estivesse tentando não gritar com ela. Em seguida, suas mãos relaxaram, e ele falou calma e simplesmente.

— Sinto muito, Kari.

Sem esperar mais um minuto, ele pegou sua bolsa de novo e seguiu em direção ao quarto.

— Não faça isso, Tim. — As palavras de Kari acompanharam-no, mas ele não olhou para trás. Ela fechou os olhos e gritou: — Ajude-me, Deus! Eu não sei o que fazer.

Durante os trinta minutos seguintes, ela ficou paralisada na cadeira, ouvindo enquanto ele revirava o armário, e imaginou-o encontrando a mala. Ouviu o barulho de gavetas e portas de armário se abrindo e se fechando, e, por fim, Tim apareceu na sala mais uma vez.

Ele tinha uma mala em cada mão e a bolsa pendurada no ombro. Ela se sentia confusa, como uma vítima de acidente.

— Não vá. — Foi tudo o que conseguiu dizer.

Mais uma vez, as palavras pareciam estranhamente inadequadas, como se fossem de uma terceira pessoa, alheia à cena. Tim estava apaixonado por outra mulher e queria o divórcio. Ele se tornou o homem mais cruel que poderia ser. Quebrou seus votos conjugais e fez a única coisa que daria à Kari uma justificativa bíblica para acabar com o casamento deles. Mas, a despeito de sua raiva e tristeza, e apesar do choque que ainda estremecia seu corpo, Kari sabia que uma coisa era certa: ela não queria uma saída. E não queria desistir de sua promessa de ficar com ele, acontecesse o que acontecesse, e de amá-lo a qualquer preço.

A fúria que chegou a sentir diminuiu.

— Fique. — Tristeza e medo sufocaram sua voz. — Vamos resolver este problema juntos. Por favor.

Tim hesitou, e ela quase pensou que ele pudesse mudar de ideia. Kari olhou bem dentro dos olhos do marido e quis que ele ouvisse seu coração. *Vamos... não desista de nós...*

— Adeus, Kari. Eu ligo amanhã; precisamos falar sobre os procedimentos legais. — Ele deu um passo em direção à porta da frente. — Você me encontra no trabalho.

Kari levantou-se. Pensou em uma dezena de coisas que queria dizer e fazer. Queria andar e dar-lhe um tapa no rosto; cuspir nele ou dar um chute em sua perna. Desejou fazer um buraco na parede ou cair ao chão, numa síncope nervosa, um colapso emocional – aquele que Deus estava evitando, o que ela estava certa de que teria nas horas, dias e semanas pela frente.

Em vez disso, ela olhou para Tim quando ele saiu pela porta e disse apenas uma coisa.

— Eu não vou lhe dar o divórcio.

CAPÍTULO 4

Ela dormiu no sofá mesmo, chorando a ponto de pensar que suas costelas se quebrariam. Por inúmeras vezes, Kari pensou em voltar ao apartamento da mulher, encontrar Tim e perguntar-lhe se tudo não passava de um pesadelo, implorar para que ele lhe dissesse que não era verdade, que não estava apaixonado por uma de suas alunas e decidido a nunca mais voltar para casa.

Mas ela ficou apenas no sofá.

A verdade era tão real que a estava sufocando. Por volta das três horas da manhã, o coração começou a pular de modo irregular. Sua testa começou a suar, e Kari sentiu o rosto quente. Ela reconheceu os sintomas. Estava tendo um ataque de ansiedade.

Não era para menos.

Ligou o abajur e pegou a Bíblia que deixava debaixo dele. *Mostre-me alguma coisa, Senhor... me dê paz. Eu não consigo vencer a noite.*

Folheando as páginas, ela se pôs a ler os salmos e começou a passar os olhos pelos versículos à procura de promessas de paz, de vingança ou, pelo menos, de livramento. Seus olhos examinaram os Salmos 48 e 49, e, então, lá do fundo do oceano de dor, seus pés pisaram em terra firme. Seus olhos encontraram o Salmo 50.15: *Clame a Mim no dia da angústia; eu o livrarei, e você Me honrará.*

Nada com relação ao que Tim havia feito foi honroso; na verdade, ela estava profundamente envergonhada por ele, pelos dois. Mas, aqui na Palavra de Deus, em meio a todas as outras promessas que sempre seriam verdadeiras, estava uma que parecia escrita somente para ela. Pensar que Deus não só iria livrá-la, mas também dar-lhe uma chance de honrá-lo, de alguma forma, em meio àquele desastre, foi suficiente para fazer seu coração voltar a bater normalmente e desaparecer a sensação de calor no rosto.

Clame a Mim no dia da angústia; eu o livrarei, e você Me honrará.

— Ajude-me, Senhor — ela sussurrou no meio da noite. — Estou tão perdida.

Fechou a Bíblia, apagou a luz e ficou deitada ali, repetindo o versículo no escuro, crendo na promessa dentro da Palavra de Deus. Foi a única coisa que a ajudou a passar o resto da noite.

Pela manhã, quando se lembrou de que Tim a havia deixado por outra mulher – no exato momento em que a verdade ficou clara em sua consciência –, ela telefonou para a casa de seus pais.

— Alô?

Era sua mãe. *Ajude-a a entender sem fazer um monte de perguntas, Deus... por favor.* Kari sabia que parecia estar mal; sem dúvida, sua mãe ficaria preocupada. Ela fechou os olhos e começou a falar.

— Alô, é Kari. — Uma nova onda de soluços se formou no pé de sua garganta, e ela não conseguiu mais falar.

— Querida, o que houve? Você está bem? — Kari sentiu-se estranhamente tranquilizada pelo alarme na voz da mãe, como se tivesse, finalmente, se deparado com alguém que se importava. Ela tossiu, tentando apagar a tristeza densa e pesada que estava bloqueando suas vias respiratórias. A raiva e o medo do ontem passaram. Em seu lugar, havia uma tristeza que ela não conseguia começar a descrever.

— Eu preciso falar com você.

— Você quer que eu vá aí?

— Não. — O nariz de Kari estava inchado por causa das horas de choro, e, naquele momento, era só assim que ela conseguia continuar uma conversa. — Estarei aí em uma hora.

Minutos depois, ela entrou no chuveiro e ficou pensando no que sua vida havia se tornado. Não fazia ideia de quanto tempo Tim ficaria longe de casa ou até que ponto ele falou sério sobre divórcio. E ali, enquanto a água quente lavava seu corpo, ela se deixou voltar à época em que conheceu Tim Jacobs. Lembrou-se de muitas coisas boas – de seu olhar simpático, seu senso de humor, sua inteligência. E sua fé, então vigorosa. Quem não teria agarrado a chance de namorá-lo?

Kari ficou remoendo estas qualidades e percebeu que havia algo em Tim que se destacava mais do que todas as outras qualidades juntas. No final, foi o que a convencera a se casar com ele. Tim a fizera esquecer Ryan Taylor.

O último ano de Kari Baxter na faculdade foi muito difícil para ela. Em alguns dias, seu coração se partiu a ponto de ela nem conseguir imaginar como se vestiria pela manhã – que dirá, sobreviver ao dia.

Naquela época, Tim Jacobs pareceu ser a resposta a todas as suas orações, especialmente depois de como as coisas acabaram com Ryan.

Kari suspirou. Pensar no ex-namorado não faria bem ao seu coração. Não agora. Era melhor ignorar a parte em que o menino que foi seu melhor amigo, seu primeiro amor, saiu repentinamente e para sempre de sua vida.

Era primavera quando Tim apareceu, e Kari estava em seu último semestre em Indiana. Embora ainda estivesse se recuperando do rompimento com Ryan, ela começava a pensar que poderia sobreviver. Até fez planos para participar de um estudo bíblico no *campus* do Indiana Memorial Union.

Kari lembrou-se de se sentir indiferente naquele dia, como se estivesse simplesmente fazendo algo só por fazer. Apareceu dez minutos antes, entrou discretamente no salão onde o estudo seria realizado e descansou a cabeça na mochila.

Tim foi um dos poucos que apareceram naquele dia, e, durante alguns minutos, ela o ficou observando enquanto ele conversava com uma garota baixa e ruiva. Parecia mais velho que a média dos estudantes, e Kari queria saber se ele era professor. A maioria dos clubes do *campus* contava com um orientador acadêmico.

"Eu sei que talvez não seja uma coisa espiritual, mas a gente atrai mesmo as pessoas com passeios." A garota falava com as mãos e usava uma voz fina e sedutora. "Muitos passeios. Eu acho que acampar no lago Monroe seria perfeito."

Kari ficou observando Tim e notou que ele era bonito de uma maneira simples – cerca de 1,80 metro de altura, com cabelos escuros que já mostravam alguns fios grisalhos. O detalhe é que ele tinha olhos cheios de confiança e muito bom humor.

Tim sorria enquanto fazia que não com a cabeça. "Eu não penso assim, Ruth."

A ruiva lançou-lhe um olhar provocante. "Por que não?"

"Um grupo de universitários em um acampamento?" Ele fez que não com a cabeça. "E depois? No ano que vem abrimos uma creche para mães solteiras?"

"É disso que eu gosto em você, Tim." O rosto da ruiva ficou corado. "Você está sempre pensando."

A garota colocou as mãos no quadril e reprimiu um sorriso. *Ela não vai desistir*, Kari pensou distraidamente. *Eu gostaria de saber se ele sabe que ela tem uma queda por ele.* Ela olhou rapidamente para a mão esquerda dele. Nenhuma aliança. Pelo menos, a ruiva não estava interessada em um homem casado.

Tim escolheu alguns panfletos de uma pilha em uma mesa próxima. "Quem sabe um filme à noite, algo assim."

Ruth passou os dedos nos cabelos e piscou para Tim. "Qual é! Tenha um pouco de imaginação." Ela lhe lançou um sorriso. "A gente poderia ter estudos bíblicos pela manhã e à noite, bem... a gente poderia organizar um concurso de trajes de banho numa noite, um concurso da camiseta molhada em outra, talvez organizar uma festa dançante, ou..."

Tim ergueu as sobrancelhas. "Eu gosto de sua criatividade, Ruth, mas é a primeira reunião do semestre, e nós temos cinco minutos para apresentar algumas sugestões que podem realmente dar certo."

A ruiva se aproximou mais. "Você nunca relaxa?"

Tim levantou a cabeça e sorriu. "Não desse jeito. Não rodeado de alunos."

"E daí?", lamentou a menina. "Eu não sou sua aluna."

A mensagem de Ruth foi clara, mas Tim simplesmente balançou a cabeça e voltou a escolher panfletos. Sem desanimar, a ruiva inclinou o rosto perto do dele. "Você se acha muito velho para mim, não é?"

Ao ouvir isso, Tim jogou a cabeça para trás e riu. "Quantos anos você acha que eu tenho?" Mas, então, ele pôs os olhos no mesmo nível dos dela e falou com delicadeza. "Olhe, eu não saio com alunas, está bem?"

Kari observava, impressionada. Embora não estivesse interessada no homem, ela não pôde deixar de admirar sua ética e o modo delicado como se desviou dos avanços de Ruth sem, contudo, ridicularizá-la em momento algum.

Quando Tim e Ruth acabaram de se preparar para a reunião, ela entregou crachás e folhetos de boas-vindas aos alunos que apareciam aos poucos. Ao que parecia, Tim iria se sentar quando avistou Kari. Seus olhos pararam por um momento; então, ele desviou o olhar.

Em vez de se sentar, ele seguiu em sua direção, cumprimentando vários alunos pelo caminho. Quando, finalmente, veio parar em sua mesa, a impressão que deu ao estender a mão e se apresentar não pareceu ser nada além de um gesto educado. "Oi, eu sou Tim Jacobs. Eu sou mais ou menos o representante do corpo docente deste grupo. Trabalho meio período como professor na escola de jornalismo."

Ele sorriu enquanto os olhos dos dois se encontraram mais uma vez. "De qualquer forma, seja bem-vinda."

O toque de sua mão na dela deixou Kari com o rosto quente. "Obrigada." Ela recolheu a mão e colocou-a debaixo da mesa. "Eu não ia vir, mas..."

Tim esperou, com uma expressão curiosa no rosto, mas sem demonstrar o menor interesse em algo que não fosse sua resposta. "Mas...?"

Kari deu de ombros. "Eu precisava de uma mudança."

Um sorriso tranquilo encheu o rosto de Tim, e ela percebeu que ele havia baixado um pouco a guarda. "Todos nós precisamos de vez em quando", concordou. Houve um silêncio constrangedor entre eles, e Tim deu uma olhada pela sala. "Boa plateia. Maior do que esperávamos." Sua atenção voltou para ela. "Acho melhor começarmos."

Eles só voltaram a conversar depois da reunião. Enquanto Kari saía, Tim sorriu para ela. "Foi uma boa mudança?"

"Com certeza." O tempo de conversa e o estudo bíblico foram justamente do que ela precisava.

"Que bom! Vejo você na semana que vem."

Os caminhos de Kari e de Tim só se cruzariam de novo na reunião seguinte, mas, por várias vezes nos dias seguintes, ela ficou pensando no professor. Quando passava pelo prédio de jornalismo, a caminho do almoço de todo dia, ela se via à procura dele, imaginando sua vida pessoal. Tim Jacobs deveria ter seus vinte e tantos anos ou estava no começo dos trinta. Provavelmente, era comprometido. A maioria dos homens dessa idade estava envolvido em algum tipo de relacionamento.

Quatro semanas se passaram, e Kari continuou a frequentar os estudos bíblicos. E, embora Tim não tivesse feito nada inadequado – nenhum comentário sugestivo ou gesto insinuante –, Kari teve a estranha sensação de que ele estava interessado nela. Ao fim da quinta reunião, Tim saiu do prédio no mesmo instante que Kari e viu que ela carregava uma pilha de livros. "Quer ajuda?"

Ela lutava para segurar firme dois dos volumes mais pesados. "Você não se importa?"

"Não", respondeu Tim, animado. Ele apanhou a maior parte de livros e colocou-os facilmente debaixo do braço. "Para onde você está indo?"

Ela apontou com o cotovelo. "Para o estacionamento."

Eles falaram sobre a reunião enquanto seguiram em direção ao carro dela. Então, por quase uma hora, ficaram conversando sobre as aulas de Kari e o trabalho de Tim, as igrejas que frequentavam e o que haviam feito antes de virem para a Universidade de Indiana. Tim estava concluindo o doutorado em outra faculdade, dando alguns cursos de redação e fazendo um trabalho editorial no jornal local. Contou que cresceu em uma família de missionários, mas já fazia um bom tempo que estava longe de casa, trabalhando como repórter e se dedicando à sua formação. Mudou-se de Chicago para Bloomington.

"Isso é incrível." Ele sorriu para ela, e Kari percebeu que este era o verdadeiro Tim Jacobs, aquele que provavelmente estava por trás da aparência confiante e imperturbável diante dos outros. "Nós dois sempre estivemos aqui no *campus*. Eu não posso acreditar que nunca nos encontramos antes."

Kari podia. Ela passou pouco tempo envolvida com a universidade. Por que se preocupar, uma vez que ela ainda morava na casa dos pais e, até novembro passado, ficava todo o tempo livre com Ryan Taylor? "É um *campus* grande, eu acho", desconversou.

"Eu acho." A conversa parou, e ela já estava para se despedir quando ele fixou os olhos nos dela. "Ei, Kari, você está saindo com alguém especial?"

Mesmo agora, ela se lembrou do modo como seu coração saltou com a pergunta inusitada. "Não. Não mais."

Os olhos de Tim brilharam, e ela percebeu mais uma vez que ele a estava deixando ver quem ele realmente era. "Bem, se você não estiver fazendo nada, talvez pudéssemos jantar uma noite dessas."

Kari lembrou-se do comentário que Tim fez à Ruth, do modo como ele imobilizou suas investidas. "Eu pensei que você não saísse com alunas", provocou.

Ele riu. "Você se refere à Ruth?"

Kari fez que sim com a cabeça, mordendo os lábios para não sorrir. "Você se saiu muito bem com toda aquela história da camiseta molhada, tenho que admitir."

"Ruth tem boas intenções." Seu sorriso desapareceu. "Na verdade, eu normalmente não saio com alunas. Logo estarei trabalhando aqui em tempo integral, e..." – ele encolheu os ombros – "isso não é uma boa ideia."

"Mas...?"

"Mas a verdade é que eu ainda sou um aluno."

Ela deu uma risadinha. "Que conveniente!"

Eles jantaram na sexta-feira seguinte após o estudo bíblico e, um mês depois, se reuniam duas vezes por semana na biblioteca: ela fazia as lições de casa, enquanto Tim trabalhava em sua dissertação. Quanto mais Kari o conhecia, mais gostava dele – e o admirava. Ele era inteligente e focado, mas, por trás de sua veemência, havia um homem que adorava se divertir, cujo senso de humor a fazia rir. Ela estava convencida de que Tim Jacobs estava indo para algum lugar e estava curiosa para ver que lugar seria esse.

Os dois passaram a jantar juntos com mais frequência com o passar do tempo. Às vezes, iam à igreja juntos ou assistiam a um filme ou concerto de vez em quando. Mas Kari estava decidida a manter as coisas na esfera platônica. Ela não estava preparada para um relacionamento – principalmente, quando sabia que levaria uma eternidade para esquecer Ryan Taylor.

Kari fechou a torneira, saiu do chuveiro e pegou uma toalha. Lembrou-se de algo que sua mãe havia lhe dito no final daquela primavera.

"Você não vai esperar por ele, vai, querida?" Elas estavam lavando panelas uma do lado da outra enquanto os irmãos de

Kari enchiam a casa de ruídos que tinham a ver com lição de casa e conversas juvenis.

Ela ficou desconcertada. "Esperar por quem, mãe?"

Sua mãe lançou-lhe um olhar de quem sabia das coisas. "Você sabe."

"Ryan?" A voz de Kari ficou irritada. Fazia meses que ninguém na casa dos Baxter mencionava o nome dele. Kari, naturalmente, havia proibido isso. "Eu já disse que Ryan e eu terminamos. Caso encerrado. Não se fala mais nisso. Ele foi embora sem mim."

Elizabeth Baxter ficou em silêncio por um minuto. "Ele não vai jogar no time profissional de futebol para sempre, Kari." Ela mordeu o lábio inferior e pareceu olhar para a alma da fillha. "Eu odeio vê-la cometer um erro."

"Que erro?"

"Eu não sei. Com Tim, eu acho". Ela deu de ombros. "Alguma coisa com relação a ele parece, não sei, meio artificial. Aquela maneira como ele se esforça para impressioná-la. E eu receio que ele seja muito velho para você."

Kari deixou o pano de prato cair na água cheia de sabão. "Tim e eu somos amigos, nada mais". Tendo certeza de que havia expressado sua frustração, Kari pegou o pano e voltou a secar a louça. "Pelo menos nós oramos juntos."

Sua mãe não disse mais nada negativo sobre Tim depois disso. Ao longo do semestre, Kari e ele continuaram como bons amigos e companheiros casuais, e ela bem que dizia a si mesma que era só isso que eles podiam ser. Mas, um dia, com três meses de amizade, Tim ficou particularmente calado durante o almoço.

Eles acabaram de comer, e, enquanto bebia uma xícara quente de chá de canela, Kari observou-o. "Tudo bem." Ela pôde sentir o modo como seus olhos dançavam, ouvir a provocação em sua voz. "O que você faria com Tim?"

"Hmmm?" Tim tirou os olhos do prato como se a pergunta dela o tivesse apanhado de surpresa.

Kari deu um suspiro profundo. "Agora eu sei que você é um mentiroso. Meu Tim teria rido um pouco, mesmo que eu não tivesse sido tão engraçada."

Ele esboçou um sorriso pálido. Algo em sua expressão dizia a Kari que aquele não era um momento para brincadeiras. Ela piscou e suavizou a voz. "O que foi, Tim? Em que você está pensando?"

"Você quer a verdade?"

Ela fez que sim com a cabeça.

Havia uma dor nos olhos de Tim que ela não conseguia explicar. Nem mesmo uma só vez ele deixou de lado o contato visual com ela. "Tudo bem. Eu quero saber sobre o cara especial. Quem foi ele?"

"O cara especial?" O coração dela deu um pulo.

Ele continuou. "Naquele primeiro dia em que conversamos perto de seu carro, eu lhe perguntei se havia alguém especial, alguém com quem você estivesse saindo." Seu tom era meigo, e ela sabia que ele estava sendo propositalmente vulnerável.

Onde isso vai dar, Senhor? Não me deixe magoá-lo. Kari deixou Tim acabar.

"O modo como você disse deu a entender que o que vocês tinham acabou." Tim fez uma pausa. "Mas não é verdade. Você ainda gosta, e muito, dele, não é? Talvez, mais do que você esteja querendo admitir."

Ela brincou com a alça de sua caneca. "Como você sabe?"

Tim encolheu os ombros, e ocorreu a ela que ele era, de fato, bonito, mais do que tinha achado no início – não como

Ryan, que tinha um jeito de chamar a atenção por onde passasse, mas, ainda assim, atraente e simpático.

Tim suspirou. "Você nunca fala sobre ele de maneira alguma."

Kari olhou na mesma altura dos olhos do interlocutor e sorriu, apesar da tristeza que ainda enchia seu coração com a menção do ex-namorado. "Tudo bem, eu vou dizer. Seu nome é Ryan Taylor, e ele era um amigo da família."

Quando ela mencionou o nome de Ryan, um olhar estranho se formou no rosto de Tim. "Não é o jogador Ryan Taylor? Que assinou contrato com o Cowboys da Universidade de Oklahoma? Que marcou um novo recorde pela maior quantidade de passes feitos por um *tight end* no ano passado? Não é esse Ryan Taylor, é?"

Tim foi repórter esportivo depois da faculdade e ainda acompanhava o futebol americano. Kari devia ter percebido que ele reconheceria o nome de Ryan. Então, olhou para as mãos e concordou com a cabeça. "É ele."

Um momento de silêncio se passou entre eles, e então Tim se afastou da mesa, estendendo uma das mãos para Kari. "Bem... foi ótimo. Agora, se você não se importa, eu acho que vou atrás de uma mulher a quem eu possa realmente impressionar."

"Pare!" Kari riu e agarrou-o pelo pulso. "Não seja bobo."

Tim ficou à vontade novamente na cadeira e olhou para ela com os olhos tão arregalados que ela quase pôde ver o branco em toda a volta. "Ryan Taylor? Ele é o cara especial? Você está falando sério?"

Ao dar uma olhada pelo restaurante, ela viu outras pessoas olhando para eles e concordou rapidamente com a cabeça, colocando um dedo sobre os lábios. "Sim! Shhh... está todo mundo olhando para cá."

Uma expressão de espanto surgiu no rosto de Tim enquanto se acomodava na cadeira. Era como se alguém o tivesse deixado sem ar. "Por que uma mulher que namorou o grande Ryan Taylor almoçaria com um cara como eu?" Ele deu um sorriso largo e ergueu um único dedo. "Eu sei! Porque você gosta das minhas piadas! É isso, não é?"

Kari levou a mão ao rosto para esconder as risadinhas. Ela se aproximou e segurou a mão dele nas suas. "Não, Tim. Eu não gosto das suas piadas."

Fingindo-se espantado, o queixo de Tim caiu e, em silêncio, ele soltou: "Você não gosta das minhas piadas?"

Ela riu alto desta vez e, ao recuperar a pose, apertou a mão de Tim e sorriu para ele. "O que eu quero dizer é que não é de suas piadas que eu gosto. Eu gosto de... você."

A expressão dele mudou naquele momento, quase como se estivesse determinado a deixar lá para trás a verdade sobre o amor do passado de Kari. "Bem, então, pelo menos me diga o que aconteceu entre vocês dois."

E ela contou a história. Nos minutos restantes daquela hora, ela falou sobre sua amizade com Ryan, dos altos e baixos do relacionamento e de sua expectativa de se casar com ele.

A conversa com Tim naquele dia foi um momento decisivo para eles, aprofundando a amizade entre os dois e sugerindo a possibilidade de algo mais sério no futuro. Mas Kari ainda duvidava de que algo duradouro viria dos momentos que passavam juntos, porque, depois da formatura, ela planejava passar seis meses em Nova York com algumas amigas, onde trabalhariam para uma agência de modelos no West Side.

Então, na noite em que ela se formou, tudo o que dizia respeito ao seu relacionamento com Tim mudou. Seus pais deram uma grande festa para comemorar o grande dia de Kari. Naquela noite, a casa ficou cheia de pessoas, e Tim estava entre elas. Ele passou quase uma hora conversando com o pai de Kari e, antes que a noite acabasse, ajudou a mãe dela a encher novamente os pratos de salgadinhos e arrumar a cozinha.

A mãe de Kari puxou-a de lado antes do final da festa e sussurrou em seu ouvido: "Talvez eu tenha me enganado a respeito de Tim".

"Sim, talvez", Kari respondeu sussurrando, com o coração nas nuvens por causa do sucesso da noite. "Não que isso tenha importância agora. Vou ficar fora algumas semanas, lembra?"

Um olhar estranho surgiu no rosto de sua mãe, e ela hesitou como se estivesse pensando se deveria mesmo falar o que estava para dizer em seguida. Então, ela abaixou a voz novamente. "Ryan telefonou ontem. Ele pediu para eu não contar para você, mas eu não quero que você seja surpreendida."

Kari jamais se esqueceria do modo como seu coração quase parou. Ele não podia deixá-la em paz? Não era suficiente partir seu coração sem atormentá-la? "Por quê?"

Elizabeth Baxter mexia nervosamente em um pano de prato, e os traços de seu rosto ficaram tensos. "Ele quer dar uma passada aqui hoje. Mais tarde, depois que todos forem embora."

O pânico que Kari sentiu naquele momento foi quase suficiente para estragar a noite. Ela olhou para o relógio da cozinha. "Ele não viria tão tarde assim, viria?"

Um olhar tímido passou pelo rosto de sua mãe. "Ele me pediu para não contar a você."

O número de convidados estava começando a diminuir e, de repente, Kari pensou em um plano. "Tudo bem." Ela olhou novamente para a mãe enquanto dava um passo em direção à sala onde Tim e uma dezena de outros estavam reunidos. "Obrigada por me contar."

Sem esperar uma pausa na conversa, ela se aproximou de Tim e segurou seu braço. "Rápido. Eu preciso falar com você." Se Ryan Taylor iria aparecer sem avisar, a última coisa que ela queria era parecer interessada. Ou pior, demonstrar que ela estivesse se consumindo de desgosto nos meses em que ficou sem ele.

Quando Kari e Tim ficaram sozinhos no corredor, ela lhe contou o que sua mãe havia dito sobre Ryan. Assim que ela mencionou o nome do rapaz, a expressão de Tim mudou. "Você quer que eu vá embora?"

"Não!" A resposta de Kari foi imediata, e ela puxou com força a manga de Tim para dar ênfase. "Eu quero que você finja ser meu namorado."

Por um milésimo de segundo, algo distante e sério turvou os olhos de Tim, mas, depois, quase de imediato, foi substituído pela expressão provocadora e cintilante com a qual ela já estava mais acostumada. Movendo-se como um ator em um filme, ele pôs delicadamente o rosto de Kari em suas mãos e se abaixou para ficar com os lábios na altura dos dela.

"Tim!" Ela o empurrou no peito e olhou para ele com o coração batendo forte em um misto de falsa indignação e um sentimento novo e estranho que nunca havia tido em sua presença.

"O quê?" Ele lhe deu um sorriso malandro. "Você me disse para fingir ser seu..."

"Não gosto disso! Por favor. Fique sério." Ela o empurrou novamente. "Se Ryan aparecer, eu quero que você segure minha mão até ele ir embora, está bem?"

Mais uma vez, algo brilhou nos olhos de Tim, algo que fez o coração de Kari pular inesperadamente. Quinze minutos depois, Ryan passou pela porta, e ela ficou na sala com Tim ao seu lado, de mãos dadas, como haviam planejado.

Demorou alguns minutos para Ryan ir à sala onde os dois estavam sentados. A respiração de Kari ficou presa na garganta quando o viu, mas ela desviou o olhar, fingindo não perceber.

Ainda assim, percebeu como os olhos dele reagiram ao vê-la... e o fato de ela estar de mãos dadas com Tim.

"Kari." Ele andou em sua direção, e ela percebeu que quase havia se esquecido do modo como ele dominava uma sala. "Parabéns!"

"Obrigada." Ela se levantou e Tim fez o mesmo, mantendo a mão na dela.

Houve um silêncio constrangedor quando a mãe e o pai seguiram Ryan até a sala e ambos ficaram, ao mesmo tempo, olhando para a mão da filha junto à de Tim. O coração de Kari bateu tão forte que ela pensou que cada um dos que estavam na sala poderiam perceber. Meio assustada, ela lançou um olhar aos pais que lhes pedia para não revelarem seu plano.

Tentando livrar-se da lembrança, Kari enrolou a toalha no corpo e sentou-se na beira da cama. Havia muitos anos que tinha visto Ryan pela última vez, mas as lembranças dele eram tão recentes como se tudo tivesse acontecido naquela manhã. Ela lembrou-se de querer se aproximar de Ryan naquela noite, só mais uma vez sentir seus braços envolverem-na contra seu peito, sentir seu coração bater contra o rosto dela. Em vez disso, contudo, ela apenas o cumprimentou educadamente com a cabeça e apresentou Tim, que ainda segurava sua mão. Conversaram sobre os Cowboys, o treinamento na primavera e o acampamento de verão, e Kari pôde ver que Tim estava impressionado. Eles falaram por mais alguns minutos de futebol e, então, Ryan se despediu e foi embora.

Embora ele ainda tivesse a capacidade de levar consigo um pedacinho do coração dela, Kari o viu partir – provavelmente, para não mais vê-lo – sem ceder ao desejo que brotava dentro de si: um desejo de correr atrás dele e perdoá-lo por tudo o que ele já havia feito para magoá-la. O desejo de perguntar se, de alguma forma, ele ainda a amava. No momento em que ele foi embora, ela se encheu de alívio.

Ryan fizera suas escolhas há muito tempo. Nunca mais haveria alguma coisa entre eles. Recomposta, Kari puxou Tim pela mão para um lugar tranquilo lá fora, na varanda dos fundos. Logo que se afastaram dos outros, ela respirou alto e encostou-se na grade da varanda, olhando para o céu estrelado. "Obrigada."

Tim estava quieto, olhando fixamente para cima também. Mas, depois de alguns minutos, ele mudou de lugar para poder ficar de frente para ela. "Você ainda está apaixonada por ele."

Não havia como esquecer o modo como sua declaração fez o estômago dela revirar. Tim leu sua mente? Ele sabia desde o começo o que ela estava sentindo por Ryan? Ela apertou os olhos por um instante e percebeu que isso não importava. Ela e Ryan não tinham futuro, independentemente das indiscrições que seus pensamentos vagos cometeram.

Ela percebeu o olhar de Tim enquanto se ajeitava de modo que ficassem de frente um para o outro. *É ele, Senhor...?* O pensamento surgiu do nada e ficou suspenso na brisa suave da noite. Kari ergueu os olhos a fim de olhar para ele. "Realmente, não há nada mais entre mim e Ryan. Já faz tempo que as coisas estão assim."

Tim examinou-a por um minuto, com os olhos meigos e vivos. "Tem certeza?"

Ela fez que sim com a cabeça. "Por que você está perguntando?"

Embora os dias quentes e úmidos de julho estivessem chegando, era junho, e a noite ficou fria. Tim moveu-se delicadamente, segurou as mãos de Kari e puxou-a para mais perto até os lábios deles se encontrarem em um beijo que deixou os dois sem fôlego. Kari afastou-se e examinou os olhos de Tim. Era quase impossível ouvir sua voz. "Você é um ator convincente, amigo."

Passando a mão carinhosamente pelo rosto dela, o jornalista sussurrou: "Não é uma cena, Kari." Ele a beijou novamente, desta vez com um beijo mais demorado que o anterior. "Nunca foi."

A cabeça de Kari começou a rodar. Ela fechou os olhos e deixou o queixo cair até o peito. "Eu... eu não sei o que dizer."

Ele estendeu a mão e, com um toque tão leve que ela mal pôde sentir, levantou seu rosto e olhou-a nos olhos novamente. "Estou falando sério, Kari. Eu amei você desde o dia em que a conheci."

A mente da moça começou a disparar à procura de uma resposta, tentando reexaminar os sentimentos que assaltavam seu coração. Medo, desejo, dúvida... e uma estranha sensação de trair o sentimento que tinha por Ryan. "Mas eu estou indo para Nova York..."

Tim pôs um dedo sobre os lábios dela e, então, aproximou-se novamente, silenciando-a com outro beijo. "Pense em mim enquanto estiver fora. Pense no que você quiser", ele pediu. Seus lábios encontraram os dela de novo, mas rapidamente desta vez. "Quando você voltar, eu estarei esperando."

Eu estarei esperando...

Antes de entrar em casa, Tim segurou a mão de Kari mais uma vez e orou em voz alta para que Deus mostrasse a ela a intensidade de seus sentimentos e a sinceridade de suas intenções.

Depois disso, os seis meses de Kari em Nova York passaram-se rapidamente, enquanto ela trabalhava como modelo e dedicava algum tempo escrevendo em seu diário. Quando voltou para casa, ela teve certeza de que, finalmente, havia deixado a paixão que antes nutria por Ryan para trás. Seus sentimentos estavam voltados para Tim, e apenas para ele. Uma semana depois do retorno de Kari a Bloomington, Tim Jacobs pediu-lhe para ser sua esposa e, naquele momento, ela não hesitou. Cinco meses depois, eles se casaram. Àquela altura, Tim já havia terminado seu doutorado e se estabelecido na universidade. Ele saiu do jornal, mas manteve sua coluna semanal na página editorial, na expectativa de que seus textos fossem publicadas por vários jornais. Quanto a ela, o telefone tocava quase todos os dias com trabalhos como modelo.

Eles encontraram uma casa de que gostaram em um bairro mais antigo, a poucos minutos da universidade – e um trajeto fácil para visitar os pais ou irmãos de Kari. Naquele momento, toda uma vida a dois estava sendo construída.

***

Kari vestiu-se, penteou os cabelos e ligou o secador. O golpe de ar quente carregou as imagens de seu passado. Lágrimas foram se formando nos cantos de seus olhos, e ela começou a se perguntar se voltaria a sorrir.

Como as coisas chegaram a esse ponto, Senhor? Kari cerrou os dentes. *Como ele pôde fazer isso comigo?*

Ela passou a escova no cabelo mais uma vez e virou-se para sair. O ar estava frio naquela manhã. Kari estava louca para cair nos braços de sua mãe e tentar descobrir como faria Tim mudar de ideia com relação ao divórcio. Mas como ela poderia amar Tim novamente se ele queria o divórcio? Deixou para pensar nisso depois e partiu para a casa onde crescera, perto dali.

CAPÍTULO 5

John Baxter recebeu a notícia dos problemas de sua filha durante o intervalo entre os primeiros pacientes daquela manhã. Ao telefone, Elizabeth não deu detalhes; apenas revelou que algo ruim havia acontecido. Algo entre Kari e Tim.

— Ela está vindo para casa conversar comigo — Elizabeth lhe disse. — Eu nunca a vi assim, John. Por favor... por favor, ore.

A notícia atingiu-o como um caminhão e, assim que terminou de atender seu último paciente naquela manhã, ele se recolheu em seu consultório, trancou a porta e ficou de joelhos. Eles rangiam mais do que quando ele era mais jovem, mas isso não importava.

John trabalhava de terça à quinta no consultório e passava as sextas lecionando anatomia na universidade. Fazia visitas ao hospital às segundas. Em cada um desses lugares, era conhecido por seus conhecimentos médicos. Mas aqui, de joelhos, ele era apenas mais um pecador salvo pela graça, um homem humildemente impressionado com o fato de o Deus do Universo se preocupar com seus dramas. *Eu não sou nada, Senhor. Tu és tudo. Eu me achego a Ti com o coração pesado.*

As orações de John deixaram de ser feitas em pensamento e ganharam palavras, enquanto ele se derramava em suas angústias diante do único que poderia fazer algo com relação a elas.

— Pai, é a Kari...

Ele parou por um instante e ficou imaginando se Elizabeth tivesse razão. E se, de fato, alguma coisa houvesse acontecido entre Kari e Tim? E se fosse um problema sério? E se Tim estivesse saindo com outra pessoa? Uma lembrança passou-lhe pela cabeça, algo que há muito tempo John havia descartado. Fazia quase um ano que ele havia almoçado com vários professores, incluindo um conhecido do departamento de jornalismo. O homem – um autor amargo, com seus sessenta e poucos anos – perguntou sobre Tim.

— Ele é seu genro, não é, Baxter? — o homem gritou da outra ponta da mesa.

— Sim. Ele é casado com minha filha Kari.

— Bem — zombou o homem. — Ele é muito simpático com as alunas. Faz o restante de nós parecer gente muito ruim. Sem profissionalismo.

John havia ignorado aquele comentário, imaginando que o sujeito estivesse apenas com inveja da popularidade de Tim.

Mas agora...

O médico suspirou e cruzou os braços à frente. Se Tim havia sido infiel, talvez ele fosse a única pessoa que sabia que isso aconteceria. Ele se lembrou de que estava tentando orar.

— Perdão, Senhor, eu estou distraído. É... Tu colocaste em mim esse desejo de consertar as coisas que me faz querer entender um problema e me esforçar até que as coisas melhorem. Foi por isso que me fizeste um médico...

Ele hesitou e se inclinou para frente, mas o peso de sua preocupação com Kari era tão grande que ele não conseguia se aprumar.

— Mas o que quer que esteja deixando Kari chateada... eu não sei como vou consertar, Deus. Eu não sei como vou poder ajudar.

John fechou os olhos e esperou no Senhor, abrindo intencionalmente os punhos cerrados, atento para ouvir a voz suave, serena e conhecida.

Quase de imediato um versículo lhe veio à mente... na verdade, o versículo de sua vida. Salmo 73.26, um texto que sempre lhe ocorreu toda vez que chegou ao fundo do poço, quando sua necessidade de um Salvador era a maior de todas: *O meu corpo e o meu coração poderão fraquejar, mas Deus é a força do meu coração e a minha herança para sempre.*

John repetiu as palavras várias vezes, deixando que o significado o envolvesse.

— Eu entendo. — Ele sussurrou as palavras enquanto uma lágrima descia pela barba por fazer. — Eu não posso fazer nada neste momento, Senhor. Tu serás a força, e não só do meu coração, mas do de Kari também.

Embora estivesse preparado para passar mais tempo em oração, John sentiu uma urgência repentina de ir para casa. Levantou-se e olhou para sua agenda. O dia estava tranquilo, e só havia pacientes agendados até as 14 horas. Então, pegou o telefone e, em questão de minutos, conseguiu um colega para atendê-los. Em seguida, saiu do consultório em direção ao seu carro, pedindo a Deus que, o que quer que tivesse acontecido entre Kari e Tim, eles pudessem superar como um casal.

***

Kari tinha certeza de que já estava restabelecida quando chegou à porta da casa dos Baxter, às 9h30 daquela manhã. Mas, ao sentir os braços da mãe ao seu redor, os soluços que aos poucos haviam diminuído ressuscitaram e vieram à tona.

— Mãe... você não vai... acreditar... — Convulsões fortes e dolorosas surravam seu corpo, fazendo-a se dobrar e respirar com dificuldade. *Ajude-me, Deus, eu estou perdendo o controle.*

— Kari... — A voz de sua mãe saiu aguda, alta, como quando Kari era pequena e se metia numa confusão qualquer. — Tudo bem. Seja o que for, vamos superar isso.

Não, não está tudo bem. Eu não vou superar isso... nunca. Os soluços continuaram e, entre um fôlego e outro, ela enxergou o rosto pálido de sua mãe.

— Eu... sinto muito... É mais forte que...

Por fim, sua mãe levou-a gentilmente pelo braço para a sala, que ficava ao lado do *hall* de entrada. Quando elas se sentaram no antigo sofá florido, Kari sentiu-se um pouco mais calma. *Ajude-me, Senhor... Eu não consigo respirar.*

Não tenha medo... Eu estou com você.

Kari respirou, e o sentimento de pânico diminuiu um pouco. Em seu lugar, veio uma náusea que ela sabia que só podia ser resolvida de uma maneira.

— Um minuto. — Ela saiu correndo pela casa e quase não chegou ao banheiro a tempo.

Seu estômago revirou muitas vezes enquanto ela expelia a pequena quantidade de comida que havia conseguido ingerir pela manhã. Quando terminou, ela se sentiu pior, não melhor, e mais lágrimas escorreram por seu rosto. Não aguentava mais chorar, mas não conseguia parar.

Lavou a boca, apertou as laterais do corpo e voltou devagar para a sala.

Seus pais esperavam por ela. Seu pai provavelmente havia conseguido alguém para cuidar de seus pacientes naquele dia. Era uma situação corriqueira. Ele já havia saído do trabalho outras vezes também por causa de um problema familiar ou outro. Era seu jeito de fazer com que sua família soubesse que sempre vinha em primeiro lugar para ele.

John levantou-se para ir ao encontro dela.

— Kari. — Ela ergueu os olhos e viu linhas de preocupação no rosto dele. Ele estendeu os braços em sua direção, e Kari foi até ele, precisando de seu toque, embora atormentada pela culpa de perturbar os pais. *Eu não deveria estar aqui. Não é problema deles.*

O consolo silencioso de seu pai foi tão firme que, pela primeira vez, Kari teve a sensação de que sobreviveria. Ela se permitiu se perder nos braços do pai, soluçando como se jamais pudesse parar. Desta vez, porém, a histeria desapareceu. Em seu lugar, surgiu uma tristeza mais profunda que um desfiladeiro.

— Está tudo bem, querida. — Sua mãe estendeu a mão e segurou a de Kari. — Vá em frente e chore. Nós estamos aqui... quando você estiver pronta para falar.

Kari chorou por mais alguns minutos e, então, acalmou-se ao lado da mãe, enquanto o pai pegava a cadeira mais próxima. Enquanto examinava a estampa floral na almofada perto de seu joelho, pensou em como começar a contar o ocorrido. Fazia dois dias que Kari havia recebido o telefonema que mudou sua vida, e ela ainda não havia contado a ninguém. Não havia falado da traição de Tim em voz alta, como se, ao guardar a verdade para si, ela pudesse convencer uma parte dela de que aquilo não havia acontecido.

Seu rosto ficou quente, e ela se sentiu profundamente constrangida pelo que estava prestes a dizer. Não importava que a culpa pela crise fosse de Tim, foi ela quem não conseguiu deixá-lo feliz. E foi Kari quem apostou a vida toda na convicção de que a fé de seu marido era forte e seu compromisso para com ela, profundamente sincero. Porém, sentia-se agora derrotada na única coisa pela qual havia orado que nunca fracassasse.

Kari levantou a cabeça e viu sua dor refletida nos olhos dos pais. Os dois esperavam, com expectativa no rosto.

— Tim e eu conversamos ontem à noite. — Ela não conseguia encontrar uma maneira fácil de dizer isso. — Ele não quer mais continuar casado. Ele... ele saiu de casa.

Sua cabeça caiu, e a tristeza sufocou suas palavras. Imediatamente, seu pai foi se sentar com elas no sofá. Ela sentiu mãos queridas sobre os ombros e apreciou o modo como a fizeram se sentir segura e protegida.

— Tudo bem, querida. — A voz do pai era baixa, como sempre foi quando ele a consolava, quando criança. — Nós vamos superar isso.

Em silêncio, Kari orou pedindo força e, depois de um minuto, ela ergueu os olhos.

— Ele está apaixonado por outra mulher.

— Ah, não, querida. — A mão de sua mãe caiu do ombro da filha. — Há quanto tempo? Quero dizer, o que aconteceu?

Um suspiro saiu por entre os lábios de Kari.

— Faz quase dois meses que ele está saindo com ela, eu acho. — Sua voz parecia sem vida. — É uma aluna. Isso vem acontecendo desde o início do semestre. Ou talvez mais, não sei.

— Meu Deus... — Por alguns instantes, sua mãe cobriu o rosto com as mãos.

Em toda a sua vida, Kari nunca havia visto seu pai parecer tão indefeso. As lembranças que tinha dele eram marcadas por sorrisos e por seu modo confiante de lidar com o que a vida colocasse no caminho deles. Mas o que ela via naquela manhã era um velho alquebrado, muito diferente do homem que sempre fora. Um velho com o rosto pálido, os ombros curvados, com exprssão de horror no rosto.

— Kari, querida... — Ela notou que seus olhos estavam parados. — Eu nunca teria pensado...

A náusea voltou, mas Kari conseguiu contê-la. *Ajude-me a superar isso, Deus, por favor.* Um versículo que já a havia consolado antes lhe veio à mente. Era o menor versículo da Bíblia: *Jesus chorou*. Se ele chorou por Jerusalém; e se chorou pela morte de Lázaro, certamente estava chorando naquele momento pela morte dos sonhos dela. Pela morte de seu casamento.

Kari não sabia o que dizer. Sua alma doía do mesmo modo que seus dedos quando ela era menina e brincava na neve sem luvas.

— Sinto muito, querida. Estou chocada. — A mãe colocou uma das mãos no joelho de Kari. — Ele pediu o divórcio?

— Eu disse que não vou dar o divórcio.

— Então... você quer resolver as coisas? — Seu pai endireitou-se um pouco mais no sofá e levantou o queixo. Kari sentiu-se, de repente, examinada, como um dos pacientes dele.

— Não me olhe assim, pai...

— Querida, eu só estou tentando entender. É muita coisa para assimilar de uma vez só.

Kari sentiu-se como uma adolescente sendo questionada sobre um namoro esquisito ou um boletim com notas baixas. Seus olhos ficaram molhados novamente quando ela tentou explicar.

— Eu sei que é muita coisa, pai. — Ela jogou as mãos para o alto. — Eu mesma ainda estou tentando assimilar isso.

A mãe examinou os olhos de Kari, e Kari pôde sentir o espanto dela também.

— Você... você não quer o divórcio?

— Mãe! — Então era assim que as coisas funcionavam? Depois de todos estes anos ensinando aos filhos a força do compromisso, agora seus pais passaram rapidamente a defender a separação? Kari cruzou os braços em cima da barriga, recusando-se a se sentir mal. — Eu pensei que, de todas as pessoas, vocês dois entenderiam por que eu não posso... por que o divórcio não é uma opção para mim.

O constrangimento de todos era evidente. Seu pai pigarreou, levantou-se e começou a andar pela sala pequena. Parou a poucos metros de Kari, e ela pôde ver o conflito nos olhos dele.

— Querida, você está totalmente certa. E vamos fazer o que estiver ao nosso alcance para apoiá-la neste sentido. — Ele pôs as mãos nos bolsos da calça, e Kari viu os músculos tensos na mandíbula do pai. — É que eu... eu gostaria de...

A voz dele sumiu.

— Eu sei. — Kari levantou-se e abraçou-o, e sua mãe se juntou a eles, colocando os braços em volta dos dois. Kari sussurrou o mais alto que pôde, dado o cansaço de sua alma. — A filhinha de vocês está magoada, e vocês querem melhorar as coisas, certo?

Uma vez que seu pai não respondeu, Kari se afastou para ver o rosto dele. E o que vislumbrou deixou-a de coração partido, quase do mesmo modo de quando descobriu o que seu marido havia feito. Seu pai, o homem que manteve a família unida na partida de sua irmã Ashley havia cinco anos; o homem que permaneceu otimista e ficou ao lado de sua mãe quando os cabelos dela estavam caindo por causa da quimioterapia... Esse homem estava, agora, com lágrimas escorrendo pelo rosto.

Kari agarrou-se aos seus pais e orou para que todos, de alguma forma, sobrevivessem às próximas semanas. Ela não fazia ideia de como seus irmãos e os amigos da Clear Creek

Community Church reagiriam. Todos sempre souberam que ela era uma boa moça, daquelas que fazem as coisas certas e ficam casadas por toda a vida. Ela odiava a ideia de que, diante da situação, aquelas mesmas pessoas, fatalmente, sentiriam pena dela. A ideia fez com que ela quisesse se esconder debaixo da cama de seus pais, como fazia quando era pequena e uma tempestade de primavera agitava a casa.

E havia outra coisa, algo que Kari tinha medo de admitir até para si mesma. A verdade era que a náusea, as dores de cabeça e a sensação de cansaço que ela estava sofrendo nas últimas semanas poderiam ser mais do que uma reação ao estresse. Não era uma ideia que ela gostaria de ter diante da confissão de Tim. Mas isso não a tornava menos possível. Se algo não acontecesse logo, ela teria de tomar medidas para descobrir.

Kari engoliu e, em meio à segurança do círculo íntimo formado pelos braços dos pais, calculou mentalmente as datas mais uma vez. Simplesmente não havia como negar os fatos. Fazia dois meses seguidos que ela não menstruava, algo que havia acontecido apenas outra vez em sua vida – três anos antes, na primeira vez em que ela ficou grávida.

CAPÍTULO 6

Dirk Bennett entrou na despensa da maior lanchonete do *campus*, o lugar onde trabalhava desde o início do ano anterior. Virou na boca três comprimidos de um frasco com as palavras "Força Natural" e engoliu-os com um gole de água. Então, olhou por uma grade para uma área com bancos lá fora e viu Tim Jacobs almoçando com Angela. Novamente.

Qualquer pessoa podia ver o que estava acontecendo. O professor estava tendo um caso com ela. Dirk vinha seguindo os dois nas últimas semanas e agora estava convencido de que estavam morando juntos. Então, cerrou os dentes e fechou as mãos. A raiva ardia dentro dele, e ele se imaginou abrindo a porta da despensa, andando até a mesa dos dois e derrubando o professor com um único golpe.

O que mais perturbava Dirk eram as mentiras de Angela. Ela vinha mentindo para ele nos últimos oito meses.

"Estou ocupada, Dirk..."

"Minhas aulas estão mais difíceis do que eu imaginei..."

"Eu preciso de espaço..."

"Você é muito jovem para ser tão sério..."

Suas desculpas pareciam punhais atravessando seu coração. Dirk deu um suspiro áspero e voltou no tempo, até aquela tarde em que estava levantando pesos na sala de musculação da universidade, quando Angela Manning entrou pela primeira vez em sua vida. Ela não era bonita como as meninas meigas com quem ele sonhava no ensino médio. Pelo contrário – aquela garota chamava a atenção com um ar intocável e um corpo firme e escultural.

Naquela tarde, eles se exercitaram por quase uma hora, às vezes a poucos metros um do outro. Era nítido que um reparara no outro durante os exercícios. Quando terminou suas séries, ele tomou um gole de água e parou o mais perto dela que sua coragem permitiu.

Dirk hesitou, sabendo que ela, provavelmente, iria dispensá-lo. Mesmo assim, ele sorriu e enxugou a testa com uma toalha. "Nova por aqui?"

"Hu-humm." Ela nem mexeu os lábios para responder. Displicentemente, fez uma série de dez agachamentos, endireitou-se e examinou-o de cima a baixo. Pela primeira vez naquela tarde, o olhar altivo em seus olhos desapareceu um pouco, e ela sorriu. "Você é atleta, certo?"

Dirk lembrou-se de como ficou com o rosto quente quando a pergunta dela, inconscientemente, atingiu um ponto sensível de sua alma. Seus irmãos jogaram bola, mas ele ficou de fora. Quem queria correr para cima e para baixo em uma quadra por horas seguidas ou passar dias longos com quinze homens suados que achavam que a vida acontecia no abrigo na lateral de um campo? Rapazes cuja maior realização era bater uma bola sobre uma barreira ou chutá-la para a linha do gol? Que se entretinham vendo até onde podiam cuspir um pedaço de fumo mascado?

E havia outro problema do qual Dirk nunca falou: ele tinha medo de se machucar. Apesar de seus irmãos se divertirem com o contato físico das disputas, Dirk só conseguia enxergar os riscos do esporte. Os choques no futebol, o nariz quebrado no basquete, os músculos distendidos na pista. E no beisebol... bem, não é preciso ser um gênio para imaginar o que aconteceria se uma bola lançada a 145 quilômetros por hora colidisse contra seu rosto.

Não, esportes nunca o atraíram.

Então, Dirk seguiu seu caminho e juntou-se à banda marcial. Chefe da banda. E, como seus amigos, pagou o preço com horas de estudo nos fins de semana. É claro que havia garotas na banda que se tornaram suas amigas, mas não eram do tipo de meninas meigas que ficavam perguntando por seus irmãos. Na estrutura social do ensino médio, as meninas do tipo de Angela Manning reconheciam o fato de que os líderes de banda estavam abaixo da posição delas. Por isso, raramente lhe davam mais que um aceno rápido e educado de cabeça – e isso só acontecia porque seus irmãos faziam parte do círculo de ouro.

Ele era um atleta?

Quatro anos de lembranças do ensino médio fervilharam na cabeça de Dirk naquela tarde na sala de musculação, nos segundos enquanto Angela esperava uma resposta. Ele abriu a boca para mentir, para dizer que, na verdade, era. Mas, naquele instante, ele viu de relance seu reflexo no espelho e percebeu algo.

Ele não estava mais no ensino médio.

Seus irmãos estavam em universidades separadas a centenas de quilômetros de distância. Ele era alto e bronzeado, e havia ganhado nove quilos de músculos desde sua chegada à Universidade de Indiana. Então, voltou à realidade, sorriu para Angela e respondeu: "Líder da banda".

Ela arqueou uma das sobrancelhas, ergueu a cabeça e deixou os olhos percorrerem-no lentamente da cabeça aos pés. Faltava algo sugestivo em seu sorriso. "Você não parece um... líder de banda."

Um novo sentimento passou pelo coração de Dirk, e ele levou alguns instantes para reconhecê-lo: confiança. Deixou-se perder por uns instantes nos olhos azuis brilhantes de Angela e sorriu novamente. "E você?"

Ela abaixou o queixo, olhando-o de modo alegre. "Jornalista."

"Jornalista?" Dirk nunca havia estado deste lado do jogo antes, mas já havia visto seus irmãos jogarem-no uma centena de vezes. Ele a imitou, passando os olhos por seu corpo e de volta ao seu rosto. "Você não parece uma... jornalista."

Ela levantou a ponta da camiseta e limpou o suor da testa, expondo a maior parte de sua barriga e levando Dirk a respirar forte. Quando a camiseta voltou ao lugar, ela colocou as mãos no quadril. "Eu estou livre hoje à noite. Quer me mostrar a cidade?"

A noite parecia ter sido tirada de um sonho, e, quatro dias depois, eles dormiram juntos. Dirk tinha apenas dezenove anos naquele verão, quatro anos a menos que Angela, mas ela não parecia se importar. Eles ficaram juntos quase todas as noites, até o início das aulas. Ela era inteligente e esperta, e admitiu uma vez que queria uma casa cheia de filhos – assim como ele.

Dirk teve, então, a certeza de que havia encontrado a garota dos seus sonhos, a mulher com quem iria se casar.

As coisas entre ele e Angela esfriaram um pouco quando as aulas começaram no outono. Ele disse para si mesmo que isso era de esperar, já que Angela estava no último ano e realmente se dedicava aos estudos. Mas eles ainda tinham seus momentos, fins de semana em que ela passava a noite com ele e sussurrava palavras de amor tão doces e verdadeiras que Dirk não tinha a menor dúvida de que, um dia, eles se casariam. Ele tinha tanta certeza disso que, um mês antes do Natal, comprou uma aliança e falou de Angela para seus pais, dizendo que estava para pedi-la em casamento.

"Você tem certeza? Não é um pouco cedo?" Sua mãe parecia preocupada com o noivado, mas Dirk nunca se sentiu mais seguro com relação a qualquer coisa em toda a sua vida.

Então, uma semana antes de fazer o pedido, ele viu Angela e o professor sentados a uma das mesas na lanchonete. Seu coração parou na boca, enquanto observava a namorada jogar a cabeça para trás e rir quando o professor falava. Reparou no modo como os olhos dela dançavam de um lado a outro do lugar, o modo como ela parecia distraída para tudo, menos para a conversa...

Naquela mesma semana, ela parou de responder às ligações de Dirk, recusando-se a retornar suas mensagens. Quando o Natal se aproximou, eles mal estavam se falando. Mesmo assim, ele não desanimou. Angela só estava passando por uma fase – um exame de consciência. Não era assim que seu pai costumava falar?

Ela não amava o professor. Ele era muito velho para ela, e bem... bem-casado.

Não importava o que Angela dissesse ou fizesse, Dirk tinha certeza de que, lá no fundo, seu coração ainda era dele. Sempre seria dele. Ele podia esperar que ela voltaria a si. Angela, definitivamente, valia à pena.

O tempo passou, e Angela voltou para casa em Boston, a fim de passar o verão. Dirk usou o tempo para aperfeiçoar seu treinamento e aprimorar o corpo. Ele tinha certeza de que, quando o outono chegasse, o professor seria carta fora do baralho. Mas, a alguns dias do novo semestre, ele percebeu que

Angela estava passando um tempo cada vez maior com aquele sujeito. E foi aí que Dirk começou a observar mais de perto a situação. Muitas vezes, não estava muito longe quando os dois saíam do prédio de jornalismo ou da lanchonete ou atravessavam o *campus* juntos.

Dirk não achava que estava, de fato, agindo como um louco. Ele só estava de olho em uma mulher que, um dia, seria sua esposa. Ademais, ele nunca esperou pegar Angela e o professor juntos no apartamento dela. Sozinhos – do mesmo modo como ela e Dirk ficaram quando se apaixonaram.

O rapaz pensou na arma, com seu cabo preto liso, e imaginou-a na caixa, guardada de forma segura debaixo de sua cama. Ele precisava dela, sem sombra de dúvida. O que não podia era ficar parado ali e ver outro homem, que deveria ser um professor de confiança, um mentor, aproveitar-se de Angela.

Mas, mesmo com toda a sua determinação, Dirk não fez nada para detê-lo. É claro que ele ligou para a esposa do professor, mas aquilo só serviu para piorar as coisas. Então, mexeu no frasco de comprimidos que tinha na mão e ficou observando o professor e Angela terminarem de almoçar, rir e compartilhar discretamente segredos. Aquilo tudo o deixou furioso. Era por isso que ele precisava da arma, caso Angela não recobrasse o juízo logo.

Dirk imaginou-se encurralando o professor, colocando a arma na cabeça dele. Isso, sim, seria persuasivo o suficiente. Ele franziu a testa, pegou um frasco de ketchup e saiu da despensa. Havia trabalho a fazer agora, mas o dia do professor estava chegando. A arma iria assustá-lo e mandá-lo para bem longe de Angela. Era só uma questão de escolher o momento certo.

CAPÍTULO 7

Tim Jacobs sabia que não era nenhum santo. Traiu a esposa e mentiu inúmeras vezes. Mas, mesmo com todas as escolhas duvidosas que fez, a que nunca chegou a tentá-lo envolvia o líquido dourado que vinha em uma garrafa.

Criado em uma casa de abstêmios, Tim nunca foi exposto ao encanto sedutor do álcool, e as histórias que ouviu sobre o modo capcioso como a bebida dominava tantos homens eram suficientes para deixá-lo bem longe do copo. No ensino médio e na faculdade, ele não tivera dificuldade em dizer não à cerveja e a outras bebidas fortes – algumas, que ele sequer conhecia – oferecidas nas festas. A embriaguez era uma muleta, e, naquela época, Tim se orgulhava de nunca precisar de bebida para se sentir bem e seguro. Mesmo na pós-graduação e na época do jornal, quando seus amigos relaxavam com uns tragos depois de longas horas no trabalho, ele se sentia perfeitamente à vontade desfrutando da companhia deles, mas não da bebedeira que fazia parte do pacote.

Os pais de Tim mudaram-se para a Indonésia no verão antes de ele entrar na faculdade, e, em meio às palavras de sabedoria na hora da despedida, eles o deixaram com uma recomendação explícita: a de nunca se juntar a um clube de estudantes. Além do risco das bebedeiras e drogas, havia também a promiscuidade tão característica nesses ambientes. Isso sem falar nos trotes, alguns violentos.

Era verdade. Tim havia lido sobre um caso em que um aluno exemplar, o orgulho e a alegria de sua família, entrou na faculdade e, uma semana depois, participou de um trote. Os rapazes do grupo forçaram-no a beber meia garrafa de gim no prazo de uma hora. Não querendo ser alvo de escárnios nem fracassar logo de início, o estudante fez o que lhe mandaram e, no mesmo instante, desmaiou no chão. Pouco antes de amanhecer, o gim avançou no organismo do rapaz, consumindo o que havia em seu estômago. Quando seus novos amigos foram procurá-lo, na manhã seguinte, ele estava morto, sufocado no próprio vômito.

E a morte não era o único problema associado à bebida. Havia também a possibilidade de Tim acabar como seu tio Frank – o que, pelo menos segundo os padrões de sua mãe, poderia, na verdade, ser pior. O tio Frank era o irmão caçula de sua mãe, e Tim o viu apenas duas vezes. A primeira foi quando tinha oito ou nove anos e o tio veio para o Natal. Mesmo sendo tão jovem, o garoto percebeu que havia algo diferente. Frank tinha o cabelo desgrenhado e as solas de seus sapatos estavam bem gastas. Mas o que era obviamente mais estranho no tio Frank, naquele ano, era sua respiração.

Sem saber dessas coisas, Tim só teve certeza do que causou o cheiro na véspera do Natal. Enquanto todos dormiam, ele desceu às escondidas as escadas para ver se conseguiria identificar alguma surpresa perto da árvore.

Em vez disso, encontrou o tio perto do armário, levando à boca uma garrafa de líquido amarelado. Então, se lembrou de ter ouvido os pais falarem, no fim daquela semana, sobre o tio Frank e sua dependência do álcool. Quando Tim perguntou à sua mãe o que era aquilo, ela disse que algumas pessoas podiam beber álcool de vez em quando e não sofrer danos, mas que outras tinham uma doença que, sempre que tomavam um pouquinho, fazia com que bebessem até cair.

O tio Frank tinha essa doença. De vez em quando – digamos que em junho, no aniversário do tio –, Tim pegava a mãe chorando e sabia que era por causa do irmão dela.

Na segunda vez em que o tio Frank veio, Tim estava no último ano do ensino médio. Naquela tarde de primavera, ele apareceu na porta da frente da casa deles, cambaleando e com um cheiro forte no hálito. Suas roupas estavam rasgadas e manchadas, e ele trazia consigo uma mochila de garrafas pela metade.

Enquanto o pai de Tim estava na sala ao lado, pegando um pano com sabão, o rapazola ficou olhando para o tio. "Por que você faz isso? Você não sabe que isso magoa minha mãe e meu pai?"

O tio Frank abaixou-se para olhar diretamente nos olhos do sobrinho e deu uma resposta que Tim nunca esqueceu: "É uma maneira de conter a dor".

O pai de Tim cuidou de Frank, ajudou-o com a higiene e lhe deu um sanduíche. Naquela noite, ele o levou a um local onde poderia "ficar limpo". Ficar limpo, explicaram os pais de Tim, era um processo tenebroso em que o alcoólatra, na abstinência da bebida, podia sofrer alucinações terríveis e dores de congelar os ossos, um estado mental que iria convencê-lo de que havia morrido e ido para o inferno.

As duas vezes em que Tim encontrou o tio Frank deixaram-no tão impressionado que ele só considerou a possibilidade de colocar uma bebida alcoólica na boca quando foi morar com Angela. Afinal, e se seus pais estivessem certos? E se ele tivesse herdado um gene qualquer, uma peculiaridade em seu organismo que pudesse torná-lo alcoólatra como o tio Frank?

Aquilo simplesmente não valia à pena.

Mas depois que se mudou para a casa de Angela, a atitude de Tim começou a mudar. Primeiro, ela gostava de vinho – achava divertido provar tipos e safras diferentes. Muitas vezes, gostava de "relaxar", como dizia, com uma ou duas taças quando chegava em casa. Angela não só fazia aquilo parecer inofensivo como, também agradável. Tim começou a pensar que havia sido, no final das contas, muito radical durante todos aqueles anos. Além disso, raciocinou, aquela linda garota nunca ficara bêbada ou descontrolada como o tio Frank.

Mas outra coisa também agitava Tim. Era uma dor silenciosa e implícita na alma, uma dor que ele não sabia existir. Veio quase como uma surpresa, porque, afinal, a decisão de partir fora dele. E ele ainda achava que o melhor era que ele e Kari se divorciassem logo para que pudessem continuar cada um com sua vida.

Tim achava que a dor era fruto de algo sobre o qual ele não tinha controle – uma culpa espiritual que havia sido colocada nele desde a infância, ou coisa parecida. Era uma espécie de culpa que o incomodava e o fazia se perguntar se Kari estava orando por ele. Não que as orações dela fossem influenciá-lo, mas, de qualquer forma, ele não conseguia evitar seus sentimentos. Às vezes, a culpa era tão forte que chegava a paralisá-lo.

Ele estava apaixonado por Angela, é verdade. Nos braços dela, era como se encontrasse uma nova chance na vida. Mas houve outros momentos em que Tim estava dando aula e se pegava no meio de uma frase, sem saber ao certo o que havia dito ou para onde estava indo sua linha de pensamento. No escritório, a coisa era pior. Sentado sozinho na sombra de sua própria culpa, a dor do que ele havia feito para Kari era sufocante.

O problema era que esses sentimentos haviam começado a ser levados para o tempo que passava com Angela. Embora os sussurros santos tivessem desaparecido, e já fizesse tempo que as lágrimas não vinham, ele não podia arrancar da memória os versículos bíblicos que havia decorado quando menino.

E nunca havia sido pior do que naquela noite. Tim teve um dia longo e estava prestes a usar sua chave nova na porta do apartamento quando Angela a abriu primeiro. Ele se encostou no batente da porta e deixou que um sorriso levantasse lentamente as laterais de seu rosto.

— Então. — Ele falou de forma demorada e sugestiva. — Onde estávamos?

Algumas palavras do livro do Apocalipse surgiram antes que Angela tivesse a chance de responder.

Lembre-se de onde caiu!

Angela, provavelmente, disse alguma coisa, pois abaixou a sobrancelha.

— Tim? Você me ouviu? Eu estava falando com você, e você estava com esse... sei lá, esse olhar distante, como se não estivesse ouvindo.

Tim parecia nervoso até consigo mesmo.

— Desculpe... o dia foi longo.

O sorriso de Angela deixou seus joelhos sem força.

— Bem, então, bem-vindo à nossa casa. — Ela moveu seu corpo tonificado para o lado para que Tim pudesse ver lá dentro do apartamento velas acesas e luzes fracas. Algo que havia acabado de sair do forno misturava-se a um cheiro doce e inebriante. A mão de Angela encontrou a dele. — Fiquei pensando em você o dia todo.

Ele começou a entrar quando outro versículo da Bíblia passou por sua cabeça.

O ladrão vem apenas para roubar, matar e...

— Tim? — Angela inclinou a cabeça e examinou seu rosto. — O que há de errado com você?

Fujam da imoralidade sexual.

Ele suspirou e encolheu os ombros. — Desculpe. Eu estou com muita coisa na cabeça.

— É. — O sorriso de Angela desapareceu.

— Eu também.

Tim sentiu uma palpitação no coração. — Está tudo bem?

— Claro. — A expressão dela se fechou.

Ele levantou o queixo de Angela, acariciando-a no rosto como fazia.

— Diga-me a verdade, Angela. O que há de errado?

Ela fez que não com a cabeça.

— Nada.

Ele engoliu em seco e forçou uma risada.

— Você não está mudando de ideia, está?

Angela encostou a cabeça na parede.

— Eu queria que esta noite fosse perfeita. Mas...

As batidas do coração de Tim soaram em seus ouvidos. Ele havia sacrificado seu casamento por essa mulher. E não tinha ideia do que faria se ela voltasse atrás agora.

— Mas o quê?

Ela olhou para ele.

— Eu estou me esforçando, Tim, de verdade.

Ele examinou a memória e tentou imaginar por que ela estava se esforçando. A mulher tinha tudo o que queria, incluindo ele. Ele passou um dedo ao longo da sobrancelha dela.

— Vamos lá, Angela. Seja lá o que for, você pode me contar.

Ela respirou suavemente e, depois de um bom tempo, começou a falar.

— Meu pai nos deixou quando eu tinha dez anos. — Seus olhos se encontraram com os dele e pararam. — Ele fugiu com outra mulher.

Houve silêncio entre eles por um instante, e Tim se apoiou no batente da porta novamente. Ele não sabia ao certo aonde ela queria chegar com isso, mas teve medo.

— Eu prometi a mim mesma que nunca sairia com um homem casado. Houve um momento de silêncio pesado. — E agora, aqui estou eu. Nem um pouco melhor do que a mulher que levou meu pai embora.

Tim mal podia respirar ao considerar suas palavras.

— Eu devo ir embora?

— Não. É só isso. — Ela olhou para cima, com os olhos que eram um misto de tristeza e de desejo. — Eu quero que você fique. Para sempre, Tim. De verdade.

— Que bom. — Ele se sentiu à vontade. — Eu quero isso também.

Ela se aproximou mais dele e passou os dedos ao longo de seus cabelos. A tristeza foi deixando sua expressão. — Sabe o que nós precisamos fazer?

Fosse o que fosse, ele faria. Como não poderia fazer, com ela parada ali, meiga, bonita e vulnerável, impressionando-o com cada movimento que fazia?

— O que nós precisamos fazer?

— Tomar um pouco de vinho. — Ela sorriu, levantando a mão para impedi-lo de fazer objeções. — Agora, olhe. Eu sei que você não bebe, mas, qual é!... Só um copo? — Ela fez um beicinho que deixou Tim fraco.

— Angela, eu não... — Seu argumento fracassou, e outro versículo surgiu em sua cabeça.

Sejam santos, porque eu sou santo.

— Vamos! — Ela o arrastou pela mão novamente. — Estou cansada de beber sozinha. — Ela o levou para dentro do apartamento, mas, na metade do *hall* de entrada, virou-se e o beijou profundamente na boca. O beijo durou mais do que qualquer um deles havia pretendido, e, quando Angela parou para respirar, sorriu para ele. — Não resista, Tim. Você não pode me dizer não, lembra? Apenas uma bebida. Por mim.

E lá estava a oferta, que ele nunca teve a intenção de aceitar, entre eles como uma porta. Nesse instante, Tim teve a nítida percepção de que os versículos bíblicos desapareceriam se ele bebesse.

Que mal haveria nisso, de verdade? Ah, ele não faria nenhuma loucura ou algo fora do comum. Nada que colocasse sua vida em risco, como o garoto da universidade ou o tio Frank. Era só um copinho de vinho para agradar Angela, aliviar a dor e ajudá-lo a pensar com clareza.

O ladrão vem apenas para roubar, matar e...

— Quer saber? Eu acho que seria gostoso — ele mesmo o ouviu dizer.

Angela olhou novamente para seu apartamento e ergueu os ombros duas vezes.

— Por sorte, tenho uma garrafa de Zinfandel branco na geladeira. — Seus olhos dançaram, e Tim percebeu que não precisava de bebida alguma. Já estava embriagado só de estar perto dela.

Ela foi à cozinha e fez um sinal com a cabeça em direção à mesa. Estava arrumada para duas pessoas, e o cheiro agradável era de pão assando no forno. Havia taças de vinho nos dois lugares.

— Na verdade, você tem uma escolha — ela disse. — O Zinfandel ou um bom Merlot.

Ele respirou forte e deu uma risadinha.

— Eu confio no seu gosto.

Ela lhe serviu um copo com um líquido rosa-claro. Parecia o tipo de vinho que os amigos de Tim bebiam anos atrás, nas festas mais sofisticadas da faculdade.

No instante em que ele segurou a haste da taça, outro versículo bíblico passou por sua cabeça.

Eu vim para que tenham vida, e a tenham...

— A um novo começo... — Tim ergueu a taça para ela, e os dois brindaram.

Ele deu um único gole e tentou não reagir enquanto o líquido deixava uma sensação sutil de ardor em sua língua, uma sensação que desceu e foi parar em seu estômago. *Então é isso, hein? O grande fruto proibido.*

Tim deu outro gole, depois outro. A sensação suave e incerta foi se espalhando nele enquanto bebia, lavando aos poucos a dor e a ansiedade que havia sentido na semana passada. Não era tão ruim. Ele não teve o desejo desesperado de virar a bebida na boca ou acabar com a garrafa. Quando Angela ofereceu mais, Tim aceitou outra taça e, enquanto bebia, sentiu seus músculos esquentarem e relaxarem.

Antes de irem para o quarto, ele terminou três taças de vinho e ainda estava sóbrio o suficiente para reconhecer o que parecia ser um fato importante. Ele não estava como seu tio Frank. O álcool ajudou-o a descontrair, nada mais. O alívio de saber que não tinha problemas com a bebida era quase tão bom quanto o zunido suave que o ajudou a dormir naquela noite.

Mais tarde, Tim pensou no que o tio Frank havia dito sobre seu motivo para beber: *Era uma maneira de conter a dor.*

As palavras ecoaram em sua mente naquela noite e novamente na seguinte, quando ele e Angela terminaram outra garrafa.

Na segunda-feira, a caminho do trabalho, Tim comprou uma pequena garrafa de vodca. Ele a guardou numa gaveta. Levar uma garrafa de vinho para o trabalho seria ruim, mas o pequeno frasco de líquido transparente era fácil de esconder. Além disso, ele achava que precisaria apenas de um único gole de vodca para ter a sensação que tinha com várias taças de vinho. Não que ele precisasse beber – porém, se isso o ajudasse a dormir, sem dúvida aliviaria o vazio e a culpa que ele sentia durante as horas no trabalho.

Uma semana mais tarde – depois de dividir garrafas de vinho com Angela sete noites seguidas e quase terminar com a de vodca –, Tim percebeu que o tio Frank estava errado em uma coisa. Beber não era apenas uma maneira de deter a dor. Era a única.

CAPÍTULO 8

Ashley Baxter estava indignada com a obsessão de sua família pela fé, mas, por causa de sua irmã, tentava guardar sua opinião para si mesma.

Que tipo de Deus insistiria que Kari ficasse casada com um cara asqueroso como Tim Jacobs? Era isso que Ashley queria saber. Fazia duas semanas que Kari estava morando na casa dos pais, e Ashley ainda não conseguia acreditar na conversa que tiveram pela manhã, depois de sua chegada.

— Deixe-me entender isso direito. — Ashley sentou-se em um dos banquinhos da cozinha, enquanto Kari estava encostada no balcão, tomando uma xícara de café. — Tim *disse* que está saindo com outra mulher... mas é *você* que não quer o divórcio?

— Eu não espero que você entenda. — Kari estava com círculos cinzentos sob os olhos novamente naquela manhã. Segurando a caneca com as mãos, ela suspirou. — Ele pode me dizer que está apaixonado por ela, mas, lá no fundo de seu coração, ele não acredita mais nisso do que eu.

— O quê? — Um poço de raiva formou-se no estômago de Ashley. — Ele disse isso para você? Que está apaixonado por essa... essa aluna?

— Ele não está apaixonado por ela, Ashley. Ele está confuso. — Kari corrigiu, encarando a irmã de frente. — Eu prometi amar Tim Jacobs até o dia de minha morte, e isso não mudou.

Ashley levantou-se com as mãos no quadril.

— Você não entendeu? Seu casamento acabou.

— Ouça. — Kari pôs a caneca de café no balcão. — Você pode se sentar, Ashley. E você não precisa levantar a voz. Eu sei que minha opinião não é bem-aceita.

— Não é bem-aceita? — Ashley bufou alto. — Ouça, irmãzinha, o cara deveria ser enforcado pelo...

— Pare! — Os olhos de Kari se encheram de lágrimas, e Ashley foi tomada de remorso. — Você não entende? Ele é meu marido, Ashley! Eu ainda não tive tempo de pensar em tudo isso, mas há uma coisa que eu sei com certeza: Se há uma maneira de superar este assunto... de resolvê-lo e deixá-lo para trás, é isso que eu quero fazer.

A lembrança desapareceu e deixou um resíduo amargo no coração de Ashley.

Passava um pouco das 14h, e Cole, filho de Ashley, estava dormindo. Ele tinha três anos, e os cochilos ainda eram uma parte muito necessária de sua agenda – não que Ashley fosse muito boa com horários. Essa era a especialidade de sua mãe, e, em alguns sentidos, Ashley sabia que seu filho tinha duas mães. Uma jovem mãe solteira que gostava de dar a Cole seu sorvete favorito, levá-lo ao parque e acariciá-lo quando ele tinha pesadelos; e uma mãe mais madura e responsável, que cuidava para que ele comesse banana com cereal e tirasse um bom cochilo toda tarde. Às vezes, o esquema incomodava Ashley, fazendo com que se sentisse culpada e um pouco enciumada. Em outros momentos, ela se alegrava em seu íntimo, achando que o filho tinha o melhor dos dois mundos.

Neste exato momento, no entanto, sua mãe estava em um estudo bíblico, e Kari, no mercado. Com Cole dormindo, Ashley tinha a casa para si. Ela abriu seu livro de arte de impressionistas franceses e tentou ler o terceiro capítulo. Mas, sempre que lia algumas frases, a imagem de Tim, marido de Kari, lhe vinha à mente. Como ele teve coragem de traí-la? Ashley bateu o lápis na página aberta e pensou onde Deus se encaixava nessa bagunça. *Você ainda está aí, Deus?* Ela deixou o pensamento se sentar na varanda da frente de sua mente por um instante, antes de espantá-lo. É claro que ele estava ali. Ashley não tinha dúvida sobre a existência de Deus; era do modo como ele cuidava da vida diária deles que Ashley, em geral, duvidava.

Um Deus amoroso e empenhado teria algum tipo de sistema de inteligência pelo qual pessoas como Tim morressem subitamente durante o sono e gente como Kari, que dava aula na escola dominical e lia a Bíblia fielmente, receberia algum tipo de chance. Se tudo o que Kari queria da vida era um casamento que durasse para sempre, então era isso que Deus deveria ter lhe dado.

Mas, em vez disso, o que Kari tinha?

Ashley respirou fundo e virou uma página do livro. O que Deus havia feito para sua irmã mais velha? Uma faísca de remorso atravessou seus pensamentos sombrios. Talvez ela estivesse sendo muito dura com Deus. De certo modo, ele havia ajudado a todos – ao morrer na cruz. Essa não era a mensagem básica de todos aquelas anos de escola dominical?

Ainda assim, não teria custado nada para ele ter dado à Kari um marido melhor também.

A devoção inabalável da irmã a Deus diante do caso de Tim, na verdade, escapava ao alcance de Ashley. Na verdade, ela não entendia como Kari podia querer uma vida tão simples, em primeiro lugar. Ashley olhou pela janela da cozinha da casa dos Baxter e apreciou as colinas onduladas e quilômetros intermináveis de árvores cobertas de folhas vermelhas e douradas. Sim, o mundo deveria ser explorado, conquistado, apreciado, provado. Não foi por isso que ela fugiu para Paris no instante em que terminou seu curso técnico? Não foi por isso que ela fez as coisas que fez, por que decidiu ter Cole em primeiro lugar?

Ashley fechou os olhos e viu-se chegando a Paris novamente, testando seu francês do ensino médio com nativos que fingiam não ouvi-la, provando novos sabores, sons e experiências onde quer que os encontrasse. Ali, na Cidade Luz, ela estava finalmente livre das expectativas de viver em uma comunidade onde todos a conheciam como a filha do doutor. A filha do médico cristão. É claro que, às vezes, ela não sentia orgulho do estilo de vida que levava em Paris, mas aqueles eram momentos em que ela pensava como uma Baxter, não como a mulher expressiva e independente que sabia que era. De modo geral, Paris valeu a pena, apesar do custo.

Ela e a irmã eram tão diferentes! Kari passou seis meses em Nova York, mas tudo o que conseguiu foram alguns trabalhos como modelo e passeios. Ela não mergulhou na cultura ali, não *viveu* de fato em Nova York. Ashley suspirou. Uma coisa era se sentir segura e ser conservadora, levando uma vida baseada nas próprias crenças. Ashley conseguia admirar isso, embora, sem dúvida, não fosse assim – segura e conservadora, afinal. Mas outra coisa, completamente diferente, era desperdiçar os dias esperando que um marido infiel recobrasse o juízo – especialmente, com um bom partido como Ryan Taylor de volta à cidade e admiravelmente solteiro.

Ashley pensou em Ryan por um momento, no modo como ele e Kari eram quando mais jovens. A irmã, obviamente, optou por Tim porque ele parecia ser uma aposta mais segura, o tipo de homem que as mulheres não paquerariam como faziam com Ryan.

Ashley tentou apoiar a decisão de Kari, mas, no fundo, ela achava que a irmã havia feito a escolha errada. Ryan Taylor era divertido e querido pela família dela. Ele adorava as mesmas coisas que Kari, e, embora se conhecessem desde a adolescência, seu relacionamento sempre teve uma química evidente, algo que Ashley via em poucos casais.

Ela sorriu ao lembrar-se de Ryan. Quando ela era criança, Ryan sempre encontrou uma maneira de fazê-la se sentir importante. Talvez fosse por isso que ela gostava dele – Ryan era o irmão mais velho que ela nunca teve.

A maioria dos atletas tinha o ego diretamente proporcional ao bíceps, mas Ryan não era assim. Ashley cresceu esperando que ele pedisse Kari em casamento um dia e fizesse parte da família Baxter para sempre. Por isso, quando eles romperam o namoro, ficou tão chateada quanto sua irmã. Aquele dia tornou-se quase um momento decisivo na vida de Ashley. Depois disso, finais felizes já não eram mais certos. Foi nesse mesmo dia que Ashley decidiu não se deixar envolver por um homem do modo como Kari havia se envolvido. O final era simplesmente muito doloroso, muito previsível. Havia exceções, sem dúvida; pessoas como seus pais, por exemplo. Mas, segundo a avaliação de Ashley, exceções como essa eram raras.

De qualquer forma, apesar do rompimento entre Kari e Ryan, Ashley tinha uma certeza: a de que ninguém jamais amaria sua irmã como ele. Qualquer dúvida que Ashley tinha sobre isso desapareceu dois meses antes, quando se deparou com ele perto do campo de futebol da escola. Ela estava correndo naquela tarde e, ao fazer a curva na pista, percebeu um dos treinadores olhando para ela. Ele era alto e tinha o corpo musculoso de Ryan Taylor. Então, ela se lembrou. Ele estava de volta à cidade. Seu retorno, soube depois, tinha alguma coisa a ver com o fato de ter chegado ao fim de sua carreira no futebol profissional e conseguido um emprego no ensino médio. Ashley diminuiu o passo e, na curva seguinte, viu quando o treinador alto pediu licença aos outros e correu intencionalmente em sua direção.

"Ashley Baxter, eu não acredito no que estou vendo." Ambos estavam sem fôlego quando se abraçaram e deram um passo para trás, a fim de se olharem. "Você tinha dezessete anos quando a vi pela última vez, e agora você cresceu e está linda."

Ashley raramente ficava vermelha na presença de homens corteses, e desta vez não foi exceção. Mesmo assim, ela pôde sentir o sorriso levantando as maçãs de seu rosto. "Sou eu. Bem crescida." Ela o olhou nos olhos, rindo. "Então você voltou para terminar seus dias no anonimato, hein!"

Ryan riu tambén. "Acho que sim." Ele pôs as mãos nos bolsos do agasalho e levantou a cabeça. A pergunta era inevitável. "Notícias de Kari?"

Ashley encolheu os ombros. Era estranho falar com Ryan agora que ela era uma mulher. Naquela época em que estava na adolescência, ela era a irmãzinha da Kari. Agora, tinha 25 anos e ele, uns trinta. Se Ryan não tivesse sido apaixonado por Kari...

Ela olhou para os olhos verdes-claros dele e não viu um brilho sequer de interesse romântico. "Ela mora para lá da University Park. Seu marido é um professor da faculdade. Eles não têm filhos." Terminado o breve relatório, Ryan respirou lentamente pelo nariz e pareceu considerar cuidadosamente as palavras que estava para dizer. "Se as coisas mudarem um dia..." Houve um brilho apagado de dor em seus olhos, mas passou, e Ryan sorriu. "Você é uma boa moça. Ligue para mim, tá?" Ele lhe deu um sorriso familiar, encerrou a conversa e voltou correndo para seus colegas treinadores.

Depois disso, ela e Ryan se falaram em outro momento na pista, mas, se não fosse por ele, Ashley não o teria visto. Pelo que ela sabia, ele havia conhecido alguém e estava namorando naquele momento.

De volta ao livro, ela tentou, por três vezes, ler um único parágrafo. A frustração passava por suas veias, e, sem se dar outra oportunidade, ela fechou o livro e olhou para o telefone. Ligar não faria mal, certo? Ele, provavelmente, estava na lista telefônica. Afinal, ele lhe pediu para telefonar se alguma coisa mudasse.

As palavras de Kari da outra manhã encheram a mente de Ashley. *Ele é meu marido, Ashley... Se houver uma maneira de superar tudo isso, é isso que eu quero fazer.*

Mas e Ryan? Ele não deveria saber que o marido de Kari a havia abandonado? Alguém não deveria, pelo menos, lhe contar o que estava acontecendo? Na maioria das vezes, Ashley não acreditava na oração. Mas o hábito de conversar com o Deus Todo-Poderoso quando criança foi adquirido e, de vez em quando – em momentos como este, em que ela não tinha certeza do que fazer –, tinha uma conversinha silenciosa com o Senhor.

Não tem problema algum em telefonar para ele, certo, Deus?

Ashley até tentou ficar quieta e ouvir uma resposta, mas não ouviu nada. Não que estivesse, de fato, esperando uma.

— Perfeito. — Disse, levantando-se e rindo sozinha. — Eu vou considerar isso como um sim. — Ela atravessou a cozinha, folheou a agenda telefônica, mas não encontrou Ryan Taylor na lista. A agenda, provavelmente, era muito nova.

Sentindo-se com muito mais energia do que momentos antes, Ashley deu um tapa na testa e raciocinou. O pessoal da igreja devia ter o número dele. Sua mãe e seu pai viram Ryan no culto de domingo à noite.

Ashley procurou o número da igreja e telefonou o mais rápido possível. Kari logo estaria em casa, e Ashley não estava totalmente certa se...

— Clear Creek Community Church. Em que posso ajudar?

Ashley resistiu a um sorriso. A secretária da igreja sempre foi tão... bem, sempre pareceu tanto com uma secretária de igreja. Era uma setentona que daria a um estranho a chave de sua casa se isso servisse para mantê-lo longe das ruas.

— Olá, senhora Mosby. Aqui quem fala é Ashley Baxter. Eu gostaria de lhe pedir um favorzinho rápido.

— Ah, olá, querida. — A senhora Mosby era uma das poucas pessoas da congregação que não faziam Ashley se sentir imunda por ter voltado de Paris grávida e solteira. — Em que posso ajudá-la?

Ashley estava ansiosa.

— A senhora se lembra de Ryan Taylor?

— Sim, querida, é claro. — Ela riu educadamente, como se o efeito que Ryan tinha sobre as mulheres não fosse limitado pela idade. — Ele voltou para a cidade e vem aos cultos da noite de vez em quando.

Ashley engoliu em seco. Ela não ia à igreja desde a Páscoa, mas esperava que a senhora Mosby não usasse isso contra ela.

— Se a senhora não se importar, eu preciso do número do telefone dele. Devo ter colocado em algum lugar que não acho.

— Ah... — Houve uma pausa, e Ashley pôde ouvir a senhora Mosby procurando o número. — Ora, sim, querida. Aqui está. — Ela repetiu de memória o número e depois estalou a língua no céu da boca. — Eu lembro quando sua irmã e Ryan eram adolescentes. Ela o levava ao grupo de jovens, e todas as outras meninas ficavam com ciúmes.

— Sim. — Ashley sorriu com a lembrança.

— Eu me sinto culpada por dizer isso... — a senhora Mosby baixou a voz —, mas eu sempre acreditei que Ryan se casaria com sua irmã.

Um sorriso puxou os cantos da boca de Ashley, e ela olhou para o número que havia escrito no papel.

— Sim, senhora Mosby. Eu também.

— Sabe... — a voz da mulher mais velha era melancólica —, eu acho que todos nós acreditamos. — Então, ela se apressou para acrescentar: — Mas fiquei feliz por ela ter se casado com um bom cristão.

Ashley não respondeu nada.

— Bem, é melhor eu ir. — De repente, ela teve pressa para desligar o telefone. Encerrou a conversa e apertou os números que a senhora Mosby lhe tinha dado. Então, fechou os olhos e esperou.

***

Ryan Taylor vivia em uma choupana bem-instalada de dois quartos, em uma fazenda de dez acres. O lugar ficava alguns minutos de distância do clube, menos de um quilômetro e meio das docas do lago Monroe e só a cinco quilômetros, pela estrada, da casa onde Kari cresceu, a residência os Baxter mais velhos ainda viviam. Sua carreira no futebol profissional compensou financeiramente. Ryan tinha uma poupança que nunca conseguiria usar até o fim e não devia nada em se tratando de seus bens materiais, incluindo a fazenda e sua caminhonete prata. Ele planejava, algum dia, construir a casa de seus sonhos perto da parte dianteira de suas terras; mas, até o momento, não tinha razão alguma para iniciar a obra. A choupana era perfeita para ele. Ele nunca planejou ter o privilégio de jogar futebol profissional, mas agora que aqueles dias haviam ficado para trás, sabia que só havia uma coisa que poderia preencher as próximas décadas: tornar-se um treinador.

Quando a vaga de assistente na escola de ensino médio de Clear Creek ficou disponível, logo no início do verão, ele soube que essa era a chance que estava procurando. A oportunidade de voltar para casa. As coisas não eram exatamente as mesmas, é claro. Voltando à sua época de adolescência em Clear Creek, ele era apenas um da turma, o filho favorito que era bem-recebido em todos os lugares aonde ia. Agora, depois de oito anos com os Cowboys, as pessoas tratavam-no como uma celebridade. Elas ficavam olhando para ele nos supermercados, pediam-lhe autógrafo no cinema e não o deixavam fazer uma refeição em público em paz.

Às vezes, ele até se perguntava se teria cometido um erro ao pensar que poderia se estabelecer em Clear Creek. Entretanto, a cidade ainda era seu lugar favorito no mundo, aquele em que ele havia crescido e onde sua mãe, sua irmã e a família dela ainda viviam. Durante toda a sua vida, ele imaginou se estabelecer ali.

Ele só não havia imaginado fazer isso sem Kari Baxter.

Ryan havia tido muitas oportunidades de namoro quando voltou de sua temporada com o Dallas. Todos tinham uma filha, uma amiga ou uma irmã que queria conhecer o mais novo bom partido. Por uma ou duas vezes Ryan, de fato, convidou algumas delas para sair. Mas ele sempre parava depois de alguns encontros – principalmente, quando se via comparando todas as moças com Kari. Não que as mulheres que ele viu não fossem maravilhosas por si mesmas. Elas eram, na maioria das vezes, bonitas e inteligentes e dariam esposas maravilhosas, sem dúvida. Mas nenhuma delas havia se sentado de pernas cruzadas ao seu lado em uma noite de verão no ano em que ele fez quatorze anos, nem lhe contara os segredos do coração, como fez Kari. Elas não haviam ficado ao seu lado, pescando o dia todo às margens do lago Monroe no verão em que ele tinha dezessete anos, nem corrido para se esconder com ele na tarde em que o sinal de alerta de tornado tocou em todo o distrito.

Não; as outras mulheres que ele conheceu não haviam compartilhado com ele o primeiro beijo, a primeira dança ou aquela primeira prova de amor. E não haviam lhe mostrado pela primeira vez o que significava amar a Deus. Amar, de fato, a Deus, e querer agradar a Ele.

Ryan sabia muito bem que Kari estava casada; é claro que ela não era mulher para ele. Só que ele, simplesmente não estava com pressa de encontrar uma que fosse.

"Eu não entendo, Ryan. Você está ficando muito velho", sua mãe lhe dizia todo domingo, quando eles se reuniam para jantar. "Nesse ritmo, eu estarei sem dentes e numa cadeira de balanço antes de você me dar alguns netos."

Ryan ria e dava tapinhas no ombro da mãe. "Você é muito teimosa para viver cem anos, mãe. Aos 53 anos, ainda é muito jovem para qualquer coisa. Você, provavelmente, vai viver mais que todos nós". E todos davam boas gargalhadas.

***

O treinamento acabou cedo naquele dia e, por algum motivo, Ryan se sentiu mais sozinho do que o normal, como se um pedaço de seu coração não estivesse bem-encaixado. Então, calçou rapidamente as botas de trabalho. Algumas horas no quintal ajudariam a colocar seus pensamentos em ordem.

Primeiro, ele aparou os arbustos que ficavam na frente de sua choupana e entrou para beber água quando o telefone tocou. Max, seu filhote de labrador branco, levantou a cabeça e olhou para o telefone quando Ryan o tirou do gancho.

— Tudo bem, Max, meu garoto. — Ele sussurrou e se inclinou para roçar as orelhas do cão antes de atender o telefone.

— Alô. — Max choramingou e deu dois latidos estridentes.

— Meu Deus, Ryan, eu não sabia que você sabia cantar.

A voz era de Kari, mas o tom era de Ashley. Eles sempre conversavam com um tom sutilmente sarcástico e de provocação.

Ele sorriu e limpou a garganta.

— Estou aprimorando esse número. Levo um bom tempo para me aquecer.

Ela deu uma risadinha.

— Aposto que você não sabe quem é.

— A polícia? Telefonando para dizer que eu estou preso?

Outra gargalhada surgiu do outro lado da linha.

— Ah, sim, o mesmo velho Ryan. Você nunca muda, não é?

— Não, Ashley, não mesmo. — Ele hesitou, curioso. Ashley nunca telefonou antes. — E aí? Não, espere, deixe-me adivinhar. O marido de Kari a abandonou, e ela está se acabando por mim, mas não conseguiu telefonar. — Ele deu risada da audácia de sua declaração, certo de que Ashley faria o mesmo.

Em vez disso, ela parou de rir, e houve silêncio.

— Ashley? — O coração de Ryan bateu duas vezes mais rápido que antes. — Ashley, fale comigo. O que foi?

A voz de Ashley não revelava qualquer provocação.

— O marido de Kari a abandonou, e eu não sei se ela está se acabando por você, mas, de qualquer maneira, eu *tive* de ligar.

Agora foi Ryan quem ficou em silêncio. Sua mente estava confusa com o que ela estava dizendo, tentando decifrar se ela ainda poderia estar de brincadeira.

— *Fala* sério, Ashley.

— Eu estou falando. — Ela hesitou. — Tim está tendo um caso. Ele foi morar com uma aluna. — Ela fez uma pausa, e ele sentiu o piso de madeira ceder debaixo de seus pés. — Kari está passando a maior parte do tempo na casa de meus pais. Ela ficou aqui nos últimos dias. Eu achei que você deveria saber.

Ryan encontrou a cadeira mais próxima de sua mesinha na sala de jantar e se sentou. Seus joelhos tremiam.

— Ela está... ela está bem? — Foi a primeira coisa que ele conseguiu pensar para perguntar. Suas emoções estavam fervendo dentro dele – dor e tristeza, raiva e vingança. *Como ele teve coragem de fazer isso com você, Karizinha? Como ele teve coragem de...*

— Ela está muito confusa, Ryan. Ela diz que não quer o divórcio; está orando para Tim voltar.

Ryan rangeu os dentes e pensou rapidamente em uma série de possíveis ações que ele poderia tomar, como ir de carro até a universidade, encontrar o cara e acabar com ele ali no escritório. Ou ir até a casa dos Baxter e abraçar Kari até que a dor fosse embora. Eram ideias que não dariam certo, claro. É óbvio que ele iria vê-la novamente; Ryan sabia disso desde que voltara, três meses antes. Ele esperava vê-la antes disso. Não poderiam viver em uma comunidade tão pequena e não se esbarrar em algum lugar – pelo menos, na igreja. Mas não cabia a ele fazer qualquer coisa com relação ao que estava acontecendo com ela, a não ser que ela lhe pedisse ajuda.

Essa constatação sufocou-o. Kari estava magoada – o tipo de mágoa do qual algumas pessoas nunca se recuperam. E, embora estivesse a apenas cinco quilômetros da casa da família dela, ele não podia fazer nada para ajudar.

— Então... — Ryan pôde ouvir a tensão em sua voz enquanto a dor de Kari se tornava sua. — Por que você telefonou?

Ashley ficou quieta por um momento.

— Eu não sei ao certo. — Ela suspirou e pareceu tão frustrada quanto ele. — Lembro-me de uma época, há muito tempo, em que tudo parecia bom e perfeito para Kari; uma época em que nós cinco, os filhos dos Baxter, éramos próximos e nunca, em um milhão de anos, qualquer um de nós imaginou que isso poderia acontecer com nossa irmã. Você sempre esteve ao lado dela naquela época, Ryan.

Ele apertou os olhos e ficou deslizando os dedos em cima do nariz. Aqueles dias foram tão reais que ele podia estender as mãos por sobre o ombro e tocá-los.

— Sim... Eu me lembro.

— Eu acho que sempre pensei que você estaria ao lado dela. E agora...

— O que eu posso fazer? — Ryan fechou os olhos novamente. — Ela está apaixonada pelo marido. Você mesma disse isso.

Ashley pareceu considerar aquelas palavras por um momento.

— Sabe o que eu penso, Ryan?

A dor no coração era tão grande que ele teve de se obrigar a permanecer sentado, deter-se para não sair e ir de carro à casa de Kari antes que o bom senso prevalecesse.

— O quê?

— Não importa o que ela diga... Eu acho que ela ainda é apaixonada por você.

CAPÍTULO 9

Um teste de gravidez era a única forma efetiva de saber.

A menstruação de Kari já havia atrasado antes, mas não tanto assim. E, além disso, ela não podia negar o fato de que estava quase sempre enjoada. A princípio, foi fácil ignorar a ausência das regras por causa da agenda cheia. E o mal-estar era, sem dúvida, compreensível, à luz das mudanças nas últimas três semanas. Mas nada explicava a menstruação tão atrasada assim e aquele horrível mal-estar.

Nas semanas após a partida de Tim, ela foi saindo aos poucos da total paralisia e começou uma espécie de rotina funcional que tinha muito pouco a ver com a terrível realidade da ausência dele. Embora quisesse, desesperadamente, salvar seu casamento, Kari se sentia indiferente, incapaz de tomar qualquer atitude, especialmente quando tudo o que pensava sobre Tim e seu caso ameaçava levá-la a se debulhar em lágrimas.

As sessões de foto foram leves nos meses seguintes, nada que não pudesse ser resolvido pelas outras modelos da agência. Ela havia telefonado para sua agente e pedido alguns dias de folga. Mas isso a deixou sem nada para preencher o tempo, e ela odiava ficar em casa sozinha. Por isso, alojou-se temporariamente no quarto de hóspedes na casa dos pais – o mesmo quarto que foi seu na adolescência. Pelo menos, na casa de seus pais, Kari tinha companhia e distrações. Era melhor do que ficar sentada em sua casa vazia, ouvindo o silêncio ensurdecedor que atestava o fato de que o marido não morava mais lá.

A melhor distração na casa de seus pais era a limpeza. Elizabeth Baxter sempre se orgulhou de manter a casa limpa e em ordem, mas isso foi antes de começar a tomar conta do neto Cole três dias por semana. Agora, havia guarda-roupas que precisavam de limpeza, armários que não eram abertos fazia anos e acumulavam uma poeria prejudicial à criança. Assim, Kari passava a maior parte das horas do dia fazendo trabalhos domésticos como limpar a garagem e, quando a náusea aumentava muito, tirando sonecas.

Até onde ela podia contar, havia atividades suficientes por perto para mantê-la ocupada por semanas – ou, pelo menos, até que soubesse qual seria o próximo passo a dar. E, no sábado da terceira semana desde a mudança de Tim, Kari sabia exatamente o que tinha de fazer, ainda que os prováveis resultados a deixassem apavorada de antemão.

Pouco antes do almoço, ela encontrou a mãe e o pequeno Cole na cozinha.

— Vou sair um pouco. — Pegou as chaves e sorriu. *Por favor, Deus, não deixe que ela seja curiosa. Não hoje.*

Elizabeth ergueu os olhos, sentada à mesa na qual ela e Cole estavam pintando desenhos.

— Você pode pegar um pouco de leite?

Kari teve uma sensação quente de alívio. Ela já estava bastante apavorada com o teste sem ter de contar à mãe. Isso poderia vir depois, se o resultado acabasse sendo... ela não podia suportar a ideia.

— Claro. Mais alguma coisa?

Sua mãe pensou por um instante.

— Na verdade, sim. Dois pães e mostarda. Obrigada, querida. — Tendo o olhar de Kari voltado para ela por mais um pouco, ela perguntou: — Alguma notícia?

Por um breve instante, Kari pensou que a mãe estivesse falando do teste de gravidez. Ela pôde sentir a cor desaparecendo de seu rosto.

— Sobre... ?

Sua mãe franziu a testa e baixou a voz, como se Cole pudesse, de alguma forma, entender o que elas estavam falando.

— De Tim. Ele telefonou?

— Mãe...

— Eu sei, eu sei. — Sua mão fez um gesto que dizia a Kari que não pretendia insistir no assunto.

Kari teve de implorar aos pais naquele primeiro dia que não perguntassem sobre Tim. "Vou mantê-los a par do que está acontecendo", ela lhes disse em meio às lágrimas. "Se ele telefonar, se fizermos algum progresso, eu conto para vocês. Mas, caso contrário, não perguntem, por favor."

— Eu sinto muito. — Sua mãe levantou-se e puxou-a para dar-lhe um abraço. — Seu pai e eu estamos orando. É que... eu não sei. O que ele está fazendo, Kari? Ele é um homem casado. Eu ainda me pergunto o que poderia ser mais importante do que amar minha menina?

A resposta óbvia pairou no ar entre elas como se fosse uma espada que havia acabado de ser afiada. Os olhos da mãe ficaram embaçados, e ela puxou Kari mais uma vez para mais perto.

— Ah, querida, que idiotice dizer isso.

— Tudo bem. — Qualquer dia desses, Kari talvez desmoronasse nos braços da mãe e, em silêncio, clamasse mais uma vez a Deus para mudar o coração de Tim. Mas, neste momento, ela estava decidida a descobrir se estava grávida, e queria desesperadamente chegar ao supermercado. — Deus vai nos juntar de novo, de alguma forma. Eu realmente acredito nisso. Só continue orando, mãe.

Sua mãe fez que sim com a cabeça.

— Sempre — completou, com a voz embargada.

Com a precisão de quem havia passado a maior parte da vida na área de Bloomington, Kari foi para a estrada de duas pistas margeadas de colinas e folhas de outono em direção às ruas movimentadas do centro da cidade. No supermercado, ela pegou o primeiro teste de gravidez que encontrou e escondeu-o no carrinho, debaixo dos pães. Viu um casal de idosos da igreja e conversou alguns minutos com eles, mas ficou aliviada por não ver mais ninguém que conhecesse.

O que eu diria se topasse com Ryan Taylor? O pensamento pegou-a de surpresa, e Kari não tinha resposta para si mesma, exceto uma: ela não estava pronta para vê-lo novamente. E vê-lo enquanto estava comprando um teste de gravidez, de todas as coisas, seria totalmente insuportável.

Trinta minutos depois, já de volta à casa de seus pais, ela escondeu o teste no bolso do casaco. Cole estava dormindo naquele momento, por isso ela abriu a porta com cuidado.

Uma vez dentro de casa, ela colocou as compras no balcão e olhou para a mãe. Imediatamente Kari soube que algo estava errado.

— Mãe?

Sua mãe estava sentada à mesa da cozinha, com a Bíblia aberta e o rosto pálido.

— Sente-se aqui, Kari. Eu preciso falar com você.

Kari sentiu um frio na espinha. Seja lá qual fosse o motivo, ela não podia entender. Que algo havia acontecido, isso era certo. Ela atravessou a cozinha e sentou-se de frente para a mãe.

— O que foi?

Os olhos de sua mãe encontraram seu olhar ansioso.

— Tim telefonou.

Kari pôde sentir seus olhos se arregalarem, seu queixo cair. Elas haviam falado sobre ele menos de uma hora atrás, e aí ele ligou? Aquilo devia ser bom, não? Talvez, ele tivesse recobrado o juízo. Ela sentiu uma pontinha de esperança.

— O que ele disse?

— Ele... — Sua mãe fez que não com a cabeça e olhou para o chão.

— Mãe, o que foi? Diga o que ele disse. — Não poderia ser pior, poderia? Nada poderia ser pior do que o que ele já havia dito a ela.

Finalmente, sua mãe ergueu os olhos, e Kari pôde ver o quanto ela não queria responder.

— Ele estava bêbado, Kari. Ele falou coisas tão confusas que eu mal pude entender.

Kari pôs a mão na testa enquanto sua mente procurava desesperadamente explicações.

— Talvez ... talvez ele estivesse cansado. — Ela se levantou e deu alguns passos para um lado e depois para o outro. — Tim nunca bebeu na vida.

Ela já havia ouvido as histórias sobre o tio Frank e que Tim nunca quis descobrir se, lá no fundo, levaria uma vida de alcoólatra como a do irmão de sua mãe. Ele nunca teria começado a beber, teria? E se ele tivesse... as lágrimas ardiam nos olhos de Kari.

— Não pode ser verdade.

— Suas mãos começaram a tremer. Quando esse pesadelo chegaria ao fim?

Sua mãe segurou os dedos de Kari.

— Ele estava bêbado, filha. — Seu tom estava mais calmo e completamente convincente. — Eu tenho certeza.

Kari soltou a mão da mãe, pôs as mãos na mesa e abaixou a cabeça. Depois de um tempo, ergueu os olhos e, por um longo momento, ficou olhando para Elizabeth, examinando seu rosto à procura de respostas.

— O que ele disse?

Sua mãe, carinhosamente, pôs a mão sobre a de Kari.

— Você não vai gostar.

Por que, Senhor? Kari piscou para conter outras lágrimas.

— Tudo bem, mãe. Diga.

— Ah, querida... ele disse que ainda quer o divórcio. E me pediu para lhe dizer que está procurando um advogado.

Kari, desconcertada, foi para a sala. Sua mãe foi atrás dela, segurando delicadamente os ombros da filha.

— Minha vida inteira está uma bagunça.

Sua mãe encostou o rosto na nuca de Kari.

— Ele falou sério, não falou? Sobre o divórcio?

Kari olhou pela janela para a calçada margeada de árvores e os campos cobertos de grama onde brincava quando era criança, na época em que ela sabia, com certeza, que cresceria para se casar com Ryan Taylor. Na época em que ela...

— Eu não vou dar o divórcio para ele! Ele está louco e... e ele está em um momento ruim. — Ela se virou e olhou para a mãe, implorando em silêncio que ela entendesse. — Ele vai voltar a si algum dia. — Kari engoliu em seco, sentindo o pequeno volume do teste de gravidez no bolso.

— Além disso...

Os olhos de Elizabeth amoleceram, e ela correu os dedos pelo rosto de Kari. Como se já soubesse o que a filha iria dizer, ficou olhando para a filha e falou com uma voz bem baixinha que quase não dava para ouvir.

— Além disso, o quê?

Não havia motivo para esconder. Se ela estivesse grávida, o fato não poderia vir à luz como um novo golpe. Afinal, Tim era seu marido e, dez semanas antes, Kari não sabia nada sobre a infidelidade dele. Ela respirou firme com os olhos ainda fixos nos da mãe.

— Talvez eu esteja grávida.

Sua mãe não se mexeu nem gritou, mas era como se algo em seus olhos tivesse morrido.

— Eu... eu achei que você pudesse estar.

Kari soprou uma mecha de franja da testa e voltou a olhar lá para fora pela janela.

— Eu comprei o teste hoje. — Ela fez um barulho que era, em parte, uma risada. — Se eu estiver grávida, vou precisar de você e do papai e... de qualquer outra pessoa. — Ela piscou, não querendo que as lágrimas viessem novamente, mas elas estavam muito perto da superfície para serem contidas. — Eu preciso de você, mãe — Ela choramingou ao sentir os braços da mãe em torno dela.

O cenário na mente de Kari estava cheio de insidiosas questões que ela não podia responder. E se o teste desse positivo? E se Tim se tornasse um alcoolatra como o tio? E se ele encontrasse uma maneira de se casar com a aluna com quem estava saindo? E, sobretudo, onde estava Deus em tudo isso?

Aos poucos, uma luz fraca brilhou no coração de Kari, e ela se lembrou da segurança santa que havia sentido outro dia, durante uma mensagem na rádio.

Não tenha medo... Eu estarei com você. Eu a ampararei.

Kari fungou e foi para trás, examinando a mãe, orando para que ela entendesse.

— Mãe... você entende, não é, por que eu quero que meu casamento dê certo?

Sua mãe passou a mão no cabelo de Kari.

— Shhh, querida... está tudo bem. — Ela disse chorando agora também. — É claro que eu entendo. Você quer fazer as coisas do jeito de Deus, e o Senhor vai honrar isso. Nada seria mais maravilhoso para nós do que ver seu casamento dar certo, Kari. Você tem nosso apoio, aconteça o que acontecer.

Kari conseguiu dar um sorriso rápido, porque sabia que era verdade. Não importava o que os outros pudessem dizer ou sentir sobre suas decisões, seus pais sempre ficariam ao seu lado.

No fundo, a família Baxter era assim.

As instruções no kit do teste de gravidez sugeriam que o teste feito pela manhã daria os melhores resultados. Assim, ela resolveu esperar o dia seguinte.

***

Ela estava no banco de trás do carro de seus pais e na metade do caminho para a igreja quando percebeu que não havia feito o teste. Não era só uma questão de esquecer, é óbvio. Havia algo decisivo naquele teste, algo que Kari não estava pronta para enfrentar.

A vista da janela do carro oferecia uma distração bem necessária para os temores que lutavam para conseguir um lugar em sua alma. Ela ficou olhando para as fazendas e *outdoors* tão familiares enquanto os pais conversavam no banco da frente.

Kari não tinha certeza se deveria ir à igreja naquele dia. Seria sua primeira vez desde que Tim se fora. Poucos dias após a partida dele, Kari telefonou para a igreja e explicou que não poderia dar aula na escola dominical, nem cantar no coro por um tempo. Quando a secretária da igreja perguntou se havia algo errado, Kari disse apenas que havia surgido um imprevisto.

Uma parte dela queria, desesperadamente, se passar por anônima neste que era seu pior momento de tristeza e dor. Mas o desejo de estar cercada de pessoas que a amavam e orariam por ela era maior que sua necessidade de ficar sozinha. Além disso, ela se instalou na casa de seus pais, agindo como se estivesse paralisada por tempo suficiente. Era hora de procurar ajuda, de conversar com o pastor Mark e se preparar para aconselhamentos. Por isso, ela decidiu ir no culto daquela manhã.

Havia um silêncio esperançoso no carro, e Kari se lembrou do que ouviu por acaso seu irmão dizer na cozinha mais cedo. Ela estava descendo as escadas, com vontade de comer biscoitos ou algo que interrompesse aquela náusea constante, quando a voz de seu irmão a fez parar.

— E as minhas irmãs? — O tom de indignação na voz de Luke a surpreendeu. Ela e Luke sempre dividiram boas risadas e compartilharam uma admiração mútua, um vínculo que nunca havia sido ameaçado ao longo dos anos. Mas, naquela manhã, ele parecia mais farto do que alguém que gostava de diversão. Era um lado de seu irmão que Kari não havia visto antes.

— Quieto, Luke! Ela vai ouvir você. — Era sua mãe, assoviando coisas tão baixinho que era difícil distinguir o que ela dizia com os sons de tudo o que ela estava cozinhando. — Não havia nada que Kari podia ter feito sobre isso, e você sabe.

— Eu só estou dizendo que — a voz de Luke estava só um pouco mais calma — você achava que, uma vez que foram criadas em uma família como a nossa, elas poderiam ter feito escolhas melhores.

Elas? Kari franziu a testa e desceu outros dois degraus para não deixar de ouvir a mãe na conversa.

— Ashley e Kari não são nada parecidas. Eu acho que Kari ficaria chateada se ouvisse você dizer isso.

— Tudo bem; então, pelo menos, que se livre do cara. — Luke soltou uma risada nervosa. — Falando sério, quem faz o que aquele idiota está fazendo não deveria ter a opção de ficar casado com ela.

Sua mãe parou de mexer a panela, e houve silêncio por um instante.

— Você não sabe dos detalhes, Luke. Não são da sua conta.

— Sim, mãe, eu sei dos detalhes. Ouvi Kari e Ashley conversando. O cara está morando com uma aluna, ele quer o divórcio, ele não ama mais minha irmã. — Sua voz falhou. — Mas, de alguma forma, Kari quer dar uma chance para ele? — Luke deu outra risada sem qualquer indício de humor. — Nem Deus pediria isso dela.

Pronto! Isso agora tinha a ver com Luke. Ele estava chateado e frustrado, mas só porque se importava. Kari abaixou-se um pouco encostada na parede e esperou.

— Ela está fazendo o que acha que Deus quer que ela faça. — Kari esticou-se para ouvir as palavras da mãe. — Ela só pediu uma coisa de nós.

Luke estava comendo algo, e falou com a boca cheia.

— Mmm. O quê? Convidar o cara para jantar no domingo para a gente dizer como sentiu saudade dele?

A mãe expirou, e, mesmo de onde estava escondida, Kari pensou que ela pareceu velha e triste. Muito triste. *Ah, mãe, eu nunca quis causar isso a você... Deus, me ajude a descobrir o que fazer. Talvez eu nem devesse estar aqui. Talvez eu devesse ir para casa e...*

— Ela quer que entendamos seus motivos. — O tom de sua mãe tornou-se enfático.

— O que é uma coisa que você nunca deu à Ashley.

— Não me venha com isso. Não fui o único que ficou esquisitão da noite para o dia. Ashley não é a mesma desde que voltou de Paris, e a culpa não é minha.

— Perfeito. Mas não se trata de Ashley, mas de Kari. Você e Kari sempre se amaram, Luke. Vocês sempre estiveram ao lado um do outro. Se você não consegue ver isso em seu coração para apoiá-la agora... eu não poderia suportar mais do que Kari. É só o que eu estou dizendo.

Kari não sabia ao certo se estava com medo da resposta dele ou ansiosa para interromper a conversa, mas, intencionalmente, deu alguns passos altos e entrou na cozinha.

— Oi, pessoal. — Ela ignorou a náusea e forçou um sorriso para a mãe ao se aproximar por trás de Luke e pôr o braço em torno de seu ombro. — Bom-dia, maninho.

Eles tomaram o café da manhã sem outra discussão sobre a situação difícil de Kari ou o nível de sabedoria em suas escolhas. Entretanto, ela percebeu algo diferente em Luke. Estava faltando alguma coisa do relacionamento fácil que eles sempre tiveram. Era como se a opinião dele sobre ela tivesse falhado. Qualquer que fosse o motivo, isso fez Kari querer entrar em um buraco e chorar por cem dias.

Em vez disso, ela terminou o café da manhã, ajudou a lavar a louça e se vestiu para ir à igreja. E ficou tão entretida com isso que se esqueceu de fazer o teste de gravidez.

Ou, na verdade, não quis fazê-lo, em primeiro lugar.

***

De qualquer modo, agora ela estava na metade do caminho para a igreja e se perguntando se era uma loucura aparecer lá. Normalmente, ela e Tim iam sozinhos. Só que, no ano anterior, Tim pediu para se ausentar muitas vezes porque tinha provas para corrigir. Sua ausência na igreja, finalmente, só fez sentido para Kari quando ela soube de seu caso com a aluna. Ali no carro dos pais, ela cerrou os dentes e tentou não pensar em Tim. Agora não.

Distraidamente, ela olhou para trás e viu a caminhonete de Luke. Ele tinha planos após o culto e precisava de seu carro. Sua irmã caçula, Erin, e o marido, Sam, iriam encontrá-los na igreja. Brooke e Ashley, por sua vez, iam apenas nos feriados, e nem sempre.

Kari suspirou baixinho.

Dos cinco filhos dos Baxter, apenas Kari, Luke e Erin aceitaram a fé dos pais. Quando o carro se aproximou da igreja que sua família frequentava desde que ela e seus irmãos eram crianças, o coração de Kari doeu diante dessa constatação. As famílias com as quais haviam crescido na Clear Creek Community Church sabiam sobre o afastamento de Ashley e a independência de Brooke. Elas tinham de saber que John e Elizabeth Baxter sofriam com o modo como sua família, outrora tão unida, não estava mais ligada por suas crenças.

Kari sorriu para o pequeno Cole, preso com o cinto de segurança em sua cadeirinha no carro. Ashley havia saído com as amigas artistas na noite anterior, e o garoto havia dormido na casa do papai e da vovó, como ele os chamava.

— Você está nervosa? — perguntou John Baxter, examinando-a pelo retrovisor, e Kari poderia ter chorado ao ver a compaixão nos olhos dele. Seu pai era seu herói desde que ela podia se lembrar, e é claro que não seria diferente neste momento de sua vida.

— Um pouco.

Sua mãe virou um pouco o assento, com os olhos visivelmente mais ternos do que momentos antes, quando os estava apressando para entrar no carro.

— Não há uma única pessoa aí que não ame você, filha. Você sabe disso.

Kari concordou com a cabeça e sentiu uma onda de lágrimas latejando em suas têmporas. Ela piscou para contê-las.

— Não tem nada a ver com me levantar e anunciar o acontecido para a congregação. Mas eu preciso contar ao pastor Mark. E as pessoas, com certeza, vão descobrir. É como se estivesse escrito na minha testa.

Seu pai virou o carro para o estacionamento do templo, e Kari sentiu um frio terrível na barriga. — Todo mundo tem problemas, querida. As famílias não passam pela vida sem um pouco de tristeza.

Lá estava. O tipo de pensamento que faz brotar beleza das cinzas pelo qual seu pai era famoso. Era como se ele soubesse exatamente como ela se sentia mal com a vergonha que sua situação causaria ao nome dos Baxter. As palavras de seu pai lavaram a alma de Kari e, de algum modo, fizeram-na se sentir mais forte, renovada.

As famílias não passam pela vida sem um pouco de tristeza.

Ela estendeu a mão e apertou levemente os ombros do pai.

— Obrigada, pai.

Percebendo a conversa, Cole inclinou a cabeça para Kari.

— Você *tá* triste, tia Kari? Eu posso dividir a minha bola com você, se você estiver triste.

Gargalhadas altas escaparam da garganta inchada de Kari e pareceram aliviar a tensão no carro.

— Não, queridinho, eu não estou triste. Pode ficar com a bola, está bem?

Cole fez que sim com a cabeça e com os olhos arregalados.

— *Tá* bem. Mas se você ficar triste, diz pra mim. Eu vou te dar a minha bola, e você não vai mais ficar triste.

Kari sorriu. Como seria bom se fosse tão fácil assim...

— Obrigada, Cole. Agora vamos entrar.

***

Alguma coisa no modo como o pastor Mark Atteberry pregava sempre animou Kari, fosse exortando a igreja contra o pecado persistente ou fazendo a congregação se lembrar das surpresas da graça de Deus. O que ele dizia era temperado com risos e histórias inesquecíveis que, quase toda semana, levavam a igreja às lágrimas. Normalmente, as pessoas que ouviam suas mensagens ficavam sentadas em estado de fascínio, sabendo que as palavras que o ministro trazia eram aquelas de que elas precisavam, independentemente de onde houvessem estado ou que direção estivessem seguindo na semana seguinte.

Kari estava certa de que hoje não seria diferente, e, em silêncio, repreendeu-se por não ter aparecido antes. E se ela desabasse e começasse a chorar? Não era esse o sentido da família da igreja? Afinal, o pastor Mark celebrara seu casamento com Tim. Ele conhecia a família Baxter desde que ele e sua esposa, Marilyn, chegaram como um jovem casal cheio de energia e começaram a pastorear a igreja, vinte anos atrás. Ele os ajudou durante as lutas do pai de Kari em meados da década de 1980 e, depois, com o câncer de sua mãe. A família da Clear Creek Community Church viu as crianças Baxter crescerem.

Onde mais ela poderia querer estar? Além disso, estar aqui era melhor do que ficar sentada em casa se convencendo de que estava muito deprimida para ir.

Kari entrou com a mãe e tentou se lembrar da última vez em que Tim a acompanhou à igreja. Fazia três meses, pelo menos – no início do verão, talvez. Ela não tinha percebido que havia algo errado naquele momento? Ela não se perguntou se Tim estava ouvindo o sermão ou se ele queria estar ali?

— Vou levar Cole para a sala das crianças. — Kari segurou a mão do menino e sorriu para a mãe. — Guarde um lugar para mim.

A igreja espalhava-se por uma série de prédios. O templo e o salão principal ocupavam a estrutura maior. As classes da escola dominical para crianças do ensino fundamental reuniam-se em um prédio separado, os adolescentes em outro e os adultos, num terceiro edifício. Quando Kari e Cole entraram no prédio principal e seguiram para a porta aberta da sala de aula infantil, Noreen Winning pôs a cabeça para fora e gritou.

— Kari Baxter! Não acredito! Quanto tempo!

Noreen e Kari estavam na mesma turma na adolescência e sempre estiveram em uma classe de escola dominical. Algumas semanas atrás, Elizabeth Baxter havia mencionado que Noreen, seu marido e a filha deles haviam voltado para Bloomington. Kari abraçou-a e sorriu.

— Dois anos, pelo menos. E meu nome é Kari Jacobs.

— Está certo. Você se casou com um professor, não foi? Sua mãe me contou. Tim, não é?

— Sim. Tim dá aula na universidade.

— Serei a professora de escola dominical deste rapazinho. Estou substituindo uma professora hoje. — Noreen se abaixou e bagunçou o cabelo cacheado e loiro de Cole. Ela se apoiou em Kari e abaixou a voz. — Filhinho de Ashley, certo? Ele se parece mais com a mãe a cada dia que passa.

Examinando os belos traços de Cole e as maçãs do rosto delicadas, Kari concordou com a cabeça. Apesar de todos eles terem sido abençoados com uma bela aparência, Ashley era, sem dúvida, a que mais chamava a atenção entre as meninas Baxter. Seu filho era uma cópia dela. Kari mordeu os lábios.

— Eu gostaria que Ashley tivesse vindo.

Noreen fez um não com a cabeça como se tivesse acabado de receber uma notícia trágica que poderia ter sido evitada.

— Ouvi dizer que ela não é a mesma desde que...

— Desde que chegou de Paris... eu sei. — Por alguma razão, Kari estava incomodada com o tom de Noreen. *Deixe-a em paz, Noreen. Ela é minha irmã.*

Noreen olhou para os dois lados e, depois, diretamente para Kari.

— Bem, vou conhecer este tal de Tim?

Aqui vamos nós. Kari respirou fundo. Seus olhos voltaram-se para o chão e, então, se levantaram novamente enquanto falava.

— Ele não veio.

Noreen inclinou um pouco a cabeça, examinando os olhos de Kari.

— Está tudo bem, certo?

— Na verdade, não. — Kari pôde ouvir o tom de aborrecimento na voz dela. — Na verdade, não. Estou na casa de meus pais por um tempo. — Ela ficou olhando para a ponta de seu sapato e piscou para conter as lágrimas enquanto se distraía girando a aliança no dedo. — Tim e eu estamos tendo alguns problemas.

Noreen parou antes de engasgar, mas seus olhos arregalados expressavam seu espanto.

— O que aconteceu?

Noreen sempre investigou além da medida, e esta vez não foi uma exceção.

Tire-me daqui, Deus.

Minha graça é suficiente para você, filha.

Kari piscou duas vezes. Desde o início desta provação, deste momento de dor, parecia que Deus estava prometendo livrá-la e dar-lhe paz. Mas esta... *graça é suficiente? O que o Senhor quer de mim?*

Muito.

Muito?

— Hum — Kari limpou a garganta e tentou se concentrar na pergunta de Noreen. — É uma longa história. Ele não está... andando com o Senhor.

Os olhos de Noreen ficaram ainda mais arregalados, se isso fosse possível.

— Ah, Kari. Como isso aconteceu?

Kari queria ir embora, deixar a abelhuda da Noreen imaginar sozinha uma resposta. Mas algo na voz silenciosa e persistente do Senhor a impediu. *Muito, Senhor? Vós quereis muito de mim? Agora, quando não me resta nada para dar?*

Minha graça é suficiente para você.

Veio-lhe à mente uma imagem de uma reunião de grupo pequeno na sala de uma casa. Os casais formavam o círculo – casais feridos, casais com esperança. E Kari e Tim estavam no meio do círculo, ensinando os casais a amar.

É isso, Senhor? Vós fareis brotar beleza das cinzas de nosso amor? Restaurareis os fundamentos em ruínas?

Minha graça é suficiente.

Seu coração encheu-se de uma profunda gratidão e paz, o tipo de sentimento que ela não sentia desde antes do anúncio de Tim. A classe de Cole estava ficando cheia, e Noreen batia o pé.

— Se você não puder responder, eu entendo. — A batida parou. — Eu estou aqui para o que você precisar, Kari. Pode me ligar, está bem? Estou na lista telefônica.

Kari fez um rápido não com a cabeça como se tivesse, de repente, percebido que não havia respondido à pergunta de Noreen.

— Desculpe. É uma longa história.

Noreen aproximou-se pela última vez.

— Então... vocês estão... você sabe, ele quer o divórcio?

Kari forçou um sorriso.

— Ele não sabe o que quer. — Ela se lembrou dos sussurros persistentes do Senhor um minuto atrás. — Mas Deus está no controle de nosso casamento. Eu realmente acredito que tudo ficará bem.

Parecia não restar mais nada para Noreen perguntar, e ela deu de ombros.

— Vou orar por vocês. — Ela fez uma pausa e pareceu mais séria do que antes. — Eu não sei qual é a sua situação, mas posso lhe dizer uma coisa. Seja qual for seu problema, você está fazendo a coisa certa. Deus pode resolver até os problemas mais difíceis, sabe? Seu casamento poderá ser melhor do que você sempre sonhou, melhor do que antes disso que aconteceu. — Ela apertou a mão de Kari. — Não desista, Kari. Por favor.

Kari não sabia ao certo o que dizer. Desde que Tim foi embora, ela queria ouvir exatamente aquelas palavras. *Você está fazendo a coisa certa. Deus pode resolver até os problemas mais difíceis... não desista.* O engraçado era que agora elas vinham daquela mulherzinha irritante, aquela amiga de longa data que não fazia a menor ideia de nada sobre Kari, Tim ou o casamento deles.

O coração de Kari amoleceu em sinal de gratidão.

— Obrigada.

Ela olhou para o relógio enquanto se dirigia para o templo. A última coisa que queria era ser a última a chegar depois de faltar tantas semanas. Localizou seu pai e foi em direção a ele, tentando evitar a tristeza que brotava dentro dela. Ela pretendia se sentir esperançosa naquele momento, cercada pela família da igreja, prestes a ouvir a mensagem do pastor Mark, especialmente depois das palavras de incentivo de Noreen.

Mas, ao se sentar ao lado do pai, ela só conseguia pensar em uma coisa. Em algum lugar do outro lado da cidade, no quarto de um apartamento fora do *campus*, seu marido estaria acordando nos braços de outra mulher.

CAPÍTULO 10

Ryan Taylor sentou-se discretamente na última fileira de bancos do templo cinco minutos antes do início do culto e ficou se perguntando se aquele seria o dia. Não havia como negar que ele participava desse culto na esperança de ver Kari. Aliás, não fazia outra coisa senão pensar nela desde a última vez que conversou com Ashley.

Ele examinou a congregação, sabendo que reconheceria a parte de trás da cabeça dela ainda que estivesse no meio de um milhão de pessoas. Pobre Kari! Ela devia estar arrasada. Talvez, muito arrasada para aparecer em público na igreja. Ele examinou cuidadosamente os bancos. *Senhor... onde ela está?*

O versículo favorito de seu pai passou por sua mente: *O temor do Senhor é o princípio da sabedoria.*

Ryan piscou.

O temor do Senhor?

Fazia quanto tempo que esse versículo lhe veio à mente? A barriga de Ryan se contraiu, e ele esfregou distraidamente a nuca, o lugar onde o futebol quase lhe custou a vida.

Ele sabia exatamente quanto tempo fazia. Em novembro, completavam-se oito anos. Oito anos desde que ele ficou imóvel, preso a um leito de hospital, temendo que nunca mais encontraria uma saída. Temendo a Deus de um modo que nunca havia feito antes.

Naquela época, ele mal respirava sem orar, suplicando a misericórdia e a cura de Deus. Mas, com o passar dos anos, depois que desapareceram as cicatrizes de sua lesão, a vida encontrou um modo de se ocupar com suas melhores intenções, consumindo um tempo cada vez maior e deixando menos horas para ele passar na presença do Senhor. Na verdade, era simples. A urgência se foi.

Ryan deixou os olhos pousar em suas mãos e sentiu um manto de convicção se acomodar sobre seus ombros. Por que se dar conta disso o atingiu com tanta força aqui e agora? Deus havia escolhido este momento para chamar sua atenção para os meses e anos em que ele foi se definhando aos poucos, a complacência que resultou no... bem, no tipo de frequência irregular à igreja e de comunicação com Deus do qual ele era culpado desde que voltou para o futebol um ano depois da lesão? Sem dúvida, Ryan participava do culto à noite de vez em quando, mas sua paixão movida pela fé estava muito vacilante.

Ele sentiu uma dor aguda na alma, como se o próprio Senhor estivesse espetando agulhas em sua consciência. E estremeceu quando percebeu a verdade. Mesmo hoje, ele só estava lá por causa de Kari. Os pensamentos nela, as lembranças dela consumiam-no desde o momento em que Ashley mencionou o nome da irmã.

Kari... sua menina preciosa. Sua mente começou a divagar mais uma vez, conduzindo-o preguiçosamente por caminhos empoeirados junto ao lago, até a época em que uma linda menina de olhos castanhos, com risadas que lembravam sinos de vento, era sua melhor amiga e constante companhia, ao longo de anos até um lugar onde...

O temor do Senhor é o princípio da sabedoria.

Ryan endireitou-se no banco e balançou a cabeça para espantar as lembranças que o distraíam. *Perdão, Senhor... Eu estou tentando.*

Olhos grandes e santos pareciam estar focados diretamente nele, penetrando sua mente e sua alma, sondando seus pensamentos, motivos e intenções.

Ele abriu o boletim e olhou para o título do sermão no alto da página esquerda. Enquanto lia as palavras, pôde sentir o sangue desaparecer de seu rosto e um leve tremor nos dedos. O que quer que estivesse acontecendo, Deus o tinha aqui por uma razão e, de algum modo, Ryan duvidava de que tivesse alguma coisa a ver com Kari.

O título do sermão era "O temor do Senhor é o princípio". Ryan fechou os olhos e começou a orar.

***

Assim que Kari se sentou, o pai se inclinou e colocou a mão delicadamente no joelho dela.

— Você conseguiu!

Ela sorriu.

— Quase. — Um abatimento caiu sobre ela. Contar à Noreen por que ela estava sozinha e admitir em voz alta que ela e Tim estavam tendo problemas havia sido mais difícil do que ela imaginara. Ela escorregou no banco e se encostou no pai, tentando mergulhar em parte de sua força e estabilidade.

A música de adoração começou, mas Kari não conseguia se convencer a cantar. Em vez disso, ela olhou para a partitura e deixou sua mente divagar. Quando, exatamente, foi a primeira vez que Tim a traiu? Ele soube fingir tão bem a ponto de ela nunca ter percebido? Ou ela desconfiou mesmo na última primavera que as coisas não estavam como antes? Que algo estava errado?

Eu não queria ver...

Kari piscou, e duas lágrimas caíram na folha em suas mãos. A música parou, e ela ergueu os olhos enquanto mais ou menos vinte crianças formavam fila nos degraus do palco. Elas se mexiam, davam risadinhas e se contorciam até que uma mulher mais velha chamou a atenção delas.

A filha de Noreen provavelmente estava ali e, ao examinar o grupo, Kari viu os filhos de vários velhos amigos. Ela passou firmemente a mão na parte inferior do abdômen. *E eu, Senhor? Estou mesmo grávida? Vou ter de criar um filho sozinha?*

A música começou, e as crianças começaram a entoar uma canção que era a favorita de Kari desde que elas a cantaram em um retiro, quando ela tinha dezesseis anos: "Jesus me ama, eu sei...".

Ryan Taylor estava naquele retiro também. Eles se sentaram lado a lado enquanto o palestrante explicava as opções que Cristo poderia ter se quisesse se encontrar sozinho com um deles frente a frente em uma sala. Kari fechou os olhos, enquanto as crianças continuaram a cantar, e ainda podia ouvir a voz do palestrante no retiro.

"Ele poderia gritar com você e dizer como você estragou tudo, ordenar que você corrigisse as coisas e, então, aplicar algum tipo de castigo." O palestrante estava entusiasmado, andando de um lado para outro no palco, enquanto os adolescentes estavam sentados, fascinados.

"Ou ele poderia fazer um não com a cabeça e dizer que você era uma decepção."

Então, a voz do palestrante diminuiu enquanto ele ficou parado, passando intencionalmente os olhos pela sala, fazendo contato com o maior número possível de jovens. Ele apontou para um adolescente na primeira fila e pediu que ele subisse ao palco. Surpreso e um pouco inseguro, o garoto foi pulando em direção ao altar e parou diante do homem.

"Você sabe o que Jesus faria em seu lugar?" A voz do homem estava mais suave do que tinha sido a noite toda. Devagar e carinhosamente, ele pôs os braços ao redor dos ombros do menino e puxou-o para dar-lhe um abraço demorado. Ao se afastar, o pregador continuou com um braço em volta do garoto, enquanto conduzia o grupo naquele que se tornou o tema musical do retiro.

"Jesus me ama, eu sei..."

Cada adolescente na sala estava chorando naquela noite, e Kari espiou para ver lágrimas escorrendo pelo rosto de Ryan também.

O efeito visual daquela cena, junto com a mensagem simples da música, ficou na memória de Kari todos os dias desde então. Mesmo agora, com seu mundo de pernas para o ar e seu coração pesando dentro dela, Kari não duvidou nem por um minuto do amor de Cristo. Ela fungou baixinho, e sua mãe estendeu a mão para entregar-lhe um lenço de papel. Kari ergueu os olhos o suficiente para lhe agradecer. O pastor Mark começou seu sermão. Kari sabia que deveria ouvir, mas ainda não conseguia vencer os pensamentos que disputavam sua atenção. O que ela faria se Tim realmente estivesse falando sério sobre o divórcio? Ele podia fazer isso sem seu consentimento? Um bebê mudaria as coisas? E, mesmo que mudasse, ela poderia criar um filho com um homem que parecia ter abandonado a fé junto com o casamento?

O que vai acontecer comigo, Senhor? Para onde eu vou daqui?

Mais uma vez, um forte sentimento de conforto tomou conta dela, como se o Senhor tivesse deslizado para o banco ao seu lado e colocado os braços ao redor dela, exatamente como o palestrante daquele retiro fizera com um garoto da plateia, tantos anos antes.

O sermão estava acabando – algo sobre manter o temor a Deus e não fugir –, e, antes que ela pudesse se forçar a pensar com clareza, o pastor Mark estava orando. "Senhor, eu sei que existem pessoas em nosso meio hoje que estão sofrendo e com problemas. Eu creio que Vós as trouxestes aqui por uma razão." Ao fundo, a pianista começou a tocar um arranjo lento e melancólico da música "Jesus me ama".

O pastor Mark continuou sua oração com a música ao fundo. "Pai, ajudai-nos a ouvi-lo com mais clareza. Ajudai-nos a ter um temor saudável de Teu poder, para que possamos fazer tudo aquilo que nos chamastes a fazer em Tua força."

Cabisbaixa, Kari manteve os olhos fechados, tentando ouvir o que o Senhor talvez estivesse dizendo para ela.

"Temos a sala de oração aberta agora." O pastor fez uma pausa, e Kari sentiu como se ele estivesse falando diretamente com ela. "Este é um daqueles momentos em que você tem uma escolha. Você pode ouvir Deus e ignorá-lo ou pode ouvi-lo e fazer o que Ele está pedindo. Estamos todos juntos nisso, pessoal. Venha e deixe alguém orar com você."

***

Do fundo da igreja, Ryan sentiu como se sua visão houvesse acabado de ser ajustada. O sermão foi forte, apontando para a verdade de que Deus não é somente Salvador, amigo e Príncipe da Paz, mas também o Todo-Poderoso. Ele é poderoso e justo – um Deus a que se deve temer, respeitar e ter em reverência. As palavras do pastor Mark foram tão fascinantes que os pensamentos de Kari foram arrancados da cabeça de Ryan. Se ela estava no culto, ele não a viu. E agora, com o coração quebrantado pela mensagem, ele sabia que isso era bom.

Ryan ainda não fazia ideia do motivo pelo qual Deus havia escolhido aquela manhã para chamar sua atenção depois de anos de uma fé medíocre. Mas ele sabia, sem sombra de dúvida, que estava ali por uma razão, como se tivesse aparecido para um compromisso divino. E, quando o pastor chamou as pessoas à frente para receber oração, pela primeira vez desde que entregou sua vida a Jesus, Ryan ficou em pé e atravessou o corredor antes que tivesse tempo de mudar de ideia.

***

Mesmo com os olhos fechados, Kari podia sentir as lágrimas escorrendo por seu rosto e caindo em suas mãos. Se ela pudesse deixar sua vergonha para trás e seguir em frente... Mas, mesmo de onde ela estava sentada, perto do púlpito da igreja, a caminhada parecia ter um quilômetro de distância. Muito longe para ir sozinha, chorando, sem a ajuda de um marido que não mais a amava. Um marido que estava levando uma vida de adultério.

Vá, filha... onde se reunirem dois ou três, ali Eu estou.

Kari acomodou-se e dobrou as pernas, com as mãos no rosto. *Eu não sei o que dizer, Senhor.*

Seu pai parecia entender que Deus estava trabalhando no coração dela e, delicadamente, deu um toque na costela dela, empurrando-a, incentivando-a a dar ouvidos à única voz que importava.

A pianista continuou.

"Eles são fracos, mas ele é forte... Sim, Jesus me ama, sim..."

Kari apertou os olhos e enxugou as lágrimas do rosto como pôde. Então, ela se levantou e foi para a sala de oração com a forte sensação de que não estava mais sozinha.

Ela o viu no momento em que entrou – Ryan Taylor sentado em um círculo de oração de mãos dadas com os Miller, um casal de idosos que fazia parte da igreja desde que Kari podia se lembrar. Os três eram os únicos na sala, e Ryan estava explicando alguma coisa para eles em voz baixa quando a viu.

— Kari... — Os olhos dos dois se encontraram, e ele ficou em pé, saindo do círculo e, depois, parando com a mão estendida para ela pouco antes de chegar perto dela.

Algo nos olhos de Ryan, uma profundidade que ela não podia definir, lhe dizia que ele sabia sobre Tim. Ela se lembrou de respirar e, educadamente, acenou na direção dele. *O que eu devo fazer agora, meu Deus? Eu não posso falar sobre Tim na frente de...*

Minha graça é suficiente.

— Ora... Kari. Que bom ver você, querida! — A sra. Miller ficou em pé e puxou Kari para um abraço. Ao se afastar, ela examinou o rosto de Kari. — Querida, parece que você precisa de uma boa oração.

Ela levou Kari pela mão de volta ao círculo e indicou uma cadeira vazia ao lado de Ryan. O sr. Miller sorriu de modo solidário.

— Vocês, meninos, não participam do mesmo círculo de oração desde o ensino médio, eu acho.

O coração de Kari batia forte dentro do peito, e ela não fazia ideia do que dizer. A proximidade de Ryan Taylor deixou sua boca seca, seus pensamentos confusos. *Ajude-me, Deus. Por que o Senhor me trouxe aqui se ele estaria...*

O sr. Miller limpou a garganta.

— Ryan pediu que orássemos por seu foco. — O homem mais velho sorriu para Ryan. — Que ele tenha um temor saudável a Deus e defina bem suas prioridades.

Prioridades definidas? Kari ficou imaginando o que levaria Ryan à sala de oração para pedir oração por suas prioridades. Ela se forçou para se concentrar quando o sr. Miller tirou os olhos do rosto de Ryan e olhou para ela.

— Kari?

Isso não estava acontecendo. Ela não podia pedir oração por seu casamento fracassado sentada ao lado de Ryan Taylor.

— Humm... — Seus olhos ficaram fixos em um ponto perto da porta. Ela não podia dizer, não podia explicar o fato de que seu marido a estava traindo. Outras lágrimas desceram queimando por seu rosto, e ela pôde sentir o coração batendo na garganta.

Ajude-me, Senhor... por favor.

Ela respirou devagar e encontrou uma força sobrenatural em seu íntimo. Que importância tinha se Ryan soubesse sobre ela e Tim? Ela teve a resposta sobre os sentimentos de Ryan por ela muito tempo atrás. Ryan Taylor não a amava; ele nunca a amou. Não como ela sonhava na época em que tinha dezesseis anos e ele estava indo para a faculdade.

E Ryan não tinha nada a ver com o assunto. Tim era seu marido, o homem com quem Deus queria que ela ficasse. Ela ergueu os olhos e olhou primeiro para o sr. Miller, depois para sua esposa.

— Por favor... orem por meu casamento. — Seu olhar baixou novamente. — Eu amo muito meu marido e... bem, ele não quer mais continuar casado.

A sra. Miller deixou escapar um suspiro baixinho ao estender a mão para segurar as mãos de Kari.

— Minha filha... sinto muito.

Kari podia sentir os olhos de Ryan voltados para ela, mas se recusou a olhar para ele. Este momento não tinha nada a ver com ela e Ryan: tinha a ver com ouvir a voz de Deus e saber que aquele lugar, no círculo de oração, acompanhada por um casal de anciãos tementes ao Senhor, era onde ela precisava estar. Sentada entre a família da igreja, apresentando os pedaços de seu casamento despedaçado ao único que tinha poder suficiente para consertá-lo.

Se Ryan Taylor fazia parte daquele círculo de oração, que fosse assim. Toda a oração que ela pudesse receber seria útil. O silêncio pairou na sala por um instante, e, então, o sr. Miller baixou a cabeça e estendeu as mãos – uma para a esposa e a outra para Ryan. A sra. Miller soltou a mão esquerda de Kari e segurou a do marido.

O círculo estava inteiro, não fosse o lugar onde Kari e Ryan estavam sentados. Pelo canto do olho, ela viu Ryan levantar a mão em sua direção, e ela a aceitou sem hesitar. Ao sentir o calor da mão grande e forte de Ryan na sua, uma parte de seu coração começou a derreter.

Noreen, Ashley e Brooke a haviam assediado com perguntas, ao contrário de Ryan. Mesmo que fossem os únicos na sala, ele a teria deixado falar e, depois, simplesmente segurado sua mão. Foi o que ele sempre fez, mesmo quando eram apenas crianças. Era como se Ryan não precisasse que ela preenchesse as lacunas de uma conversa, porque ele já sabia quais eram.

Eles eram próximos assim.

Muito antes de Kari o amar e imaginar que ele a amava, Ryan era seu amigo – talvez o melhor amigo que ela já teve. Agora, com a mão na dele e a forte presença de Ryan dentro dela, ela se lembrou por quê.

O sr. Miller conduziu a oração, rogando a Deus que ajudasse Ryan a permanecer lúcido, focado e ciente de que o temor ao Senhor era o princípio da sabedoria. Por Kari, ele orou para que o Senhor mudasse o coração de Tim, fazendo-o se lembrar da altura da qual havia caído e para que o próprio Cristo restaurasse rápida e milagrosamente o casamento dos dois.

A oração durou alguns minutos. Quando chegou ao fim, enquanto soltavam as mãos uns dos outros, Kari imaginou ter sentido Ryan apertar a sua levemente. Era quase como se ele estivesse apoiando a sugestão, concordando com o sr. Miller em seu desejo de ver a oração de Kari respondida.

A sra. Miller tirou os olhos de Kari a fim de olhar para Ryan e sorriu.

— Estou tão feliz por vocês terem vindo à oração.

Ela não fazia ideia de como isso era estranho. Kari levantou à força os cantos da boca.

— Obrigada.

Outro abraço, e a sra. Miller segurou a mão do marido. Os dois saíram com promessas de que continuariam a orar. Então, a porta se fechou, e Kari e Ryan ficaram sozinhos.

Ela ergueu os olhos, que se encontraram com os dele. Não pôde ver nenhum brilho ou atração; apenas uma bondade que a envolvia com consolo. Eles eram dois velhos amigos cuja vida adulta havia tomado direções diferentes. Mas eles eram amigos que ainda se importavam muito um com o outro. Enquanto se olhavam, ela se frustrou ao sentir lágrimas brotando novamente.

Sem dizer uma palavra, ele se aproximou dela e a envolveu carinhosamente nos braços, puxando-a para um abraço que apagasse os anos em um único instante. Um misto de sentimentos consumiu o coração de Kari. Ela percebeu que estava grata por sua amizade e, ao mesmo tempo, de coração partido com a distância que o tempo havia colocado entre eles. Aqui, na presença de Ryan, ela de repente sentia muito mais o fato de tê-lo perdido, e essa tristeza, junto com todo o resto, fez com que ela voltasse a soluçar.

Ele abaixou a cabeça para que ficasse perto da dela e, com a mão, começou a fazer levemente círculos no fim de suas costas.

— Shhh... está tudo bem, menina.

Menina...

Suas palavras serviram como um bálsamo para a alma dela, e ela sofria por ter se passado tanto tempo sem ouvir o nome dela em seus lábios. Sua presença era como um presente do passado.

Ela ficou assim, com as mãos ao lado, abrigada no calor de seus braços, até que, finalmente, ele se afastou. Seus olhos encontraram os dela, e ele tentou descobrir os lugares secretos da alma de Kari por um bom tempo, lendo seu coração com a mesma facilidade com que sempre leu.

— Quer falar sobre isso?

Nada de perguntas, suposições ou interrogatório. Apenas a mesma oferta que ele poderia ter feito se fossem adolescentes novamente.

Um suspiro trêmulo escapou do cantinho mais escuro de seu coração, e, devagar, ela permitiu que a porta se abrisse. Era estranho, de certo modo, porque eles não se viam há anos. Ela, realmente, não conhecia o homem em que Ryan Taylor havia se tornado. Mas, de alguma forma, sabia que ainda podia confiar nele, nesse amigo a quem ela cresceu adorando. Com a vida desabando ao seu redor, ela simplesmente não tinha palavras para agradecer a preocupação de Ryan.

— Ele quer o divórcio. — A dor da confissão foi tão forte que ela não conseguiu continuar a olhar para os olhos dele. Seus olhos foram parar no chão pavimentado, e Ryan estendeu as mãos para segurar as dela.

Se tinha perguntas, ele ainda não as estava fazendo, mas, de repente, Kari quis que ele soubesse. Ela manteve os olhos abaixados e falou em sussurros silenciosos.

— Ele está me traindo há... há um tempo. Eu vou ficar com meus pais por algumas semanas para poder pensar nas coisas.

Ryan dobrou o dedo e, delicadamente, segurou o queixo dela, levantando-o para que os olhos dos dois se encontrassem. Cada palavra, cada mudança de tom de sua voz era dócil e intencional.

— Você ainda o ama, não é?

Com isso, algo mudou entre eles, e os sons distantes de música e pessoas falando desapareceram totalmente. Eles ficaram ali, olhando um para o outro, enquanto Kari pensava na pergunta dele. A quem ela estava enganando? Ela nunca poderia ver Ryan Taylor como um simples amigo. *Deus, eu perdi esse homem. O que estou fazendo aqui?*

Era como se seu coração tivesse caído do peito, da mesma forma como ela se sentiu na montanha-russa na feira anual do distrito na última primavera.

Do modo como ela se sentiu na primeira vez que beijou Ry...

Seus olhos se fecharam, e ela deu um passo para trás enquanto se firmava. *Eu o amo... Tim, quero dizer... não amo, Senhor? Dai-me força para ser amiga de Ryan sem esses outros sentimentos.*

Ryan estava esperando, e Kari abriu os olhos.

— Sim... eu o amo. — As palavras foram amargas em sua língua. — Deus quer que eu o ame até... até ele mudar.

Ela iria para casa em alguns minutos e faria um teste de gravidez pela manhã. Provavelmente, já estaria grávida de alguns meses, trazendo no ventre um filho ou filha que seria criado sem um pai. Ela ficou imaginando o que Tim estaria fazendo... Tim e sua namorada.

De repente, Kari foi vencida pela necessidade de se afastar de Ryan Taylor. Ele era seu amigo, sim. Mas ele também fora seu primeiro amor, e é claro que seu coração não havia se esquecido. Ela deu outro passo para trás e sorriu tristemente.

— Ryan, eu tenho que ir.

Ryan segurou a mão dela mais uma vez, e ela não viu segundas intenções em seus olhos.

— Ouça, Kari, eu estou aqui... se você precisar de um amigo.

Se ele era um ímã, ela era aço sólido. O clima entre eles estava mais intenso do que antes, e ela sabia muito bem que não deveria ficar muito tempo em uma sala de oração escura e silenciosa na presença de Ryan Taylor.

Deus permitiu que seu coração fosse consolado pela compreensão de um velho amigo.

Agora era hora de ir.

Kari fez que sim com a cabeça e olhou para Ryan pela última vez. Então, ela se virou e saiu rapidamente pela porta dos fundos, em direção ao carro da família, antes que ele pudesse ver novas lágrimas em seus olhos. Ou o modo como a presença dele havia instigado uma lembrança dentro dela de um menino que ela, uma vez, imaginou ser o homem de seus sonhos. Um menino com quem tinha certeza de que iria se casar.

Pensamentos que há muito ela achava que estavam mortos.

Até aquele momento.

CAPÍTULO 11

A porta do carro estava destrancada. Kari entrou discretamente e inclinou a cabeça para trás, tentando descobrir a direção que seu coração estava tomando e o que ela poderia fazer para recuperar o controle de suas emoções.

Soprou uma brisa forte, e ela deixou a porta do carro parcialmente aberta, permitindo que o ar do outono a inundasse. Ela havia acabado de passar a última meia hora com Ryan Taylor? Orando com ele por seu casamento com Tim? Não parecia possível.

Passaram-se dez minutos, e seus pais voltaram com Cole. Eles não lhe disseram nada naquele momento ou no trajeto de volta para casa, embora seus olhos estivessem inchados de tanto chorar. Antes de saírem do carro, seu pai se virou e piscou para ela.

— Eu sei que foi difícil, querida, mas estou feliz por você ter ido.

Ele e sua mãe não sabiam de nada sobre Ryan Taylor, obviamente, e Kari concordou com a cabeça, muito confusa para dizer qualquer coisa sobre seu encontro há pouco.

— É. Eu também.

Ela conseguiu escapar das perguntas de Ashley, que estava aninhada no sofá, dando goles em uma caneca. Não havia como Kari conversar agora. Ela precisava desesperadamente ficar sozinha.

Uma vez lá em cima, ela foi para seu quarto e olhou pela janela. As árvores estavam com metade das folhas, que estavam espalhadas pelo quintal e pela garagem. A imagem do jardim da frente da casa de seus pais ficou embaçada, e ela se lembrou de um outono alguns anos antes de Ryan e ela romperem o namoro, quando ele veio da faculdade passar o fim de semana em casa. Os dois limparam o jardim dos Baxter até juntarem uma pilha de folhas de quase um metro e meio de altura.

"Vamos pular", Ryan provocou.

Ela jogou as mãos para o alto e deu um pulo, de costas, em cima da pilha. De debaixo de uma camada de folhas, ela gritou para ele: "Sua vez".

"Está certo." Ryan riu. "Cuidado." Ele caiu ao lado dela. Ali, debaixo de um cobertor de trinta centímetros de folhas, eles se beijaram até conseguirem sair da pilha, rindo e com falta de ar.

Ela fechou os olhos. A última coisa em que precisava pensar era Ryan. Mas como não pensar depois de passar um tempo com ele novamente, sentindo seus braços em volta dela? Ela piscou e se afastou da janela, caindo em sua velha cama.

Há muito tempo, quando se apaixonou por Ryan, ela aprendeu uma técnica para controlar seus pensamentos aleatoriamente impuros. O pastor de jovens da Clear Creek Community Church ensinou-a ao grupo de jovens, e, de alguma forma, ela a tinha guardada na memória até aquele momento.

"Coloque braços e pernas em qualquer pensamento que você não queira e, em seguida, imagine-se algemando o rapazinho", disse o pastor. "Uma vez que ele estiver todo preso, jogue-o para fora de sua cabeça."

Os pensamentos vêm, dizia ele. Não há nada que se possa fazer neste sentido. "Mas, quando eles vierem, podemos convidá-los a se sentar, dar-lhes uma Coca-Cola e entretê-los, para que fiquem por um tempo. Ou...", os jovens riram com a ideia, "podemos algemar os fulaninhos e acabar com eles."

Se houve um momento em que ela deveria algemar seus pensamentos, esse momento era agora. Kari olhou para o teto, mas tudo o que conseguia ver era o rosto de Ryan. Ela respirou firme. *Senhor, Vós conheceis meu coração. Sabeis que eu sou louca por Tim. Tudo isso é culpa dele. Mas, às vezes, eu acho que Ryan me conhece melhor do que eu mesma.*

Silêncio.

Seus dedos batiam ritmados nos joelhos. Não era hora de se lembrar de Ryan. Não haveria futuro com Tim se ela não começasse a pensar nisso logo.

Um plano. Era disso que ela precisava. O choque do caso de Tim deixou-a emocionalmente paralisada, mas agora era chegada a hora de agir. Ela estava com raiva, sim, e fora traída, mas estava disposta a lutar por seu casamento, a fazer o que fosse preciso para recuperá-lo.

Ela fez na cabeça uma lista de afazeres. Havia se esquecido de falar com o pastor Mark e marcar um encontro; a primeira coisa que ela faria no dia seguinte seria isso. Em seguida, telefonaria para Tim. Não havia motivo algum para esperar que ele tivesse a iniciativa de uma reconciliação. Não; ela é que precisava falar com ele, e logo. Na verdade, ela precisava vê-lo. Talvez fosse de carro ao escritório dele no dia seguinte e reiterasse que queria resolver as coisas.

O plano começou a tomar forma em sua mente, e ela se sentiu aliviada. Tim ainda a amava; ele tinha de amá-la. Ele não lhe diria o contrário, principalmente se...

Ela estendeu a mão para pegar sua mala e tirou o teste de gravidez que havia comprado no dia anterior. Acomodando-se novamente na cama, releu as instruções; talvez pudesse fazer o teste agora, em vez de esperar a manhã seguinte. Ela precisava saber, precisava enxergar a realidade. Se estivesse grávida, estaria entrando no segundo mês, e isso significava que logo a barriga apareceria.

Kari examinou novamente as datas na cabeça como havia feito muitas vezes desde que Tim fora embora. Ela não via como contornar isso. Se de fato estivesse grávida, isso teria acontecido em algum momento de agosto, e isso significava... Isso significava que Tim havia tido relações com ela quando já estava apaixonado por outra mulher. O pensamento fez com que ela se sentisse suja e usada. Na maioria das vezes, ela tentou se convencer de que não era possível: de que, com certeza, não havia engravidado em um momento que nada mais era do que um alívio físico para Tim. Em um momento em que ele não mais a amava.

Ela dobrou o braço para cobrir os olhos. E, enquanto ficou deitada ali, a imagem dela com Ryan na sala de oração voltou. Que distração agradável foi vê-lo novamente, abraçá-lo. Lembrar-se novamente do modo como ele agraciou sua adolescência. Anos de pensamentos e de memórias ressurgiram e, mesmo sabendo que deveria parar, Kari não conseguiu juntar forças para algemá-los. Em vez disso, ela deixou que fossem se juntando em torno da mesa de sua mente, bebendo Coca-Cola e se divertindo.

Os anos, definitivamente, entorpeceram a dor daquele dia desagradável de novembro, o dia da lesão de Ryan. O dia em que ela soube, com certeza, que ela e aquele rapaz não tinham futuro juntos.

O remédio do tempo sempre foi eficaz assim? Ele suavizava tão facilmente os choques do passado, exaltava tão intensamente as alegrias? Seus pensamentos em Ryan foram aumentando, faziam a maior festa à mesa agora, mas Kari não se importava. Ela queria que estivessem ali; queria retroceder nos anos com eles, deixar-se ser levada pelas correntes do rio do passado, de volta a um churrasco no verão em que tinha doze anos.

A primeira vez em que pôs os olhos em Ryan Taylor.

Warren B. Taylor fazia parte da equipe de administração do Hospital St. Anne, em Bloomington, no ano em que o pai de Kari começou a estagiar lá. Os dois tinham vinte e poucos anos e logo se tornaram amigos.

Kari soube pelas histórias de seu pai que as agendas cheias fizeram os dois se afastar por um tempo. Mas no verão em que Kari completou doze anos, os Baxter se mudaram para uma casa colonial de cinco quartos em Clear Creek, a apenas três casas para baixo da dos Taylor. E naquela noite, o sr. Taylor convidou a família Baxter para um churrasco. Kari estava esvaziando caixas em seu novo quarto quando o pai pôs a cabeça na porta e sorriu. "Uma pausa. Nós vamos jantar numa casa aqui da rua."

Ela sabia muito bem que não deveria reclamar, mas, aos doze anos, estava mais interessada em organizar seu quarto do que parar para um evento social. "Posso ficar? Estou quase terminando."

"O sr. Taylor é meu amigo." O olhar que o pai lhe deu expressou sua resposta de forma mais clara do que qualquer palavra. "Eu quero todos lá."

Usando um short jeans branco e uma camiseta azul cheia de pó, e decidida a voltar para casa o mais rápido possível, Kari foi na frente, enquanto os pais e os quatro irmãos vinham atrás. Meia hora depois eles estavam bebendo chá gelado na varanda dos fundos dos Taylor quando um menino de cabelos escuros, sem camisa, entrou correndo no quintal. Kari pôs seu copo na mesa e examinou-o discretamente. Ele era alto e magro, tinha costas largas e trazia uma bola de futebol debaixo do braço.

"Ei, pai, cheguei. Eu *tô* na frente."

O sr. Taylor estava virando os hambúrgueres. Ele pôs a tampa na grelha e olhou sem ter como disfarçar para a família de sete pessoas sentadas à mesa e depois novamente para o filho. "Temos visitas."

"Ah, desculpe." O menino levantou a mão na direção dos sete e virou-se para olhar de novo quando percebeu Kari. Os olhos dos dois se encontraram por um instante, e Kari se lembrou do modo como sua barriga tremeu enquanto ele olhava para ela. "Oi." Seu tom foi simpático e curioso, direcionando o cumprimento somente para ela.

O sr. Taylor limpou a garganta, e Ryan piscou; o feitiço se quebrou quando ele olhou novamente para seu pai.

"Vamos comer em cinco minutos. Vá lavar as mãos e o rosto."

"Sim, senhor." Ryan fez que sim com a cabeça, mas antes de disparar para dentro de casa, ele lançou um último olhar para Kari. Assim que ele entrou, ela notou algo que não havia notado antes. Seu coração já era!

Ryan sentou-se em frente a ela durante o jantar naquela noite. Desde que a família de Kari havia se mudado de Bloomington, ela estava frequentando uma escola nova de ensino fundamental. Ryan tentou colocá-la a par de tudo o que ela deveria esperar.

"Eu não acredito que você ainda está no penúltimo ano." Tufos úmidos da franja escura e curta de Ryan estavam grudados na lateral do rosto, e ele estava bem bronzeado.

Kari pôde sentir o rosto esquentar. "Eu pareço mais velha."

"Enfim, quantos anos você tem?"

"Doze." Kari pôs seu hambúrguer no prato e mexeu a cabeça. "E você?"

"Quatorze. Vou *pro* ensino médio no outono."

Kari fez sinal com o queixo na direção da bola de futebol. "Você joga?"

"Mais do que eu respiro." Ele deu uma risadinha e empurrou o prato para trás. "Quer ir lá para frente?"

Ela fez que sim e deixou intacta a maior parte de seu jantar. Eles brincaram lá fora, rindo, se provocando e jogando a bola até o sol de verão se pôr e os vaga-lumes começarem a aparecer no pé das árvores.

Foi aí que Kari percebeu que não poderia ser a única garota em Clear Creek, em Indiana, a estar deslumbrada com Ryan Taylor. Ele era um par de anos mais velho e estava para começar o ensino médio, e ela ainda tinha dois anos para terminar o ensino fundamental. Mas ela morava três casas para frente, e aquilo tinha de servir para alguma coisa.

Chegou o outono naquele ano, e Kari passou a ver Ryan muito menos do que pretendia a princípio. Ela estava envolvida com o grupo de jovens da Clear Creek Community Church e fazendo aulas de tênis no clube; Ryan permanecia ocupado, jogando onde quer que o time estivesse na temporada. Mas, quando junho chegou, eles ficaram juntos naturalmente, jogando bola com as crianças vizinhas, pescando no lago Monroe, contando estrelas e conversando no quintal nas noites de verão. O outono chegou muito rapidamente, e, no final daquele ano, os pais de Ryan compraram para ele uma caminhonete Chevy azul-escura reluzente pelo seu aniversário de dezesseis anos. Depois disso, ele quase nunca estava em casa, e, mesmo pensando nele com frequência, Kari só o via de passagem.

Mas tudo isso mudou no primeiro dia de Kari no ensino médio. Ela era caloura na classe de Clear Creek naquele ano e fazia parte do grupo das líderes de torcida. O treino estava acontecendo do lado de fora do ginásio naquela tarde em que Ryan e um grupo de jogadores de seu time passaram em direção ao bebedouro. Ele tinha mais de 1,80 metro de altura e, de longe, era o rapaz mais bonito da escola.

Ryan atraiu a atenção dela enquanto atravessava a quadra. "Finalmente você está aqui."

Ela sorriu de uma maneira não muito entusiasmada. "Sim." Por mais que pensasse em Ryan Taylor, ela não se tornaria uma de suas tietes, seguindo-o pela escola, dando risadinhas e esperando que ele a notasse. Pelo menos, não com os jogadores de futebol, amigos de Ryan, por ali.

Os jogadores terminaram de beber água e voltavam para o campo quando Kari viu um dos rapazes sussurrar algo para Ryan. Ela se virou e começou a fazer um dos exercícios de aquecimento, esticando um dos braços sobre sua cabeça. Mandy Morken, a melhor amiga de Kari no ensino fundamental, fazia parte do grupo também, e, quando os meninos passaram em fila, ela deu uma cotovelada em Kari e se aproximou. "Ele gostou de você."

"O quê?", Kari mudou de posição e inclinou-se na outra direção. "Quem gostou de mim?"

Mandy bufou de forma exagerada. "O amigo de Ryan Taylor. O loirinho."

Kari pôde se lembrar do modo como seu coração ficou pequeno. Mandy estava certa, e, naquele fim de semana depois do jogo de futebol, Ryan lhe apresentou seu amigo. O nome dele era Josh, e ele era, de certo modo, fisicamente atraente. Os três conversaram um pouco por alguns minutos e, em seguida, Josh se juntou ao restante do grupo. Ryan ficou para trás e a alguns passos de Kari, com um sorriso malandro de um canto a outro do rosto.

"Todos os caras estão falando de você."

Kari ficou grata pelas luzes do estádio terem diminuído. A última coisa que ela queria era que Ryan Taylor a visse corada.

"É?" Ela projetou o queixo para cima e balançou o rabo de cavalo escuro.

A expressão de Ryan mudou, e, de repente, ele lembrou mais o menino que era dois anos atrás. "Você ainda sabe jogar uma bola de futebol?"

Ela riu e sentiu sua expressão do rosto derreter. "Talvez."

Ele pegou a bolsa dela, e eles foram juntos para o ônibus do time. As líderes de torcida voltaram para a escola com os atletas que jogaram fora de casa, e esta foi a primeira partida da temporada. Ryan chutava o tênis dela enquanto eles andavam. "Então, você gostou dele?"

Kari olhou para baixo e encolheu os ombros. *Eu gosto de você*, ela queria gritar para ele. Em vez disso, sua voz abaixou. Eles estavam quase no ônibus, e ela queria encerrar a conversa antes que entrassem. "Eu não sei."

"Ele já viu você antes. Na minha casa. Eu disse para ele que você só pode namorar quando tiver dezesseis anos."

A surpresa na voz dela foi sincera. "Como você sabe?"

"Você me disse uma vez." Ele sorriu para ela novamente. "Eu me lembro dessas coisas."

Josh era um dos melhores amigos de Ryan, e a dinâmica que se estabeleceu naquela primeira semana de aula continuou durante os dois anos seguintes. Ela e Mandy muitas vezes saíam para comer pizza com um grupo de amigas depois dos jogos de futebol, e, de algum modo, ela sempre acabava sentada ao lado de Josh, com Ryan do outro lado da mesa ou na ponta. Às vezes, Kari podia jurar que ele estava olhando para ela, com olhos fixos. Mas, quando ela olhava para os olhos dele, ele só piscava e olhava para outro lado.

Mas as brincadeiras insinuantes que pareciam ocupar a maior parte do ano letivo acabaram quando o verão chegou. Desta vez, eles fizeram mais que brincadeiras pueris e contagem de estrelas. Eles abriram o coração. As melhores lembranças de Kari eram dos momentos em que eles passavam em uma enseada calma e ensolarada no lago Monroe.

"A gente é tão diferente no verão", Ryan lhe disse enquanto eles pescavam juntos em uma tarde de sábado.

"Eu sei." Eles estavam sentados lado a lado em uma árvore caída à beira do lago com os pés descalços suspensos sobre a água.

"Eu gostaria que a gente fosse assim o tempo todo." Ryan estava quieto. "Eu posso te contar qualquer coisa."

Seus pais estavam pescando a noventa metros de distância, mas isso não importava. Eles estavam tão envolvidos conversando um com o outro, trocando confidências, que Kari imaginou que poderiam também estar em uma ilha deserta.

Naquele verão quente e preguiçoso, eles compartilharam seus sentimentos sobre a vida, desde todas as coisas em casa aos seus sonhos para o futuro. Ryan foi a primeira pessoa a quem Kari contou suas inseguranças nos estudos.

"Brooke é tão inteligente." Kari brincou com o molinete e deu mais linha. "Às vezes eu fico imaginando se vou atender às expectativas."

"Isso é loucura." Ryan passou os seguintes dez minutos detalhando os pontos fortes dela, como ela era dócil e verdadeira. E como era divertido estar com ela.

Só havia um assunto que eles evitavam, e eram seus sentimentos um pelo outro.

"Vocês dois vão sair ou o quê?" Mandy perguntava quando elas falavam ao telefone todos os dias.

"Não. Não é bem assim." Kari ria do tom perplexo da amiga. "Não se preocupe. Se alguma coisa mudar, você vai saber."

Nada mudou. Mas eles pescavam no lago Monroe quase todos os dias e passavam tanto tempo juntos que os pais de Kari ficavam um pouco preocupados. Mas eles confiavam nela, e seu horário de voltar para casa era rigorosamente às 22 horas. Além disso, o lago ficava tão lotado que eles nunca ficavam, de fato, sozinhos – a não ser uma tarde em que tiveram de correr em busca de abrigo quando a sirene alertando para um tornado atravessou o ar parado.

Nuvens de tempestade mantiveram a maioria dos frequentadores do lago longe de casa naquele dia. Quando a sirene soou, Ryan segurou a mão dela, e eles correram para uma clareira. Atravessando o lago a oitocentos metros de distância, vinha violentamente uma tromba d'água.

Por um momento eles a fitaram, hipnotizados. Ryan foi o primeiro a reagir. "Vamos, vamos sair daqui!" Ele a puxou e a levou a uma vala não muito longe da margem. Eles ficaram deitados ali, um do lado do outro, com o coração batendo forte enquanto o pequeno tornado tocava a terra, arrancando galhos de várias árvores próximas e, em seguida, se dissipando diante de seus olhos.

Ao lado de Ryan naquele dia, Kari sentiu-se segura e protegida – do mesmo modo como se sentiu na sala de oração, naquela manhã. As únicas vezes em que eles ficaram sozinhos naquele verão foram as noitinhas em que se encontravam em frente da casa dela e se sentavam no balanço na varanda na casa de seus pais – ou na casa de Ryan, onde se sentavam na carroceria de sua caminhonete, olhando para as estrelas e sonhando com a vida deles no futuro.

Uma noite, em particular, se destacou entre um buquê de memórias daquele verão. Ela e Ryan estavam bronzeados e cansados, exaustos depois de um dia de temperaturas recordes, e sentaram-se lado a lado na parte de trás da caminhonete dele com as pernas esticadas e a cabeça encostada na cabine. Por duas horas eles compartilharam todos os pensamentos que passaram pelo coração de cada um.

"Eu vou ser jogador profissional, Kari... você vai ver." Os olhos de Ryan brilharam com o reflexo da Lua.

"Eu vou ver." Ela sorriu para ele e olhou para a Ursa Maior. "Todo jogo."

Eles ficaram em silêncio por um instante, olhando para o céu. De repente, uma estrela atravessou o céu escuro lá em cima. Kari suspirou suavemente. "Você viu?"

"Vi." Ryan sorriu para ela. "Uma estrela cadente. Você sabe o que significa."

"A gente tem que fazer um pedido."

"Não." Os olhos dele dançaram. "Significa que você tem que responder a uma pergunta, qualquer pergunta que eu fizer."

Ela estalou a língua. "Se você pode, eu também posso."

"Fechado." Ele olhou para ela, e ela percebeu que ele estava sentado mais perto do que o comum. "Os caras saíram ontem, e um deles queria saber se você realmente gostava de Josh no ano passado."

Seus olhos prenderam-se aos dela. "Gostava? Relaxa; não vou contar para ele."

O poste de luz brilhava à distância, deixando-os relegados às sombras da noite, e Kari sabia que algo estava diferente. Algo no tom de Ryan. Ela decidiu ser ousada. "Não, eu não gostava dele, não como namorado, eu quero dizer." Ela abaixou o queixo sendo, de repente, mais ousada do que nunca. "Agora é a minha vez."

"Manda."

"Qual dos meninos quis saber?"

Ele se virou para ela com os olhos fixos, como fizeram toda vez que eles se encontraram nos anos que se seguiram. "Alguém."

Kari recusou-se a desviar o olhar. "Alguém, quem?"

Então, no gesto mais lento e mais fantasioso, ele se inclinou e a beijou com carinho, de leve no rosto. Em um instante ele estava em pé, saltando da carroceria e entrando na caminhonete. "Eu tenho que correr. Até mais."

Ela ficou olhando até ele desaparecer atrás da porta de sua casa, muito atordoada para se mexer. Aquilo realmente aconteceu? Ryan Taylor inclinou-se e beijou-a à luz da Lua de verão?

Kari quase foi dançando da casa de Ryan para a sua naquela noite, imaginando como seriam as coisas no futuro, agora que ele havia revelado seus sentimentos. Seu beijo confirmou todas as coisas que ela queria saber desde o início do verão. Eles eram grandes amigos, mas havia atração em ambos.

Naquela noite, quando sua mãe entrou em seu quarto e sentou-se na beira de sua cama, Kari lhe contou o que havia acontecido. "Eu acho que gostei dele desde aquele dia em que a gente foi jantar na casa dele."

Sua mãe parecia tão bonita; Kari esperava poder ter a metade da beleza dela quando fosse adulta. "Eu sei como é isso, querida." Ela inclinou a cabeça como se houvesse muitas coisas que gostaria de dizer. Depois de uma pausa, ela arriscou: "Você sabe desde quando oramos pelo homem com quem você vai se casar?"

Kari fez que sim com a cabeça. "Desde que eu era menina."

Os lábios de sua mãe se abriram, e ela hesitou por um momento. "Querida, você sabe que nós gostamos muito de Ryan, mas ele não tem a mesma fé que a sua."

Uma onda de paz veio sobre Kari. Se fosse só isso, então ela não tinha por que se preocupar. "Ele não deixou de ir ao grupo de jovens durante todo o verão."

Sua mãe levantou as sobrancelhas. "Eu acho que nós duas sabemos por que Ryan vai ao grupo de jovens. Não é porque ele acredita, Kari."

Ela suspirou, frustrada. "Não é que ele não acredite. Enfim, eu sei que um dia ele vai acreditar, mãe."

"Tudo bem." Sua mãe sorriu de forma duvidosa e segurou a mão de Kari. "Mas, até lá, cuidado com seu coração, querida."

Durante os dez minutos seguintes, sua mãe tentou explicar as razões pelas quais Deus queria que um casal tivesse as crenças em comum. Mas, para uma menina de quinze anos vivendo cada momento pelo filtro de uma paixãozinha de três anos que estava, finalmente, dando frutos, isso era difícil de entender.

Não que isso realmente importasse. Ela só poderia namorar quando tivesse dezesseis anos. Quando as aulas começaram naquele outono, ela não teve outra escolha senão passar o ano inteiro sem nada que até remotamente se parecesse com um namoro. Ela se queixava da regra, mas, no fundo, estava feliz por isso. Kari sabia que Josh ainda gostava dela, mas ele era muito tímido, muito quieto para ela. E seu coração já era do menino que morava três casas para baixo da dela.

O último ano de Ryan foi muito ocupado para todos eles, mas especialmente para Ryan. Ele havia chegado a 1,89 metro de altura e pesava pouco mais de noventa quilos. Ele era bom em sala de aula e brilhante no campo de futebol. As grandes universidades entraram em contato com ele todos os dias, até que ele tomou sua decisão: iria para a Universidade de Oklahoma, em Norman, com uma bolsa integral graças ao futebol.

Um mês depois de Ryan se formar, Kari fez dezesseis anos. Era um dia de que ela se lembraria enquanto vivesse.

Naquela manhã de quinta-feira, o pai de Kari já estava no consultório atendendo os pacientes quando ela ouviu a campainha tocar. Depois de se olhar no espelho e ajeitar o cabelo, ela desceu as escadas correndo. Provavelmente, era uma das amigas de suas irmãs, ela imaginou. Mas, ao abrir a porta, ficou boquiaberta.

Ryan estava na varanda segurando dezesseis rosas vermelhas de caule alto. Kari cobriu a boca com a mão e arregalou os olhos. Tudo o que ela conseguia pensar era: *Ele se lembrou. Ele realmente se lembrou.*

Os olhos de Ryan brilharam, e ele sorriu para ela. "Feliz aniversário."

Ela pegou as rosas e ficou ali, muito surpresa para falar alguma coisa.

"Então é isso que eu tenho que fazer para você ficar quieta. Trazer rosas no seu aniversário." Ele tocou seu rosto com a ponta dos dedos. "E aí, mocinha, gostou delas ou não?"

Kari tirou os olhos das flores e olhou para Ryan e depois olhou para as flores novamente. "Elas são... elas são lindas." Ela sabia que rosas vermelhas significavam algo diferente de, digamos, rosas amarelas. Mas ela não tinha ideia se Ryan entendia o significado. Ergueu os olhos e examinou os dele. "Por que você...?"

Sua pergunta morreu, e Ryan deu um passo para mais perto. "Quer sair comigo amanhã à noite, Kari? Por favor?"

E com essa pergunta parecia que todas as esperanças e sonhos de Kari se cumpriram imediatamente. É claro que ele iria à igreja com ela um dia. Afinal, ele ia ao grupo de jovens; ele continuava a ir mesmo com o último ano cheio de atividades. Ryan, com certeza, se tornaria um cristão no final. Por que não? O que havia para não acreditar?

Seus pais concordaram com o namoro, mas não sem alertá-la. "Eu confio em Ryan", disse sua mãe. "Eu gosto muito dele, mas se lembre de que ele é dois anos mais velho que você."

O encontro foi inesquecível. Ryan segurou sua mão e comprou pipoca para ela, e, depois do cinema, eles foram para o lago Monroe e caminharam no píer, pulando pedras e observando o modo como as ondulações aumentavam à luz das estrelas. Foi maravilhoso, toda a segurança de estar com seu melhor amigo além da emoção de saber, finalmente, com certeza que ele não a via como "uma simples amiga".

Durante toda a noite ela ficou imaginando se ele iria beijá-la. Kari ficou imaginando como isso seria, quando aconteceria e como ela reagiria. Sua cabeça estava tão cheia de imagens de como seria – seu primeiro beijo com o garoto que ela realmente amava – que ela quase não percebeu como ele ficou calado enquanto a noite avançava.

Contudo, quando pararam em frente à casa de Kari, Ryan limpou a garganta e tirou o boné de beisebol. "Eu não vou beijar você, Kari. Eu não posso."

Naquele instante, tudo o que havia sido bom naquela noite acabou com um chiado repentino.

"O quê?"

"Você foi minha amiga durante os melhores anos da minha vida". Ela notou que ele estava tremendo e não conseguia entender o motivo. Por que ele estava dizendo isso para ela agora?

Ele deve ter percebido o olhar perplexo dela, porque os músculos de sua mandíbula se movimentaram, e ele agarrou o volante, com os braços travados na mesma posição e o olhar para frente. "Olha, logo eu vou para a faculdade. O treinamento começa cedo". Ele olhou para ela por sobre o ombro. "E você é... você é muito jovem. No que isso vai dar?"

O nó na garganta de Kari a impedia de falar. Depois disso, eles deram boa-noite um ao outro apressadamente, e ela disse poucas palavras para seus pais antes de subir para seu quarto e chorar até dormir. Por que as rosas? Por que o encontro, afinal de contas...? Kari não conseguia chegar a qualquer resposta para si mesma. E ela não conseguiu perguntar a Ryan – não conseguiu sequer encará-lo.

Ele telefonou algumas vezes, mas ela não queria falar com ele e abaixava os olhos para evitar o olhar inquisitivo de sua mãe. Kari ficava dentro de casa quando achava que ele provavelmente estaria no quintal, e fazia questão de passar o tempo onde achava que ele não estaria. Seus esforços só pioraram as coisas, porque ela, desesperadamente, tinha saudade de seu companheiro, dos momentos que passaram no lago, das conversas com ele à noite, sob as estrelas. Esta era a pior parte: ele não só não queria ser seu namorado como também ela ficava pouco à vontade perto dele. E isso significava que Ryan não poderia ser seu amigo.

Três semanas depois, Ryan bateu na porta. Desta vez, a mãe de Kari insistiu para que a filha falasse com ele. Ele estava em pé na sala com as mãos no fundo dos bolsos quando Kari desceu as escadas.

Kari olhou para ele, e era como se o estivesse vendo pela primeira vez. Ele tinha o tipo de aparência que, com certeza, fazia as meninas da faculdade parar de repente. Não é de admirar que ele não quisesse beijá-la. Ele estava certo. De que adiantaria, se estava ocupado namorando as outras?

"Meus pais colocaram as malas na caminhonete." Ele olhou para ela como sempre fez, prendendo os olhos dela e parecendo entender sua alma. Uma vez que ela não disse nada, ele deu um chute no pé dela. "Olha, Kari, me desculpe. Eu não queria..."

Kari assentiu com a cabeça, mas não conseguiu achar sua voz. Novamente, o nó na garganta era muito grande. Ela queria gritar com ele, dizer que ele não deveria tê-la convidado para sair, nem tê-la feito pensar que se importava com ela daquele jeito e depois deixá-la arrasada no fim da noite. Este adeus era algo que eles sabiam que aconteceria, mesmo um ano antes. Era para ser um momento em que eles se comprometeriam a escrever cartas e manter contato, mas agora tudo parecia diferente.

Ela engoliu as lágrimas e levantou o queixo. "Boa sorte. Você vai se sair muito bem em Oklahoma."

Ryan suspirou e mudou de posição. Por um instante, ela pensou que ele pudesse se inclinar e beijá-la no rosto mais uma vez – como ele havia feito naquele verão em que ela estava com quinze anos. Em vez disso, ele levantou os ombros uma vez e inclinou a cabeça. "A gente se vê, Kari."

A dor daquela manhã de verão parecia quase tão sofrida hoje como foi durante todos aqueles anos. Ryan estava certo, é claro – ela era muito jovem. Nada bom ou duradouro poderia surgir de um relacionamento que eles pudessem ter começado naquele verão.

Ainda assim, levou semanas para que ela passasse um dia sem pensar em Ryan Taylor. Até mesmo meses. Kari percebeu que a lembrança dele estava desaparecendo agora e sabia que havia muito mais na história – de fato, a melhor parte. Mas, de qualquer forma, ela sabia que um pedaço dela – a parte da menina que uma mulher carrega consigo – sempre pensaria nele daquele modo. Sempre se lembraria dele em pé em sua sala dando adeus para o que parecia ser a última vez de todas.

Kari piscou para acabar com a lembrança e se sentou na cama. Por que ela estava deitada aqui, revivendo seu passado com Ryan, quando precisava pensar em seu futuro com Tim? Quando ela se mexeu para se levantar, suas mãos se lançaram sobre as instruções do teste de gravidez. Ela ficou olhando para as letrinhas e fortaleceu a decisão. Não poderia esperar mais nem um minuto. Tinha de saber, tinha de fazer o teste e descobrir por si mesma. Se houvesse alguma dúvida, ela poderia fazer outro mais tarde. Mas, neste momento, era preciso fazer algo.

Ela correu para o banheiro, trancou a porta e seguiu os passos necessários. Foi mais fácil do que ela se lembrava da última vez que sua menstruação estava atrasada, e, quando terminou, deixou a tirinha do teste no balcão do banheiro.

Um minuto para os primeiros resultados, três minutos para uma resposta definitiva. Ela esperou três minutos, depois estendeu a mão para pegar a tirinha e a trouxe para perto, evitando intencionalmente olhar para a marca na tira. Se estivesse grávida, então não havia dúvida de que, de algum modo, ela e Tim resolveriam as coisas um dia. Deus não permitiria que fosse de outra forma.

Se não...

Os pensamentos em Ryan povoaram sua mente novamente, e ela pediu que fizessem silêncio. *Perdão, Senhor... Ajudai-me a não pensar assim. Ajudai-me a saber qual é Sua vontade perfeita para mim, porque isso é só o que quero. Eu amo Tim, realmente, Pai. Impedi Vos minha mente de perambular por onde não deveria.*

Sem esperar outro momento, ela ajustou os olhos, e, lá estava, claro como o dia. Duas listras, lado a lado. Ela estava grávida, carregando o filho de Tim.

É claro que era um sinal. É claro que, de alguma forma, ela e Tim voltariam a ficar juntos. Eles fariam aconselhamento e teriam qualquer ajuda de que precisassem, e se apaixonariam novamente.

Sua única esperança era que isso acontecesse rapidamente. Primeiro porque Kari tinha um tempo limitado para fazer as coisas darem certo com Tim antes da chegada do bebê.

E segundo porque agora que ela e Ryan Taylor voltaram a se relacionar, seria preciso mais um milagre para separá-los novamente.

CAPÍTULO 12

Tim Jacobs estava deitado na cama de Angela, mudando de canal no aparelho de televisão, quando se deparou com a imagem em close. Aparecia um homem do tipo conservador com seus cinquenta e poucos anos segurando um livro, e Tim fechou um pouco os olhos no escuro para tentar distingui-lo. Ele já havia bebido grande parte de uma garrafa de vinho nas últimas duas horas e teve de se esforçar para discernir as imagens na tela.

Angela estava fazendo exercícios no colchonete ao lado da cama. Ela ergueu os olhos, irritada.

— Ei, que tal mudar de canal? Eu não suporto esses pregadores de televisão.

Mas, por alguma razão, Tim não conseguiu mudar de canal. O pregador – se é que era um – não era um daqueles que tinham cabelo estiloso e terno bem-cortado. Seus olhos tinham uma expressão de compaixão e... outra coisa. Urgência, talvez.

Tim deixou o controle remoto cair ao seu lado.

— Eu ia ser pregador antes. — Suas palavras eram indistintas, e seus olhos se esforçavam para se ajustar. — Ia falar de Jesus para o mundo.

Angela sentou-se e ficou olhando para ele, com uma expressão de escárnio, quando um único acesso de riso atravessou seus lábios apertados.

— Você? Um pregador?

Algo em seu tom irritou Tim, deu-lhe arrepio e trouxe à tona sua dor. Ele estendeu a mão para pegar a garrafa de vinho e encheu outro copo. Parte do líquido espirrou em cima da cama, e Angela fez uma careta.

— Ei, querido, você precisa mesmo ir com calma com o vinho. Um pouco é bom para você, não tanto assim.

Suas palavras foram bem-cuidadas e controladas. Embora bebesse com ele de vez em quando, ela não tinha a mesma necessidade de álcool que ele tinha, uma necessidade que parecia aumentar a cada dia. Ela até havia tentado restringir o consumo de álcool por Tim de várias maneiras que foram profundamente irritantes para ele. Afinal, quem ela pensava que era? Ele bebia não por dependência ou doença, como o problema do tio Frank. Era para ajudá-lo a preservar a vida. Cada bebida ajudava um pouco mais a impedir que os pensamentos em Kari o sufocassem.

Tim olhou em volta da sala. Parecia que as paredes estavam se fechando em cima deles. O quarto de Angela sempre foi pequeno, especialmente com seus aparelhos para fazer exercício no canto. Mas, agora, estava ficando claustrofóbico. Ele bebeu metade do copo de uma só vez e fez um não com a cabeça, tentando desembaçar a visão. Tim detestava o modo como suas palavras embolavam quando bebia. Detestava a náusea, as dores de cabeça e o modo como seu corpo exigia mais toda vez que os efeitos da bebida passavam. Como uma maneira de provar para si mesmo que estava no controle, ele reduzia o consumo de bebida alcoólica para três ou quatro noites por semana e, de vez em quando, um gole do frasco na gaveta de sua mesa no trabalho.

Nada mais do que aquilo que seus colegas de trabalho podiam fazer.

O pregador estava dizendo algo, e Tim fechou um pouco os olhos novamente, tentando acompanhar as palavras do homem. "A mensagem do amor de Cristo é encontrada em Isaías, capítulo 61", dizia. "O próprio Deus restaurará os alicerces em ruínas de sua vida. Ele lhe dará uma bela coroa em vez de cinzas. Ele proverá redenção, não importa quem você seja, onde esteja..."

Angela bufou de raiva, e Tim se virou a tempo de vê-la virar os olhos. Ela riu de modo transigente.

— O que há de tão engraçado?

Ela forçou um riso para ele, e, vendo-a com os olhos embaçados, ela balançava como uma pessoa apanhada no mar.

— Você não entende o que ele está fazendo?

O quarto começou a girar, e Tim sentia uma frustração cada vez maior lá no fundo. Ele colocou o copo de vinho de lado e olhou carrancudo para ela.

— Entender o quê?

Ela apontou para a tela da televisão.

— Foi exatamente sobre isso que conversamos na aula. Não passa de manipulação, mais uma campanha publicitária. — Ela se levantou do chão em um único movimento leve e subiu na cama para ficar ao lado dele. Aconchegou-se perto dele, beijando-o no ombro, no pescoço e, finalmente, na boca antes de concluir seu pensamento. — Primeiro ele diz como as coisas estão horríveis, faz você se sentir muito mal com isso; depois, ele diz o que você deveria fazer. — Ela sorriu. — Vender Deus é como vender remédio para emagrecer: "Ah, você está tão gorda. Eu tenho aqui o que você precisa".

— Do que você está falando? — Ele não sabia ao certo o que remédio para emagrecer tinha a ver com evangelistas ou Deus, e a vertigem que aumentava não o estava ajudando a entendê-la melhor.

— Eu quero dizer — ela o beijou outra vez — que não precisamos do que ele está vendendo porque o que temos aqui é maravilhoso do jeito que está.

Ela olhou para ele e, ao que parecia, estava esperando que ele dissesse algo. Em seguida, Angela suspirou e se apoiou nos cotovelos, esticando as pernas longas e pálidas para frente. Girou os tornozelos algumas vezes, depois se virou para ele, apoiando-se em um cotovelo com seus olhos atentos.

— Escute, Tim, eu sei que você está tendo alguns sentimentos ruins com relação ao... divórcio. Mas você tem que parar de deixar que isso afete você. Você precisa se cuidar. Você poderia começar a ir à academia comigo... fazer algum exercício. Isso ajudaria, você não acha?

Tim olhou bem para ela, mostrando-se um pouco indignado com seu tom solícito, e percebeu pela primeira vez que a paixão que sentia por ela estava desaparecendo. O que parecia brilhante e inebriante há menos de uma semana agora se apresentava de maneira cínica e egoísta.

— Não me entenda mal — ela estava dizendo. — Eu ainda acho que você é lindo. — Ela sorriu e se mexeu na direção dele novamente, beijando-o obviamente com a intenção de ter mais do que aquilo que passaram as últimas semanas fazendo.

Mas, de repente, ele percebeu que iria vomitar. Delicadamente, ele a empurrou e foi cambaleando para o banheiro.

A primeira onda de vômito o fez cair de joelhos.

— Você está bem? — Ela parecia preocupada, mas não havia como ele responder.

Assim que as ânsias pararam, Tim estava com a cabeça tão dentro do vaso sanitário que seu queixo quase tocava a água. Ele ofegou e, aos poucos, foi relaxando até ficar ajoelhado. As palavras de Angela e as do pregador se misturavam em sua cabeça, atormentando-o. *Ele lhe dará uma bela coroa em vez de cinzas... Não passa de manipulação, mais uma campanha publicitária... O próprio Deus restaurará os alicerces em ruínas... O que temos é maravilhoso do jeito que está.*

Ele ficou ali por um bom tempo, sentado no chão ao lado do vaso sanitário. Angela bateu na porta do banheiro algumas vezes, com a voz preocupada, a princípio, mas depois irritada. Ele respondia de forma monossilábica. Depois de um tempo, ela parou de bater, e, finalmente, ele percebeu que o apartamento ficou em silêncio.

Naquele momento, Tim se encheu de um medo espesso que parecia uma corda enrolada em seu pescoço, dificultando sua respiração. Ele se levantou, limpou a boca com as costas da mão e usou as paredes como apoio para voltar ao quarto, que estava escuro. Angela estava deitada de costas para ele, com as mãos debaixo da cabeça como uma criança e com o corpo magro, firme e imóvel. Ele não sabia dizer se ela estava dormindo ou fingindo, mas algo com relação à amante estava diferente. Esta era a mulher que havia lhe deixado com febre de desejo, mas agora ela o fazia se sentir triste, velho e, de alguma forma... enojado. A sensação de asfixia aumentou, e ele, distraidamente, levou as mãos ao pescoço como se pudesse haver alguma forma de aliviar a pressão.

Eu estou morrendo sufocado. Ajude-me, Deus.

Em resposta, ele sentiu um leve cutucão, outra coisa que o pastor na televisão havia dito. Tim caiu no chão de olhos fechados, enquanto tentava se lembrar das palavras.

Arrependa-se... fuja dos laços do inimigo.

Ele ficou aflito. Sua memória, finalmente, estava colaborando ou aquilo era o Senhor falando com ele? Agora, depois de todos esses dias de silêncio? Depois de tudo o que Tim fez para se afastar dele? Pôs as mãos em volta da garganta e tentou engolir. Sim, era isso. Laços do inimigo. Era isso que o estava sufocando.

Ele se esforçou para ficar em pé, encontrou suas roupas e sapatos e conseguiu se vestir. Já passavam das três horas da manhã, e ele precisava estar na escola às nove. Caminhou com dificuldade até a sala de Angela e passou as horas seguintes cochilando em uma cadeira. Antes de Angela acordar, ele saiu e, pela primeira vez desde que deixou Kari, foi para casa.

Sua chave ainda entrava na porta da frente – algo que ele estranhou. Ele deu uma olhada para os lados.

— Kari?

Não houve resposta. Ele tentou novamente, desta vez seguindo devagar para o quarto deles. A cama estava arrumada, e Tim percebeu que Kari provavelmente ainda estava na casa de seus pais. Sentiu uma ponta de irritação e, depois, um pouco de remorso. Como poderia culpá-la por não querer estar em casa?

Quando ele olhou ao redor da sala que eles dividiam, uma imagem lhe veio à mente, depois outra e mais outra. Ele e Kari fazendo seus votos diante do pastor Mark na Clear Creek Community Church; ele e Kari andando de mãos dadas pelo parque. Ele e Kari rindo, conversando e...

O medo que o sufocava voltou, e Tim mergulhou na colcha limpa. Seus olhos voltaram-se para o criado-mudo e um livro que ainda estava ali como que chamando por ele, fazendo-o se lembrar de sua outra vida, aquela que ele havia vivido antes de conhecer Angela. Ele se levantou e ficou olhando para o livro. A capa era de couro e tinha seu nome gravado nela. Era sua Bíblia, a que o pastor Mark lhe deu quando ele se tornou membro da igreja, depois de noivar com Kari.

Como um homem agarrado a uma corda para salvar a própria vida, Tim sentou-se cuidadosamente na cama e apertou o livro contra o peito. *Ajude-me, Deus... Eu não vou conseguir.*

Quanto tempo já fazia? Tim pensou e lembrou-se dos meses e anos em que fingia ler... Ele dizia a Kari que estava lendo. Mas, de verdade? Sério? Ele não conseguia se lembrar da última vez que havia lido a Palavra de Deus.

Suas mãos tremiam por causa da ressaca. Ele segurou a Bíblia com mais força e, então, firmou bem as mãos para abrir a capa. Havia palavras rabiscadas lá dentro, palavras do pastor Mark.

Tim balançou a cabeça, forçando a mente a ficar lúcida pelo menos o suficiente para decifrar a escrita. Olhou novamente, abaixando o rosto em direção à página aberta, examinando o texto. Começava com uma citação de Isaías: "Eu o chamei pelo nome; você é meu".

Sob a citação, o pastor acrescentou estas palavras:

"Lembre-se, Tim, de que a oferta de redenção de Deus é para sempre. Pastor Mark."

Redenção? Oferta de redenção de Deus? Tim fechou os olhos, e tambores começaram a bater em algum lugar perto de suas têmporas. Ele teve a mais forte sensação de que, se tirasse uma das mãos da Bíblia, uma nuvem de demônios poderia descer sobre ele naquele exato momento e levá-lo direto para o inferno.

Redenção?

Tim olhou novamente e viu que o pastor Mark havia rabiscado o número do telefone da igreja logo abaixo de sua dedicatória. Fechou os olhos novamente. O quarto estava girando;

não tão rápido como antes, mas o suficiente para criar nele outra onda de náusea, pior que a anterior.

Redenção. O pastor na televisão havia falado sobre isso, não? Ou talvez tudo aquilo não passasse de um sonho ruim, um pesadelo louco para assustá-lo a ponto de desistir das coisas que amava, do estilo de vida que havia escolhido.

Uma lembrança passou-lhe pela cabeça. Alguém conversando, dizendo algo sério. As palavras tornaram-se mais nítidas.

Deus sempre honrará sua escolha.

Tim fez que não com a cabeça mais uma vez e tentou entender as palavras familiares. Deus honraria sua escolha – onde ele havia ouvido isso? Passaram-se segundos e, depois, minutos, e, de repente, ele se lembrou. Eram palavras do pastor Mark, proferidas em seu casamento com Kari. O que o homem disse? Algo sobre fazer a escolha de amar um ao outro... ou amar a Deus. Fazer uma escolha sobre alguma coisa.

As coisas estavam voltando agora, e ele fechou bem os olhos, disposto a se lembrar de tudo. Era um aviso. O pastor disse aos dois que, se algum dia eles decidissem não colocar Deus em primeiro lugar...

Agora a voz do pastor era tão clara na mente de Tim que era como se o pastor estivesse falando diretamente com ele. "Deus sempre honrará sua escolha."

Aquela escolha era isso?

Tim havia escolhido um estilo de vida de liberdade, independência de Deus; e agora Deus estava honrando sua escolha?

O efeito do álcool estava passando rapidamente e, em seu lugar, havia uma dor de cabeça latejante. Por três vezes seu estômago se contorceu com a náusea que brotou dentro dele. Ele queria tanto beber que podia sentir o gosto da bebida, imaginar o líquido queimando enquanto descia pela garganta.

O que eu fiz, Senhor...?

Ele imaginou Kari, curioso para saber como a família dela havia recebido a notícia. Outra emoção acertou-lhe a boca do estômago, e ele percebeu que era ódio. Ódio de si mesmo. Como ele pôde deixar que ela lidasse com a notícia de seu caso sem sequer telefonar para ela? Exceto a vez em que ele conversou com a mãe dela e...

Tim sentiu a água se acumulando nos olhos, e ele os fechou bem. Afinal, que tipo de homem era ele? Nada relacionado a ele merecia redenção – absolutamente nada. Hesitante, pegou o telefone sem fio e ficou com ele na mão enquanto considerava suas opções. Abriu a capa da Bíblia novamente. Lá estava, escrito claramente abaixo do nome do pastor Mark. O número da Clear Creek Community Church.

Com o telefone ainda na mão, Tim engoliu em seco duas vezes, apertou um botão e começou a digitar os números. Faltava um número para falar com o pastor Mark, um número para confessar tudo e pedir a ele ou qualquer pessoa que pudesse ouvir um pedido de segunda chance. Um único número para ter a redenção sobre a qual o pregador havia falado na noite passada.

Sua mão estava parada sobre o último número, e, de repente, seu medo desapareceu. Em seu lugar veio uma raiva tão forte e real que ele pôde sentir o gosto de seu resíduo ácido no pé da garganta. Apertou o botão para desligar, levantou-se e bateu o telefone na base.

Ele era o quê? Louco? Telefonar para um pastor por causa de algo que o homem havia rabiscado em uma Bíblia alguns anos atrás? E aí? Ele contaria a um religioso que estava apaixonado por alguém que não era sua esposa? Ou que ele se refugiava na bebida de vez em quando para aliviar a culpa? Ou que ele não tinha certeza do que Deus tinha a ver com qualquer coisa relacionada a isso – se é que tinha alguma coisa a ver?

Ele cerrou os dentes e calculou seu próximo passo. Era manhã, hora de comer, escovar os dentes e começar a trabalhar. Não haveria álcool hoje, não até a noite. Uma imagem de Kari, impressionantemente bela e sozinha, arrastou-se para dentro de sua mente até ser expulsa por ele. Seu casamento havia acabado; tudo o que dizia respeito à sua velha vida estava morto e enterrado.

O pastor Mark tinha razão. Tim havia feito sua escolha e não deixado outra opção para Deus senão honrá-la. Assim, cabia a ele viver com as consequências da melhor maneira possível. Com Angela, é claro. Ele tirou três comprimidos de analgésico do armário do banheiro e bebeu um copo de água antes de ir para a cozinha.

Redenção? Ele piscou para esquecer a ideia e começou a revirar a despensa à procura de algo para comer.

Redenção? Ele havia perdido essa oportunidade meses atrás, na primeira vez que traiu a mulher que antes era seu mundo.

***

Dirk Bennett ficou sentado em sua caminhonete enquanto mantinha os olhos na casa do professor. Sua respiração era rápida e superficial, e seu coração estava disparado. É claro que isso não era novidade. Seu treinador disse que era um dos efeitos colaterais de quem queria ficar mais forte. Um pequeno preço a ser pago.

Com a mão trêmula, anotou o endereço do professor em um bloco de notas. Ele não sabia ao certo se precisaria ou não da informação mais tarde, mas valia a pena tê-la de qualquer forma.

Dirk olhou para o relógio no painel do carro e viu que eram 6h32. Ele estava ali desde às cinco horas, quando seguiu o professor do apartamento de Angela. Ele pensou que talvez

Tim fosse parar por um ou dois minutos e voltar para o apartamento de Angela – nesse caso, o plano era simples.

Dirk seguiria à distância. Então, antes que o professor Jacobs tivesse a oportunidade de caminhar até a porta do apartamento de Angela, Dirk se esgueiraria pelas sombras e colocaria a arma na sua cabeça. Ele poderia explicar ao professor da forma mais calma possível que o caso com Angela era um erro, que ele precisava voltar para sua linda mulher e deixar Angela em paz.

Mas agora, a noite já se fora. Dirk suspirou, frustrado. Precisava estar na academia por volta das sete horas para sua aula de levantamento de peso. Deu partida no carro. Este não era o momento de confrontar o professor. Na verdade, era possível que ele nunca precisasse assustar, de verdade, o homem. O fato de ter demorado em casa poderia significar que ele havia decidido voltar para a esposa. Mas, mesmo que ele não tivesse, Dirk tinha um plano novo que havia traçado na última hora.

Ele não poderia passar todos os momentos livres atrás de Angela e de seu amante por Bloomington. O que isso provaria? Que ele era um louco que gostava de perseguir os outros?

Não, nada bom resultaria disso.

Mas, e se Dirk simplesmente treinasse mais, estivesse na melhor forma de sua vida e, então, procurasse sua chance de pegar Angela sozinha e pedi-la em casamento, como ele deveria ter feito no ano passado? Fazia sentido. Sem dúvida, isso faria Angela se afastar daquele professor por conta própria.

Ele abriu o porta-luvas e viu a arma ao lado do frasco de energéticos – o mesmo tipo que ele estava consumindo três vezes mais rápido que antes. Nada perigoso, o treinador lhe dizia. Nada ilegal. Apenas um pouco mais para aumentar sua força e acumular mais nove quilos de músculos até o Natal.

Ele foi embora e, assim que entrou no estacionamento da universidade, tinha um sorriso no rosto. Era um bom plano.

Mas, mesmo assim, ele gostou de saber onde o professor Jacobs morava. Isso aumentava suas opções.

E, no que dizia respeito a Dirk, as opções eram sempre boas.

***

Angela acordou uma hora antes da aula, e, pela primeira vez desde que Tim se mudou para seu apartamento, o lado dele na cama estava vazio.

Ela se esticou e gemeu. Seus músculos estavam rígidos, tensos, especialmente em torno do pescoço. Lembrou-se da noite anterior, e uma onda de preocupação passou por ela.

E se Tim tivesse mudado de ideia? Talvez ele tivesse voltado para casa a fim de resolver as coisas com Kari e fazer outra tentativa no casamento.

Angela encolheu-se com o pensamento. Por mais horrível que fosse ter um caso com um homem casado e por mais preocupante que fosse para ela o novo hábito de beber de Tim, era pior imaginá-lo indo embora, voltando para a esposa. Deitou-se de costas na cama e ficou imaginando como sua vida havia ficado tão complicada.

As escolhas que fez eram as mesmas que estava determinada a evitar desde o dia em que seu pai saiu de casa. Ela pôde se imaginar naquele ano, apenas uma criança, ouvindo na escada a briga dos pais. O diálogo estava claro em sua mente até hoje.

"Eu não amo mais você; acabou. Eu estou apaixonado por outra pessoa". Era a mesma voz que seu pai usou quando ela estava na cama para dormir quando criança. A voz que significou que ele estava falando sério, que estava decidido – fim de discussão.

"Não me deixe, por favor." Sua mãe chorava, e seu tom revelou a Angela que essa briga era mais séria do que as outras que eles tiveram. "Eu faço o que você quiser, mas não vá embora. A gente precisa de você."

Seu pai não disse uma palavra. Ele simplesmente subiu as escadas, foi até a cama de Angela, abaixou-se e beijou-a, enquanto passava os dedos em seus cabelos. "Adeus, querida. Sinto muito."

Sua mãe nunca mais foi a mesma depois que o pai de Angela foi embora. Ela continuou a trabalhar e a fingir que vivia a vida. Mas o brilho de seus olhos se foi para sempre, e Angela sofria com o fato até hoje. Aquela noite em seu quarto foi a última vez que ouviu falar de seu pai até o penúltimo ano do ensino médio, quando ficou sabendo que ele havia morrido em um acidente de carro na Califórnia.

Angela lembrou-se de como se sentiu ao ouvir a notícia, o misto de emoções que assaltou seu coração, as decisões que firmaram sua alma. Primeiro, ela jamais faria a outra mulher o que aquela anônima havia feito à sua mãe. Ela evitaria homens casados a qualquer preço.

Segundo, se o amor pudesse destruir uma pessoa do modo como destruiu sua mãe, então ela ficaria solteira até o fim da vida. Nunca seria como sua mãe, com a responsabilidade de cuidar de uma criança e implorando a um homem para ficar. De forma alguma. Solteira e independente, totalmente responsável por manter a fagulha da alegria viva dentro dela.

É claro que ela já havia namorado. Caras como Dirk Bennett, que só eram bons para passar o tempo. Ainda assim, manteve seu coração muito bem-guardado para se preocupar em perdê-lo para qualquer homem.

Mas tudo isso mudou quando ela conheceu Tim.

Não se apaixone por ele, ela advertiu a si mesma. O professor era casado, um homem já dedicado, de corpo e alma, à sua esposa. Mas, desde que voltou para a escola naquele outono, Angela soube com certeza que o coração de Tim já não era mais da mulher com que ele havia se casado.

Era dela.

A estudante de jornalismo respirou lenta e aliviadamente. Não tinha nada com que se preocupar. Tim voltaria, porque, por mais incomodado que tivesse se sentido na noite passada, aonde quer que ele estivesse nesta manhã, e por mais distante que ela estivesse da pessoa que pretendia ser, não abriria mão do que havia achado. Sentia-se segura nos braços dele, mais segura do que já havia se sentido desde que era criança. Ele era espirituoso e charmoso, um escritor brilhante e professor com um carisma que a atraira desde o primeiro dia.

Fora seu pai, Tim era o único homem que ela realmente amava. O único homem que teve permissão para sondar completamente sua alma.

Angela fechou os olhos e imaginou o desgosto que a esposa de Tim provavelmente estava sentindo. Por apenas um instante, ela sentiu uma pontada de culpa e de remorso, e pensou nas palavras do pregador da televisão na noite passada. Redenção. Como se pessoas como Tim e ela pudessem ter a chance de acertar as coisas com um Deus santo.

Ela se deitou de lado e olhou pela janela de seu apartamento lá para fora. Não estava preocupada com Deus, redenção ou nada que não fosse o homem a quem amava.

Além disso, ela já havia encontrado o céu. Não era um lugar distante nas nuvens para onde ela poderia ir quando morresse – o céu era bem ali, nos braços do professor Tim Jacobs.

CAPÍTULO 13

Kari foi à casa de Brooke e chamou pela irmã.

— Cheguei.

— Bom. — Brooke saiu correndo de seu quarto lá em cima e sorriu apoiada no corrimão. — Obrigada. Você salvou minha vida. Nossa babá nunca furou com a gente assim.

— Não tem problema. Onde estão as meninas?

— Hayley já está dormindo. Maddie está com febre. Ela está descansando na cama, mas não apagou ainda. Estou quase pronta. Desço em um minuto.

— Tudo bem.

Kari olhou ao redor. Tapete novo, móveis novos. Bocejou e foi para a sala. Algo sobre a casa impecável de Brooke a fez se sentir estranhamente deslocada com seu jeans e suéter. Aconchegou-se em uma poltrona de couro e ficou imaginando sua irmã mais velha. Ela não era deslumbrante nem particularmente bonita, mas algo nela irradiava confiança e energia. Brooke era daquelas que se destacavam em uma sala.

Kari inclinou-se na poltrona e olhou para uma obra de arte de bom gosto na parede à frente. Sempre foi assim com Brooke, mesmo quando ela estava no ensino médio e ainda frequentava a igreja com o restante da família. Ela sempre insistiu no melhor. Naquela época, era uma das melhores nadadoras do estado e jogava como capitã do time de vôlei no campeonato estadual da escola.

Kari lembrou-se de ter lhe perguntado uma vez se ela orava antes das competições. Um olhar curiosamente estranho preencheu a expressão de Brooke. "Na verdade, não. Eu só me imagino ganhando, e então eu saio e venço."

Era assim que Brooke vivia até hoje. Casada com Peter West, um dos principais médicos do Hospital St. Anne e a poucos meses de obter sua licença médica para exercer a pediatria, sua irmã sempre jogou na vida tão bem quanto em um de seus eventos esportivos. Para Brooke, tudo, desde seu trabalho e sua linda casa às suas adoráveis filhinhas loiras, era uma simples questão de se imaginar na posição de ganhar e, então, sair e fazer isso. Ser a melhor e ter o melhor: tudo sem nada que lembrasse a fé na qual ela foi criada.

Kari pensou em sua própria vida e respirou lentamente. Não parecia justo.

Brooke desceu ligeiramente as escadas usando um vestido longo preto e conservador. Sorriu para Kari e sentou-se na cadeira grande ao lado dela.

— Você parece ter dezessete anos.

As sobrancelhas de Kari se levantaram.

— Eu?

Brooke concordou com a cabeça.

— Talvez seja o jeans.

— Talvez. — Elas examinaram uma à outra por um minuto, e houve um silêncio confortável entre elas.

— Ashley me disse que você viu Ryan.

Kari mordeu o lábio inferior e olhou pela janela para a noite escura.

— Na igreja, há alguns dias.

— E? — Brooke levantou uma das sobrancelhas e os cantos da boca. — Como foi?

Kari ajustou-se na poltrona para poder ver Brooke melhor.

— O que você quer dizer?

Brooke hesitou.

— Eu quero dizer que o cara é apaixonado por você desde que o mundo é mundo. Ele é solteiro, lindo... você sabe o que eu quero dizer. Como foi?

A raiva tomou conta do coração de Kari, e ela cruzou os braços, apertando-os contra o corpo.

— Eu acho que você está esquecendo uma coisa.

— O quê? — A expressão de sua irmã era vaga.

— Eu sou casada, Brooke. Lembra? Isso não vale de nada?

Brooke deu uma risada curta.

— É isso que você chama de casamento? — Ela se inclinou sobre os joelhos e fixou os olhos em Kari. — Ouça, irmãzinha. No momento em que um cara vai morar com a namorada e pede o divórcio, o casamento é apenas um detalhe técnico.

A raiva de Kari dobrou.

— É mais do que um detalhe técnico para mim. Eu fiz uma promessa diante de Deus e de todos.

Brooke girou os olhos e sorriu com tristeza.

— Então, casamento é isso. Um compromisso com um Deus onisciente que não teria o senso de livrá-la de um casamento como o seu?

O queixo de Kari caiu, e seus olhos se arregalaram.

— Brooke, ouça o que você está dizendo! Como você pode dizer isso?

— Mas é verdade.

Kari não fazia ideia de que Brooke estava tão longe da fé.

— Você não acredita nem um pouco?

Houve uma hesitação.

— Claro que eu acredito. Foi assim que fomos criadas.

— Eu não estou falando de como fomos criadas. — Kari estendeu os dedos sobre o peito. — Eu estou falando de um relacionamento com Deus. — Ela fez uma pausa, examinando o rosto de Brooke. — É isso que me faz seguir em frente, mesmo quando eu acho que não vou durar mais um minuto.

Brooke examinou-a e concordou lentamente com a cabeça.

— Então você não vai se divorciar dele?

— Não. Eu disse isso para você.

— Mas eu pensei que a Bíblia lhe desse uma saída se seu marido estivesse por aí dormindo com outra? Não é isso? Relações sexuais ilícitas?

— Não importa. — Kari estendeu a mão. — Você não entende.

— Eu entendo. Seu marido é um idiota que botou chifres em você e que não consegue manter o zíper da calça fechado. Não importa o que aconteça, você nunca mais poderá confiar nele.

Brooke baixou a voz.

— Sinto muito. Tudo o que eu estou dizendo é que eu acho que a Bíblia lhe dá uma saída neste caso.

— Eu não estou procurando uma saída. — Kari esforçou-se para não gritar. — Eu quero que meu casamento dê certo. O que há de errado nisso?

Veio um único grito do andar de cima, e Brooke olhou na direção do quarto de Maddie. Uma vez que a criança ficou em silêncio novamente, Brooke virou-se para Kari.

— A febre baixou um pouco, mas ela ainda está se sentindo mal.

— Você está preocupada? — O tom de Kari suavizou. — Ela parece ficar doente com muita frequência ultimamente.

Brooke deu de ombros.

— É apenas uma virose. Nada que um analgésico não resolva.

A compaixão suavizou as linhas de expressão em sua testa.

— Ei, eu não quis deixar você nervosa com o comentário sobre Ryan. É óbvio que é muito cedo para falar sobre você e ele.

Kari respirou para explicar que, por mais que sua decisão de continuar casada pudesse parecer ridícula, não se tratava de uma fase passageira. E Ryan Taylor não tinha nada a ver com a situação, especialmente agora que...

Ela deixou o ar escapar em um suspiro exasperado. Era óbvio que este não era o momento para discutir tudo aquilo; não enquanto sua irmã estava se preparando para sair. Além disso, de que adiantava explicar quando ela sabia que Brooke discordaria?

— Você não quis dizer nada com isso. — O tom de Kari foi conciso. — Está tudo bem.

Descansando as mãos nos joelhos, Brooke fez uma careta.

— Não, eu não acho que esteja. O que você ia dizer?

Kari suspirou novamente. O que importava, afinal?

— Eu tenho uma coisa para contar.

— Tim já entrou com a papelada do divórcio? — Era mais uma afirmação do que uma pergunta.

Kari fez que não com a cabeça, e seus olhos se estreitaram.

— Eu estou grávida, tá?

Ela encontrou os olhos de Brooke mais uma vez.

— Eu fiz o teste no domingo.

A boca de sua irmã se abriu por um momento, e seu rosto ficou um pouco mais pálido.

— Tim sabe?

— Não. — As lágrimas anuviaram a visão de Kari. — Ele não liga desde que eu saí de casa – bem, ele ligou uma vez depois que saí, mas só disse para mamãe que queria o divórcio.

Brooke ficou sentada em silêncio, como se estivesse pesando suas palavras.

— Você vai... você sabe... levar a gravidez adiante?

— Brooke!

Em que sua irmã estava pensando? Brooke não podia pensar que ela faria um aborto. E isso significava que, para Brooke, aborto não era problema?

— Desculpe. — Brooke deu um suspiro pesado. — O que eu quero dizer é, se Tim é promíscuo, pode haver alguma doença em questão. E, com todas as outras coisas pelas quais você está passando, a última coisa de que você precisa é uma gravidez indesejada.

Um riso reprimido escapou da garganta de Kari.

— Não dá para acreditar no que eu estou ouvindo.

Ela olhou pela janela por um momento e depois novamente para sua irmã mais velha.

— Vamos deixar uma coisa clara, Brooke. Eu não sou uma de suas pacientes. E você já devia saber muito bem disso antes de dizer uma coisa dessas para mim.

Sua mão escorregou até o abdômen enquanto ela continuou.

— O momento pode não ser ideal, mas eu quero este bebê mais do que você ou Ashley ou qualquer outra pessoa.

— Tudo bem, tudo bem. — Brooke estendeu a mão. — Eu não vou mais tocar nesse assunto. — Ela fez uma pausa. — De quantos meses você está?

Kari afundou mais na poltrona. Sua família não a conhecia nem um pouco?

— Quase três meses.

Brooke pareceu deixar aquilo entrar em sua cabeça por um momento. Em seguida, atravessou a sala e se ajoelhou, deslizando o braço em volta dos ombros de Kari.

— Desculpe.

Os músculos das costas de Kari relaxaram, e lágrimas encheram seus olhos novamente.

— Você deve estar morta de medo.

Uma lágrima caiu no jeans de Kari, e ela fungou.

— Eu só quero que as coisas se acertem entre mim e Tim, Brooke...

Outras lágrimas escorreram pelo rosto de Kari. Ela direcionou um sorriso triste à irmã.

— Ei! — Brooke apertou a mão de Kari. — Eu amo você, mesmo achando que você é louca.

— Eu sei. — Kari enxugou o rosto com a ponta dos dedos. — Eu amo você também.

Peter desceu as escadas pulando e parou de repente quando viu as duas, Kari chorando e Brooke aninhada perto dela.

Brooke foi a primeira a falar.

— Pronto?

Ela deu um último aperto em Kari, levantou-se e deu uma piscada para o marido que pareceu impedi-lo de fazer perguntas.

— Pronto.

— Estaremos de volta antes das 23h. — Brooke olhou lá para cima mais uma vez. — Não se preocupe com Maddie. O remédio deve mantê-la assim até voltarmos. Mas, se você ficar preocupada, pode me enviar uma mensagem.

Kari ouviu quando Brooke e Peter saíram. Quando eles se foram, ela tirou os óculos de sol e se jogou no sofá. Agora todos de sua família sabiam a verdade.

"Você vai ficar bem, Kari Baxter", Ashley lhe tinha dito, dando-lhe um abraço sincero. "Ser mãe solteira não é tão ruim assim."

Kari estremeceu agora ao se lembrar de como aquelas palavras haviam afligido seu coração. Ela *não* era uma mãe solteira. E não era Kari Baxter; era Kari Jacobs. Bem ou mal, até que a morte tirasse um do outro. Por que todos estavam tendo dificuldade para entender isso?

Tim voltaria a si... ele tinha de voltar.

Ou talvez eles estivessem lutando contra a ideia porque, lá no fundo do coração dela, Kari estava lutando também.

Kari pensou em quantas vezes havia telefonado para o escritório dele na universidade naquele dia. Várias vezes durante o expediente e pelo menos uma vez entre uma aula e outra. Momentos em que o velho Tim teria estado à sua mesa.

Todas as vezes o telefone tocou uma vez e, depois, foi transferido para o escritório central do Departamento de Jornalismo. A primeira ligação de Kari foi às oito horas da manhã.

"Jornalismo." A voz curta era de Eleanore, a secretária que já estava no cargo havia umas três décadas.

Kari não tentou disfarçar a voz. "Oi, é Kari Jacobs." Ela se perguntou se todos do departamento sabiam do caso de Tim. "Meu marido está por aí? Ele deveria estar no escritório, mas ninguém está atendendo."

"Eu não o vi, sra. Jacobs." Eleanore fez uma pausa. "Eu vou dizer a ele que a senhora ligou. Ou a senhora pode deixar uma mensagem de voz para ele."

Kari estava morrendo de vontade de fazer outras perguntas, descobrir se Tim estava assumindo publicamente sua namorada ou se ele estava mantendo sua vida pessoal em segredo dos colegas e alunos. Mas ela se conteve. De que adiantaria fazer uma pergunta dessas? Além disso, não havia garantia alguma de que ela teria a verdade. Eleanore sempre teve uma afeição por Tim; sua lealdade deveria ser a ele, e não a Kari.

Ela optou por deixar uma mensagem para Tim. Ao longo do dia, deixou uma série delas, sem resposta.

Uma vez que não conseguiu falar com o marido, ela ligou para o pastor Mark e marcou um horário para vê-lo no dia seguinte.

— Está tudo bem? — O pastor pareceu preocupado.

— Bem... — a voz de Kari falhou, e demorou um pouquinho para ela poder continuar.

— Na verdade, não.

— Sinto muito, Kari. — O pastor Mark esperou.

— Tim... — Ela engoliu os soluços que pareciam sempre prontos para vir à tona. — Ele saiu de casa há algumas semanas.

Kari pôde ouvir a respiração do pastor, como se a notícia tivesse causado um impacto físico nele.

— Ele virá com você amanhã?

Um soluço escapou da garganta de Kari, e ela se esforçou para recuperar o controle.

— Ele foi morar com outra mulher. Eu não converso com Tim desde que ele foi embora.

Antes de encerrar a ligação, o pastor Mark orou por ela e assegurou-lhe que Deus ainda a amava e estava cuidando dela, que ele repararia até esta circunstância aparentemente impossível. Eles marcaram o encontro para terça-feira ao meio-dia.

— Eu gostaria que Tim viesse — ele disse à Kari. — Continue tentando falar com ele.

Kari levantou-se e deu uma olhada nas filhas de Brooke. Agora, com as meninas dormindo e uma noite solitária pela frente, sua raiva voltou. As emoções que a inundaram desde que Tim foi embora pareciam mudar com a mesma frequência que a maré. Ora ela sentia tanta saudade do marido que seu peito chegava a doer. Então, ela o imaginava com a outra mulher e, de repente, ficava irritada o suficiente para cometer alguma loucura – como enviar uma carta sobre a situação à comissão de ética da universidade ou ir ao encontro de Tim e bater com os punhos no peito dele.

E, ainda por cima, ela estava grávida, com o corpo imerso em elevadas doses de hormônios. Não parecia haver equilíbrio, não poderia mesmo haver momentos equilibrados; ela até estava sentindo palpitações no coração ultimamente.

Kari expirou lentamente. Não importava o que ele havia feito ao ter o caso, ela sentia tanta saudade de Tim que doía para respirar. Ela precisava que ele passasse pela porta, segurasse-a nos braços e dissesse que era tudo um pesadelo, que ele não estava apaixonado por outra mulher e que, na verdade, iria amá-la até o dia em que ele morresse.

— Onde ele está, Senhor? — Ela sussurrou a pergunta em voz alta. — Por que ele não atende às minhas ligações?

Ela pensou no último comentário do pastor Mark. *Eu gostaria que Tim viesse.*

Aos poucos, uma ideia começou a se formar. Por que não telefonar para o apartamento de Angela? E se fosse estranho? Se quisesse lutar por seu casamento, ela teria de suportar alguma grosseria. Quem sabia? Talvez o telefonema ajudasse a fazer Tim recobrar o juízo.

Kari apoiou-se contra o balcão da cozinha e ficou olhando para o telefone. Lembrou-se do nome da mulher; ele vinha pairando em sua mente desde que ela recebeu o telefonema anônimo um dia antes de Tim sair de casa.

Angela Manning.

Quantas Mannings poderiam estar na lista telefônica da cidade de Bloomington? O coração de Kari batia mais rápido ao pensar na resposta. Ela pegou o telefone, ligou para a central de informações e começou a falar com a operadora.

— Para qual cidade?

— Bloomington, o número de Angela Manning, em South Maple.

— Anote o número.

Em três segundos Kari tinha o número de uma A. Manning em um endereço que tinha de ser o dos Silverlake Apartments. Ela o anotou em um bloco de anotações perto do telefone e ficou olhando para ele por quase um minuto. Sua respiração era superficial e rápida, e ela se sentiu fraca. Mas não havia outra maneira de encontrar Tim.

Ela digitou os números rapidamente antes que pudesse mudar de ideia. Uma mulher respondeu ao segundo toque.

— Alô? — Ela parecia ter mais de 24 anos.

— Sim. — Kari limpou a garganta. *Ajude-me, Senhor... dê-me as palavras.* — Estou procurando por Tim Jacobs.

A mulher não disse nada.

Kari sentiu que estava criando coragem. O que tinha a temer? Afinal, não era ela que estava tendo um caso. Ela podia telefonar para o marido se quisesse.

— Eu disse que estou procurando por Tim Jacobs. Ele está?

— Quem está falando?

A raiva estava voltando.

— É a esposa dele. Com quem eu falo?

Mais uma vez, a mulher ficou em silêncio, mas Kari ouviu-a pôr o telefone na mesa e, depois de quase um minuto, Tim o atendeu, bufando de raiva.

— Kari?

Ela não estava preparada para as emoções contrárias que vieram sobre ela ao ouvir a voz de Tim. Ela deveria chorar e implorar para que ele voltasse para casa ou amaldiçoá-lo por ir embora? Kari fechou os olhos e orou pedindo força.

— Olá, Tim. — Sua voz tremeu, e ela sentiu náuseas. — Nós precisamos conversar.

A voz de Tim estava furiosa.

— O que você tem na cabeça para me ligar aqui? Eleanore deu o número para você? Eu não acredito que ela fez isso comigo.

Aquilo respondeu a uma pergunta; o Departamento de Jornalismo, com certeza, sabia sobre seu caso. Kari conteve as lágrimas e cerrou os punhos.

— Não... foi a operadora que me deu o número. Eu sei quem é ela, Tim. Não há outra A. Manning na lista telefônica.

Ele baixou a voz.

— Ouça, há hora e lugar para falar sobre as coisas, Kari, e isso não é nem um nem outro.

Kari mal pôde tomar fôlego depois do choque que levou com a atitude de Tim. *Ele não está nem um pouco arrependido, Deus. O que eu devo dizer?*

— Eu tentei ligar para você no trabalho o dia todo, e você não estava no escritório. Kari piscou e sentiu as primeiras lágrimas escorrerem pelo rosto. — Deixei oito mensagens para você.

Um suspiro de frustração soou no ouvido de Kari.

— Eu ia ligar para você em alguns dias. Você está certa. Nós precisamos conversar.

Kari notou que as palavras do marido não estavam indistintas e sentiu um pouco de alívio.

— Vou me encontrar com o pastor Mark amanhã. — Kari cobriu os olhos com a mão livre e segurou a testa com o polegar e o indicador. — Ele perguntou se você vai comigo.

— O quê? — Pela primeira vez desde que ele atendeu ao telefone, a voz de Tim tinha traços de uma tristeza cansada. — Kari, desista. Por favor. Eu quero o divórcio, não uma sessão de aconselhamento. Pelo amor de Deus, eu estou vivendo com Angela.

As lágrimas vieram mais pesadas, e ela soluçou baixinho, procurando sua voz.

— É pelo amor de Deus que eu quero que você venha comigo amanhã. Eu ainda sou sua esposa, Tim. Nós podemos resolver esse problema.

Tim parecia exasperado.

— Nós deveríamos ter começado o aconselhamento um ano atrás, quando eu estava tão sozinho a ponto de nem me sentir casado. — Ele respirou forte. — Olhe, eu queria acabar com tudo isso numa boa com você, Kari. Mas nada que você ou outra pessoa diga pode me convencer a continuar casado. Eu já me mudei; é tarde demais para voltar.

— Tudo o que eu quero é que você dê uma chance para nós. — Kari estava chorando abertamente agora. — Isso é pedir demais, Tim? Depois de tudo o que tivemos?

— E tudo o que eu quero é o divórcio. — Ele respirou fundo, e Kari achou que ele parecia cansado. — De modo rápido, tranquilo e sem alarde. Da mesma forma que outros casais se divorciam. — O tom de Tim ficou frio como o vento de inverno. — *Isso* é pedir demais? Depois de tudo o que tivemos?

A dor de Kari transformou-se em uma fúria implacável.

— Eu não sei em que tipo de monstro você se transformou ou o que você fez com o homem que eu ainda amo, mas eu sei de tudo isso... — Ela fez que não com a cabeça com fúria e o punho tão cerrado que as unhas ficaram cravadas na palma da mão. Ela a abriu, então, esticando os dedos contra seu abdômen ainda plano.

Sem dizer outra palavra, Kari bateu o telefone na base. Pronto. Que ele remoesse aquilo enquanto dormisse nos braços de Angela Manning naquela noite. Ela relaxou as mãos e voltou para o sofá da sala, onde se deitou de lado e sentiu a raiva se esvair de seu corpo. Em seu lugar estava uma estranha sensação de desinteresse, como se seu corpo e emoções estivessem dormentes.

Depois, Kari se sentou, recapitulando a conversa com Tim. Teria dado qualquer coisa para vê-lo tentar explicar o telefonema à tal Angela, escondendo, ao mesmo tempo, o pânico que provavelmente estava sentindo, agora que sabia que seria pai. Ele provavelmente estava fora de si por causa da preocupação, desesperado para falar com ela. Ela provavelmente voltaria para a casa de seus pais naquela noite e encontraria uma dúzia de mensagens dele.

Mas, então, ela deu uma única risada amarga, lembrando as coisas horríveis que ele disse e o frio em sua voz.

A quem ela estava enganando?

Tim não queria aconselhamento ou conversa. Ele não tinha interesse algum em fazer as coisas darem certo entre eles. Ele nunca mudaria de ideia – provavelmente, nem quisesse o bebê. Ela colocou os braços mais ou menos no meio do corpo com a intenção de protegê-lo. Ashley estava certa. Elas seriam mães solteiras juntas, e o sonho de Kari de ajudar outros casais seria sempre simplesmente isso. Um sonho.

Ainda se sentindo estranhamente vazia, ela deu uma olhada preguiçosa pela sala. Em uma prateleira baixa à sua frente reconheceu o que parecia ser um álbum de recortes. Engraçado. Ela não se lembrava de que Brooke gostava de se ocupar com álbuns de recortes. Kari esfregou a ponta dos dedos debaixo dos olhos e, cansada, foi até a estante. O álbum de recortes tinha capa de couro e pesava uma tonelada. Kari levou-o até o sofá e abriu-o na primeira página.

Ali em letras garrafais estavam as palavras *Nós cinco.*

Kari uniu as sobrancelhas e folheou o álbum, impressionada com o que tinha nele. De alguma forma, em meio às horas estudando para as provas de medicina e criando uma família,

Brooke encontrou tempo para montar um álbum de recortes dos filhos dos Baxter e a vida deles na fase de crescimento. Brooke, que nos últimos anos havia se tornado um pouco mais que uma cética? A filha dos Baxter que parecia absorta em sua formação médica e estilo de vida elitista? Aquela mesma Brooke tinha um álbum de recortes da infância deles?

Kari e os outros irmãos nunca teriam imaginado que Brooke lhes deu mais do que um pensamento passageiro. Mas, se manteve este livro, ela provavelmente tinha se preocupado mais do que qualquer um deles imaginava.

Kari virou as páginas para o começo e deliciou-se com as lembranças enquanto elas vinham. Ela e Brooke em triciclos em uma manhã de domingo muito tempo atrás, antes de irem à igreja. Kari sentiu os cantos da boca se levantarem ao se lembrar de como as duas eram próximas naquela época. Mas não porque eram semelhantes – embora, quando pequenas, sua mãe normalmente as vestisse do mesmo jeito, e as pessoas às vezes as confundissem com gêmeas. Na verdade, desde o início, as coisas de que gostavam e não gostavam eram totalmente diferentes. Por essa razão não havia líder, nem seguidora no relacionamento delas. Elas quase nunca discutiam e sempre ajudavam uma à outra. Tinham os mesmos valores e estavam de pleno acordo na maioria das coisas.

Isso há muito tempo...

Ela virou outra página e viu uma foto das quatro meninas juntas quando Erin era bebê. A família estava fazendo um piquenique no lago – algo que eles faziam com frequência. Papai havia deixado claro que, embora frequentemente estivesse de plantão e, às vezes, longe por causa de convenções e seminários médicos, ele sempre encontrava tempo para sua família. Havia jogos de *softball* da família no Monroe County Park, passeios de barco no lago, visitas a Indianápolis para ver peças e concertos.

A família deles era do tipo que Kari imaginava que teria um dia.

Fazendo um não com a cabeça, ela virou a página e acabou rindo. Lá estavam ela, Brooke e Ashley aos nove, dez e seis anos, de braços dados, em pé diante da barraca da família e usando apenas calcinhas. A família estava nadando quando Daniel, seu cachorro peludo, arrastou a bolsa de pano para dentro do lago e afundou as roupas delas.

"Eu sei", disse Kari quando todos estavam em volta da área de acampamento, boquiabertos. "Nossas calcinhas estavam na bolsa da mamãe e do papai!"

Os olhos de Brooke giraram ao entender o que estava acontecendo. "Certo."

Ashley riu e seguiu Kari e Brooke até a barraca e, três minutos depois, as meninas estavam amontoadas só de calcinha – prontas para encarar o dia.

Éramos tão bobinhas naquela época... não tínhamos preocupação alguma na vida.

Algumas páginas para frente e ela viu Ashley puxando Luke em um velho carrinho vermelho. Kari sorriu e passou levemente o dedo sobre o rosto jovem deles. *Aonde você estava indo, Ash? Uma parte de você se perdeu em Paris. Enfim, o que aconteceu lá?*

Nenhuma resposta veio quando Kari olhou para a foto e pensou nas mudanças de sua irmã. Obviamente, alguma coisa ruim havia acontecido com ela na Europa, algo que ela não conseguia dividir nem com Kari.

Qualquer que fosse o motivo, Ashley não falava.

Isso não causou separação entre as duas, mas, com certeza, havia uma tensão entre Ashley e os outros, especialmente com relação a Luke. Kari olhou para a foto novamente e se lembrou de algo que havia esquecido antes. Ashley chamava o irmão de seu "Lukinha". Mesmo tendo quase a mesma idade de Erin, ele e Ashley praticamente eram inseparáveis quando crianças. Ashley, a irmã mais velha que não podia ser injusta de forma alguma, e Luke, o irmãozinho que arrancava suspiros de admiração das amigas dela.

Luke. O príncipe loiro cuja presença enchia a casa de risos e lembranças alegres. Cortava o coração de Kari ver como ele e Ashley estavam agora – o modo como se evitavam, os comentários maliciosos que lançavam em voz baixa. Se Kari fosse uma estranha passando por eles, ela teria pensado que os dois sempre viveram em desacordo.

Ela olhou para o álbum novamente. As fotos contavam outra história.

Kari demorava-se em uma foto após outra até que chegou a uma clássica – a mãe e o pai em seu vigésimo aniversário. Ao lado dessa foto, Brooke havia colocado uma cópia da foto de casamento de seus pais. Kari quase podia sentir o amor deles emanando da página.

Não era com esse tipo de amor que Kari sempre sonhou? Não era isso que ela e Tim deveriam ter? Ela pensou na história de amor de seus pais, no modo como o pai, todo bobo, ainda os fazia se sentar no Dia dos Namorados para compartilhar essa história com quem quisesse ouvir.

Kari fechou os olhos e pôde ouvir a história ganhar vida. Lembrou-se de ter ouvido como seus avós paternos queriam uma família grande, mas seu avô, o sr. John, foi morto em combate na Segunda Guerra Mundial quando o pai dela era apenas um bebê. Por causa disso, ele cresceu sendo filho único.

"Toda vez que vocês, meus filhos, se cansarem de dividir suas coisas e seu lugar à mesa de jantar, reservem um minuto para se lembrar de como vocês têm sorte por terem um ao outro", seu pai lhes dizia naquele ponto da história. "Todo dia eu desejei ter irmãos e irmãs, mas isso nunca aconteceu."

A mãe dele recebeu pedidos de casamento, mas preferiu não se casar novamente, nunca se recuperando da morte de seu marido. Quando o pai de Kari estava na faculdade, a mãe dele morreu do que parecia ser um coração partido.

"Fiquei muito sozinho naquela época, mas eu sempre soube que um dia teria uma família grande", John dizia. O pai de Kari dava uma risadinha e olhava de relance para a esposa. "É claro que, quando eu conheci a mãe de vocês, eu soube que dependia dela, pois, se ela quisesse um ou dez filhos, ela era a mulher certa para mim. Eu a amava tanto que isso não importava."

A mãe de Kari formou-se em economia doméstica pela Universidade de Michigan e seu pai era estudante de medicina quando eles se conheceram em um estudo bíblico no *campus*. Ele gostava de dizer que Elizabeth era facilmente a moça mais bonita da universidade naquele ano, e Kari não duvidava disso. Havia algo imponente e elegante, frágil e inesquecível naquela velha foto de Elizabeth Baxter, com os cabelos escuros, olhos grandes e pele de porcelana.

Da mesma forma que Ashley parecia agora.

Ouvindo o pai contar a história, ele e sua mãe já estavam bem casados desde o momento em que disseram "oi" um para o outro. E, quando ele lhe perguntou quantos filhos ela queria, ela estava certa de que não seriam mais de três.

Ashley gostava de provocar Erin e Luke, dizendo que eles tiveram sorte de ela ter sido uma bebê boazinha. Do contrário, sua mãe nunca teria cedido e tido mais filhos.

Kari se supreendeu rindo sozinha dessas histórias. Por um momento, o velho livro a tirou de seu tormento de pensamentos. A história sempre terminava com John Baxter lançando um olhar amoroso para a esposa e dizendo algo do tipo: "Você, minha querida Elizabeth, é de ouro. Eu nunca conseguirei viver o suficiente para me cansar de sua companhia". Ou: "Eu valorizo toda vez que você respira, Elizabeth. O dia em que conheci você, eu me tornei o homem mais abençoado de todos".

Kari sempre via os pais como eram em momentos como esse, brilhando literalmente na presença um do outro. Os filhos dos Baxter nunca precisaram se perguntar o que era amor – seus pais definiam-no todos os dias da vida deles.

Ela fechou o álbum e encostou-se no sofá. Ficou ali, parada, quando a sensação de dormência se transformou em uma tristeza vazia. Durante toda a vida, ela sonhou em ter um amor como o de seus pais, compartilhando os mesmos olhares e sorrisos, memórias e magia. Sonhou em levar uma vida inteira para celebrar a unidade com o homem com quem se casaria.

À luz desses sonhos, a perda de Kari parecia maior do que em qualquer momento desde que Tim havia saído de casa. Mesmo que eles voltassem a ficar juntos e conseguissem resolver as coisas, que lembranças os dois teriam? Seus bons momentos estariam para sempre manchados pelo caso de Tim. Era indescritível como esse fato fazia Kari sofrer.

Ela fechou os olhos e orou pedindo sono. Simplesmente, já não conseguia se imaginar velha e grisalha e relembrando o passado com Tim Jacobs. Não quando ela teria de se esforçar todos os dias pelo resto da vida para esquecer isso.

CAPÍTULO 14

O pastor Mark estava preparando seu sermão na tarde de terça-feira quando Kari bateu à porta de seu escritório.

— Estou adiantada?

Ele se afastou de sua mesa e se levantou para cumprimentá-la.

— Nem um pouco. Entre.

Ela se esforçou para olhá-lo nos olhos, envergonhada de sua aparência. Sabia que havia círculos escuros sob seus olhos e, apesar da gravidez, suas roupas estavam folgadas. O pastor Mark deixou a porta do escritório aberta, voltou para sua cadeira e apontou para um sofá de vinil que estava em seu escritório fazia anos.

Kari sentou-se e cruzou as pernas. Suas mãos tremiam.

— Você não conseguiu convencer Tim a vir? — A voz do pastor era meiga, e Kari relaxou um pouco, mas seu coração ainda estava pesado.

Ela fez um não com a cabeça e tentou falar, mas suas emoções eram mais fortes do que ela.

— Tudo bem. Tome o tempo que você precisar. — Ele sorriu tristemente. — Eu não estou com pressa. Você pode me contar o que aconteceu quando estiver pronta.

Kari deu um suspiro e ficou à vontade no sofá.

— Ele se mudou há quase um mês. Está tendo um caso com uma aluna; foi morar com ela no mesmo dia em que me contou sobre o caso. — Ela tirou um lenço da bolsa e passou-o debaixo dos olhos. — Eu liguei para ele no apartamento dela na noite passada. Ele quer o divórcio.

— E você?

— Eu quero que as coisas deem certo. — Ela respirou e cobriu o rosto. Quando suas mãos voltaram para o colo, as lágrimas temidas estavam de volta. — Todo mundo pensa que estou louca.

— Não. — O pastor Mark inclinou a cabeça, pensativo. — Você não está louca, Kari. Eu celebrei seu casamento, lembra? Enquanto eu viver, vou me lembrar do modo como Tim olhou para você naquele dia.

Kari concordou com a cabeça, e a imagem do rosto de Tim no dia do casamento deles lhe veio à mente também. Ela nunca poderia ter imaginado que ele, algum dia, amaria outra mulher que não fosse ela. Uma lágrima escorreu por seu rosto, e ela a enxugou levemente com a ponta dos dedos.

— Está difícil para minha família se lembrar.

As sobrancelhas de Mark se levantaram.

— Até seus pais?

Kari deu de ombros.

— Eles estão tentando. Acham que eu estou fazendo a coisa certa, mas não gostam de me ver magoada. — Ela lhe deu um sorriso indiferente. — Minhas irmãs acham que eu deveria amarrar uma corda no pescoço de Tim e atirá-lo em um precipício.

Ele fez uma cara assustada.

— Eu acho que é compreensível.

— Sim — ela fungou —, eu acho.

— Você já sabe disso, mas eu vou dizer assim mesmo. — Ele fez uma pausa. — Você não pode basear suas decisões na opinião de outra pessoa, mas na sua e na de Deus.

Kari concordou.

— É por isso que eu estou aqui. — Sua voz falhou, e ela lutou para encontrar as palavras. — Desculpe. Eu...

O pastor Mark entregou-lhe um lenço e esperou até que ela pudesse falar.

— Eu estou aqui porque quero meu marido de volta e eu não tenho a menor ideia de como fazer isso.

O pastor lançou um olhar para o chão por um momento. Quando voltou a olhar para Kari, ela pôde ver nos olhos dele uma profundidade que não estava ali antes e se surpreendeu com o quanto ele se importava.

— Você não pode fazer isso, Kari. Tim tem que estar a fim.

— Você acha que ele estará?

O pastor Mark cruzou as mãos e hesitou.

— Você acha?

Lembranças dos primeiros tempos de casamento lampejaram na mente de Kari. Como a de encontrar uma enorme água-viva em uma praia mexicana na semana da lua-de-mel, ou comprar móveis para a primeira casa deles – um apartamento minúsculo – e morrer de rir quando eles chegaram em casa e descobriram que o sofá era maior que a sala. Chorar juntos na sala de emergência depois de terem perdido seu primeiro bebê.

Esses e dezenas de outros momentos compartilhados vieram à sua mente, e Kari sorriu em meio às lágrimas.

— Eu não sei. — Ela queria ser honesta. — Eu sei que ele me amava, e eu acho que uma parte dele ainda me ama.

Acima de tudo, eu acho que Deus quer que eu continue tentando a amá-lo, e não simplesmente desista.

O pastor sorriu.

— Então se apegue a isso, Kari. Não solte isso por ninguém ou nada. Não importa quanto tempo leve.

Ela olhou para ele, examinando seus olhos em busca da sabedoria que ela não tinha nem sabia como encontrar.

— Há outra coisa. — O pastor Mark esperou. — Eu estou grávida. Descobri há poucos dias.

Se ele ficou surpreso, não demonstrou. Em vez disso, ele respirou lentamente e fez que sim com a cabeça.

— Eu contei a ele ontem à noite, mas depois bati o telefonema na cara dele. Não falei com ele depois disso.

— Você bateu o telefone na cara dele? — Não houve julgamento na voz do pastor, apenas uma curiosidade.

— Sim. Ele me disse que tudo o que queria de mim era o divórcio, e eu fiquei louca. — Ela franziu os lábios. — Estou muito irritada com ele ultimamente. Meio louca, eu acho. Aqui estou eu fazendo todo o possível para tê-lo de volta, mas também estou tão brava com ele que às vezes eu realmente o odeio.

— Isso não é loucura, Kari. Você não seria humana se não estivesse brava. — Ele fez uma pausa. — Então Tim sabe que você está grávida e... você ouviu o tique-taque do relógio.

— Sim. — Kari reprimiu a tristeza no peito. — Eu preciso dele em casa comigo. Eu já estou de quase três meses. — Ela soltou o ar de modo exasperado. — E tem Ryan Taylor.

— Ryan Taylor? — A sobrancelha direita do pastor Mark se levantou um pouco mais. — Eu me lembro. Vocês dois formavam um belo par.

— Eu acho que pode-se dizer assim. — Kari estava lhe contando mais do que tinha em mente, mas parecia bom. Se ela contasse às suas irmãs sobre seus sentimentos indesejados por Ryan, elas já teriam uma data marcada para o casamento antes do final da conversa. — Eu era jovem, mas ele era muito especial para mim. E agora...

— Ele está de volta à cidade.

Kari ficou surpresa. O homem estava à frente de uma igreja e aconselhava muitas pessoas todos os dias, mas era como se ele tivesse tido acesso privado aos seus pensamentos mais profundos.

— Certo. — Kari pôs os olhos em seu dedo anular. — Eu estou assustada e sozinha e... parte de mim quer a amizade dele. — Ela procurou as palavras. — Mas, depois de ser apaixonada por ele por tantos anos... eu não sei se eu poderia ser sua amiga.

Os olhos do pastor Mark se estreitaram, e ele mordeu o canto do lábio.

— Ryan é um bom homem, mas eu acho que você está fazendo uma escolha sábia. Seria fácil vocês confundirem as coisas se passassem muito tempo juntos. Você está sofrendo muito agora, e a dor pode ofuscar seu discernimento.

Kari sentiu o rosto esquentar e soube que o pastor estava certo. Não importava que ela amasse Tim e o quisesse de volta. Afinal, ela ainda tinha um coração, e seu coração sempre seria vulnerável no que dissesse respeito a Ryan Taylor.

O assunto mudou, e o pastor Mark sugeriu que ela fizesse um diário, talvez escrevesse cartas para Tim como se ele realmente estivesse aberto à reconciliação. Isso ajudaria Kari a lidar com seus sentimentos e, possivelmente, um dia, lá na frente, dar-lhes uma ferramenta que eles pudessem usar para deixar o relacionamento mais forte.

— Se você realmente quer salvar seu casamento, Kari, Deus lhe mostrará como fazer isso. Ele lhe dará algo que você possa fazer, as palavras certas para dizer. — O pastor Mark estendeu a mão em direção ao armário e puxou um pedaço de papel de um pequeno arquivo. Ele deslizou a folha pela mesa.

— Pegue isso. Quando Tim estiver pronto para o aconselhamento, este é um programa que eu sempre sugiro.

Kari examinou o papel. O título dizia "Seminário Intensivo para Casamento".

— Um intensivo de casamento? O que é isso?

— Fica a um dia de distância de carro daqui, em Ozarks. Trata-se de dois dias de aconselhamento intensivo entre um casal e dois conselheiros: um homem e uma mulher. — Mark estava mais animado. — De tudo o que ouço, os resultados são surpreendentes.

Dois dias de aconselhamento? Kari não conseguia imaginar Tim concordando com este tipo de terapia. Mas ela pegou o papel.

— Obrigada. — Havia mais dúvida do que fé em sua voz.

A expressão de Mark suavizou.

— Eu sei que você não está otimista, mas Deus tem um plano, Kari. Eu estarei orando. Você também, tudo bem?

— Tudo bem. — Kari dobrou a folha de papel e colocou-a na bolsa.

— Além disso, eu realmente acredito que Deus lhe mostrará o que fazer.

Kari concordou.

— Ele já me mostrou uma coisa. Não posso continuar na casa de meus pais. Vou voltar para casa hoje à noite, pelo menos durante os dias de semana. Dessa forma, se Tim aparecer, estarei por lá.

— Boa ideia.

O tempo com o pastor acabou, e Kari queria ter uma nova perspectiva. Ela esperava se sentir como se um prédio de dez andares tivesse saído de cima de seus ombros. Mas tudo o que sentia era náusea e cansaço. A ideia de se esforçar para reconquistar um homem que a havia abandonado sem mais nem menos era, de repente, mais do que ela podia imaginar.

Ao agradecer ao pastor Mark e ir para seu carro, ela continuou a ouvir a voz dele assegurando-lhe que Deus deixaria claro o que ela deveria fazer, como deveria tratar de lutar efetivamente por seu casamento. Ela acreditava que ele estava certo. Mas, quanto mais as palavras do pastor passavam por sua mente, mais Kari tinha certeza de uma coisa.

Naquele instante – ainda que fosse errado – só havia uma pessoa com quem ela realmente tinha vontade de estar, e não era seu marido. Era um jogador de futebol bronzeado e de olhos verdes que havia roubado seu coração no verão em que ela fez doze anos.

***

Depois que Kari saiu, o pastor Mark não conseguiu voltar ao sermão que estava escrevendo. O que havia acontecido com a família Baxter? Os Baxter não eram o exemplo perfeito no meio da congregação? Ele pensou em Elizabeth e John, em seus primeiros anos, o modo como pareciam ter um relacionamento tão forte com os filhos.

Então, por que parecia que tudo estava desmoronando agora?

Ele e John Baxter estavam se reunindo uma vez por semana na maior parte dos últimos dez anos, encorajando um ao outro na fé, dividindo os fardos um do outro. John fazia parte do ministério da igreja, e era um alívio para Mark saber que podia falar sobre algumas de suas próprias provações com alguém tão confiável como o doutor Baxter.

Consequentemente, Mark sabia mais do que ninguém sobre as tragédias e triunfos dos Baxter.

Havia Brooke que, com o marido, havia claramente preferido os caminhos da medicina e da realização profissional às verdades da fé.

A situação de Ashley talvez fosse pior. Ela não só havia se afastado de Deus, mas também guardava um segredo, algo que se recusava a discutir, mesmo que isso a isolasse de todos que poderiam ter importância em sua vida – todos, incluindo Landon Blake, o jovem bombeiro que vivia atrás dela desde que ambos eram adolescentes.

E, ultimamente, ele havia notado problemas de Luke com cerveja. Alguma coisa nos comentários básicos e tons sarcásticos do rapaz, tons que eram respeitosos e agradáveis no ano anterior. John não mencionou, mas Mark estava preocupado mesmo assim.

As preocupações com a saúde de Elizabeth eram constantes, é claro. E, agora, por cima de tudo isso, vieram as dificuldades de Kari. O coração do pastor Mark se partiu por ela – tanto por sua dor quanto por sua tentação.

Ele pensou nas lutas dos Baxter por um momento e percebeu que só havia uma possível razão para elas. Era uma guerra espiritual, pura e simplesmente. Talvez houvesse algo grande e maravilhoso do outro lado desses momentos tenebrosos; do contrário, o inimigo não se esforçaria tanto para desencorajar esta família.

Sim, devia ser isso.

Certamente, bons momentos estavam prestes a acontecer.

O pastor Mark permitiu-se imaginar Brooke e Peter se lembrando de que o verdadeiro conhecimento e sucesso vêm somente de Deus; Ashley revelando seu segredo à família, contando a verdade sobre seu passado, encontrando cura e talvez até o amor. Via Tim Jacobs mudando seus caminhos, caindo de joelhos e implorando o perdão de Kari. Imaginou Elizabeth vivendo uma velhice cheia de alegria.

Era possível que nada disso acabasse como ele esperava, que nada fosse de acordo com suas orações por aquela família querida. Talvez. Mas, mesmo assim, o pastor Mark estava certo de que Deus fielmente ajudaria a família Baxter a superar suas dificuldades.

Ele agradeceu ao Senhor por isso, mesmo imaginando até que ponto a vida poderia piorar para os Baxter antes que eles chegassem do outro lado.

O ministro do Evangelho recostou-se na cadeira e olhou pela janela do escritório. Pensou em Kari, Brooke, Ashley, John e Elizabeth. Muito pior, ele imaginou. Muito, muito pior.

Ele oraria por eles todos os dias, como estava fazendo há algum tempo desde que começou a se reunir com John. Mas devia haver outra coisa, algo tangível que ele pudesse fazer para ajudar.

Seus dedos alcançaram o mouse do computador, e ele clicou para abrir um arquivo com o perfil dos membros da igreja. Hesitou por um bom tempo antes de dar o próximo passo. Se Kari fosse qualquer outro membro, ele não teria considerado a possibilidade de quebrar a confiança e fazer o telefonema.

Mas desta vez... talvez fosse preciso.

Mark examinou a lista alfabética até encontrar o número do trabalho de Tim Jacobs.

Tudo bem, Senhor, use este telefonema. Por favor...

E com isso ele começou a digitar o número.

CAPÍTULO 15

Kari estava tirando o pó do piano de seus pais quando Luke entrou, jogou a mochila no banco da sala de espera e caiu em uma cadeira a poucos metros de distância. A bola de basquete ainda estava debaixo do braço. Ele estava jogando em um time interno da Universidade de Indiana naquele semestre, e seus jogos eram aos sábados pela manhã.

— Oi. — Ela continuou a tirar o pó, mas pôde vê-lo olhando para ela. O irmão parecia frustrado, como se quisesse dizer algo, mas não conseguisse encontrar as palavras.

Finalmente, ele limpou a garganta.

— É, eu devo um pedido de desculpas.

O pano de pó parou na mão de Kari, e ela olhou por cima do ombro para o irmão.

— Pelo quê?

— Porque — ele apertou os lábios —, porque eu sinto muito por você ter se casado com um idiota. — Os olhos de Luke brilharam, e ele jogou a bola para ela.

Em um único movimento gracioso, ela deixou o pano de pó cair e pegou a bola. Kari podia sentir a paciência desaparecendo de sua expressão.

— É para eu rir?

O rapaz virou-se e olhou pela janela da frente, com os olhos apertados.

— Eu odeio o que ele está fazendo com você.

Ela ainda estava segurando a bola no mesmo lugar, a alguns centímetros do piano, enquanto estudava o irmão. Apertou a bola mais ou menos na altura da barriga. Todos haviam recebido muito bem a notícia de sua gravidez, exceto Luke. Ele parecia ainda mais distante do que antes, e Kari não sabia como preencher a lacuna crescente entre eles.

Mas, agora, aqui estava seu irmãozinho, bem crescido, com um punhado de cabelo loiro e um corpo alto, maior que o de seu pai, tentando encontrar as palavras para se conectar com ela novamente. Foi o primeiro esforço que ele fez desde que ela estava em casa.

Uma lágrima deslizou pelo rosto de Kari, e ela a enxugou com a mão livre, esperando que Luke terminasse de falar o que estava em seu coração.

Depois de um tempo, ele fez um não com a cabeça e voltou a olhar para ela.

— Eu não tenho sido... — Ele cravou os dedos no cabelo e soltou uma golfada frustrada de ar. — Desculpe, Kari. A última coisa que você precisa é de dois idiotas.

Ela jogou de volta a bola para Luke, que a apanhou habilmente com uma das mãos, puxando-a com firmeza contra seu corpo. Ela se encostou no piano e deu-lhe um sorriso torto.

— Dois idiotas... hummm, vamos ver. Meu marido, Tim, e... — Ela estava provocando o irmão, falando a língua que ele mais conhecia.

Ele deu uma risadinha, e as linhas de expressão em seu rosto diminuíram.

— Eu, o pateta. Desde que Tim foi embora, eu tenho te tratado como... — ele balançou a mão no ar — como se você tivesse algum tipo de doença.

Ela inclinou a cabeça, vendo-o como o garotinho loiro que ele era quando ela estava no ensino médio. Seu coração encheu-se de compreensão.

— Valeu!

Um suspiro passou pelos dentes cerrados de Luke, e parecia que ele iria chorar.

— Ele me deixa louco, Kari. Eu respeito o que você está fazendo e tudo mais, mas parte de mim quer que você dê um chute nele e siga em frente com sua vida. Você merece coisa melhor.

Kari atravessou a sala e sentou-se na cadeira ao lado do irmão, com os joelhos quase tocando nos dele.

— Eu sei. Eu me sinto assim também, às vezes. — Ela queria que ele visse seu ponto de vista. — Mas eu realmente acredito que ele esteja passando por uma fase, um momento ruim, uma crise de meia-idade, sei lá, algo assim. E acho que, de algum modo, nós vamos superar isso.

Luke examinou-a, e Kari percebeu que o tom de aspereza havia desaparecido, mesmo que ele ainda lutasse contra a decisão dela.

— Você acredita nisso... ou você acredita que é o que Deus quer que você diga?

O ar escapou dos pulmões de Kari quando ela se encostou na cadeira, com os olhos ainda fixos nos dele.

— Eu não consigo separar as duas coisas. O que Deus quer é o que eu quero. Sem Deus em nosso casamento, enfim, não temos nada.

Ele concordou com a cabeça.

— Foi isso que eu pensei que você diria.

— Você entende, certo?

— Na verdade, não. — Seus olhos examinaram os dela. — Mas, nestes últimos dias, Deus está em cima de mim todo minuto.

Kari sorriu.

— É, ele tem o hábito de fazer isso.

— Ele só me livrou de apuros quando a gente conversou.

Kari olhou pela janela. Embora fosse outono, as temperaturas estavam perto da marca dos 26 °C naquela tarde, e, depois de uma semana fria, ela estava feliz com a mudança. Passara as últimas quatro noites em sua própria casa e, de fato, apreciou a solidão, a qual lhe deu tempo para seguir as sugestões do pastor Mark. Desde terça-feira, Kari estava lendo um livro sobre a restauração de relacionamentos rompidos e havia escrito quatro cartas para Tim, colocando cada uma delas em um envelope e sobre a mesa na sala de jantar. Se Tim chegasse em casa e ela tivesse saído, não haveria como ele não notar as cartas.

Ela fez alguns telefonemas também. Mas, desde aquele primeiro, não houve resposta no apartamento de Angela Manning. Kari imaginou que a mulher devia ter identificador de chamadas. E Kari duvidava mesmo que eles atenderiam novamente, a menos que ela telefonasse de um telefone público ou da casa de uma amiga – números que Angela e Tim não reconheceriam.

Kari voltou a olhar para Luke. Seus pais passariam o dia fora, e ela decidiu ficar o fim de semana no quarto de hóspedes. Solidão era uma coisa boa; mas, depois de quatro dias misturando o mal-estar matinal passageiro e os pensamentos difíceis, o conforto e a sensação de acolhida da velha casa dos Baxter eram irresistíveis – especialmente quando Kari levava em conta o silêncio de Tim com relação a ela.

Sua garganta estava praticamente fechada enquanto ela tentava se explicar para o irmão:

— Quando apresento meu casamento a Deus, a resposta é sempre a mesma. — Kari olhou novamente pela janela, para as folhas vermelhas e amarelas que caíam das árvores no quintal. — Em algum lugar, não longe daqui, eu creio que Deus tem algo muito bom planejado para mim. Mas eu também acredito que ele quer que eu honre o compromisso que fiz com Tim, pelo menos por enquanto, mesmo que ele não esteja fazendo o mesmo. Isso faz algum sentido?

— Eu acho que sim. — Os olhos de Luke ainda tinham uma camada de perplexidade, como se o conceito de ficar ao lado de alguém como Tim fosse tão estranho quanto a intenção de viver na Lua. Mas ele estava ouvindo, e isso contribuiu muito para que ela se sentisse melhor.

— Enfim... Eu estou contente com a nossa conversa. — Ela se inclinou para frente e deu uma espetada com o dedo na lateral do corpo dele, o lugar onde ele mais sentia cócegas desde criança. — Pelo menos eu sei que o meu irmãozinho ainda me ama.

Um rubor espalhou-se pelo rosto de Luke, e ele jogou a bola para ela mais uma vez.

— Quer jogar? Aí na frente... como nos velhos tempos?

Kari riu.

— Talvez seja disso que eu preciso.

— Vá trocar de roupa. — Ele já estava do lado de fora da porta, aparentemente sem outro pensamento para aprofundar a conversa que acabaram de ter.

Ela o observou ir e lembrou-se dos meses em que os dois jogavam basquete na frente de casa quase todos os dias, momentos em que Brooke estava na faculdade; Ashley, aprendendo a tocar violão; e Erin estava dando risadinhas com os amigos. Na época em que Ryan estava fora, estudando na Universidade de Oklahoma, e Kari ficava procurando maneiras de passar o tempo até a próxima visita dele.

Ela subiu as escadas correndo e colocou um short e uma camiseta. Estava perdendo um jogo acirrado de lances livres quando Luke fez um lance de longo alcance, virou-se e a encarou.

— E aí, qual é o lance com Ryan Taylor?

Kari agarrou a bola e driblou-a entre as pernas.

— Isso é o que há de bom em famílias grandes. — Ela estava sem fôlego, mas revigorada graças ao ar fresco e ao exercício. — Não há segredos.

Luke usou a ponta do tênis para apontar para o lugar de onde fez a cesta, e Kari tentou, mas jogou a bola longe. Luke arreganhou os dentes para ela.

— Erin me contou. — A bola foi parar a alguns metros de distância da cesta. Luke correu lentamente até ela, pegou-a e fez uma cesta só com uma das mãos, abaixo do nível do cotovelo.

— Não tem lance nenhum. Nada mesmo. — Kari pegou um rebote do irmão e fez uma jogada similar. — Tome isso!

Luke pegou a bola e segurou-a, voltando sua atenção totalmente para Kari.

— Tem certeza?

Naquele momento, uma caminhonete parou em frente à garagem e estacionou a poucos metros da quadra de basquete. Kari conhecia o perfil do motorista como a palma da mão. Seu coração disparou.

Era Ryan Taylor.

Ela viu os olhos de Luke se apertarem enquanto ele examinava o homem atrás do volante. Ele passou a bola para Kari.

— Nada, hein?

Ryan saiu da caminhonete e chamou a atenção de Kari enquanto vinha na direção dos dois. *Senhor, o que ele está fazendo aqui... e por que ele ainda mexe comigo depois de todos esses anos?* Ela não ouviu nenhuma resposta santa, apenas as batidas de seu coração duas vezes mais rápidas que antes.

Ryan estava quase perto deles quando apontou para a estrada.

— Uma placa ali atrás diz que haverá um torneio de lances livres hoje. — Ele estendeu as mãos, e Kari entregou-lhe a bola, sentindo que estava relaxando na presença dele, como se o tempo não tivesse passado desde aqueles deliciosos verões, tanto tempo atrás. — Esta deve ser a posição.

Luke deu uma risadinha, e Kari viu no rosto do irmão o quanto ele admirava Ryan.

— Kari quase me alcançou. Eu ainda não errei. Escolha sua jogada.

Ryan piscou para Kari e olhou para a cesta.

— Vamos ver se a gente não consegue estragar um pouquinho seu recorde. — Ele driblou Ryan pela quadra, procurando o lugar perfeito.

Kari ficou um pouco para trás e examinou-o, bastante ciente do impacto que ele tinha sobre suas emoções, suas lembranças. Qualquer que fosse o verdadeiro motivo de Ryan aparecer naquela tarde, ele estava indo com calma com as coisas e agindo de modo superficial. Se ela não o conhecesse tão bem, teria pensado que não havia mais nada em sua visita do que a chance de fazer umas cestas com alguns velhos amigos.

Uma lembrança em particular passou por sua cabeça, algo que sua amiga Mandy havia dito no ano em que elas se formaram no ensino médio.

Mandy passou na casa de Kari naquele dia, e Ryan fez uma visita rápida quando voltava para a faculdade, depois de um final de semana prolongado em casa. Os dois passaram meia hora lá fora, conversando, enquanto Mandy falava com Brooke. Quando Kari entrou, Mandy estalou a língua no céu da boca e lançou um olhar sabido para Kari. "Você e Ryan precisam um do outro assim como a maioria das pessoas precisa de ar."

Brooke concordou com a cabeça. "Eu vou dizer uma coisa para você, Kari. O que você e Ryan têm não é algo que vai embora com o tempo. Se você não se casar com ele, vai passar a vida inteira desejando ter se casado."

A lembrança desapareceu quando Ryan fez um lance de longa distância que deslizou no centro do aro, sem balançar nem um pouquinho a rede. Ele apontou para Luke, de sorriso aberto.

— Não pode tocar no aro.

A disputa continuou por meia hora até Luke, finalmente, sair como vencedor.

— Vocês dois fazem a segunda rodada. — Ele jogou a bola para Ryan. — Eu tenho que me preparar para uma prova de ciência política.

Ryan arremessou-a de volta para Luke.

— Tudo bem. Sua irmã provavelmente acabaria comigo, de qualquer maneira. — Luke riu e levou a bola para dentro, deixando-os lá sozinhos. Ryan pôs as mãos no fundo dos bolsos da calça e fitou Kari. — Quer dar uma volta?

Cuidado.

Lá estava ela. Desta vez, Kari teve certeza de que a voz silenciosa era de Deus. *Ele é apenas um velho amigo.* Mas, mesmo enquanto tentava se convencer, estava cheia de culpa. Ryan nunca foi apenas um amigo, nem quando eles eram adolescentes e, muito menos, agora. Brooke tinha razão. O que ela e Ryan tiveram não foi algo que desapareceu com o tempo.

Ela cerrou os dentes. Ainda assim, por que não podia passar uma tarde com ele? *Tenho estado muito sozinha. Eu me-*

reço isso. Aquele sentimento inquietante desapareceu. Kari sorriu timidamente para Ryan.

— Seria bom.

Havia uma via de terra paralela à estrada principal, atrás da propriedade da família de Kari. Ela separava a propriedade privada que estava de um lado de um riacho sinuoso e o terreno do parque estadual que estava do outro. Uma vez que a estrada principal era muito movimentada, as crianças sempre usavam a estradinha para andar de bicicleta e como acesso às casas dos vizinhos. Kari e Ryan já tinham andado por seus quase cinco quilômetros dezenas de vezes.

Eles desceram o quintal dos fundos dos Baxter e só falaram quando começaram a andar. Em todas as direções, a paisagem era composta de tons vibrantes, realçados por um céu azul resplandecente. O cheiro de folhas queimadas ao longe pairava na brisa suave.

— Você saiu da sala de oração com pressa naquele dia. — Ryan manteve os olhos voltados para a frente, como se estivesse absorvendo a serenidade da estrada de terra, a beleza pura do riacho que corria rapidamente à sua direita.

Por um instante, Kari quis fingir que estava solteira novamente, que ela e Ryan ainda tinham um milhão de opções e uma vida inteira pela frente. Fingir que ela não havia desistido dele naquele dia no hospital e que não havia entregado seu amor a Tim Jacobs.

Se não tivesse se casado com um homem destinado a fazer coisas terríveis ao seu coração...

Mas não havia como voltar atrás agora, não havia como desfazer o passado. Kari estendeu as mãos para o alto, encheu os pulmões do ar puro de Indiana e deu de ombros.

— Eu estava com muita coisa na cabeça.

Eles foram mais longe, e os passos diminuíram. Ryan deu um sim de cabeça na direção de um lugar à frente, onde uma enorme tora estava caída ao longo da margem do riacho, meio escondida por uma moita bem grande. Era um lugar familiar, um lugar aonde Kari e Ryan muitas vezes acabavam indo quando precisavam de privacidade.

— Vamos sentar. — Foi ele quem a levou até o local. O Sol estava baixo no céu e a temperatura caía rapidamente, mas Kari aquiesceu e seguiu-o. Quando os dois se sentaram, ele procurou uma pedra e arremessou-a com habilidade na água.

— Eu já sabia sobre Tim. Antes da sala de oração.

Kari franziu a testa.

— Quem contou?

— Ashley.

Olhar para Ryan agora era como olhar diretamente para a alma dele – e o que ela viu ali a fez se perguntar se estava errada sobre ele, se talvez ele não tivesse deixado de amá-la durante todos aqueles anos. Quaisquer que fossem os sentimentos de Ryan, seus olhos diziam algo claro: sua preocupação com ela não havia diminuído com o tempo. Kari tentou se concentrar no que ele disse.

— Ashley contou para você?

— Ela telefonou para mim há algumas semanas e me colocou a par. Enfim, a versão curta.

Ashley telefonou para Ryan? A mente de Kari disparou, tentando entender a ideia.

— O que a levou a fazer isso?

Ryan pegou outra pedra lisa.

— A culpa foi minha. — Ele jogou a pedra e olhou novamente para Kari. — Fui correndo até ela há algumas semanas, no treino de futebol. Estávamos brincando, e eu pedi a ela para me dar um toque, caso seu marido deixasse você.

Kari fez uma expressão vazia e franziu os lábios, enquanto seus olhos seguiam um par de esquilos que brincavam na beira gramada ao longo do riacho.

— Entendi.

— Assim, de certo modo, ela me devia esse toque.

Seus olhos encontraram os dele novamente.

— Você não agiu como se soubesse.

— Sim, bem... — seu olhar ficou fixo nos olhos dela — eu estava com muita coisa na cabeça.

— Foi o que você disse. — Eles estavam sentados a alguns metros de distância, mas, ainda assim, Kari sentia-se presa por uma invisível atração, da mesma forma como sempre se sentiu perto dele.

Ele deu uma risada triste.

— Naquele dia, eu não disse metade do que queria. — Encontrou os olhos dela novamente e esperou um bom tempo. — Você não entende, Kari? — Ele remexeu nas pedras perto de seus pés até encontrar uma do tamanho certo, e lançou-a na água. A pedra quicou na água umas quatro vezes antes de afundar. — O motivo de que eu precisava para me focar era porque, desde que fiquei sabendo sobre você e Tim... — ele voltou a olhar para ela —, desde que fiquei sabendo o que seu marido fez para você, não consegui pensar em outra coisa.

— Além de...? — O coração de Kari batia forte novamente. Caso os avisos santos que passavam por sua cabeça pudessem ser ouvidos, nenhum deles seria capaz de encobrir a força das batidas.

— Ah, menina. — Sua voz ficou suave, e Kari percebeu uma grande tristeza em seu rosto. — Além de você.

O mundo começou a girar descontroladamente. Tentar imaginar quais eram os sentimentos de Ryan era uma coisa; mas, agora, sozinhos, aqui no lugar especial deles, um lugar onde haviam se beijado, conversado e feito planos para o futuro, era praticamente mais do que Kari podia suportar. Ela tirou os olhos dele e olhou para seus pés.

— Eu... eu não sei o que dizer.

Ryan deslizou um pouco e segurou delicadamente a mão dela.

— Não diga nada. — Ele se aproximou ainda mais, de modo que as laterais dos braços dos dois se tocaram.

Senhor, tire-me desta situação.

Minha graça é suficiente para você.

Por que este versículo estava passando tantas vezes por seu coração? *Graça? Eu preciso mais do que isso, Pai. Não consigo pensar com ele tão perto, minha mão na dele.*

Não houve resposta, e ela fechou os olhos, tentando controlar suas emoções.

Ryan respirou forte.

— Eu sei como você se sente, o que você quer. Eu não estou tentando me colocar entre você e Tim. — Ele passou o polegar em cima da mão dela. — Eu só quero que você saiba como me sinto. O que eu sempre senti por você.

A raiva avançou pelo mar do desejo dentro dela. Como ele tinha coragem de dizer que sentia algo por ela? E o Dallas? E aquela noite no hospital? Tudo o que havia nela queria desafiá-lo em seu comentário, fazê-lo voltar com ela ao seu acidente e todos os detalhes daquele dia terrível.

Ela abriu a boca para falar, mas, em seguida, fechou-a novamente. Relembrar o passado, agora, não provaria nada – apenas traria mais dor. Ainda assim, Kari estava agradecida pela raiva, que a ajudou a recuar e se lembrar do que era importante. Ela tirou a mão da dele e cruzou os braços.

— Como você está nestes dias, Ryan? — Forçou um sorriso e viu que ele leu seus olhos perfeitamente. Não haveria mais conversa sobre o que ele sentia por dela, como eles se sentiam em relação um ao outro ou qualquer coisa que pudesse estar remotamente ligada ao que eles tiveram no passado.

Ela precisava reconquistar o marido, e não começar um caso.

Ryan levantou a cabeça.

— Tudo bem... Perdão por tocar no assunto. Eu nunca escondi nada de você, e eu pensei...

Kari estendeu a mão e fez que não com a cabeça.

— Não, Ryan. — Lágrimas encheram seus olhos. Não era sua culpa que as coisas não tivessem dado certo entre eles. — Eu tenho que voltar.

Estava anoitecendo naquele momento, e ela estava começando a tremer de frio. Todo o seu corpo desejava que Ryan passasse o braço em volta dela, a puxasse para perto e impedisse o frio da escuridão iminente, de seu futuro iminente. Em vez disso, ela se levantou e pôs os braços com mais força em torno de si mesma. Duas lágrimas desceram por seu rosto quando fitou Ryan.

— Eu não consigo explicar, mas eu quero que meu casamento dê certo.

Ryan apertou o queixo, abriu a boca e não disse nada. Ele se levantou e, delicadamente, puxou Kari para um abraço, que poderia ter sido considerado apenas como um abraço entre dois velhos amigos que haviam se reencontrado.

— Desculpe. A última coisa que eu queria era incomodar você.

Quanto mais Kari ficava nos braços dele, menos platônico o abraço parecia. Finalmente, ela percebeu que tinha de se afastar ou faria algo de que se arrependeria por toda a vida.

— Precisamos ir.

Ryan não discutiu, e ela sabia que era porque ele estava se sentindo da mesma maneira. Eles voltaram para a casa de

Kari enquanto ele a entretinha com histórias de sua última temporada no Dallas.

— Então, lá estava ele, o Leonard "sem noção", carregando a bola com todas as suas forças, direto para a zona final do adversário, e eu vendo que ninguém, nem um homem em nosso time, iria pegá-lo e colocá-lo na direção certa.

Ele correu alguns passos à frente para ilustrar a história.

— Eu corri o mais rápido que pude, e, finalmente, quase na linha das dez jardas, ele me viu e congelou, imóvel no lugar exato onde estava. Eles repetiram o episódio uma dezena de vezes na ESPN. — Ryan esperou que ela o alcançasse e depois seguiu no mesmo ritmo ao seu lado novamente. — Naquele momento, o time foi para cima dele.

Kari riu ao imaginar o pobre colega de time de Ryan.

— Eu não posso acreditar. — Ele deu alguns passos para trás, examinando o rosto dela. — Eu realmente fiz você sorrir.

Ela pensou no que sua vida havia se transformado – o caso de Tim, a gravidez, a falta de ligações do ainda marido – exceto aquela para dizer que queria o divórcio – o modo como ela nem poderia considerar a possibilidade de sentir algo por Ryan Taylor novamente, independentemente de como se sentisse.

Fazia tempo que ela não ria.

Naquele momento, Kari sentiu o rosto esquentar enquanto ele a olhava, e ela o empurrou no peito, fazendo pirraça.

— Pare de me fitar.

Ele foi para o lado dela mais uma vez e passou os últimos dez minutos da caminhada lembrando histórias e incidentes engraçados do passado dos dois. Assim que chegaram à entrada da casa dos Baxter, era como se Kari tivesse recebido uma nova chance de viver. Ela inclinou a cabeça quando subiram até a varanda e sorriu para ele.

— Foi bom vê-lo de novo.

Aquela expressão de tolo no rosto de Ryan desapareceu, e seus olhos pareciam atravessar os dela.

— Para mim também. — Ele hesitou. — Kari, eu...

Ela estendeu a mão.

— Não diga. — Eles reencontraram a amizade que tinham enquanto voltavam para casa; encontraram um jeito sutil de rir, provocar e desfrutar da companhia um do outro sem pisar no terreno perigoso da atração. Kari não aguentaria ouvi-lo dizer mais uma vez que sentia algo por ela, especialmente agora que, não fossem sua fé e suas convicções, ela sairia correndo com ele com o maior prazer e nunca mais se lembraria de Tim Jacobs e da vida com a qual ele a deixou. — Eu sou casada, Ryan. Eu pretendo continuar assim. Por favor... seja meu amigo. Nada mais.

Os olhos de Ryan ficaram molhados, e ela se lembrou de como foram raras as vezes em que o viu assim, tão emotivo. Aquilo despertou algo profundo dentro dela, e seus olhos também sentiram o ardido familiar.

— Eu respeito seus sentimentos, Kari. Eu talvez não os entenda, mas respeito. — Ryan estendeu os braços e a abraçou rapidamente desta vez. — Estou aqui por você, sempre que você precisar de mim.

Ela pensou em contar que estava grávida, mas algo lhe disse para não fazer isso, como se compartilhar algo tão íntimo pudesse ultrapassar um limite que ela não queria cruzar. Em vez disso, fez força para conter as lágrimas e sorriu para ele.

— Obrigada.

Então, antes que ele pudesse dizer outra coisa e ela pudesse jogar suas convicções ao vento e beijá-lo do modo como desejava ardentemente, Kari se virou e desapareceu dentro de casa. Ouviu os passos pesados dele descendo os degraus da varanda, atravessando a garagem e seguindo para sua caminhonete. Assim que ele foi embora, ela se enfiou no quarto de hóspedes e fechou a porta, desconfiando de que estivesse perdendo a razão.

Houve um tempo em que ela teria dado qualquer coisa para ter Ryan Taylor em pé à sua porta, declarando seus sentimentos por ela. Agora, porém, quando ela precisava desesperadamente dele e, com o mesmo desespero, precisava evitá-lo, acabava de mandá-lo embora.

As lágrimas vieram com determinação, e ela sabia que só havia uma saída para o desespero que tomava conta de sua alma. Deslizou para o lado da cama e caiu de joelhos. Com a cabeça abaixada, o corpo se contorcendo de soluços, ela enterrou o rosto na colcha e clamou ao único que poderia dar sentido à sua vida.

Eu preciso de um milagre, Senhor... Cheguei ao limite.

Minha graça é suficiente para você.

A passagem bíblica veio à sua mente novamente, e, dessa vez, ela se lembrou do restante do versículo.

Pois o meu poder se aperfeiçoa na fraqueza.

Seu choro cessou. Deus estava ali; ele viu como ela era fraca. E ele sabia do que ela precisava – não apenas de um milagre, mas de alguns deles.

Primeiro, que Tim deixasse seu estilo de vida de desobediência e voltasse para ela. E, segundo, se ele voltasse, que ela pudesse, de alguma forma, aprender a se deleitar em amá-lo mais uma vez, mesmo depois de saber como era bom estar nos braços de Ryan Taylor novamente.

CAPÍTULO 16

Angela estava ocupada com um grupo de estudo para sua aula de história moderna naquele sábado à noite, e Tim decidiu voltar e pegar algumas coisas em sua casa. Uma vez que telefonou, mas Kari não atendeu, imaginou que ela estivesse trabalhando ou na casa dos pais.

Na verdade, Tim, de certa forma, esperava que ela aparecesse enquanto ele estivesse lá. Desse modo, ele poderia olhar no rosto dela e descobrir o que Kari quis dizer com o comentário sobre o bebê. Ele calculou as datas uma centena de vezes desde então e não conseguiu imaginar como ela pôde ter acabado de descobrir que estava grávida. A última vez que estiveram juntos foi em agosto, quando ele estava fazendo tudo o que podia para tirar Angela da cabeça e fazer as coisas darem certo com Kari.

Se ela tivesse engravidado na época, já estaria de três meses. Ela não teria descoberto antes? Tim tinha quase certeza de que sim. Eles fizeram os testes, não fizeram?

Pensou na possibilidade enquanto passava de carro pelos poucos quarteirões a caminho do University Park, a área mais elegante de casas antigas e restauradas onde eles haviam planejado viver para sempre. E se ela realmente estivesse grávida? Quantas vezes, nos primeiros anos de casamento, ele quis um filho, imaginando a vida maravilhosa que Kari e ele teriam uma vez que a casa estivesse cheia de crianças?

A ideia de Kari criando o filho deles sozinha fez seu estômago revirar. Não haveria prazer algum em dividir um apartamento com Angela se Kari fosse obrigada a levar a vida de mãe solteira a dez minutos de distância.

Ele parou o carro na garagem e passou pela porta da cozinha. Havia só uma mensagem na secretária eletrônica.

Tim apertou o botão para ouvi-la.

"Oi, Tim. Aqui é o pastor Mark, da Clear Creek Community Church. Eu conversei com Kari hoje e deixei uma mensagem para você no trabalho. Não sei se você vai ouvir essa mensagem, mas, se ouvir, eu agradeceria se desse um retorno. Se for muito tarde, estarei no escritório logo cedo." O pastor deixou alguns números de telefone e desligou.

Tim sentiu o rosto esquentar. Por que Kari procurou o pastor? E o que ele queria ao telefonar para Tim em casa? Ele praguejou em voz baixa. Os pregadores eram todos iguais – um bando de bonzinhos tentando salvar o mundo. Bem, ele, por exemplo, não queria ser salvo. Tentou esse caminho e falhou terrivelmente. Não restava outra coisa agora senão construir uma vida com Angela e tentar criar sua própria felicidade; isto é, desde que Kari não estivesse grávida.

Foi à sala de jantar e parou abruptamente. Lá estavam, sobre a mesa, quatro envelopes. Cada um tinha seu nome rabiscado na frente com uma data da semana anterior.

O que era aquilo?

Tim podia sentir o latejar do sangue nos ouvidos. Pegou o envelope com a data mais antiga e abriu-o. *Eu poderia beber alguma coisa.* O pensamento passou por sua cabeça, e ele se puniu em silêncio. Depois de exagerar na bebida naquela noite na casa de Angela, quando viu o pregador na televisão, Tim decidiu não beber durante o dia. Enquanto pudesse cumprir aquela promessa, ele tinha certeza de que nunca teria problema – pelo menos, não um problema como o do tio Frank.

Tim encontrou uma carta dentro do envelope. Tirou-a, abriu-a e viu que era a letra de Kari. Suspirou, e seus olhos alcançaram um retrato que estava pendurado na parede da sala de jantar, uma imagem de Kari com seu vestido de casamento.

Sua respiração ficou presa na garganta enquanto ele examinava o rosto dela, seu sorriso. Que olhos confiantes! Quaisquer que fossem os planos de Tim para o futuro, não havia como negar a beleza de Kari. Ele examinou a foto e pôde ouvi-la rir, sentir o toque de Kari em sua pele. Tirou os olhos do retrato e atravessou a sala até uma cadeira enorme. Então, pegou a carta e começou a ler, com um nó alojado na garganta.

Querido Tim,

A única coisa que eu lhe diria se você estivesse aqui agora é isto: Eu amo você.

Mesmo depois de tudo o que aconteceu, mesmo que você tenha ido morar com ela, eu ainda amo você. Não é uma loucura? É o seguinte: Eu conheço o verdadeiro Tim Jacobs. O homem com quem me casei ama a Deus e não pensaria, em um milhão de anos, em fazer isso para mim, para nós. Por isso, o que está acontecendo agora é algo que precisamos superar.

A carta passou a lembrá-lo com detalhes alguns dos momentos favoritos de Kari desde que eles se casaram. Enquanto lia, ele foi levado para longe, voltando aos dias em que nunca teria considerado a ideia de ter um caso extraconjugal, muito menos ir morar com outra mulher.

Continuou a ler, mas, ao chegar aos últimos parágrafos, seu coração pulou uma batida.

Por falar nisso, eu falei sério naquela noite. Eu estou grávida de três meses, Tim. E, quando eu estou tão brava com você a ponto de quebrar alguma coisa, quando estou totalmente sozinha, chorando para dormir, quando eu odeio você pelo que fez, eu só preciso me lembrar da vida preciosa que está crescendo dentro de mim para saber a verdade.

Vou esperar você voltar pelo resto da vida, acreditando que, um dia, você se lembrará de quem é e do que tivemos juntos e encontrará seu caminho de volta para mim. Para nós.

Ainda amando você,

Kari

A umidade que inundava os olhos de Tim não o deixava ver. Ele piscou e sentiu um rastro de lágrimas queimar enquanto escorria por seu rosto. Por várias vezes ele leu a última parte da carta, incapaz de entender as emoções que sentia. Uma parte dele doía por aquilo que ele já havia perdido – estar com Kari quando ela descobriu sobre o bebê, ajudando-a a passar pelo enjoo matinal. Assim como da última vez.

Só agora, se ela já estava de três meses, o perigo de aborto havia passado. E isso significava...

Ele deixou a cabeça cair para trás e soltou um gemido audível. Ele realmente seria pai. Em um momento em que estava apaixonado por outra mulher, ele finalmente seria pai do filho de sua esposa. A ideia era mais do que ele podia suportar e deixou-o desesperado para beber um copo de vinho ou uma dose de uísque. Qualquer coisa para aliviar a dor.

Ele reprimiu um soluço. De repente, sentiu uma falta de Kari maior do que teria imaginado possível alguns dias antes. Não queria outra coisa senão segurá-la nos braços e implorar seu perdão. Se houvesse uma maneira de voltar no tempo, voltar aos dias antes de conhecer Angela, era isso que ele faria.

Como se escamas fossem caindo de seus olhos, ele começou a se ver como realmente era. Em que tipo de monstro havia se tornado? Por mais ocupada ou desatenciosa que Kari tivesse sido, isso não justificava seu relacionamento com Angela.

Ele fechou os olhos e ficou imaginando qual seria o próximo passo. Poderia telefonar para o pastor Mark ou ligar para Kari, ir de carro até a casa dos pais dela e dizer que estava arrependido.

Mas havia um problema.

Os sentimentos que tinha por Angela Manning eram mais fortes do que nunca. Ela era jovem e vulnerável, apesar da aparência de uma mulher friamente durona que demonstrava pelo *campus*. Ao longo do último ano, ela abriu o coração para ele, e o amor de Tim por ela não era um capricho passageiro. Era real – tão real quanto seus sentimentos por Kari haviam sido.

Mas Tim fechou novamente os olhos e viu-se dançando com Kari na recepção do casamento dos dois. Não havia palavras para descrever sua beleza. Uma onda de desejo passou sobre ele, e ele ficou chateado consigo mesmo.

Ele não era um ator, como alguns homens. Mas, de alguma forma, conseguiu acabar apaixonado por duas mulheres. Uma delas, de um modo familiar que atraía seu coração; e a outra, de uma forma nova e empolgante que o fazia se sentir necessário e importante.

A imagem de Kari no casamento deles permaneceu. Seu cabelo estava preso para cima, exibindo um penteado maravilhoso naquele dia, e somente algumas mechas caíam em forma de cachos macios perto de seu rosto. Sua expressão era viva, esperançosa, incrivelmente delicada.

E ele? Ele estava feliz e cheio de vida naquele dia, pronto para enfrentar o futuro. Como tudo ficou tão ruim? Como eles deixaram de ser o casal que existia em sua lembrança e se tornaram as pessoas que eram hoje?

Mesmo agora, ele tinha certeza de que nunca havia amado mais ninguém como amou Kari Baxter naquela época. Ele não mostrou isso quando se comprometeu com ela para sempre? Aliás, ele não havia se comprometido com Deus para sempre? Ficou passando as mãos nas têmporas. O que havia acontecido com ele desde aquele dia? Tim Jacobs traiu sua fé tão certo como havia traído sua mulher?

Ele nem sempre levou Deus a sério – não quando criança ou adolescente. Na infância, como filho de missionários, a fé era pouco mais que uma rotina bem-praticada. Mas tudo isso mudou pouco depois de entrar na faculdade. Ele se lembrou de uma chamada à longa distância que fez para seu pai na metade do primeiro ano. Tim disse-lhe que estava na equipe de liderança do Christians in Action, e seu pai quase chorou com a notícia.

"Estou tão orgulhoso de você, filho." A ligação internacional não estava boa, e a voz de seu pai falhava depois de algumas palavras. "Sua mãe e eu estávamos orando por você, crendo que você, um dia, viria realmente a conhecer Jesus. E agora, isso aconteceu."

A mudança, sabia Tim, provavelmente era fruto de um retiro que eles fizeram em um acampamento cristão à beira do lago. O palestrante falava sobre o fim do mundo como se fosse algo que pudesse acontecer no dia seguinte, e, de repente, o coração de Tim começou a bater de forma irregular, em um ritmo estranho dentro do peito, ameaçando se libertar de seu corpo.

Naqueles dias, a oração não era algo de que Tim tinha o hábito de participar, a menos que fosse uma oração em voz alta em grupo. Normalmente, ele não mantinha conversas silenciosas com o Senhor – isso só aconteceu naquele dia, no retiro. Mas, então, com o coração batendo forte, ameaçando levar sua vida naquele exato momento no local de reunião, ele engoliu em seco e expressou em silêncio a oração mais sincera que já havia feito.

Senhor, o que é isso? O que está acontecendo comigo?

E ouviu uma resposta no fundo de seu coração:

Ouça Minha palavra e obedeça a ela.

Era como se Deus estivesse falando diretamente com ele. Tão clara foi a mensagem que ela poderia ter sido transmitida pelo alto-falante para que todos no acampamento ouvissem.

Tim lembrou-se de prestar muita atenção no palestrante depois disso. Quando o homem mencionou o retorno de Cristo e como os seguidores de Jesus seriam levados ao céu, Tim não se viu mais girando os olhos e desejando a pausa para o jantar. Em vez disso, passou a ouvir a mensagem como se fosse um homem cujos minutos estavam contados.

"Vocês acham que são jovens e invencíveis e que têm pela frente décadas de vida? Deixe-me dizer para vocês o que a Bíblia diz sobre isso: 'Que é a sua vida?'." A voz do pregador ficou estrondosa ao citar o livro de Tiago. "'Vocês são como a neblina que aparece por um pouco de tempo e depois se dissipa.'"

Tim lembrou-se do impacto que essas palavras tiveram sobre ele quando estava sentado no chão, lado a lado com centenas de outros jovens da faculdade. Pela primeira vez na vida, sentiu que as palavras se aplicavam diretamente a ele.

O palestrante continuou: "Vocês podem brincar com Deus hoje, mas um dia... um dia esse tipo de hipocrisia surpreenderá vocês. A verdade está bem esclarecida nas Escrituras..." Sua voz estava mais baixa agora, mais compassiva. Enquanto falava, ele olhou nos olhos de vários alunos até que, finalmente, seus olhos pararam em Tim. "Um dia todo joelho se dobrará, toda língua confessará que Jesus Cristo é o Senhor." O pregador fez uma pausa, com os olhos ainda fixos nos de Tim. "E, naquele dia, se vocês estiverem brincando com Deus, se o nome de vocês não estiver escrito no Livro da Vida do Cordeiro, só restará um lugar eterno para vocês. Um lugar de tormento, fogo e desolação eterna."

O peito de Tim batia ainda mais forte. Ali, cercado pela multidão de rapazes que o admiravam e de meninas que o achavam engraçado e atraente, Tim Jacobs abaixou a cabeça e falou com o Senhor novamente.

Perdão, Pai. Eu sei que ele está falando de mim. Eu só tenho brincado Contigo e não tenho crido em Tua verdade até agora.

Perdoai-me, Senhor. Eu creio em Ti agora. Eu quero meu nome no Livro da Vida do Cordeiro deste minuto em diante.

Com isso, seu coração voltou a bater em um ritmo normal, e ele se sentiu lavado pelo frescor da paz sobrenatural. Nas semanas, meses e anos que se seguiram, Tim se esforçou para fazer exatamente o que o Senhor lhe pediu. Confiou em Deus, aceitou Sua Palavra e começou a estudar a Bíblia. Atravessou o corredor de uma igreja que frequentava esporadicamente e reconsagrou diante de todos sua vida a Cristo. A cada dia, ele aprendia algo novo e capaz de transformar sua vida a respeito de Deus e a verdade de sua Palavra.

Ele até brincou por um tempinho, dizendo que entraria para o ministério, mas logo descobriu que sua paixão era o jornalismo. Formou-se, depois passou de um trabalho no jornal para outro e, ao mesmo tempo, fez cursos de pós-graduação. E, de algum modo durante o processo, conseguiu se apegar às suas convicções – o que não era fácil de fazer como jornalista. Aqueles dias foram maravilhosos, cheios de novas experiências e um amor por reportagens que parecia brotar do fundo de seu ser. Isso o levou ao seu principal objetivo: dar aulas de jornalismo na universidade.

E, por fim, o levou a Kari.

Mas tudo isso parecia tão distante agora... Como seu caso de amor com Deus e com as coisas do céu esfriaram, tornando-se uma obrigação e, depois, um constrangimento? Tim sabia a resposta. Aconteceu aos poucos, enquanto ele se esforçava para conseguir sucesso profissional e se entrosar com seus colegas.

E quando sua devoção por Kari tornou-se rotineira e até enfadonha?

A resposta a essa pergunta era mais específica. Aconteceu no dia em que Angela Manning entrou em sua sala de aula.

Enquanto Kari mostrava pouco interesse pelas colunas que ele escrevia ou por seu modo de ensinar, Angela estava deslumbrada. Ela o fez se sentir digno de valor e maravilhoso, e foi só uma questão de tempo para que ele se visse tentado pelas atenções dela.

Agora, de volta à casa que ele e Kari dividiram e pensando no bebê que estava a caminho, ele viu seu coração disparado tanto quanto naquele dia no retiro da faculdade, quando ouviu, de fato, Deus pela primeira vez. De repente, tudo o que ele estava prestes a perder surgiu em sua mente como uma mesa farta de bondade.

O primeiro sorriso, os primeiros passos, o primeiro aniversário de seu bebê. A satisfação de ver sua família crescer unida e a alegria interior de saber que ele estava com a mulher a quem prometeu uma vida de amor. A paz de uma vida livre de culpa e condenação.

Uma fé renovada em Deus.

Tudo isso pesava na balança. Se não parasse agora, se não desse ouvidos ao sentimento profundo em sua alma para se virar e se afastar da vida que havia escolhido, ele não teria outra chance. Ele sabia disso com a mesma certeza com que sabia como seria difícil dizer adeus à Angela.

Os braços e as pernas de Tim tremiam quando ele se levantou da cadeira. Não havia dúvida quanto ao que deveria fazer, e ele estava certo de que seria tão difícil como andar no teto. Tinha de encontrar uma maneira de romper com Angela. E tinha de fazer isso logo, antes que estivesse tão envolvido com ela a ponto de não mais se importar com as coisas boas que tinha pela frente ou com o futuro que poderia ter com Kari e o bebê.

Ele só podia fazer uma coisa. Só conhecia uma maneira de sair do inferno que havia criado. Trôpego, caminhou em direção à cozinha, ouviu mais uma vez a mensagem na secretaria eletrônica e anotou os números de telefone.

Em seguida, fez o que deveria ter feito semanas atrás. Um ano atrás. Apertou o mais rápido possível as teclas do telefone e, então, esperou a resposta do pastor Mark.

CAPÍTULO 17

Pescar com Ryan Taylor talvez não tivesse sido a escolha mais sábia que ela poderia fazer, mas Kari, mesmo assim, iria. Tim não estava atendendo suas ligações, e ela já estava cansada de esperar, imaginar e tentar ser fiel sem a menor indicação de que algo mudaria. Estava cansada de defender Tim para os outros, cansada de justificar suas próprias decisões para amigos e familiares.

Então, quando viu Ryan nesta manhã na igreja e ele sugeriu uma tarde no lago, ela pensou: *Por que não?* Ele parecia respeitar os limites que ela havia estabelecido na última vez que estiveram juntos.

Além disso, um pouco de ar fresco e uma boa companhia poderiam lhe fazer bem.

Kari estava olhando pela janela enquanto esperava a caminhonete de Ryan quando ouviu o telefone. Seus pais estavam lá em cima no escritório e, como não atenderam até o terceiro toque, Kari correu e pegou o fone. Na verdade, ela se sentia melhor como não se sentia havia semanas.

— Alô?

— Kari? É o pastor Mark. Como você está?

Kari sentiu um frio na barriga e começou a pensar em um monte de coisas.

— Tudo bem, obrigada. — O pastor sabia que ela estava para sair com Ryan? Ela se encostou no balcão da cozinha e continuou a olhar para a entrada de sua casa. Ele estaria ali a qualquer momento. — Perdão por eu não ter ido conversar com você na igreja.

— Sim, eu vi você com Ryan Taylor. — O pastor hesitou. — Como ele está?

O pastor Mark não precisou perguntar se Kari estava firme em sua promessa, mantendo-se distante o máximo possível de Ryan.

Seu tom disse tudo.

— Ótimo. — Kari limpou a garganta. — Ele sabe qual é a minha posição.

— Fico feliz. Ouça, eu tenho uma notícia para você. — Houve outra pausa. — Tim ligou ontem à noite. Ele achou e leu as cartas que você deixou para ele. Se ele não levou você a sério com relação ao bebê quando você falou que estava grávida, ele a está levando a sério agora.

— O quê? — O coração de Kari deu um salto. — Por que ele não ligou para *mim*?

— Ele sabia que você estava na casa de seus pais. E não sabia, ao certo, se seria bom.

Ela respirou forte.

— O que ele quer?

— Ele quer nos encontrar na semana que vem. Parece que é a resposta pela qual estávamos orando.

Kari tentou sentir algo. Este era o momento que ela estava esperando, não era? Ela deveria estar empolgada. Lágrimas de alegria deveriam escorrer por seu rosto, e ela deveria agradecer a Deus por este sinal, ainda que pequeno, de que Tim estava arrependido, de que o marido infiel queria resolver as coisas.

Em vez disso, ela se sentiu vazia, como se tivessem lhe tirado o ar.

— Ele disse mais alguma coisa?

— Sim. — O tom do pastor era dócil e afetuoso, como se ele entendesse a confusão que ela estava enfrentando, seus sentimentos mistos. — Ele disse que fez uma confusão com as coisas e que estava arrependido.

A raiva partiu as bordas corroídas do coração de Kari.

— O que ele quer que eu faça? Que eu saia correndo para casa e finja que está tudo bem? — Houve silêncio do outro lado. Ela expirou lentamente. — Desculpe. Isso foi inesperado.

— Você tem direito de estar chateada, Kari. Na verdade, você *precisa* ter esses sentimentos. Mas a verdade é esta: você quer que seu casamento dê certo, não é?

Kari piscou para afugentar os pensamentos de sua tarde esperada com Ryan e ficou na expectativa, esforçando-se para reajustar seus sentimentos.

— É.

— Tudo bem. Ontem à noite seu marido disse que está disposto a tentar.

Um raio de luz prateado brilhou na beira da garagem, e a caminhonete de Ryan apareceu. O rosto de Kari esquentou.

— Tudo bem, obrigada. Ouça, pastor, eu preciso desligar. — Ela não queria ouvir sobre Tim agora. Não com Ryan esperando lá fora.

Sentiu uma pontada de culpa. O pastor nunca aprovaria sua ideia de pescar com seu ex-namorado, muito menos depois da iniciativa de Tim. Mas ela estava se sentindo rebelde, e não arrependida. Afinal, Tim a havia colocado em uma situação difícil, e Kari tinha direito de se divertir um pouco.

— Desculpe. Ligo para você em breve.

O pastor Mark mal teve a chance de se despedir antes de Kari desligar o telefone. Ela arregalou os olhos, virou-se e se viu frente a frente com o pai.

— Quem era? — Ele não estava zangado nem fez acusações, mas sua voz lhe disse que ele sabia que algo não estava certo.

— O pastor Mark. — Ela se esquivou do pai e jogou a bolsa no ombro. — Tim telefonou. Ele quer se encontrar comigo nesta semana.

Seu pai abriu um sorriso largo.

— Ei, isso é ótimo! Você estava orando para que ele mudasse. Talvez esta seja a resposta.

Kari deu de ombros, de repente nervosa.

— Talvez. — Ela olhou para fora e depois novamente para o pai. — Ryan está aqui.

Seu pai manteve os olhos fixos nos dela e levantou uma sobrancelha tão sutilmente que Kari tinha certeza de que ninguém mais teria notado.

— O quê? — Ela deu de ombros e largou a bolsa no chão. — Por que esse olhar?

— Você já está crescidinha, Kari. Pode fazer o que bem quiser. — A expressão de seu pai se suavizou. — Mas você realmente acha que é uma boa ideia sair com Ryan Taylor?

Kari pôs as mãos na cintura.

— Sim, na verdade, eu acho. Fiquei mal, sozinha e desesperada para entender por que eu não era suficiente para o meu marido, por que ele nem atendia as minhas ligações. Fiquei com o coração partido e, para falar a verdade, eu não sei como eu vou amá-lo de novo. — Ela soltou os braços quando perdeu a vontade de discutir. — Então, neste exato momento, sim, eu acho que é uma boa ideia sair com Ryan Taylor. Na verdade, eu não consigo pensar em qualquer coisa que eu prefira fazer.

Soou uma batida na porta, e seu pai lhe deu um sorriso expressando que ele achava que ela estava errada, mas iria deixá-la descobrir isso por si mesma. Kari sabia que ele fez isso como uma forma de assegurar seu amor. Mas isso a fez se sentir com dezesseis anos novamente e ansiosa para sair.

— Tudo bem. — Seu pai pôs a mão nos ombros dela. Olhou para ela por um bom tempo e depois a puxou para perto. — Eu amo você, Kari, não importa o que você faça. Estou orgulhoso de você por permanecer forte e se esforçar para fazer o que Deus quer. — Ele sorriu. — Você vai fazer a coisa certa. Eu sei.

Kari suspirou.

— Obrigada. Até logo.

E com isso ela pegou sua bolsa e passou correndo pela porta em direção ao lugar onde Ryan a estava esperando. Assim como ele a havia esperado por todos aqueles anos.

***

Elizabeth Baxter sentou-se na beira da cama, com as costas eretas, e olhou pela janela quando Kari e Ryan entraram na caminhonete.

John vestiu uma blusa de moletom e se ajeitou ao lado dela, acompanhando o olhar da esposa.

— Preocupada?

— É claro. — Ela se virou e examinou o rosto do marido, espantada com a serenidade que viu ali. — Está tudo desmoronando, John. Como você consegue ficar tão calmo?

Ele lhe deu um sorriso experiente, aquele que sempre tinha um jeito de criar certo grau de paz e entusiasmo no coração dela.

— Por que Kari e Ryan vão passar o dia juntos? Por causa disso tudo está desmoronando?

Ela suspirou e voltou sua atenção para a janela e a caminhonete que estava se afastando.

— Kari está grávida de três meses, e eu ouvi a sua conversa. Tim quer conversar com ela. Ela, por sua vez, diz que quer que seu casamento seja curado. Então, por que ela vai passar o dia no lago com Ryan Taylor? Você sabe muito bem que ela está se enganando ao insistir que eles são só amigos.

John apertou delicadamente o joelho dela e deu-lhe um meio sorriso.

Elizabeth cruzou os braços e apertou os cotovelos.

— Não é só Kari, você sabe. E Ashley... e mesmo Brooke? Ela e Peter se afastam do Senhor a cada dia. E por que Maddie está sempre doente? — Elizabeth limpou uma lágrima isolada. — Eu fico me perguntando o que vai acontecer com Erin e Luke.

John ficou quieto por um instante; em seguida, entrelaçou os dedos nos dela.

— Uma vez, há muito tempo, havia um barco carregado de discípulos tentando atravessar o mar da Galileia. — Ela relaxou um pouco e sentiu um sorriso tentando se formar nos cantos da boca. Era a história favorita de John, e ela adorava ouvi-lo contar.

— Eles seguiram seu Mestre por meses e meses e confiaram Nele incondicionalmente. Na verdade, Ele estava no barco com eles uma noite quando veio uma terrível tempestade. O vento e as ondas eram impetuosos, balançando o barco como um brinquedo de criança até os discípulos gritarem por socorro para seu Mestre.

John fez uma pausa, e Elizabeth pôde visualizar os homens, ouvir seus gritos – quase sentia a água em seu rosto.

— Onde estava Jesus? Dormindo na parte de trás do barco! Mas, ao ouvir o pedido desesperado dos discípulos, ele se levantou e estendeu a mão em direção ao mar. "Acalme-se!", disse ele. E, de repente, o vento e as ondas se acalmaram novamente.

Elizabeth encostou-se no ombro do marido. Esta era uma das razões pelas quais ela o amava tanto, pelas quais havia facilmente prometido ser dele para sempre e cuidar mais dele a cada ano que passasse. Ele era seu amante e amigo, e tantas vezes, quando seu próprio barco estava afundando, era John que o endireitava. Mesmo agora, neste momento de incerteza e de terríveis possibilidades, sua confiança em Deus era absoluta. Isso dava à Elizabeth uma âncora, uma rocha para se apoiar, por mais difícil que parecesse a situação.

— O mesmo Mestre sabe em que tempestade estamos. — Ele a lembrou. — Ele não abandonou o barco; e nós também não podemos.

Ela sorriu em meio às lágrimas.

— Eu sei... você está certo. É que... às vezes, eu não consigo deixar de me preocupar.

Com isso, John segurou as mãos de Elizabeth nas suas e inclinou a cabeça. Ele orou em voz alta para que Deus dirigisse o coração e as decisões de seus filhos adultos e os livrasse de fazer escolhas das quais se arrependeriam.

Mesmo escolhas que eles pudessem fazer naquele mesmo dia.

***

Kari e Ryan chegaram ao lago pouco depois de uma hora da tarde, e Ryan parou em um estacionamento particular, próximo ao ancoradouro.

— Ainda é verdade? — Kari deu um sorriso largo para ele enquanto pegavam suas coisas na parte de trás da caminhonete e seguiam em direção aos barcos.

— O quê?

— Que só gente esnobe atraca o barco no clube?

Era algo que os colegas de classe diziam aos dois quando eles estavam no ensino médio. Kari e Ryan eram membros do clube naquela época, desfrutando dos privilégios de seus pais e participando de tudo o que o clube oferecia, de barcos a tênis. Mas, embora suas famílias tivessem barcos no clube, os dois preferiam ficar à toa, perto do lago no barco velho de Ryan, que podia ser puxado na parte de trás de sua caminhonete. O barco a remo era mais divertido – não porque eles temessem ser considerados esnobes, mas porque a embarcação tosca parecia mais simples, mais aventureira.

Agora, porém, já não havia mais o velho barco. Ryan não só atracava seu barco no clube, mas também passou a ser um membro experiente, com privilégios de jogar golfe.

Eles chegaram ao barco a motor de Ryan, e Kari assobiou baixinho.

— Bonito, Ryan... de verdade.

Ele comportava oito pessoas com facilidade e tinha um toldo que podia cobrir toda a frente.

— Vamos alçá-lo. — Ryan deu a volta até o outro lado do barco e começou a colocar a cobertura no lugar. — Até que fique mais quente.

Ela olhou para o céu.

— Eu duvido que vá ficar mais quente do que isso.

O vento estava cortante, e a temperatura da água não devia estar muito acima dos 10 °C. Grande parte das semanas no final do outono não tinha sido quente o suficiente para se considerar a ideia de andar de barco.

— Os peixes mordem a isca nesta água fria?

— O quê? — Ele lhe deu um sorriso provocante. — Minha ex-parceira de pesca esqueceu nossos lugares secretos? — Ele fez um não de cabeça de modo drástico. — Vou ter que mostrar tudo de novo para você...

Ela sorriu, e seus sentimentos anteriores de culpa desapareceram.

— Faça isso, Ryan.

— Tudo bem. Ele deu partida no motor e se afastou do cais. — Segure-se.

Eles começaram a deslizar na água ligeiramente agitada, e, por um tempo, não falaram. O barulho do motor preencheu os espaços vazios, as perguntas não respondidas entre eles, e Kari se deu a chance de ficar absorta na visão que tinha dele. Alto e com peso adquirido em todos os lugares certos, Ryan estava ainda mais bonito agora do que da última vez que passaram o dia naquele lago.

Ele a estava levando ao lugar favorito dos dois, uma enseada tranquila do outro lado do lago, a alguns quilômetros. Levariam vinte minutos para chegar lá, então Kari recostou-se, aproveitando o balanço das ondas contra a proa, deixando sua mente simplesmente ser levada sem destino. Ela poderia ter previsto aonde seus pensamentos ilimitados iriam levá-la, mas estava cansada de lutar contra eles. Voltaria a pensar nisso na próxima semana, quando estivesse de novo lutando por seu casamento, indo ao encontro marcado com Tim e o pastor Mark.

Enquanto isso, ela queria relaxar. Por isso, deixou suas lembranças a levarem para onde bem quisessem, aos dias em que ela e Ryan se apaixonaram – a um tempo em que eles acreditavam que sempre estariam apaixonados.

No verão em que Ryan foi para a faculdade, Kari estava prestes a entrar no penúltimo ano do ensino médio. Ele foi sua paixão na adolescência, seu primeiro amor, o menino de seus sonhos. Mas a única vez que saíram convenceu-a de que seus sentimentos não eram recíprocos; e, quando ele foi embora naquele dia, Kari descobriu que o tempo deles juntos havia chegado ao fim.

Em vez disso, Ryan surpreendeu-a ao permanecer em contato. Nos dezoito meses que se seguiram, ele escrevia cartas de vez em quando e fazia questão de parar na casa dela para dar um alô toda vez que ele estava em casa. Mas nunca mais a convidou para sair, e Kari tinha medo de lhe pedir detalhes sobre a vida na Universidade de Oklahoma – medo do que descobriria.

Então, em um dia extremamente frio no início de dezembro de seu último ano, John Baxter telefonou do consultório. "Kari, eu sinto muito pelo que vou dizer."

"Dizer o quê?" Sua respiração ficou presa na garganta enquanto esperava o pai continuar. Seu pai correu para explicar que havia recebido uma notícia de um amigo no hospital. O pai de Ryan Taylor havia sofrido uma embolia cerebral naquele dia e morrido pouco depois do meio-dia.

Kari começou a chorar antes de desligar o telefone. Passou o resto do dia no quarto, lembrando-se do primeiro piquenique que as duas famílias fizeram e tantos outros passeios que usufruíram juntas. Ryan era muito próximo do pai, e Kari sabia que ele estaria arrasado com a notícia. Esperou até a manhã seguinte para ir à casa dele e bater à porta.

Quando ela se abriu, Ryan estava lá, com o rosto manchado de lágrimas, os olhos vermelhos. "Oi."

Ela correu para os braços dele, colocou as mãos em volta das costas do rapaz e abraçou-o, dizendo várias vezes que sentia muito pelo ocorrido, o que era a mais pura verdade. Eles deram uma volta no quarteirão e no bairro vizinho, de mãos dadas, enquanto Kari o deixou falar sobre o pai.

Sua atenção deveria ter se concentrado na dor de Ryan, mas ela só conseguia pensar no modo como sua mão tocava a dele.

A semana seguinte foi cheia de momentos dolorosos para Ryan – o corpo no caixão, o funeral, a reunião de parentes, todos querendo prestar suas condolências.

Durante tudo isso, Kari estava ao lado de Ryan.

Ela se lembrou de uma tarde naquela semana em que sua mãe a puxou de lado. "Estou vendo o que está acontecendo." Ela beijou Kari na testa. "Cuidado."

Kari fez-se de inocente e lançou um olhar de dúvida para a mãe. "Se você está falando de mim e Ryan, não precisa se preocupar. Ele só precisa de alguém para conversar, alguém que não seja a mãe ou a família dele". Encolheu os ombros. "Eu só estou tentando ajudar."

"Sério." Não foi uma pergunta, mas uma declaração de dúvida, e isso frustrou Kari. Era tão óbvio que ela estava se apaixonando por ele novamente? E Ryan? Na verdade, ele queria sua companhia só porque estava sofrendo com a perda do pai?

O pai de Ryan morreu pouco antes do início da quarta semana das férias de fim de ano de Ryan. Ele cuidou para que fosse dispensado dos exames de seus cursos por correspondência e ficasse para ajudar sua mãe e sua irmã até o início das aulas em janeiro.

Mas a verdade era que ele passava mais tempo com Kari do que com elas. O casalzinho fazia longas caminhadas e passava horas na varanda na frente da casa de Ryan, conversando sobre lembranças que ele tinha do pai, de seus sentimentos agora que o homem havia partido. A cada dia que passava, a cada conversa, eles ficavam mais próximos.

Finalmente, em uma sexta-feira, duas semanas depois do funeral, eles foram de carro para Indianápolis e passaram a noitinha fazendo compras de Natal em um dos maiores centros comerciais da cidade. Kari ficou imaginando se aquilo estava sendo difícil para Ryan, mas ele parecia realmente aliviado por fugir um pouco da tristeza em casa. Andaram de mãos dadas – algo que nunca haviam feito em público – pelas lojas elegantemente decoradas. Kari percebia toda vez que ele movia os dedos ao longo dos dela. Seu coração batia mais rápido a cada aperto sutil ou toque do polegar de Ryan na palma de sua mão.

Uma avalanche de perguntas a atingiu enquanto caminhavam daquele jeito. Por que ele estava segurando sua mão, se não queria namorar com ela? Algo mudou desde que ele voltara para casa? E que importância tinha isso, já que logo estaria voltando para a escola no final das férias? Para impedir sua mente de vagar, ela pôs Ryan a par das notícias do ensino médio. Ela estava contando para ele como uma das líderes de torcida apareceu para um jogo de futebol com três ridículos bobes térmicos presos na nuca.

Ryan deu uma gargalhada alta. Era a primeira vez que ele ria desde a morte do pai, e Kari gostou do som. Enquanto a noite passava, não houve dúvida de que algo havia mudado entre eles. Ela ficou se perguntando se algum dos dois teria coragem o suficiente para falar sobre isso.

Eles brincaram e dividiram histórias, procuraram boas ofertas e iam riscando das listas de Natal itens que haviam comprado. Depois de comer na praça de alimentação, voltaram para a caminhonete de Ryan estacionada no subsolo. O prédio estava pouco iluminado, e, uma vez que entraram na caminhonete, a escuridão ficou densa em torno deles. Kari esperou Ryan dar partida no carro, mas, em vez disso, ele se virou para encará-la.

— Você percebeu? — O espaço entre eles estava tão escuro que ela só conseguia distinguir o brilho nos olhos dele.

Ela se lembrou de expirar ao concordar com a cabeça.

— Há muito tempo.

Ele se aproximou devagar e segurou o rosto dela suavemente nas mãos. — "Eu amo você, Kari. Eu sempre amei."

Seu coração bateu forte dentro do peito. — "Mas... e aquela vez em que a gente saiu... no meu aniversário de dezesseis anos? Eu pensei..."

Ele levou um único dedo aos lábios dela.

— "De que adiantaria? Você era muito jovem para namorar com um cara da faculdade. Eu não tinha escolha senão esperar."

Não tinha escolha senão esperar? Kari pensou que fosse explodir com o modo como seu coração estava inchado dentro dela. Todo esse tempo... todo esse tempo Ryan gostou dela mais do que como amigo? Ele realmente queria namorar com ela? Isso ia além daquilo com que Kari tinha coragem de sonhar, mesmo nos lugares secretos de seu coração. Antes que ela pudesse dar mais atenção aos sentimentos de Ryan, ele levou os lábios até os dela e beijou-a de um modo que fez o tempo parar.

O momento durou para sempre enquanto ele a beijava repetidamente, apaziguando quaisquer dúvidas. É claro que quaisquer que fossem os problemas que eles não haviam resolvido entre si, seriam solucionados com o passar do tempo.

Ou pelo menos era o que parecia na época.

***

Ryan desligou o motor, e as lembranças fugiram. Kari viu quando ele jogou a âncora e juntou o equipamento de pesca, apreciando mais uma vez o quanto ele havia crescido e amadurecido desde aqueles dias em que eles eram inseparáveis.

Se tivéssemos continuado daquele jeito...

Kari fez força para afastar o pensamento. Ela só podia deixar suas lembranças chegarem até aqui. Pensar nele assim agora, no presente, não poderia ajudá-la – não quando

Tim estava finalmente pronto para conversar. Ou, pelo menos, foi o que ele disse...

Ela espantou as dúvidas irritantes e apontou para as varas de pesca.

— Qual delas é a minha?

Ele lhe entregou uma vara fina de fibra de vidro, e eles foram para a parte de trás do barco.

— Tudo bem. — Ele abriu a caixa de iscas. — Vamos ver se os peixes do lago Monroe mordem a isca quando a água está fria.

O clima entre eles estava tranquilo, e Kari não estava surpresa. Eles se sentaram lado a lado, arrumando as linhas e, então, as lançaram na água da parte de trás do barco.

Passaram-se minutos de silêncio enquanto eles estavam sentados ali, mexendo os molinetes. Então, sem dizer uma palavra, Ryan estendeu a mão livre e, calmamente, colocou os dedos entre os dela. O toque de sua pele foi eletrizante, e ela não conseguia falar; na verdade, mal conseguia pensar. Tudo nela sabia que ela deveria fugir, encontrar alguma desculpa para mudar de lugar ou distraí-lo para não tentar outro contato.

Mas, naquele momento, ela foi levada novamente a outro lugar e outros tempos, aos tempos em que ficar sentada com ele desse jeito era tão fácil quanto respirar.

O que estou fazendo, Senhor?

Os sinos do vento da incerteza tocaram suavemente em sua mente. Ela fechou os olhos, e nada mais teve importância – nem suas convicções, sua confusão ou suas perguntas, porque, naquele exato momento, bem ali, sozinha em um lago que eles tanto amavam, de mãos dadas com Ryan como fazia anos que eles não ficavam, Kari teve certeza de que nada poderia fazê-la se afastar.

Nem mesmo Deus.

CAPÍTULO 18

Eles tentaram fingir que a atração não estava de volta, mas, a despeito da conversa sobre peixes, água do lago e iscas boas, não podiam negar os sentimentos entre eles. Kari riu quando Ryan enrolou a linha no molinete e viu que havia pescado uma meia velha logo cedo e, mais tarde, ajudou-o a apanhar um peixe enorme que quase arrebentou a linha de pesca.

As temperaturas frias e a água gelada não importavam. Na presença de Ryan Taylor, Kari se sentia mais aquecida do que nas últimas semanas.

Quando eles ficavam em silêncio, o espaço entre eles era tranquilamente convidativo, como sempre havia sido.

Kari fitou o lago e se lembrou das semanas maravilhosas que passaram juntos depois daquele primeiro beijo no estacionamento do subsolo. Depois que, finalmente, admitiram seus sentimentos um para o outro, não havia como voltar atrás. Os dois estavam juntos o tempo todo, e, três semanas depois, os pais de Kari expressaram suas dúvidas. Kari tinha dezessete anos na época, e Ryan, dezenove. Seus pais achavam que ela era muito jovem para ter um namoro tão sério.

"A gente se ama." Kari encolheu os ombros, olhando nos olhos dos pais, implorando que entendessem. "Talvez a gente sempre se ame."

Sua mãe se inclinou para frente, sua voz meiga e firme. "Nós acreditamos em você, querida, mas isso não muda o fato de que você só tem dezessete anos. Vocês dois têm muita coisa pela frente. Nós não queremos que você se machuque."

Kari atravessou a sala e abraçou os dois. A preocupação de seus pais a fez se sentir amada e protegida, mas não fez nada para mudar seus sentimentos por Ryan. "Eu vou ter cuidado. Prometo."

A cada dia que passava, a ligação entre eles aumentava. Eles passeavam à margem do lago congelado e patinavam no gelo no parque. Aninhavam-se na caminhonete de Ryan para ver filmes ao ar livre e tentavam fingir que o tempo não estava passando. Na noite anterior à volta de Ryan para a faculdade, eles fizeram planos para ver um filme; mas, no momento em que Kari entrou na caminhonete, eles começaram a se beijar.

"Lago Monroe?"

Kari afastou-se, sem fôlego, e concordou com a cabeça. Ela não precisava de palavras. Eles estacionaram em um local afastado com vista para o lago e conversaram sobre o que aconteceria dali para frente.

"Eu não quero voltar. Não agora, nunca". Ryan segurou as mãos de Kari nas suas e olhou profundamente nos olhos dela. "O futebol significava tudo para mim, Kari, e agora não passa de um jogo idiota. Tudo o que eu quero é você."

O ar estava frio e escuro lá fora, mas uma eletricidade deliciosa e perigosa preenchia os espaços entre eles. "Eu gostaria de poder ir com você". Kari escorregou no banco e colocou a cabeça no ombro dele. Ele estava respirando forte, e a sensação de sua proximidade causava nela sentimentos nunca experimentados antes.

Seus pais só a esperavam em casa depois de duas horas, e, antes que qualquer um deles percebesse o que estava acontecendo, eles já estavam se beijando novamente, absorvendo tudo o que podiam um sobre o outro, avançando os sinais de um modo que não haviam feito antes. Finalmente, Ryan soltou-se dela. Olhou para frente e segurou no volante. "A gente não pode..."

Kari ardia de desejos que sabia que eram proibidos. Tentou acalmar as batidas de seu coração. "Eu sei."

"Eu não posso acreditar que estou deixando você amanhã." Ele a fitou pela luz da Lua, seus olhos cheios de paixão. "Eu preciso de você, Kari."

Eles nunca ficaram sem assunto antes. Mas, naquela noite, sentados na caminhonete de Ryan, concordaram que nenhuma conversa poderia aliviar a tentação que ambos sentiam. E nada que pudessem falar poderia tirar a dor da despedida.

Foram para casa cedo, e Ryan estacionou em frente à casa de Kari. "Alguma vez você já quis fugir? Esquecer as coisas que as pessoas esperam de você?"

Ela o examinou, sem vontade de deixá-lo ir, agora que o coração dos dois estava tão preso um ao outro. "Eu queria que você não tivesse de ir."

Ele a beijou pela última vez e sussurrou em meio aos cabelos de Kari palavras das quais ela se lembrava até hoje. "Espere por mim, Karizinha. Por favor."

Ela não conseguiu falar, não conseguiu responder. Em vez disso, fez que sim com a cabeça e saiu rapidamente da caminhonete. Quando ela acenou para dar adeus, os dois estavam chorando.

Durante cinco meses seguintes, eles se falaram pelo telefone várias vezes por semana, esperando o momento de ficarem juntos nas férias de verão. Do momento em que ele se formou, naquele mês de maio, eles não separaram mais – andando de barco no lago, acampando à beira do lago, jogando frisbee, pingue-pongue e basquete, e vivendo cada hora como se fosse a última deles.

Extremamente ciente da química entre eles, criaram a ideia de uma Patrulha da Paixão e se revezaram no plantão. Um final de semana, ela era responsável por cuidar para que chegassem em casa sem incidentes; no outro, era a vez dele. Embora os sentimentos de um pelo outro crescessem a cada encontro, o mesmo acontecia com a determinação que tinham de esperar. Para ela, era uma questão de fé. Para ele, era mais um respeito por Kari e uma determinação de ajudá-la a honrar as convicções que tinha.

Mas Ryan, muitas vezes, foi à igreja com ela também. No meio daquele verão, ela se surpreendeu quando ele respondeu a um apelo feito do altar e aceitou Cristo como Salvador.

"Acho que todos aqueles anos de grupo de jovens valeram a pena." Ele sorriu para Kari após o culto. "Eu não sei por que esperei tanto tempo."

Ela estava emocionada, crendo que nada poderia separá-los agora que ele era um cristão. Por um breve instante, ela se perguntou se a decisão dele não era um pouco conveniente, visando agradar mais a ela do que a Deus. Mesmo assim, ela mal podia esperar para dar a notícia aos seus pais. "Viram?", ela lhes disse naquela noite, "eu sabia que ele chegaria lá um dia."

Depois que se separaram em agosto, eles passavam cada dia imaginando como sobreviveriam separados até o Natal.

Kari começou a faculdade na Universidade de Indiana e mergulhou nos trabalhos escolares e em seus primeiros serviços como modelo, enquanto Ryan fazia seu vazio desaparecer no campo de futebol. Naquele outono, ele conseguiu em média mais jardas por pegadas de bola do que qualquer um de seus colegas de time e, na metade da temporada, estava para quebrar vários recordes escolares. Na maioria das vezes, o semanário sobre a equipe incluía seu nome.

Foi mais ou menos nessa época que Kari começou a sentir uma mudança nele. As cartas e telefonemas de Ryan eram mais breves. Ele falava mais sobre o que estava fazendo e menos sobre o que eles fariam juntos. Então, quase no fim da temporada, Kari e Brooke foram de avião até Oklahoma para assistir a um jogo de Ryan e conhecer alguns dos colegas de equipe dele. Era óbvio que ele ficou contente em vê-la; mas, da mesma forma, era evidente que estava muito envolvido com quantas jardas havia feito e com quantas faria no próximo jogo. Falou sobre poucas defesas, porém de oposição, passadas e estratégias ofensivas. Levou-a a festas em que ele e os amigos ficaram tão envolvidos com conversas sobre futebol que quase não teve tempo de ficar sozinho com ela.

Foi nessa viagem que Kari percebeu o que estava acontecendo.

O primeiro lugar na vida de Ryan já não era mais dela. Era do futebol.

"Você está levando isso a sério, não está?" Sua pergunta veio no final daquela noite de sábado, quando ele lhe deu boa-noite do lado de fora do quarto de hotel em que ela estava com Brooke. Ryan encolheu os ombros, e ela viu a resposta em seus olhos. "Quando eu estou lá, fazendo jogadas, pegando passes...", seus olhos se voltaram para o céu, e ele fez um não com a cabeça. "Sei lá... é como se eu fosse o vento, e nada pudesse me deter."

O ano seguinte foi mais ou menos a mesma coisa. Menos telefonemas, visitas mais curtas à sua casa. Quando ele foi para Indiana, eles ainda iam à igreja juntos, ainda prometiam seu amor um ao outro. Algumas vezes, poucas, falavam em ter um futuro juntos. Mas a conversa ficava cada vez mais vaga.

Na primavera do último ano de Ryan, suas cartas quase pararam, embora ele ainda telefonasse de vez em quando e sua mãe mantivesse Kari informada nesse mesmo tempo. Naquela época, a dor da saudade que tinha dele diminuiu e se tornou um tipo de solidão melancólica. Kari estudava para valer, manteve-se ocupada e até saía de vez em quando com amigos, mas sempre deixava claro que estava esperando por Ryan, para tornar a sério o relacionamento dos dois.

Em maio de seu último ano, ele disse à Kari que não iria para casa no verão. Explicou que estava escalado para experimentar vários campos da Liga Nacional de Futebol e decidiu que poderia ficar mais aplicado entre os testes se permanecesse em Norman.

"Viu?", ele disse a ela ao telefone, "eu vou ser escalado. O treinador tem certeza disso."

Então, no final de julho, ela estava cortando legumes para a sopa quando o telefone tocou.

"Kari, você não vai acreditar!" Ryan estava ofegante do outro lado da linha. Não havia barulho ao fundo, e ela imaginou que ele estivesse em um telefone público. "Eles me ofereceram um contrato!"

A pulsação de Kari acelerou. "Quem? O que você quer dizer?" Fazia um mês que ele não telefonava, e ela não sabia ao certo em que cidade ele estava, muito menos o motivo da empolgação.

"Os Cowboys." Ele deu um grito que ecoou nos ouvidos de Kari. "Dá para acreditar?"

"Isso é ótimo..." Kari não sabia ao certo como responder. "E agora?"

"Vou participar dos treinos de verão. Depois, no outono, vou me mudar para Dallas. A pré-temporada começa no final de agosto."

Uma dúzia de perguntas tumultuou sua cabeça. *E nós, Ryan? Onde eu me encaixo? Não tenho sido paciente? A gente já não esperou o suficiente?* Ela engoliu todas elas. "Parabéns!" Sua voz foi o mais otimista possível. "Você vem para casa primeiro?"

"Não vai dar tempo." Ele ficou em silêncio por um momento. "Os treinos começam amanhã."

Uma brisa fria arrancou-a da lembrança, e ela apertou mais o casaco no corpo. Ryan deu uma olhada para ela.

— No que você estava pensando?

Ela sorriu.

— Em ontem.

— Ontem? — Ele ainda estava segurando a mão dela e deslizou para ficar mais perto dela no banco. O calor de seu corpo passou pelo corpo dela, e ela sabia que não conseguiria se afastar se ela quisesse. — Você parece fria.

— Hum... Sim, acho que sim.

Ele olhou fixo para sua linha de pescar.

— Em quantos *ontens* atrás?

— Alguns.

— Sim. — Os olhos de Ryan se estreitaram. — Eu tenho feito muito isso ultimamente.

Kari pôs os cotovelos nos joelhos e apoiou o queixo nas mãos.

— Tivemos nossas chances.

Ryan enrolou sua linha e lançou a isca novamente em outro ângulo.

— Por que eu fui tão idiota? Muitos caras eram casados e se davam muito bem no Cowboys. — Ele olhou bem para ela, e seus olhos mais verdes do que a água do lago. — O que eu pensava?

— Eu não sei.

Ela realmente não queria se aventurar nessa conversa, mas é claro que era um assunto que passava pela cabeça dos dois. Uma águia sobrevoou as copas das árvores de um lado a outro do lago, e Kari fechou os olhos. Algo que seu pai lhe disse antes da formatura de Ryan ecoou em sua mente. *Uma dezena de caras da universidade daria qualquer coisa para sair com você. Se Ryan quisesse um relacionamento sério, você já saberia a essa altura.*

Kari abriu os olhos e tomou um gole de água de sua garrafa. Apesar de suas melhores intenções para que este dia fosse nada mais que um desvio no caminho para a reconciliação com Tim, ela se inclinou para mais perto do ombro de Ryan. Seu pai estava certo. Era melhor deixar no passado o que aconteceu durante o tempo de Ryan nos Cowboys. O acidente, a garota – obviamente, Deus nunca quis que Kari e Ryan ficassem juntos.

Ele soltou a mão dela e enrolou a linha para puxar outro peixe.

— Nem uma meia eu pesquei — reclamou ela. Ambos riram, e ela o ajudou a segurar o peixe que se debatia. — Deve ser seu dia.

Ryan colocou a mão sobre a dela enquanto os dois seguravam firme a vara. Ele atraiu o olhar de Kari.

— É.

O coração dela ficou pesado, e ela desviou o olhar, subitamente tímida. Eles trocaram poucas palavras por mais uma hora e, quando Ryan já havia pescado o suficiente, voltaram para o cais. Kari ajudou-o a cortar e limpar os peixes em uma pia ao ar livre e, juntos, eles fizeram uma fogueira em um buraco, à beira do lago.

— Você não imaginava que estávamos pescando o jantar, imaginava?

Ela sorriu.

— Imaginei.

Ele pegou sua mochila e duas cadeiras de praia na caçamba da caminhonete. De dentro da mochila, tirou utensílios de cozinha e pratos, tudo de que precisavam para um peixe frito. Uma vez aceso o fogo, colocou as cadeiras perto dele e se sentaram lado a lado enquanto assavam o peixe. Quando acabaram de comer, Ryan se levantou e estendeu a mão para ela.

— Quer caminhar comigo?

As temperaturas estavam caindo rapidamente e já havia escurecido, mas Kari sabia que não tinha escolha. Ela havia voltado a ter dezessete anos; estava loucamente apaixonada por Ryan Taylor e curiosa por saber como havia encontrado forças, naquele dia de outono, para se afastar dele.

Ele ficou segurando a mão dela enquanto seguiam em direção à margem. Longos minutos se passaram antes que ele parasse e segurasse nos ombros dela, examinando os olhos de Kari à luz de uma Lua crescente.

— Posso te dizer uma coisa?

Não conseguindo encontrar sua voz, ela concordou com a cabeça, seu olhar fixo no dele.

— Não foi justo o que você fez para mim depois do acidente.

Kari estava agradecida pela escuridão da noite. Do contrário, ele teria visto o modo como o sangue desapareceu do rosto dela.

— O que eu fiz? — *Como ele podia...*

— Você me deixou daquele jeito. Você nunca apareceu para me ver.

Ela deu um passo para trás e deixou as mãos caírem nas laterais do corpo.

— Você me pediu para esperar por você, mas não me prometeu nada, Ryan. Você não me devia uma explicação. Eu só queria que você tivesse me falado sobre ela antes...

— Sobre quem? — Ryan deu um passo para frente e, mais uma vez, pôs as mãos nos ombros dela. — Eu amava *você*, Kari. — Ele fez que não com a cabeça, e lágrimas brilharam em seus olhos. — Eu sei que é tarde demais. Não importa como esteja seu casamento, você... você o ama. Mas eu queria que você soubesse como eu me senti.

Os olhos de Kari também encheram-se de uma água furtiva, e ela sentiu um nó na garganta. A determinação que havia sentido, dias atrás, de resistir à tentação, de se lembrar que era uma mulher casada, foi minguando. Seu pai estava certo – ela não deveria ter ido.

— Você... você tinha uma namorada no quarto do hospital, Ryan. O que você queria que eu pensasse?

Ele abriu a boca para dizer algo, mas, então, parou. Os traços de seu rosto expressaram paz, e ele segurou a mão dela mais uma vez.

— Está frio. Vamos nos sentar perto da fogueira. — Eles deram alguns passos, com os dedos de Ryan entrelaçados nos dela de um modo que era tão familiar que a assustava.

— Eu acho que nós precisamos conversar.

Por que ele estava olhando para ela daquele jeito?

— Conversar?

— Sobre o que aconteceu naquele dia. — Ele estendeu a mão e enxugou uma lágrima que estava escorrendo pelo rosto de Kari. — Mesmo que não possamos voltar, eu quero que você saiba o que realmente aconteceu.

Kari fez que sim com a cabeça, com medo de que, de algum modo, Ryan pudesse ter uma explicação para o que aconteceu naquele dia há tanto tempo. E se ele tivesse... se a única razão pela qual os dois não estavam juntos hoje fosse um erro...

Ela não podia suportar a ideia.

Ele a fez se sentar novamente onde eles estavam. Em seguida, sem esperar outro momento, segurando firme a mão de Kari e ainda mais firme seu coração, Ryan Taylor começou a contar uma história que ela nunca soube antes.

Uma história que, se ela tivesse ouvido anos atrás, teria mudado o curso de sua vida.

CAPÍTULO 19

Elizabeth sentou-se no chão da sala, de frente para o pequeno Cole, enquanto o ajudava a montar um quebra-cabeça.

— Procure as peças das pontas, querido. — Ela ergueu uma peça de borda reta. — Como esta. A gente tem que encontrar essas primeiro.

John entrou na sala com duas xícaras de chá quente de hortelã. A torta de maçã estava assando no forno, e os aromas se misturavam de um modo que enchia a casa de calor e paz. Ao fundo, Kathy Troccoli cantava sobre a beleza das cinzas. E, enquanto montava o quebra-cabeça com o neto, Elizabeth percebeu que seus temores de antes haviam desaparecido. No lugar deles, estabelecera-se em seu coração uma certeza santa de que, de alguma forma, tudo daria certo.

Os problemas com Brooke e Peter. As provações com Ashley. Sua própria saúde. E até o fato alarmante de que Kari e Ryan haviam passado o dia juntos. Nada daquilo parecia sufocante agora. A "culpa" era da história de John, é claro – o modo como ele entrelaçou as Escrituras na conversa que eles tiveram. Isso explicava a sensação de paz que ela sentia desde aquele momento. Deus havia acalmado o mar antes e faria isso novamente, fosse o mar agitado dentro de seu coração ou ao seu redor.

— Ashley disse a que horas estaria de volta? — John sentou-se na cadeira mais próxima e pôs a caneca quente sobre o joelho.

— Cole vai passar a noite aqui. — Ela deu uma olhada intencional para John, depois sorriu para o garotinho. — Mais cinco minutos, e é hora de dormir, está bem, docinho?

Cole fez que sim com a cabeça.

— Eu vou dormir aqui, vovó? Foi a mamãe que disse.

— Vai, na sua cama especial. O ursinho Billy já está lá em cima esperando você.

— Sabe com que eu sonhei, vovó?

— Com o que, querido?

— Eu *tava* fazendo o maior castelo de areia do mundo inteiro, e, de repente, um tubarão grande apareceu na praia. Só que sabe de uma coisa, vovó?

— O quê? — Elizabeth arregalou os olhos.

— Era um tubarão bonzinho, e ele sentou do meu lado e me ajudou a fazer o castelo de areia, e foi o castelo mais lindo que eu já fiz.

A história passou a envolver várias criaturas do mar, tempestades repentinas e tesouros mágicos. Elizabeth lembrou-se de que eles haviam assistido juntos a um especial sobre a natureza alguns dias antes. E ficou maravilhada ao ver como tudo o que o menino viu ou ouviu tornou-se parte da imaginação dele.

— E sabe o que aconteceu depois, vovó? — Cole fez força para se aprumar e ergueu as mãos acima da cabeça. — Um papai grandão e alto saiu da água e se aproximou de mim. Ele me disse que tinha ficado longe por muito tempo, mas agora ele não ia mais embora. E ele disse que me amava mais do que os menininhos mais lindos do mundo inteiro.

Elizabeth piscou para conter as lágrimas e tentou encontrar sua voz.

— Isso é maravilhoso, meu bem.

Eles terminaram o quebra-cabeça, e Elizabeth e John levaram o menino para cima.

— Você pode me levar no colo, papai? — Cole ergueu os bracinhos para John, e o coração de Elizabeth se derreteu. Em momentos como esses, a ideia de ver o filho de Ashley crescer sem um pai quase acabava com Elizabeth.

John pegou-o no colo.

— Você é meu menino, Cole. Para sempre.

Cole respondeu colocando a cabeça no ombro do avô e passando os braços gorduchos em volta de seu pescoço.

— Eu queria poder dormir aqui toda noite.

Elizabeth vinha atrás deles, piscando para conter as lágrimas enquanto observava o marido beijar a bochecha do menino.

A voz de John estava sufocada quando ele respondeu:

— Eu também, filho. Eu também.

Eles oraram juntos, cobriram o ursinho Billy ao lado de Cole e saíram fazendo promessas de panquecas pela manhã. Quando estavam lá embaixo, Elizabeth foi até a sala da frente e olhou pela janela.

John foi para seu lado no mesmo instante.

— Eles logo estarão de volta.

Ela sorriu.

— Como você sabe qual deles é hoje?

— É Kari. É ela quem é o centro das preocupações por um tempo agora.

Elizabeth encostou a cabeça no peito do marido.

— Mas poderia ser Ashley.

— É verdade.

— Ou as duas.

— Com certeza.

— Na verdade, eu estava pensando em Cole. — Elizabeth percebeu que seu sorriso desapareceu. Virou-se quando John passou os braços em volta dela. — Parte meu coração vê-lo crescer sem um pai.

John beijou o alto da cabeça da esposa.

— Ele é um rapazinho maravilhoso.

— Você sabe por que, não sabe? — Ela se inclinou e se admirou novamente com a profundidade do amor que sentia por John Baxter, um amor que crescia a cada ano que passava, como se não houvesse limites para os sentimentos que tinha com relação a ele.

— Por quê?

— Porque ele tem você, é claro. — Ela sorriu, mas sabia que ele podia perceber a seriedade em sua voz. — Eu agradeço a Deus por ele ter você, John.

— Ashley tenta.

Elizabeth sorriu de um jeito um pouco cansado.

— Ela tem muito que aprender sobre como ser mãe.

Ele concordou com a cabeça.

— Eu fico observando Cole no chão fazendo quebra-cabeças e contando suas histórias imaginárias sobre tubarões, tesouros e pais grandões e altos, e minha vontade é de sacudir Ashley e perguntar: "Ashley, o que você vai fazer hoje à noite que pode ser mais importante do que estar aqui com ele?".

***

Melody Blues estava quase encerrando sua primeira entrada no The Coffee House. Sentadas a uma mesa no fundo, Ashley Baxter e duas amigas davam goles em cafés e comparavam notas.

Suas amigas não se pareciam em nada com sua família, mas eram fiéis. E não esperavam de Ashley qualquer coisa que ela não estivesse disposta a dar. Lá estavam Anika, a menina vinda do Alasca que estava sempre falando em ir para Nova York e tocar violino em uma orquestra da Broadway; e Billie, a estudante de artes que estava poupando havia anos para passar um verão na Europa. Uma vez que Ashley tocava violão e pintava, as três se entrosaram bastante. Contudo, além dos mesmos interesses artísticos, elas tinham algo maior em comum: seu descontentamento com a vida.

Anika tinha 23 anos e era divorciada. Billie estava vivendo com um homem vinte anos mais velho que ela. E Ashley tinha uma dezena de rapazes correndo atrás dela todos os dias, mas não queria nada com nenhum deles.

— Paris me livrou disso. — Ela disse às amigas. E, embora não soubessem os detalhes, elas eram as duas únicas pessoas no mundo que faziam alguma ideia do que ela queria dizer.

Quanto a Ashley, não era da conta de ninguém o que havia acontecido em Paris no ano em que tinha 21 anos. Bem, era bastante óbvio que Cole apareceu naquele ano, mas ela não dizia mais nada. Seus pais e irmãos podiam perguntar tudo o que quisessem; ela não tinha intenção de desenterrar os detalhes – nem para ele, nem para qualquer outra pessoa.

— Ei, o que Cole está fazendo hoje à noite? — Anika atraiu a atenção de Ashley enquanto misturava o chantili em sua bebida.

— O de sempre. Está sendo mimado pela avó das sete às oito. Mimado pelo avô das oito às nove. — Ela sorriu, mas seus olhos pareciam imersos em uma tristeza que ela não entendia muito bem. — É o tipo de noite favorita dele.

Anika concordou com a cabeça e olhou para a banda.

— Eu deveria estar em casa estudando violino. Nunca vou ser famosa se passar toda noite ouvindo outra pessoa tocar.

Ela começou uma comparação entre os musicais da Broadway e os outros, e, embora Billie tivesse se envolvido imediatamente na troca de ideias, usando termos ambíguos e dando opiniões sem sentido, Ashley não estava a fim disso.

Melody Blues era uma de suas bandas locais favoritas, e o The Coffee House, um lugar que sempre parecia aumentar sua criatividade. Normalmente, uma noite como esta iria deixá-la com a sensação de que poderia pintar a Capela Sistina em uma hora.

Mas aquela noite foi diferente.

Na verdade, nas últimas quatro vezes em que elas saíram – fosse para ficar ali ou dançar no Kaverns –, ela acabou se sentindo vazia e triste. Era como se estivesse faltando algo em sua vida, algo que ela não conseguia colocar em palavras. Não era Cole, embora o fato de ele se divertir mais ao passar uma noite com seus pais do que ficar com ela não ajudasse nem um pouquinho seus sentimentos. A coisa era mais profunda, lá dentro de seu coração, como se ela tivesse um buraco que nada pudesse preencher.

— Você está bem? — Houve uma pausa na conversa, e Billie tocou em seu cotovelo, a testa enrugada de preocupação. — Você não parece ser a Ashley hoje à noite.

Ashley deu de ombros.

— Eu só não estou me sentindo bem.

Anika acomodou-se na cadeira.

— Tem gripe chegando por aí.

— Não, não é isso.

O rosto de Anika mostrou que ela estava entendendo.

— Paris?

Ashley mexeu seu café e sentiu as lágrimas arderem. Por causa de Paris, ela às vezes era dominada por momentos em que teve vontade de abrir um buraco no porão de seu coração, onde ninguém pudesse encontrá-la – nem mesmo essas duas, suas amigas mais próximas. Mas Paris não era o problema nesta noite.

— Eu não sei o que é.

Melody Blues fez uma pausa, e Billie fez sinal para o outro lado da lanchonete.

— Quer dar uma olhada nos livros?

Metade do prédio era uma livraria, uma mistura eclética de volumes novos e usados – principalmente de ficção pouco convencional, manuais práticos de arte e diversos títulos da Nova Era. Os clientes iam de um lado a outro, descobrindo livros, levando-os até a cafeteria, debruçando sobre eles enquanto tomavam café e ouviam música até tarde da noite. Os livros podiam ser comprados até o fechamento do estabelecimento, às duas horas da manhã.

Ashley deu um não de cabeça.

— Não, vão vocês. — Suas amigas terminaram de beber e afastaram as cadeiras da mesa. Ashley sabia que elas poderiam passar uma hora ou mais olhando para os livros, mas não tinha problema. Aceitou com alegria o tempo em que ficaria sozinha.

Um casal com um visual do tipo novo *hippie* – camisas tingidas, colares cheios de contas de vidro e calças de couro com franjas – passou e fez rapidamente o símbolo da paz. Ela fez o mesmo sinal e sorriu. Seus pais ficariam profundamente preocupados se soubessem que ela passava a maior parte do tempo ali – e horrorizados caso imaginassem que ela levava Cole às vezes. Eles eram tão certinhos, tão... – ela procurou uma palavra, aquele termo que suas amigas usavam de vez em quando.

Conservadores.

Era isso. Tudo relacionado à sua família era conservador. Especialmente a marca da religião deles – do tipo que é certinha, de visão limitada, de uma fé presa à Bíblia que Ashley havia passado a desprezar. Ela não conseguia entender por que Kari ainda aceitava isso.

Talvez fosse isso que mais a incomodava. O fato de a fé de seus pais parecer ter transformado Kari em um robô. Quando elas duas eram mais jovens, Kari era o máximo para Ashley. Sua irmã mais velha, bonita e confiante, namorando sossegadamente o cara mais bonito de toda a Bloomington – pelo menos, era assim que Ashley via Ryan Taylor naquela época.

Quando elas eram crianças, tudo parecia tão fácil! Elas iam à igreja e criam em Deus; em troca, Ele cuidava delas. Simples assim.

Paris mudou seu modo de pensar nisso – nisso, e no modo como ela via sua irmã desistir de qualquer aparência de orgulho só para seguir a regra arcaica de permanecer casada, acontecesse o que acontecesse.

Ashley olhou para o chantili se derretendo em sua bebida e começou a girá-lo lentamente. Deus poderia, de fato, esperar esse tipo de devoção? Mesmo quando o marido de Kari era um idiota infiel? Os sinos na porta da frente soaram, e Ashley ergueu os olhos. Ao fazer isso, sentiu o chão sumir sob seus pés e teve de pôr a xícara na mesa para não derramar o que tinha lá dentro.

Landon Blake?

O que ele estava fazendo em um buraco com pretensões artísticas como o The Coffee House, num sábado à noite? E, ainda por cima, vestido com sua farda de bombeiro?

Ele não a viu enquanto atravessava as várias mesas em direção ao balcão para pedir uma bebida para viagem.

Landon Blake... O coração de Ashley ficou mais leve no mesmo instante. Se Ryan Taylor era o cara mais bonito de Bloomington, o segundo lugar – sem sombra de dúvida – era do menino que havia corrido atrás dela desde o primeiro dia da quinta série. O menino que foi para o Texas a fim de se tornar um veterinário, até passar um semestre de seu penúltimo ano como voluntário no corpo de bombeiros.

Algo deve ter acontecido naquele ano, pois ele chegou em casa da faculdade logo depois. Abandonou seu sonho de trabalhar com animais e, em vez disso, se juntou ao Corpo de Bombeiros da Cidade de Bloomington.

Fora isso, pouca coisa havia mudado com relação a Landon. Ele ainda era tão bonitão quanto antes, embora um pouco religioso demais para o gosto de Ashley. Ela sabia que ele ainda frequentava a grande igreja do outro lado da cidade e, de acordo com todos que o conheciam, ainda arrastava uma asa por Ashley Baxter.

Eles frequentaram a mesma classe de escola dominical quando eram crianças, na época em que a família de Landon ia à Clear Creek Community Church. Todo verão, eles iam para o mesmo acampamento no mesmo ônibus da igreja e tinham os mesmos amigos em comum. Durante toda a vida de Ashley, na verdade, todos esperaram que ela se casasse com Landon um dia.

E durante toda a sua vida, ela esteve determinada a provar que eles estavam errados. A vida não se resumia à previsibilidade de passar o resto dos seus anos com alguém como Landon, alguém com quem ela raramente tinha um momento inesperado. O mais incrível que ele fez foi mudar as metas de carreira no meio da faculdade. Desde então, o rapaz passou a ser tão previsível quanto o inverno. Por essas e outras, ela nunca conseguiu se interessar por Landon.

Pelo menos, foi o que ela disse aos seus pais.

A verdade era algo que ela raramente admitia, ainda que para si mesma. No verão, após o primeiro ano de Landon Blake na faculdade, ele veio passar dois meses em casa, e Ashley se viu fazendo a mesma coisa que havia prometido jamais fazer.

Ela estava se apaixonando por ele.

Assim como seu pai, sua mãe e todos os que os conheciam sempre pensaram que aconteceria, naquele verão ela se apaixonou para valer pelo menino que sempre esteve ao seu lado.

Ashley examinou-o naquele momento. Não foi por essa razão que ela foi para Paris, em primeiro lugar, fugindo com medo de todas as coisas previsíveis e comuns para um país onde pudesse ser alguém que ninguém conhecia? Não foi por isso que ela trocou sua segurança e proteção por uma oportunidade de pintar uma obra-prima à luz das estrelas ou ficar acordada a noite toda, ouvindo as ondas do lago batendo contra o solo estranho?

Ainda assim, restava a pergunta.

Se ela estivesse disposta a se esforçar tanto assim para não se apaixonar por Landon, por que agora – anos depois daqueles dias de acampamento com a igreja – seu coração ainda se comovia ao vê-lo?

Ela o observou enquanto ele fazia o pedido, viu o modo como a garota atrás do balcão se agitou na presença dele e percebeu o fato de que ele, provavelmente, tinha 1,90 metro de altura agora. Viu tudo isso enquanto esperava o inevitável.

Ele iria vê-la. Ele sempre a via!

Desde os primeiros anos de adolescência dos dois, não importava se estavam na igreja, numa lanchonete lotada ou em lados opostos de um supermercado local, se Landon Blake entrasse em um lugar onde Ashley Baxter estivesse, ele a encontrava.

Landon encostou-se no balcão e esperou a menina anotar seu pedido. Pôs uma das mãos casualmente no bolso, e Ashley ficou imaginando se ele comprava café ali com frequência e se sabia que ela era uma cliente assídua da casa. O bombeiro Landon se virou e se encostou no balcão, e, quase de imediato, seus olhos encontraram os dela.

Ashley odiava o modo como suas mãos ficavam suadas enquanto ele sorria lenta e sossegadamente para ela. Ele saiu em direção a ela, sem pressa, movendo-se com a graça de um atleta. Seus olhos mantiveram-se nela. Quando chegou à mesa, se sentou e olhou para ela por um bom tempo antes de falar.

— Oi. — Ele ainda tinha as mesmas covinhas no rosto que o distinguiam na escola.

— Landon. — Ela devolveu o sorriso. — O que traz você aqui?

— O café. — Ele inclinou a cabeça e, embora seu tom fosse jocoso, ele olhou bem dentro dos olhos dela de modo que a deixou menos à vontade. — É claro que, se eu soubesse que você estava aqui, teria chegado mais cedo.

— De alguma forma, eu acredito em você. — Ela apoiou os cotovelos na mesa e olhou para a livraria, imaginando se Anika e Billie o haviam visto. Embora vivessem na mesma cidade, ela e Landon frequentavam círculos completamente diferentes. Ele era o cara certinho, do tipo que dividia o tempo entre a igreja, o ginásio e o corpo de bombeiros. Já Ashley não passava tempo em nenhum desses lugares. Por isso, se fizesse mais de dois anos que ele tivesse voltado para casa, ela podia contar nos dedos o número de vezes em que, de fato, eles se encontrariam por acaso.

— Onde está Cole?

Uma parte do coração de Ashley se comoveu por ele ter se lembrado do nome de seu filho. Ele viu o menino uma única vez – quando ela o apresentou em um culto à noite na igreja, logo após o aniversário de um ano do menino. Landon ficou sabendo disso pelos pais dela e apareceu com um presente, um porta-retratos entalhado que ainda estava sobre a cômoda de Cole.

— Com meus pais. Ele gosta de lá.

Ele se recostou na cadeira.

— Quanto tempo faz, Ash?

Ela pensou por um momento.

— Um ano, pelo menos.

Ele concordou com a cabeça, e seu olhar distante mostrou-lhe que ele se lembrava da última vez que se encontraram como se fosse ontem.

— E aí... e as novidades?

Ashley duvidou que fosse a pergunta que ele queria fazer. A verdadeira pergunta, a que não foi feita, pairava ao redor deles como um manto, e ela resolveu não fazê-lo adivinhar.

— Eu não estou saindo com ninguém, se é o que você quer saber.

Ele concordou, pensativo.

— Eu também não.

A menina do outro lado do balcão colocou uma bebida quente na prateleira e examinou a sala. Ashley fez um gesto em direção ao caixa, aproximou-se e sussurrou:

— Sua admiradora já está com sua bebida pronta.

— Minha admira...

Ele se virou, e a menina acenou para ele de modo simpático. Ashley sussurrou novamente.

— Aquela.

Landon virou-se para ela novamente e se ajeitou na cadeira, não fazendo esforço algum para apanhar seu café. Depois de um tempo, ele cruzou os braços, sem tirar os olhos dela nem por um segundo.

— Posso ligar para você algum dia?

Os batimentos cardíacos de Ashley aceleraram, e ela se esforçou para parecer indiferente.

— Por quê?

— Relaxe, Ashley. — Ele riu e fez que não com a cabeça. — Eu não estou pedindo para você se casar comigo. É só para a gente conversar um pouco, colocar o papo em dia...

Seu bom senso gritou para ela dizer que não, pedir a Landon que a deixasse em paz e deixasse seus sentimentos por ela morrerem. Contudo, estar na presença dele agora era mais agradável do que ela gostaria de admitir, e ela deixou seu olhar fixo pousar em suas mãos. Que mal poderia haver em conversar com ele de vez em quando? Ela ergueu os olhos e encontrou os dele.

— Eu moro sozinha agora.

Ele ergueu as sobrancelhas, e um sorriso largo foi lentamente atravessando seu rosto.

— Pode me chamar de louco, mas seu jeito de dizer isso quase me leva a pensar que você está dizendo que sim.

Uma risadinha passou por entre os lábios de Ashley, e ela se repreendeu em silêncio. Por que ela estava fazendo isso – levando-o a acreditar que havia alguma esperança?

— Tudo bem. — Ela estendeu a mão para pegar uma bolsa de crochê grande, tirou de lá uma caneta e escreveu seu número de telefone em um guardanapo. Abaixou o queixo, ergueu os olhos para ele e deslizou o guardanapo pela mesa. — Pode ligar.

Ele pegou o papel, dobrou-o e guardou-o na carteira. Em seguida, examinou-a por mais um instante e bateu rapidamente o dedo na mesa duas vezes.

— Foi bom ver você, Ash.

Ela se aproximou e sussurrou mais uma vez.

— Seu café está esfriando.

Então, ele saiu, voltando para o balcão com a mesma facilidade com que havia se aproximado da mesa, pegando sua bebida e olhando para ela por sobre o ombro mais uma vez antes de ir embora.

Assim que ele se foi, ela, em silêncio, disse coisas horríveis para si mesma por ter cedido. *O que há de errado comigo?* Era tão difícil resistir aos olhares dele? Ela enxugou as mãos na toalha da mesa e soube a resposta. Como esquecer o fato de que eles eram tão diferentes como a noite do dia. Algo nele era absolutamente irresistível.

Foi por isso que ela se sentiu compelida a ir para um lugar tão longe quanto Paris. Lá, poderia se afastar dele.

Mas aonde isso poderia levar? Landon era tudo o que ela não era. Estável e constante, o tipo de cara que merecia uma – como sua mãe dizia? – uma mulher de Provérbios 31, alguém que iria honrá-lo, deixá-lo orgulhoso e sentar-se ao lado dele na igreja.

Em palavras muito simples, Landon era do tipo para casar; ela, não.

Algo ocorreu-lhe então, um pensamento que irritou os lugares delicados de sua alma um punhado de vezes desde que havia voltado para os Estados Unidos. Se ela quisesse, não seria tão difícil assim perder Landon. Ele não sabia o que havia acontecido em Paris.

Se soubesse, ele jogaria o número do telefone dela na lata de lixo mais próxima. Na verdade, ele nem o teria pedido.

CAPÍTULO 20

As pernas de Kari tremiam quando Ryan a levou de volta até as cadeiras de praia perto da fogueira. Ele colocou sua cadeira mais perto da dela para que, quando se sentassem, suas pernas e braços se tocassem. O calor da fogueira aquecia as pernas geladas de Kari, mas isso não era nada comparado à maneira como a proximidade de Ryan aquecia seu corpo.

— Está com frio?

Ela fez que não com a cabeça.

— Eu estou bem. — A resposta foi parcialmente verdadeira. Ela podia sobreviver às temperaturas que estavam caindo. Era a história que ele queria compartilhar que a deixava preocupada.

— Eu procurei uma maneira de falar sobre isso desde que me machuquei. — Ryan olhou fixo para o reflexo prateado da Lua na água. — A gente deveria ter feito isso há muito tempo, mas... sei lá. Eu não sei exatamente o que aconteceu. — Ele olhou para ela. — É óbvio que você foi embora acreditando em algo que não era verdade.

A mente de Kari girava com as possibilidades, tentando entender o que ele estava dizendo. Os acontecimentos daquele dia foram perfeitamente claros, não foram? As enfermeiras do hospital confirmaram.

— Eu... eu acho que não sei o que você quer dizer.

— Vamos fazer o seguinte. — Os traços do rosto de Ryan suavizaram, e ela viu que, qualquer que fosse o mal-entendido, ele não jogou a culpa nela. — Você me diz o que acha que aconteceu, como você se lembra do dia em que eu me machuquei e... tudo o que aconteceu em seguida.

Kari concordou com a cabeça e fitou o lago, seus pensamentos voltando a um tempo que ela nunca pôde apagar da memória.

— Era novembro. Eu estava no penúltimo ano da faculdade.

— Certo.

Ela fechou os olhos e imaginou sua família cuidando da vida naquela tarde de domingo. Brooke já havia ido para a faculdade de Medicina, em Indianápolis, mas os outros estavam em casa. Mamãe estava na cozinha. Ashley, Erin, Luke e o pai estavam assistindo ao jogo de futebol na televisão.

Kari mordeu a parte de dentro da boca.

— Naquela época, fiquei sabendo de coisas por meio de seus, você sabe... aqui e ali.

As sobrancelhas de Ryan levantaram-se um pouco.

— Sobre mim?

— Sobre como você estava passando o tempo. — Kari tinha um grupo de amigos com quem saía naquela época, dos quais vários conheceram Ryan no ensino médio e ainda acompanhavam a carreira dele. Dois deles voaram para lá e viram um jogo um mês antes de Ryan ficar ferido.

— O que eles disseram?

Lágrimas arderam nos olhos de Kari enquanto ela lutava para encontrar a voz.

— Nossa turma foi jogar boliche depois que eles voltaram. Eles estavam cheios de histórias.

— Tipo? — A surpresa no rosto de Ryan era genuína, e Kari começou a sentir tremores de dúvida cada vez maiores passar pelo alicerce de tudo aquilo em que ela acreditava.

— Que você estava se dando bem, que ganhou muito dinheiro... e as meninas.

Ryan riu e passou a mão no alto da cabeça.

— Eu os levei a uma festa de jogadores.

— Foi o que eles disseram. Eles só sabiam falar sobre as mulheres em volta de você.

— Claro, havia mulheres. Sempre houve nessas festas. Eu apresentei os caras, e foi isso. Depois disso, fiquei com a equipe. Eu não estava interessado naquelas meninas, Kari. Eu disse isso para você.

Uma dúzia de conversas passaram pela cabeça de Kari. Ryan estava certo. Ele sempre afirmou que seus sentimentos eram só para ela, que, quando o futebol fosse coisa do passado, a vida dos dois juntos poderia começar.

Uma dor estranha ocupou o coração de Kari, e ela ficou desenhando pequenos círculos na areia com a ponta do chinelo.

— Sim. Você sempre disse isso.

— Você não acreditou em mim?

— Eu tentei. — Ela olhou para ele, balançando a cabeça. — Veja pelo meu ponto de vista.

— Eu gostaria, Kari. — Ele estava calmo. — Por que você não me diz o que aconteceu depois que eu me machuquei? Talvez eu entenda melhor.

Kari respirou fundo e continuou.

Ela assistiu a alguns lances do jogo naquela tarde, lavando roupa, pegando jogadas importantes de vez em quando, até que, de repente, ouviu a voz de seu pai.

"Kari! Ryan se machucou."

Foram palavras que Kari nunca esqueceria, palavras que ela sempre temeu. Ao correr para a sala de TV, ela disse para si mesma que aquilo não podia ser sério. Um tornozelo, joelho ou costela machucado, talvez. Mas a tela mostrou Ryan deitado imóvel no campo, enquanto os locutores falaram com a voz abafada.

Kari foi devagar, quase como em transe, até um lugar no sofá ao lado do pai e viu quando o canal repetiu a lesão. Ryan pegou um passe no ar e, então, no mesmo instante, ficou prensado por dois defensores. Um o puxou por trás, fazendo-o perder o equilíbrio. O outro foi ao seu encontro com um golpe direto pela frente. A essa altura, Ryan estava paralelo ao chão, e sua cabeça sofreu a maior parte do impacto. Sua cabeça e seu pescoço.

A câmera corta e volta à cena do campo, e Kari mal podia respirar enquanto via um grupo de pessoas ocupado com Ryan. Segundos antes, ele estava fazendo o que mais amava – correndo como o vento, com o corpo forte e respondendo a cada sinal que o cérebro lhe enviava. Mas em um único momento, um único golpe... Kari ficou olhando para a imagem dele na tela, incapaz de acreditar no que estava vendo.

As pernas de Ryan estavam em um ângulo que não era natural, completamente imóveis. A voz dos narradores interrompeu. "Ele não está mostrando nenhum sinal de movimento."

"Isso não parece bom."

Um silêncio sombrio encheu o ar.

"Nossos pensamentos e orações, sem dúvida, estão com Ryan Taylor e seus familiares neste momento."

O medo daquele momento voltou com toda a sua força agora, e Kari ficou em silêncio por um tempo.

— Eu fiquei tão assustada por você.

Ryan segurou a mão dela e olhou para a água.

— Ainda parece que foi ontem.

Olhando para trás, parecia estranho que ela e Ryan nunca tivessem tido esta conversa, nunca tivessem voltado e conversado sobre como foi para ele ficar deitado no campo, incapaz de se mover.

— Até onde você se lembra?

A feição de Ryan entristeceu.

— Meu rosto ficou plantado na grama. Eles tiveram de me mover com cuidado para que eu pudesse respirar. — Ele cerrou os dentes. — Minha mente estava gritando para que meus pés, pernas e braços fizessem alguma coisa, mexessem, fizessem meu corpo se levantar e correr novamente. Mas nada acontecia.

Ele se recostou na cadeira, e segurou com força a mão de Kari.

— Olhe para as minhas pernas.

Kari desviou o olhar para os joelhos de Ryan.

— Tudo bem...

— Tente fazê-las se mexer.

Kari ficou olhando por alguns instantes, entendendo. Ergueu os olhos para ele e estremeceu.

— Foi assim?

— Foi como se meus braços e pernas fossem de outra pessoa. Por mais que eu tentasse, eu não conseguia me mexer. Eu já tinha tomado a decisão de amar a Deus, mas eu garanto a você que naquele dia eu orei como nunca antes. Eu prometi a Deus que, se Ele me desse uma segunda chance, eu O levaria a sério.

Foi um detalhe que Kari nunca havia ouvido antes, e ela ficou apavorada com as outras verdades que ele poderia compartilhar. E se ela estivesse errada com relação ao que aconteceu? Seria mais do que ela podia suportar.

Kari engoliu um nó na garganta e deu um sim de cabeça.

— Meu pai nos reuniu na sala, e nós oramos. Então, assistimos ao incidente junto com todo o restante do país, esperando e desejando que você se mexesse, ainda que só um pouquinho.

Em vez disso, os paramédicos chegaram, amarraram-no em uma maca e tiraram-no do campo. Os locutores prometeram manter os telespectadores informados, e o jogo recomeçou.

— Fiquei tão assustada que mal conseguia respirar. — Ela passou o polegar na mão dele. — Foi quando meu pai teve uma ideia.

Os Cowboys estavam jogando no Soldier Field, em Chicago, naquela tarde, e o hospital ficava a apenas cinco horas de carro. Dentro de trinta minutos, ele telefonou para alguém na universidade e conseguiu alguns dias sem ter de dar aula.

— Meu pai e eu jogamos nossas coisas em uma mala e saímos para ir ao seu encontro.

A mãe de Ryan estava no jogo naquele fim de semana, por isso Kari e o pai sabiam que iriam encontrá-la no hospital.

— Eu acho que meu pai estava tão preocupado com sua mãe quanto com você. — Kari respirou forte, com o coração apertado com a lembrança das 24 horas seguintes ao trauma. Aquelas que poderiam selar o destino de Ryan.

A viagem até lá foi uma das mais silenciosas de que Kari se lembrava. Seus temores eram tão grandes que ela mal conseguia pensar com clareza. E se Ryan tivesse morrido a caminho do hospital? E se ele nunca mais voltasse a andar, correr ou se mexer? As possibilidades eram muito terríveis para ser consideradas.

Quando chegaram ao hospital, eles encontraram a mãe de Ryan onde esperavam: sentada, queita, na sala de espera da unidade de tratamento intensivo.

— Ela nos disse que estavam operando sua coluna. Que havia uma chance, uma pequena chance, de você voltar a andar. — Kari ignorou as lágrimas que escorriam por seu rosto agora. — Meu pai e eu ficamos ali, até que adormecemos em alguns bancos acolchoados na sala de espera.

Ryan soltou a mão de Kari e se virou para olhar de frente para ela.

— É aí que as coisas ficam um pouco esquisitas. — Seus músculos da mandíbula se movimentaram. — Minha mãe tentou explicar as coisas para mim, mas eu quero ouvir de você. O que aconteceu quando você acordou?

Kari sentiu um frio na barriga. Ela mal podia acreditar que estava ali, no lago Monroe sozinha no escuro com Ryan, discutindo os acontecimentos daquela época. Ela fez uma pausa, procurando uma maneira de continuar.

— Sua mãe saiu, e meu pai ainda estava dormindo. — Ela inclinou a cabeça, os olhos ardendo com as lágrimas. — Eu fui ao posto das enfermeiras e perguntei como você estava.

Ryan esperou, seus olhos presos nos dela, aguardando cada palavra.

— A enfermeira me disse que a cirurgia tinha corrido bem. — Um soluço escapou de um lugar no coração de Kari, que não havia esquecido. — Elas... elas não sabiam se você voltaria a andar, mas havia uma boa chance. — Kari tomou fôlego rapidamente por duas vezes e se esforçou para manter a calma. — Eu perguntei se podia entrar, e elas disseram que talvez, mais tarde, porque...

Seu rosto aproximou-se do dela, os traços de seu rosto paralisados na expectativa do que ela estava para dizer.

— Por que... ?

— Porque, naquele momento, sua namorada estava com você.

Ryan levantou-se abruptamente. Jogou a cabeça para trás e olhou para cima, depois ficou andando em círculos ao redor da fogueira.

— Eu sabia. Eu sabia que alguma coisa tinha acontecido. — Ele parou e fitou Kari, e, pela primeira vez, seus olhos brilharam com um tipo de angústia que ela nunca havia visto antes. — Por que você não perguntou à minha mãe sobre a moça?

A cabeça de Kari estava girando. O que ele estava dizendo? Com certeza, nada disso era surpresa para ele. Ela imaginou a outra moça ao lado de Ryan, confortando-o, segurando a mão dele, querendo um momento particular, apenas para os dois. Se foi o que a enfermeira viu, então era tarde demais para Ryan dar alguma satisfação.

A voz de Kari elevou-se um pouco.

— Eu perguntei à enfermeira se tinha certeza de que era sua namorada no quarto. Eu pensei que talvez ela tivesse cometido um erro, que talvez sua mãe estivesse lá. — Kari deu um não firme com a cabeça. — Mas ela me disse que tinha certeza de que era sua namorada. Foi sua mãe que disse isso para ela, que disse a todas as enfermeiras que sua namorada havia corrido para lá e que vocês dois talvez precisassem de um tempo a sós.

Ryan ficou olhando para ela pelo que pareceu ser um minuto. Quando falou, suas palavras foram lentas e cheias de dor.

— Sim, minha mãe disse isso. — Ele deu uma risada muito alta que foi tudo, menos engraçada. — Você sabe a quem ela se referiu?

Kari sentiu-se tonta e fechou os olhos, tentando se orientar. Quando conseguiu, ela se forçou a ficar calma. Ela não tinha com que ficar nervosa; a resposta era óbvia.

— Ela se referiu à menina no quarto com você.

— Não. — Ryan veio para o lugar onde ela estava sentada. Caiu de joelhos aos pés de Kari, apoiando as mãos nas pernas dela. — Ela estava falando de você, Kari. Você era minha namorada. A menina na sala comigo era uma das treinadoras da equipe.

— O quê? — A respiração deixou de existir no corpo de Kari. Sua voz mal passava de um sussurro, e ela colocou os braços em torno da cintura, abraçando-se contra a explosão de dor que brotava dentro dela. Não era possível. — Por que... por que a enfermeira me disse que era sua namorada?

Ryan deixou a cabeça se apoiar nos joelhos de Kari e ficou ali mesmo quando finalmente falou.

— Eu conversei uma dezena de vezes com minha mãe sobre isso. — Suas mãos tremiam contra as pernas dela. — Ela jurou para cima e para baixo que não houve mal-entendido sobre a treinadora. Ela achou que o acidente só fez você perceber que era hora de seguir em frente.

A tristeza de Kari era tão profunda que ela sentiu que estava se afogando nela.

— Eu contei ao meu pai o que a enfermeira disse, e ele foi até lá para ter outras informações. Antes que pudesse perguntar, ele ouviu as enfermeiras falando sobre você, que todos esperavam um milagre e que sua namorada era muito dedicada, sentada ali ao seu lado até você acordar.

Ryan ergueu a cabeça, e seus olhos pareciam cansados, como se tivesse envelhecido dez anos nos últimos minutos.

— Minha mãe não parou de falar de você. Ela contou para as enfermeiras que você estava me esperando enquanto eu me concentrava no futebol, que você foi para lá no minuto em que soube que eu estava ferido. — Ele falou diretamente à alma de Kari, sua voz um pouco mais alta que a brisa. — Ela estava falando de você, Kari. Você não vê?

Novos soluços alojaram-se na garganta de Kari, e ela fez que não com a cabeça.

— É impossível. Eu fiquei na sala de espera e... quando sua mãe voltou, ela me disse que você estava melhorando. Ela entrou para ver você. E os médicos conseguiram fazer você mexer os dedos dos pés... e os dedos da mão. Ela não disse nada sobre a garota, e eu achei que ela não quisesse que eu soubesse. Do contrário, por que ela ficou falando com as enfermeiros e não comigo?

A verdade vinha à tona, tanto tempo depois. Tarde demais, é claro. As peças estavam se encaixando, e nenhum deles gostava da imagem que elas formavam – um retrato de dor, de sentimentos feridos e de um mal-entendido que passou a definir todo o futuro dos dois. — Você nunca me procurou. Eu estava dopado e semiconsciente, Kari. Eu não sabia que a treinadora estava lá. Ela estava fazendo o trabalho dela.

Os soluços vinham subindo lá de dentro de Kari como várias erupções vulcânicas.

— Eu fiquei o dia seguinte inteiro... e, quando saí, eu disse à sua mãe que eu não queria... incomodar você. — Kari curvou-se, a cabeça perto da dele, e fez força para não cair da cadeira. — Eu pensei que ela soubesse do que eu estava falando... que eu não queria interromper você e... e sua namorada.

As mãos de Ryan ainda estavam nos joelhos de Kari, e ela colocou os dedos sobre elas, lamentando a perda, calculando o que o simples mal-entendido daquele dia lhes custou.

Nos três primeiros meses após a cirurgia, Ryan ficou em uma clínica de reabilitação em Dallas, seus cuidados sendo supervisionados pelos Cowboys. E, quando ele estava bem o suficiente para ter alta, foi para um condomínio no centro de treinamento da equipe, onde era cuidado três vezes ao dia por treinadores e terapeutas.

— Eu telefonei para você, mas tudo parecia diferente. — Os olhos de Ryan brilharam mais uma vez. — Eu estava tão ocupado com minha recuperação... Eu acho que imaginei que poderíamos resolver isso mais tarde.

Um farfalhar suave atravessou os galhos acima deles, e Kari fungou.

— Eu queria perguntar sobre a menina, quem era ela... mas imaginei que você me contaria se quisesse que eu soubesse. — Ela apertou a mão nos dedos de Ryan. — Além disso, eu estava tentando esquecer você na época.

Ryan ficou agachado, com os olhos afagando o rosto de Kari.

— Deu certo?

Ela pensou em Tim e nos bons momentos que tiveram juntos, no forte desejo de salvar seu casamento. Então, ela pensou em Ryan e em como ela se sentia aqui, agora, e soube a resposta com a mesma certeza que sabia seu nome.

— Não... eu nunca esqueci.

— Eu nunca entendi por que você mudou, o que aconteceu. A resposta de minha mãe dizendo que você estava cansada de esperar fez sentido. Eu imaginei que você, finalmente, tivesse decidido seguir em frente com sua vida. — Ele olhou para ela novamente, sua voz cansada, como se a realidade da perda dos dois tivesse levado dele algo vital e essencial para sua vida.

— E eu fiquei imaginando que você me contaria sobre a garota. Quem quer que fosse, eu sabia que ela devia ser especial; do contrário, sua mãe não teria falado sobre ela para as enfermeiras. E ela não teria ficado no quarto com você durante horas após a cirurgia. — Kari deu de ombros, com a garganta quase fechada. — Você e eu conversamos só algumas vezes nos próximos cinco meses.

Os olhos de Ryan se estreitaram, e ela podia ver a dor neles. Não era diferente da sua. Ele suspirou.

— Daí você conheceu Tim.

— É, no ano seguinte.

— Vocês dois estavam bem sérios na sua festa de formatura. — Ele ficou quieto por um momento, suas palavras lentas e tristes. — Quando eu vi você naquela noite, algo me disse que você realmente tinha seguido com sua vida, que eu tinha perdido minha chance.

Kari decidiu contar a verdade. Seus olhos abaixaram, e, quando ela os ergueu, orou para que ele pudesse ver o quanto estava arrependida.

— Foi encenação. — Sua voz sumiu. — Tim e eu éramos apenas amigos naquela época.

Quando sentiu o impacto do que ela disse, ele se sentou, agachado, tirando as mãos dela e abraçando os próprios joelhos.

— Por que você fez isso?

A raiva brotou dentro dela.

— Eu pensei que você tivesse começado algo sério com alguma garota e nunca me contou, nunca sequer teve a gentileza de me fazer saber que eu era coisa do passado! — Seu queixo tremia. — Quando eu soube que você apareceria, eu implorei para Tim fingir que estávamos juntos para que você não pensasse que eu era idiota o suficiente de estar ali, ainda esperando você.

A voz de Ryan estava calmamente conformada.

— Sabe o que pensei?

Ela teve medo de perguntar, mas foi em frente.

— O quê?

A dor nos olhos de Ryan era tão profunda que o simples fato de olhar para ele a deixou mal fisicamente.

— Agora que eu finalmente estava bem o suficiente para voltar para casa... agora que eu tinha sobrevivido a algo que a maioria das pessoas nunca supera, pensei que era hora de dizer o quanto senti sua falta. — Sua voz tornou-se um sussurro partido. — Eu queria me casar com você, Kari. Nunca pensei que você tivesse encontrado outro homem.

A loucura de tudo aquilo era mais do que ela podia suportar. Os dois fatos que, finalmente, vieram à luz, trouxeram uma dor profunda em ambos. Ela se levantou, empurrou a cadeira para trás e deu quatro passos em direção à água, meio cambaleante, enquanto os soluços a acompanhavam. Por que ela não fez aquelas perguntas para ele naquela época? Ela deveria ter perguntado sobre a garota; então, saberia a verdade. Por quê? Por quê...?

Minha vida está uma confusão, Senhor... E o Senhor... o Senhor poderia ter evitado tudo isto.

Não houve palavras em silêncio que pudessem confortá-la, apenas o eco das dúvidas enquanto batiam em seu coração vazio. Ali estava a verdade: eles haviam aberto mão da felicidade um ao lado do outro em face de simples mal-entendidos.

Atrás, ela sentiu o calor do corpo de Ryan ao se aproximar e colocar os braços ao redor de seus ombros, puxando-a para perto dele. Ela sabia que não devia se virar, não devia deixar que ele a confortasse ali, às margens escuras do Monroe.

Mas, mesmo sabendo disso, as imagens passaram na tela de sua mente: imagens que ela lutou noite e dia para tirar da cabeça desde que seu marido foi embora: Tim beijando seu novo amor, abraçando-a, acariciando-a...

Depois do que Tim havia feito, que lealdade ela lhe devia?

Ela jogou suas preocupações ao vento, virou-se e desmanchou-se nos braços de Ryan, deslizando as mãos ao redor da cintura e passando-as em suas costas em um abraço que parecia dolorosamente familiar.

— Sinto muito, Ryan. — Ela chorou na jaqueta de lã de Ryan, escondendo o rosto nele e repetindo as mesmas palavras várias vezes. — Eu sinto muito... eu sinto muito.

— Shhh. — Ele a embalou gentilmente, seu corpo fazendo-a se sentir confortável e segura, acalmando sua dor.

Quando ela parou de chorar, ele se afastou o suficiente para ver seu rosto.

— Não foi culpa sua. — Ele se inclinou e beijou a testa dela. Kari soube pela expressão de preocupação em seus olhos que o beijo foi um gesto de amizade. Mas o toque de seus lábios na pele dela não a fez sentir nada do tipo.

— É claro que a culpa foi minha. — Ela fez que não com a cabeça e baixou os olhos. — Eu imaginei algo que não era verdade e... e é por isso que nós... — Sua voz sumiu.

Carinhosamente, ele levantou o queixo de Kari com o dedo até que seus olhos se encontraram mais uma vez.

— Eu nunca deveria ter esperado tanto tempo para falar com você. — Seu olhar era firme. — Eu achei que não tivesse espaço na minha vida para o futebol e você, mas estava errado, Kari. Depois que eu melhorei, depois que eu comecei a jogar novamente, encontrei todos os tipos de ocasião. Mas você estava...

— Em Nova York. E, depois, com Tim. — Sua boca abriu-se por um momento, e então Kari começou a entender. — Foi quando você começou a levar Deus a sério?

— Eu acho que fiquei em choque. — Ryan piscou e assustou-se um pouco. — Principalmente, depois que soube que você estava se casando. — Ele apertou a mão nela, e, pela primeira vez desde que o reencontrou, ela viu um desejo profundo e incontido passar rapidamente pelos olhos dele. — Descobri que salvou minha vida, me tirou daquela situação e permitiu que eu andasse, corresse e jogasse de novo. Mesmo tendo perdido você, eu não queria nada mais do que viver para Ele.

Kari podia ver as peças se encaixando, e a ironia era quase mais do que ela podia suportar. A conversão inicial de Ryan, na verdade, não foi nada sério. Mas, anos mais tarde, na ausência de Kari e mais maduro, Ryan entregou seu coração e sua alma ao Senhor, do modo como ela sempre orou para que ele fizesse.

— Quando você apareceu na sala de oração naquele dia... o que foi aquilo?

Ele pensou por um momento.

— Eu acho que estava sentindo falta daqueles dias em que tudo o que eu precisava era de Jesus. Ashley me contou sobre você e Tim, e... — Seu olhar baixou por um instante e depois voltou para o dela. — Eu não conseguia parar de pensar em você. Senti tanta falta sua depois que perdi você, Kari. Seus olhos, seu riso, seu jeito paciente comigo. Sua família. Tudo. Eu sabia que deveria orar para que as coisas dessem certo para você e Tim, mas tudo o que eu queria era...

Silêncio. O momento mudou, e a eletricidade que sempre existiu entre eles era mais forte do que nunca. O rosto dos dois estava há poucos centímetros de distância um do outro, e, em um movimento desesperado para não fazer algo de que viesse a se arrepender, ela tentou trazer à lembrança os bons momentos que teve com Tim. Mas nenhuma única lembrança feliz se formava. Ao contrário – o fantasma de Angela Manning é que a assombrava.

— Eu sei que é errado, Kari. — A voz de Ryan era o sussurro mais meigo, suave como a seda contra seu rosto. — Mas eu... eu ainda amo você. Suas mãos na cintura dela foram apertando pouco a pouco, e seu rosto se aninhou no dela. A brisa quase desapareceu no calor de seu abraço, e Kari se viu em meio a uma onda grande contra a qual não podia lutar, nem queria.

Ela fechou os olhos e tentou se lembrar de tudo o que era importante, certo e verdadeiro com relação à sua fé, sua crença em Deus e no casamento, para sempre. Mas tudo o que podia sentir era Ryan Taylor em seus braços.

— Eu amo você, Karizinha. — Era como se as palavras de Ryan fossem sussurradas na alma de Kari.

— Ryan... — Quando ela falou o nome dele, ele levou seus lábios aos dela e, de um modo que não podiam deter, eles se beijaram longa e lentamente, deliciando-se um com o outro como foi na primeira vez que se beijaram.

O vento nas árvores, o cheiro do lago, a sensação de areia debaixo dos pés – tudo desapareceu. Ela não conseguiu mais se lembrar das razões pelas quais deveria se virar e correr, os motivos pelos quais queria continuar casada com Tim, as causas daqueles desencontros pelos quais não tinha ficado com Ryan durante todos aqueles anos. Tudo se foi, e, em seu lugar, havia apenas o sentimento mais doce, a sensação mais incrível que ela poderia se lembrar de ter tido.

Que importava se ela o beijasse, se roubasse este momento simplesmente para imaginar como poderia ter sido a vida se eles tivessem ficado juntos? Sem dúvida, Deus não iria culpá-

-la por isso depois de tudo o que Tim lhe havia feito. Tudo o que o marido adúltero estava fazendo.

Além disso, era apenas um beijo. Um beijo entre duas pessoas que teriam ficado juntas se não fosse uma série de terríveis mal-entendidos. Um beijo apenas, na noite fria às margens de um lago que eles haviam percorrido uma centena de vezes antes. Era tão maravilhosamente real, tão dolorosamente proibido. Era quase como se o tempo tivesse parado.

Ele correu as pontas dos dedos ao longo das laterais do pescoço de Kari, seu rosto, e ela fez o mesmo, sentindo o contorno do queixo de Ryan, a barba de um dia em seu rosto, sentindo os aromas de peixe, lenha queimada e colônia enquanto o beijo ficava cada vez mais urgente. As mãos de Ryan tremiam, e a respiração de ambos ficou trêmula e sincronizada de um modo que revelava a urgência que ela sabia que ambos estavam sentindo.

Um beijo?

Outras lágrimas arderam nos olhos de Kari. A quem ela estava enganando? Estar com Ryan assim – sentindo os lábios dele contra os seus, o toque dele em sua pele – fazia com que se sentisse como uma mulher morrendo de sede. E aqueles poucos goles de amor só iriam deixá-la desesperada para beber mais.

De repente, ela soube que não tinha outra escolha senão parar.

— Ryan... — Ela se afastou, com lágrimas escorrendo pelo rosto enquanto os lábios de Ryan encontraram os dela mais uma vez. Mas, mesmo enquanto eles se beijaram, ela fazia que não com a cabeça. Ela não queria nada mais do que ir com Ryan para a casa dele e nunca mais pensar em Tim Jacobs.

Mas havia um problema: ela não poderia viver em paz consigo mesma se fizesse isso. Não por causa de Tim ou do casamento destruído dos dois, mas por causa do relacionamento doce que tinha com o Senhor. Se ela se deixasse ceder a esses sentimentos agora, ela e Ryan sairiam perdendo. Afinal, não havia possibilidade de Deus honrar isso. Nem mesmo por um momento; um momento ao qual Kari, desesperada, queria se apegar.

— Você está chorando. — Ryan estava respirando com dificuldade, e, pela luz fraca da Lua crescente, ela viu seu desejo espelhado nos olhos dele. O hálito de Ryan estava quente em seus lábios enquanto ele passava os dedos em todo o seu rosto e apagava os traços das lágrimas.

Por mais que ela quisesse seguir seus sentimentos, beijá-lo muitas vezes, uma urgência estava se formando nela. Uma urgência que insistia que ela corresse o mais rápido possível antes que tudo aquilo em que ela cria, tudo que ambos representavam, desaparecesse em um único instante.

Deus, dê-me força. Ela pôs as mãos nos ombros de Ryan e empurrou-o com firmeza o suficiente para criar um espaço entre eles, forçando-se a dizer as três palavras mais difíceis que ela já se lembrou de ter dito.

— Eu... eu não posso...

Ela deslizou as mãos para os bolsos, lançando os olhos para a areia ao redor de seus pés e deixando a testa descansar no peito de Ryan.

— Eu não posso. — Lágrimas inundaram seus olhos novamente, mas, desta vez, as palavras vieram mais facilmente, com tanta convicção que ela quase pôde sentir Ryan se afastando, segurando o coração e enterrando-o dentro dele.

— Eu entendo. — Ele beijou a testa de Kari mais uma vez.

Eles ficaram ali assim por um tempo, recuperando o fôlego, tentando entender seus sentimentos. Ele foi o primeiro a quebrar o silêncio.

— Vamos. Eu vou levar você para casa.

Kari ergueu os olhos para encontrar os dele.

— Eu quero. É que...

— Shhh. — Os olhos de Ryan encheram-se de lágrimas quando ele levou um dedo aos lábios dela. — Você não precisa dizer isso.

Ele tirou as mãos que estavam nela e juntou as coisas deles enquanto Kari observava, impotente.

— Eu odeio isso. — A voz dela pairou no ar do outono um pouco antes de ele se virar e surpreender seu olhar.

— Eu também. — Ele esperou que ela se aproximasse da fogueira. — Mas, se não formos para casa agora, você vai *me* odiar. — Um sorriso triste atravessou o rosto de Ryan. — Eu não vou aguentar isso.

— Não, Ryan. — Kari balançou a cabeça, piscando para que pudesse ver em meio às lágrimas. — Eu nunca vou odiar você.

Ele hesitou por um momento, prendendo o olhar dela, mas não disse nada. Mexendo-se totalmente contra sua vontade, Kari pegou sua bolsa, caminhou com dificuldade à margem do lago e seguiu Ryan até a caminhonete.

Os braços dos dois roçaram um no outro enquanto colocavam as cadeiras na parte de trás da caminhonete e, por um momento, Kari ficou parada, relutante, de modo indescritível, a deixar para trás o que eles haviam redescoberto. Ela não tinha ideia de como conseguiram chegar à caminhonete, mas, quinze minutos de silêncio depois, chegaram à frente da casa de seus pais. A casa estava escura, e Kari pensou que todos estivessem dormindo ou saído à noite. Ryan desligou o motor, mas nenhum deles se mexeu.

Ela se virou para Ryan e surpreendeu-o olhando para ela. Os olhos dele expressaram um amor que tocou seu coração. Um suspiro longo e cansado passou por seus lábios, e ela olhou para seus sapatos. Em toda sua vida ela não conseguiu se lembrar de nada tão difícil como isso.

— Kari. — Ele delicadamente levantou o queixo dela para que seus olhos se encontrassem mais uma vez. Ele não precisou dizer. Kari soube que era a última vez que eles poderiam estar daquele jeito. Para sempre.

Um nó formou-se em sua garganta enquanto examinava os olhos de Ryan, permitindo-se mergulhar mais uma vez na emoção profunda que ela via neles. Ela abriu a boca para falar, mas cada palavra era um esforço.

— Eu... eu sinto muito.

Ela ficou imaginando se ele iria beijá-la novamente. Mas, em vez disso, ele examinou o rosto dela e, apesar das lágrimas nos olhos de Ryan, começou a falar com uma voz calma e controlada.

— Nunca peça desculpas por fazer o que é certo.

Ele passou levemente o dedo na testa de Kari, quebrando a ligação que havia entre eles.

— Posso dizer uma coisa?

Era uma tortura estar tão perto dele, e ela percebeu que estava ansiosa.

— Sim.

— Não importa o que aconteça daqui para frente, eu nunca vou esquecer esta noite enquanto eu viver.

Ele ainda conseguia ler sua mente tão bem assim? Ele sabia que aquele adeus era mais definitivo do que qualquer outro que já haviam dito? Lágrimas correram pelo rosto de Kari, e ela se afobou quanto ao que iria responder.

— Ryan, eu...

— Não. — Sua voz estava sufocada, mas cheia de compaixão e autoridade ao mesmo tempo. — Vá, Kari. Até logo.

Ela concordou com a cabeça, engolindo em seco.

— Está certo. — Sem hesitar, ela se inclinou para frente e abraçou-o, agarrando-se a ele. E, não suportando mais a dor sufocante da proximidade de Ryan, a situação impossível deles, outro momento, ela se afastou, desceu da caminhonete e fechou a porta.

Sem se virar, ela subiu, determinada, até a porta na varanda e entrou em casa. Ao fechá-la, ela o ouviu se afastar, até que o som do motor da caminhonete desapareceu na noite escura. Seu coração despedaçou-se, e a realidade de sua situação tornou-se dolorosamente clara. Mais clara do que estivera até ali, desde o começo de todo aquele pesadelo.

Ajude-me, Senhor.

Ela olhou para a parede na entrada e viu emoldurada ali uma parte das Escrituras em um bordado que sua avó havia feito décadas antes. As palavras bordadas com um delicado fio lilás desbotado eram uma paráfrase de Filipenses 3:13: "Esqueça-se do que ficou para trás. Prossiga para o alvo".

A passagem bíblica impulsionou-a, impediu-a de desmoronar e morrer de dor pela perda de Ryan pela segunda vez.

Esqueça-se do que ficou por trás... prossiga para o alvo.

As palavras passaram várias vezes em seu coração, e Kari sabia que elas traziam consigo sua única esperança de sobreviver.

Subiu lentamente até seu quarto, onde chorou no travesseiro. Ela errou em passar o dia com Ryan. Ele não era seu marido, não era o homem com quem planejara passar seu futuro. Esse homem era Tim, e, neste momento, Deus queria que ela prosseguisse para a vida que tinha com o marido e tudo o que estava reservado para eles.

Mas não era com o alvo que ela estava preocupada; era com a outra parte da passagem.

A parte que consistia em esquecer.

Depois de passar a noite com Ryan, depois de saber a verdade sobre seus sentimentos por ela e sentir novamente o calor de seus braços e de seu beijo, depois de caminhar ao lado dele pelos corredores do passado, a verdade era clara.

Somente um milagre poderia fazê-la esquecer Ryan Taylor agora.

CAPÍTULO 21

A névoa pairava sobre a água, e Kari se esforçou para ver o convés do outro lado. Ouviu uma voz e percebeu que havia outra pessoa no barco, alguém além dela e de Tim. Era uma mulher, e ela estava rindo.

"Ele ama a mim, não a você... encare os fatos." Sua voz fria, que parecia um cacarejo sarcástico, deu arrepios em Kari.

"Ashley?" Kari observou atentamente em meio à fumaça de nuvens mais uma vez, mas não conseguiu distinguir o rosto da mulher.

Quem quer que fosse, Tim estava sentado ao lado dela, de braços cruzados. E, à menção do nome de Ashley, ele bufou alto. "Ashley não está aqui. Você não sabe quem é, Kari?"

A ansiedade esmagou sua capacidade de respirar. Ela ficou olhando para Tim e não viu o menor sinal de amor. "Eu acho que pensei..."

"Kari... Kari, sou eu!" Antes que ela pudesse terminar sua frase, uma voz que ela conhecia e amava gritou para ela da costa distante.

Ryan. Era Ryan Taylor – tinha certeza disso.

Ela se virou na direção da praia, mas, em meio à nuvem espessa que cobria quase tudo, a única coisa que ela podia distinguir era uma imagem distante e vaga. "Ryan?"

Tim deu um pulo e agarrou sua mão, apertando-a até ela estremecer de dor. "Então é isso. Você ainda está saindo com Ryan Taylor? Eu sabia!" Sua voz levantou-se. "Sempre foi o Ryan, não foi? Você sempre o amou mais."

Kari fez que não com a cabeça, a garganta quase fechada de medo. "Não é verdade. Eu amo você, Tim. Eu quero que o nosso casamento dê certo. Eu quero que as coisas..."

"Você ainda não acabou com ela?" Uma loira provocante apareceu e, de forma sedutora, passou os braços em volta do pescoço de Tim. Ela se inclinou e cobriu o pescoço dele de beijinhos, percorrendo-o até chegar aos lábios.

Kari percebeu que seus olhos se arregalaram. "Saia de perto dele!" Ela se levantou e encarou a mulher, o coração batendo em um ritmo que ela não reconhecia. "Ele é *meu* marido!"

Houve uma batida, e o barco fez uma parada súbita. A água correu pelo convés e subiu até a altura dos tornozelos deles. Tim soltou a mão de Kari e se inclinou para a loira. "Eu não quero você, Kari. Eu nunca quis."

Ele riu para ela enquanto suas palavras desapareciam no ar úmido. A névoa estava subindo agora, e Kari sentia-se sufocada. Havia um buraco no barco. Eles tinham dois minutos – três, no máximo – antes de afundar. Neste momento, a água estava quase nos joelhos deles. Kari ficou olhando para Tim e a outra mulher e fez força para entender o que estava acontecendo. "Você tem que tentar. Você não pode simplesmente desistir de tudo o que prometemos um ao..."

"Kari, você me ouviu?" A voz de Ryan interrompeu-a abruptamente, e ela se virou mais uma vez em direção à praia.

Desta vez, ela pôde ver o homem lá, alto e bonito, com os olhos cheios de um amor que resplandecia pelo lago escuro.

"Eu não posso, Ryan." Ela começou a chorar antes mesmo de acabar de dizer o nome dele. "Eu sou... Eu sou casada."

Ele fez que não com a cabeça. "Você vai se afogar, Kari. Pule! Saia do barco antes que seja tarde demais."

O corpo inteiro de Kari tremia de medo. Ryan estava certo. Ela olhou novamente para Tim, mas a mulher estava sentada nos joelhos dele agora, passando os dedos pelos cabelos de Tim. Kari avisou aos gritos:

"Nós vamos afundar!" Mas nenhum deles deu qualquer resposta.

A voz de Ryan voltou, mais urgente desta vez. "Pule, Kari... por favor. Eu estou aqui... Eu vou ajudar você!"

A água estava na cintura dela, mas, antes que ela pudesse falar, antes que pudesse decidir se ficaria no barco que estava afundando ou nadaria para a praia, ela sentiu um balanço brusco e súbito, seguido por um estalido, enquanto o barco se partia debaixo de seus pés. Tim e a outra mulher desapareceram debaixo da água, abraçados como se não soubessem que estavam afundando.

"Ryan, me ajude!" A água chegava à sua boca. No momento em que estava para nadar até longe dos destroços, ela torceu o tornozelo entre dois pedaços de madeira, prendendo o pé e começando a engolir água.

"Ryan!" Sua voz abafada soava de debaixo da superfície, mas não havia como Ryan ouvi-la. Devagar, ela percebeu que estava sendo puxada para o fundo do lago, e, por mais que tentasse, ela não conseguia se soltar.

Seus pulmões queimavam, desesperados por ar. *Ajude-me, Deus, eu estou morrendo...*

Tire-me desta situação... Tire-me...

E, então, um grito desesperado e bruto chegou aos seus ouvidos, vibrando pela água que a cercava. O grito veio várias vezes e, finalmente, uma quarta vez.

***

— Kari? — Sua mãe estava na porta, correndo para o lado de sua cama. — Deus amado, Kari, o que foi? Você quase me matou de susto.

Kari apertou os olhos com força e abriu-os novamente. Não havia nenhum barco afundando, não havia praia ao longe. O grito que ela ouviu deve ter sido seu.

— Mãe... — Kari estava sem fôlego quando olhou para a mãe e tentou se lembrar de que dia era, por que ela estava na casa de seus pais e não na dela. — O que... o que está acontecendo comigo?

A mãe puxou-a, acariciando seus cabelos, fazendo-a liberar o que havia restado de suas lágrimas. Sua cabeça afundou no ombro de sua mãe enquanto todas as lembranças do dia anterior começaram a voltar. O tempo no lago, as lembranças, a percepção de que ela e Ryan haviam confundido tudo tantos anos antes.

E o beijo.

— Querida? — A voz de sua mãe era dócil e suave, assim como quando Kari era garotinha. Pelo menos, Kari tinha este lugar, esta família à qual recorrer, este amor que não tinha limites.

Ela foi para trás, esfregando os olhos.

— Eu estava sonhando.

— Desculpe.

Kari concordou com a cabeça e estendeu a mão até o criado-mudo para pegar um lenço de papel.

— Eu preciso telefonar para Tim.

Ao mencionar o nome dele, uma sombra passou pelos olhos de sua mãe.

— Ele ligou ontem à noite. Eu disse que diria a você.

A respiração rápida ficou presa na garganta de Kari.

— Ontem à noite?

— Sim. — Linhas de preocupação apareceram na testa de sua mãe. — Pouco depois das nove horas.

Pouco depois das nove horas. Kari pensou e soube exatamente onde estava naquela hora: frente a frente com Ryan Taylor, seus braços ao redor dele, segurando-o perto e...

— O que você disse para ele?

— Eu disse que você tinha saído com um amigo.

Os ombros de Kari caíram e ela suspirou.

— Obrigada. Ele não entenderia... — A voz dela desapareceu.

— Sobre você e Ryan? — Sua mãe olhou bem dentro dos olhos da filha, e Kari sentiu o rosto esquentar.

— Sim.

Houve silêncio por um momento, e sua mãe se apoiou nos joelhos.

— Você chegou tarde em casa.

— Eu não vou mentir para você, mãe. — Kari fungou e secou o rosto mais uma vez. — Eu ainda amo o Ryan. Mas essa foi a última vez que o vi. — O nó na garganta voltou, e um único soluço escapou de sua garganta.

— Ah, querida. — Os braços de sua mãe estavam em torno dela outra vez.

Normalmente, a pequena borda rosa e amarela que emoldurava as paredes e a janela panorâmica do quarto que davam vista para a estrada de terra nos fundos eram suficientes para ajudar Kari a se sentir com os pés no chão, mas não hoje. Naquela manhã, só havia uma maneira pela qual ela poderia encontrar a paz.

Sua mãe acariciou seus cabelos e examinou o rosto de Kari.

— Eu vou ao shopping daqui a pouco. Por que você não toma um banho e vem comigo?

Kari sufocou uma única risada e fez que não com a cabeça. Ir ao shopping quando sua vida estava no meio de uma verdadeira crise? Só havia um lugar aonde ela podia ir agora.

— Eu não posso. — Kari piscou para afastar os pensamentos. — Eu vou para casa. Definitivamente.

— Bem... — A mãe esticou-se e segurou a mão dela. — Você sabe que sempre é bem-vinda aqui.

Kari tirou as pernas de debaixo do acolchoado e sentou-se na beira da cama.

— Eu sei, mãe. — Kari inclinou-se e deitou a cabeça no ombro da mãe. — Mas meu casamento nunca vai melhorar se eu continuar a correr para cá.

Quando sua mãe saiu do quarto, Kari olhou fixamente para o espelho e percebeu algo que não havia percebido antes. Graças à sua determinação de salvar seu casamento, graças a toda a sua fé e seus ideais, os fatos estavam dolorosamente claros nesta manhã. Ela não estava em melhor condição que Tim. Ambos eram infiéis naquele momento, não eram?

Depois de estar com Ryan, depois de imaginar o rosto dele mesmo nesta manhã enquanto fazia planos de se encontrar com Tim, o simples fato era este: as lágrimas que ela derramou na noite anterior não foram pela infidelidade de seu marido – foram por um homem que ela amava desde que era uma menina e por tudo o que ela havia deixado para trás à margem de um lago conhecido perto de Bloomington, Indiana.

***

Tim Jacobs acordou no chão do banheiro perto do vaso sanitário. Ele não fazia ideia de quanto tempo estava ali e tinha apenas vagas lembranças da noite anterior.

Tudo com relação à sua vida era um pesadelo. E tudo isso – toda a situação confusa – parecia culminar no estômago vazio horas antes.

Por que havia permitido que as coisas chegassem a esse ponto ele não tinha ideia. Mas ele sabia que uma coisa era certa: era seu fim. Era o fim das mentiras, o fim da traição. E, se ele tivesse alguma sorte, era o fim da garrafa.

Talvez fosse por isso que ele tinha tanto para beber na noite anterior. Tim disse para si mesmo que a única maneira de tirar o álcool de sua vida àquela altura era consumindo o máximo possível e obtendo um discernimento honesto do que a bebida estava fazendo com ele.

Muito bem, o álcool havia feito isso.

Olhe para você, Tim Jacobs. Você é um perdedor. Patético. Kari não aceitaria você de volta agora. A quem você está enganando? Você é o pior exemplo de um...

— Eu sei! — Tim gritou para si mesmo.

Ele caiu para trás, apoiando-se na parede do banheiro, e tentou organizar as ideias. Afinal, que horas eram? Que dia era? Ele deu uma olhada e viu, encostado na banheira, a foto de casamento de Kari; ele provavelmente a levou até lá na noite passada.

— Onde está você, querida? — ele sussurrou. — O que você está fazendo sem mim?

Tim pensou no plano. Ele iria se levantar, tomar banho, vestir-se e telefonar para Kari na casa dos pais. Em seguida, ele lhe diria que queria voltar para casa, de uma vez por todas. À noite, eles estariam juntos, e ele poderia explicar o quanto ele estava arrependido, o quanto fora louco em deixá-la.

Não seria fácil dizer adeus a Angela. Ele ainda sentia algo por ela e não queria magoá-la. Contudo, o caso foi uma má escolha desde o começo, e ele estava desesperadamente arrependido. Kari, o bebê e uma vida normal – era tudo o que ele queria agora. A vida que os dois tinham antes de ele ir embora.

Tim ainda podia tê-la, pensou ele; não era tarde demais. Diria à Kari que seus dias de traição haviam acabado e que ele queria se encontrar com o pastor Mark, envolver-se na igreja novamente. Ele poderia fazer isso, porque a verdade – a verdade que agora Tim via com tanta clareza – é que ele ainda amava sua esposa. Ele não tinha dúvidas.

Ao olhar para sua vida e pensar muito no tempo em que ele foi mais feliz, o rosto de Kari lhe veio à mente várias vezes. Ela era bonita, confiante, dócil, compassiva e... não havia ninguém como Kari. Nunca haveria. Mais do que qualquer outra coisa, Tim queria que eles ficassem juntos novamente.

Mas onde ela estava na noite passada?

Um pensamento perturbador lhe ocorreu na noite passada depois de conversar com a mãe de Kari. A mulher foi tão vaga com relação ao paradeiro de Kari, murmurando algo do tipo que ela estava "com amigos".

O medo misturou-se à náusea restante, e Tim queria saber novamente por que não conseguia tirar a dúvida da cabeça. Na verdade, era loucura. Paranoia.

Mas havia um fundo de verdade: Ryan Taylor estava de volta à cidade. De acordo com as páginas de esporte, ele estava trabalhando como treinador em uma escola de ensino médio de Clear Creek – não muito longe da casa dos pais de Kari. Afinal, Kari já havia sido apaixonada por Ryan. Talvez ela ainda sentisse algo por ele.

Ele piscou. E se eles tivessem se encontrado por acaso e...?

Mesmo percebendo sua própria hipocrisia, Tim encheu-se de ciúme por dentro. Ele realmente acreditava que Kari iria traí-lo com Ryan Taylor? E poderia culpá-la por fazer isso? Fechou os olhos e imaginou Kari na sala na última vez que a viu, na tarde em que ele saiu de casa. Ela chorou, mas, mesmo assim, estava disposta a investir no relacionamento dos dois. Kari acreditava no casamento, no plano de Deus para o matrimônio, e, apesar do modo como ele a desapontou, ela acreditava nele.

E, por causa disso, ela não poderia ter saído com Ryan na noite anterior. Se ele conhecesse Kari de fato, ele sabia que era assim.

A luz do dia entrou pela janela do banheiro, e ele foi se mexendo devagar até ficar em pé. Seus olhos desembaçaram um pouco enquanto ele encarava o espelho. Havia uma marca vermelha do assento do vaso sanitário no lado direito de seu rosto. Ele se inclinou para observar de perto sua aparência.

Muito atraente. Muito erudito.

Água fria. Era disso que ele precisava. Abriu a torneira e jogou água no rosto, tirando o gosto rançoso da boca deixado pela noite anterior. *Deus, perdão... eu não sei o que dizer. Fiquei longe por tanto tempo.*

Foi a primeira vez em meses que ele orou, mas, uma vez que as palavras penetraram seu coração, uma comporta se abriu, e lágrimas inundaram os olhos de Tim. Então ali, no banheiro, ele soube que os piores dias de sua vida haviam ficado para trás. Kari iria perdoá-lo e, juntos, eles seguiriam em frente, seriam uma família para o bebê e sairiam da escuridão daqueles dias.

Desta vez, caberia a ele. Ele olhou bem dentro de seus olhos e fez que sim com a cabeça com a maior determinação que já havia sentido na vida. O que Kari precisava era de um Tim Jacobs mais forte. O homem que sabia o que queria em seu casamento e estava disposto a torná-lo realidade. Um homem disposto a voltar humildemente para Deus, do modo como ele deveria ter feito muito tempo atrás.

— Este é o seu dia, Tim Jacobs. Tudo será diferente de agora em diante.

E com isso ele secou o rosto, desceu com cuidado para a cozinha e pôs água na cafeteira. Enquanto o café estava passando, ele abriu a geladeira e pôs suco de laranja em um copo. Estava atravessando a cozinha em direção ao telefone quando viu a meia garrafa de Jack Daniels que havia levado para lá na noite anterior.

Ele a pegou e foi em direção à pia. Não, ele não tinha necessidade de uma garrafa daquela em casa agora, uma vez que estaria recomeçando a vida como um novo homem. Mas, então, pareceu-lhe um desperdício virar o conteúdo da garrafa ralo abaixo, especialmente quando sua cabeça estava martelando tanto que parecia que ela se dividiria em duas partes bem ali no chão da cozinha.

Com o mesmo tempo que levou para chegar à pia, Tim revisou seu plano. Ele colocaria algumas doses da bebida no suco de laranja e depois ligaria para Kari. Desse modo, ele estaria mais relaxado e pronto para conversar. Um pouquinho para curar a ressaca não faria mal algum; e ele nem tinha aulas na segunda-feira.

Uma vez que a garrafa se fosse, ele nunca mais beberia novamente. Nunca.

Virou a garrafa para derramar o uísque no copo de suco de laranja, mas, mudando de ideia, levou a garrafa à boca e deu um longo gole.

— Aaah. — Ele deu um não de cabeça. — Bom-dia, Tim. Hoje é um novo dia! Sim, senhor.

Ele levantou a garrafa e deu outro gole. E outro... e outro... e outro.

Tim só se lembrou da ligação que deveria fazer para Kari depois de uma hora. Naquela altura, ele já estava tendo dificuldade para entender por que eles haviam instalado três telefones na parede da cozinha quando um serviria muito bem.

CAPÍTULO 22

Por quatro vezes naquela manhã, Kari tentou falar com Tim no escritório, mas, como ele não respondeu, ela decidiu arrumar suas coisas, ir para casa e enfrentar seu futuro. Nos recônditos de seu coração, ela não tinha outra escolha senão deixar as lembranças de Ryan Taylor – mesmo as recentes – no passado, que era o lugar delas.

Era hora de acertar as coisas com Tim, especialmente agora que ele havia entrado em contato com o pastor Mark. Aquela ligação e a que ele havia feito na noite passada para a casa dos pais de Kari eram os sinais pelos quais ela estava orando, as provas de que Tim queria outra chance.

Enquanto Kari estava no banho e depois se vestia, duas coisas pesaram sobre ela: culpa e uma clara percepção dos últimos acontecimentos. Foi errado beijar Ryan; errado agir como se o tempo não tivesse passado desde a última vez que eles estiveram juntos. O fato de que ela poderia justificar suas ações não as tornava menos erradas. Não; a culpa não a surpreendeu. Foi a percepção cada vez maior de sua própria responsabilidade que fez tudo parecer tão diferente naquela manhã.

Antes da noite anterior, Kari estava convencida de que Tim era a causa do casamento conturbado que eles tinham. Mas, tendo acordado do pesadelo, ela foi dominada por lembranças que sugeriam uma situação mais equilibrada. Lembrou-se da vez, no início do verão, em que Tim chegou em casa do trabalho com uma dúzia de rosas e ingressos para um espetáculo. Ela lhe agradeceu pelas flores, mas pediu para não ter de sair à noite. "Eu tenho uma sessão de fotos amanhã às oito horas; pensei em ir para a cama cedo." A forma como a expressão de Tim se abateu era algo que só lhe ocorria agora. Ele queria surpreendê-la com algo agradável, mas ela estava muito ocupada para notar.

Houve outros momentos também. Momentos em que ele lhe dava uma de suas colunas, ansioso por sua aprovação, e ela as colocava de lado para ler mais tarde. Na maioria das vezes, Kari admitia agora, ela nunca encontrou tempo para ler o trabalho dele. Olhando para trás, tinha certeza de que sua falta de interesse deve tê-lo machucado.

E, então, houve as conferências e atividades da universidade das quais o marido queria que ela participasse com ele. Uma vez foi apenas um piquenique com alguns casais que ele conhecia da universidade. Ela os imaginou zombando dela por sua falta de intelecto e fez que não com a cabeça.

"Vá você, querido." A lembrança de sua resposta deixou-a assustada. "Eu tenho uma centena de coisas para fazer por aqui."

Ela arrumou tempo para ir ao lago com Ryan, mas não pôde se lembrar da última vez que havia ido a algum lugar com Tim – não apenas por diversão e companhia. *Quando eu comecei a tratá-lo mais como um acessório do que um amigo?* Não houve respostas, e ela imaginou seu marido espirituoso e charmoso ficando silenciosamente desencantado e solitário, enquanto ela se ocupava com uma centena de tarefas mais importantes.

Não é de admirar que ele tenha sido vulnerável à aluna Angela Manning. A mulher provavelmente aproveitou a chance de fazer coisas em sua companhia, mesmo algo tão simples quanto encontrar-se com ele para almoçar ou elogiar um belo texto, daqueles que só Tim Jacobs conseguia fazer.

Sem dúvida, ela era a companhia que Kari não fora antes.

Kari tentou se lembrar do que era tão importante a ponto de levá-la tantas vezes a recusar os convites de Tim e percebeu que era porque ela não sentia que estava à altura dele. As colunas de Tim, muitas vezes, eram sobre questões que ela não acompanhava, e ele às vezes defendia ideias das quais ela discordava; mas, na verdade, ela não sabia argumentar. E os colegas de Tim e a esposa de cada uma deles – bem, ela estava farta deles depois daquela conversa terrível no jantar sobre livros. Aquela gente com ar intelectual estava sempre falando de política externa, literatura e filmes experimentais, isso quando o assunto não era o ambiente acadêmico e os rumos do ensino na universidade. Estar com eles sempre parecia uma competição para ver quem era o mais inteligente do grupo e quem poderia citar o máximo de pensadores importantes.

Ela não tinha vontade nem coragem de se aventurar muito a entrar no grupo da universidade. Assim, pedia para ser dispensada de quase todas as funções mais fundamentais. Agora, ela podia imaginar Tim envolvido naqueles mesmos assuntos, conversando com outros casais, sendo inteligente, mencionando fatos importantes ou o conteúdo de livros clássicos. Porém, sempre fazia isso sozinho, sem a mulher do lado, ao contrário dos colegas.

Não, era claro que Tim não era o único que estava contribuindo para os problemas no casamento deles. Kari ainda se sentiu mal ao pensar no caso dele. Levaria meses, anos de cura para que seu casamento pudesse ser novamente o que era antes. Mas, nesta manhã – como consequência de sua culpa e responsabilidade –, ela estava pronta para tentar, ansiosa para chegar em casa e começar a juntar as peças.

Ela se virou de lado na frente do espelho e observou sua aparência, notando que seu abdômen mostrava que estava começando a ficar arredondo. O bebê estava crescendo dentro dela, o filho deles... parte dela, parte de Tim.

De repente, Kari percebeu que não só estava ansiosa para chegar em casa, mas também não via a hora de chegar. Aqueles ainda eram seus sentimentos quando ela entrou em sua garagem uma hora mais tarde. As persianas estavam fechadas, como ela as havia deixado, e a casa parecia totalmente silenciosa. Mas a porta da garagem se abriu e mostrou o Lexus de Tim. Ele havia vindo para casa?

— Tim. — Ela chamou, esperançosa, enquanto passava pela despensa. Nenhuma resposta.

Então ela entrou na cozinha e viu a garrafa de bebida vazia sobre o balcão. O que era isso? Sua respiração ficou presa na garganta. Mas, depois de um momento, ela se forçou a continuar pela casa. Pela sala de jantar, onde havia uma pilha de cartas fechadas sobre a mesa e onde sua foto de casamento havia sido removida da parede. Pela sala, subindo as escadas e atravessando o corredor em direção ao seu quarto. *Ajude-me a superar isso, Deus. Por favor.*

Ela deu os poucos passos que restavam no corredor e, em silêncio, abriu a porta do quarto. Tim estava esparramado na cama, usando um moletom e uma camiseta, seu ronco irregular enchendo o ar. Todo o quarto cheirava a álcool, vômito e suor. Quando os olhos de Kari se adaptaram à escuridão, uma tempestade repentina de repulsa caiu sobre ela.

Foi preciso tudo o que Deus lhe deu para ela não se virar e voltar para a casa de seus pais.

Ajude-me, Senhor.

Ela entrou no quarto na ponta dos pés, certa de que acordaria somente com o som de seu coração. Com quem ele estava bebendo? Angela esteve aqui?

Kari rangeu os dentes e pôs os olhos em Tim.

Este era o homem com quem ela havia se casado? O que uma vez a fez pensar que realmente era possível esquecer Ryan Taylor? O que jurou que, não importava o que acontecesse, ele não tocaria em uma bebida alcoólica? O homem que prometeu ser fiel até que a morte os separasse era esse sujeito com barba por fazer, desgrenhado e com um filete de bebida escorrendo pela boca?

Ela atravessou o quarto em transe e se sentou em uma cadeira perto da cama. Seu estômago revirava, e ela engasgava com a náusea cada vez maior. Por três vezes, quase teve de correr em disparada para o banheiro, mas conseguiu engolir o fel. Não comia desde o café da manhã e sabia que sua gravidez era, em parte, responsável pela sensação de mal-estar.

Mas, claramente, era mais do que isso. Tim rolou na cama em seu estupor, e outra onda fétida de álcool e suor das axilas atacou os sentidos de Kari. Havia roupas sujas pelo chão, junto com livros e papéis espalhados.

Kari levantou-se para sair e, em seguida, parou quando uma passagem bíblica de seu casamento lhe passou pela cabeça: *O amor tudo suporta.*

Ela fechou a boca, sentou-se novamente e pôs as mãos nos braços da cadeira. Lá se foram seus sentimentos de culpa e de responsabilidade, junto com seu desejo de resolver as coisas. Em seu íntimo, tinha uma certeza fundamental de que Deus queria que ela amasse o marido. Mas, se era assim que o amor deles seria, Kari não tinha ideia de como suportaria uma vida com esse amor.

Por duas horas – até que o sono, por misericórdia, veio –, Kari ficou observando Tim do mesmo modo como assistia a um filme de terror. Só que desta vez o monstro era seu marido, e o terror era tão real quanto seu sobrenome.

***

Tim Jacobs estava certo de que a visão de Kari na cadeira ao lado da cama fazia parte de algum sonho induzido pelo álcool, alguma fase da terrível ressaca pela qual não havia passado antes. Ele ergueu os olhos e deu uma olhada para ela antes de deixar a cabeça cair no travesseiro novamente. Uma coisa era certa: Mesmo em meio a um sonho, Kari ainda era a mulher mais bonita que ele já tinha visto.

Por que você está aqui? Ele ainda não estava pensando com clareza por causa do álcool que havia consumido naquela manhã e estava se odiando com raiva por não ter virado a maldita bebida no ralo da pia. Examinou Kari durante o sono enquanto a culpa, lenta e insidiosamente, arrastava-se na cama em direção ao seu lado e envolvia sua barriga como se fosse uma jiboia. *Você veio para me torturar?*

Foi só quando Kari abriu os olhos que ele percebeu perfeitamente que não estava sonhando. E, de repente, ele pôde ver, perceber o cheiro e sentir tudo pela perspectiva de Kari – a própria névoa criada por sua embriaguez, as roupas e livros espalhados pelo quarto, a garrafa de uísque na cozinha.

A constatação fez com que ele fosse tropeçando para o banheiro, onde, por dez minutos seguidos, seu corpo tentou se livrar de cada gole de bebida que ele havia consumido durante o mês passado. Mas, independentemente das vezes em que suas entranhas se reviraram, isso não podia fazê-lo se livrar do medo em seu íntimo, da culpa e da angústia de saber que Kari o havia visto daquele jeito.

Quando terminou, ele limpou a boca com as costas da mão e foi para a cama, arrastando os pés. Sentou-se e mudou de posição para poder ver o rosto de Kari. Só podia haver uma razão para ela estar ali agora, e o pensamento o fez piscar as lágrimas. Ela era a única coisa boa que lhe aconteceu, e agora ele a havia perdido.

Não, ele não a havia perdido; ele a destruiu.

— Você trouxe os papéis do divórcio para mim? — Ele perguntou.

Kari ficou olhando para ele, e ele se encolheu por dentro ao ver a dor no rosto dela.

— Não.

Nada de papéis? A mente de Tim disparou a pensar coisas, tentando imaginar por que ela poderia aparecer do nada. Enquanto tentava achar uma razão, ele viu algumas lágrimas escorrendo no rosto de Kari.

Kari passou a manga de sua blusa no rosto, e ele percebeu que ela estava se segurando. A respiração de Tim era superficial, e seu coração batia forte perto da superfície de seu peito. O que poderia ter acontecido para fazê-la chorar assim? Foram seus pais? Alguém estava doente? Ele estendeu a mão na direção de Kari, mas parou pouco antes de se aproximar da lateral dela. A última coisa que ela queria agora era a proximidade dele.

— Por que você veio, Kari?

— Eu sou sua mulher e estou grávida. — Kari levantou-se e sentou-se na cama de frente para ele, com lágrimas escorrendo agora livremente pelo rosto. — Eu preciso estar em casa. Eu preciso de você.

Ela se aproximou. A respiração de Tim ficou presa na garganta quando ele sentiu a mão de Kari em seu ombro, e ele ficou atento no mesmo instante.

— Eu estou aqui porque ainda acredito no que temos. No que poderemos ter. Temos problemas, mas eu acredito que Deus pode nos curar.

Cada palavra, cada sílaba colorida de esperança, de vida e de possibilidade acionava áreas do coração de Tim que estavam mortas e enterradas. Kari estava disposta a perdoá-lo, mesmo depois de tudo. Ele não merecia nada além de sua raiva, mas lá estava sua esposa traída dizendo que eles ainda tinham uma chance. Que ela estava disposta a ficar com ele e ter o filho dele.

Em sua mente, uma por uma, ele começou a contar as razões pelas quais ela deveria deixá-lo. Angela, as mentiras, a bebida – tudo isso. Toda decisão ruim que ele havia tomado pesava como uma tonelada de lixo sobre suas costas, e ele sabia que só poderia voltar a respirar quando saísse de baixo daquele monturo em sua alma.

Ele se deparou com os olhos de Kari e, calmamente, pediu que acreditasse no que estava para dizer.

— Eu estou arrependido, Kari, de verdade. Perdão. — Ele passou as pontas dos dedos na lateral do rosto de Kari para se convencer de que ela realmente estava ali, sentada ao seu lado depois de tudo o que ele havia feito para ela.

Ela abriu a boca, mas as palavras não vinham. Simplesmente concordou com a cabeça, o rosto vermelho e manchado de lágrimas. Então, como se não pudesse se sustentar mais, ela foi se encostando lentamente nele. Hesitante e com medo no coração, ele levou a mão ao pé das costas de Kari e abraçou-a enquanto ela soluçava.

Tim não fazia ideia de quanto tempo havia se passado, mas, finalmente, ouviu-a dar um suspiro trêmulo.

— Eu quero... eu quero que fiquemos juntos de novo, mas eu não sei. — Ela fungou. — Nós... nós precisamos de aconselhamento.

Se ela esperava um argumento, ele não tinha nenhum para dar. Tim concordou com a cabeça rapidamente quando parte do peso saiu de seus ombros.

— Eu vou telefonar para o pastor Mark.

Ela ainda estava encostada nele, e ele sentiu as lágrimas voltando.

— Perdão. Eu não pretendia...

— Kari, não. — A ideia de Kari se desculpando agora, à luz de tudo o que ele fez, era muito para ele. Ele sabia muito bem que não podia nem respirar, sabia que até o menor movimento de sua respiração liberaria uma torrente de emoção com a qual não estava preparado para lidar.

Quando seus pulmões estavam para explodir, ele prendeu três suspiros rápidos e apertou os dentes, fechando bem os olhos enquanto uma torrente de tristeza veio sobre ele. Então, ele chorou como nunca havia chorado na vida. Um choro convulsivo e sentido.

Por fim, envolveu Kari com a outra mão e a abraçou apertado, o tipo de abraço que ele havia visto uma vez em um programa de notícias em que um homem, por engano, recebeu a notícia da morte de sua esposa em um acidente de avião. Quando os dois se encontraram no aeroporto, havia câmeras por perto para captar o momento. A profundidade do sentimento no abraço entre aquelas pessoas foi algo de que Tim se lembrava até esse dia.

Agora ele sabia o que o homem sentiu, pois até Tim acordar e encontrar Kari sentada de frente para ele, tudo em sua vida estava condenado. Ele não tinha o direito de ter o que ela estava oferecendo, nenhuma razão para se sentir digno. No entanto, aqui estava sua doce mulher lhe oferecendo uma nova chance na vida e tudo o que estivesse de acordo com ela.

Quando pôde respirar aliviado, ele sussurrou palavras que realmente queria dizer com cada fibra de seu ser.

— Kari, eu prometo... vou passar o resto da minha vida fazendo valer a pena para você.

CAPÍTULO 23

Fazia uma semana que Kari havia voltado para sua casa, e, mesmo assim, Ryan não conseguia pensar em mais nada. Era segunda-feira à noite, e a equipe técnica estava reunida após a aula para discutir os jogos decisivos. Os Golden Bears de Clear Creek tinham sua primeira chance em um título estadual em dez anos, e os treinadores queriam se unir em suas estratégias. Era o jogo da vida de muitos atletas.

— Você vem com a gente, Taylor? — O treinador titular John Sicora gritou para ele da outra ponta da mesa. — Afinal, em que jogo você está pensando? No nosso ou no da televisão hoje à noite?

Os outros na sala riram, e Ryan forçou uma risada.

— Desculpe. Estou com muita coisa na cabeça.

— Bem, deixe isso para lá! — disse Tommy Schroeder, outro assistente. — Você está muito quieto. Qualquer estratégia para o jogo decisivo que a gente fizer não vai valer a terra onde a gente joga se você não fizer parte dela.

Ryan endireitou-se na cadeira e desviou os olhos por um momento, envergonhado com o elogio. Sim, ele tinha talento para treinar, mas isso não era nada sem o restante da equipe. Ele sorriu para o grupo de homens sentados à sua volta à mesa. Não fazia ideia do que eles estavam falando, mas confiava totalmente nas decisões deles.

— E o ataque na lateral? — Sicora recostou-se na cadeira. — Podemos usá-lo contra essas equipes mais rápidas ou não?

A reunião durou uma hora a mais do que o necessário, e ficaram combinados de se reunir depois dela para comer uma pizza e assistir ao Monday Night Football. Em silêncio, Ryan foi embora durante a conversa e saiu rapidamente do prédio antes que alguém pudesse rir dele, dizendo que ele era antissocial.

O ar da noite atingia-o como um tapa no rosto, e ele olhou fixamente para o céu. As nuvens carregadas de neve estavam tão baixas que ele quase podia tocá-las. Normalmente, Ryan adorava a primeira queda de neve da estação. Em qualquer outro tempo, a reunião de treinadores teria sido em sua casa, apoiados perto de sua televisão de tela grande, aquecidos pelo fogo crepitante na lareira. Uma reunião de homens joviais, enérgicos – o tipo de gente com que ele se acostumara a viver.

Mas, desde que ele e Kari se separaram, nada parecia certo. Pior ainda, a mágoa que atormentava seu coração não mostrava sinais de que estava diminuindo com o passar do tempo. Era exatamente o oposto. Agora, enquanto caminhava para o carro, ele se lembrou de uma conversa que havia tido com sua mãe, duas semanas após se machucar no jogo de futebol – a lesão que quase o paralisou para sempre.

Ele estava deitado no leito do hospital, olhando pela janela, tentando imaginar por que não tinha notícias de Kari, quando sua mãe entrou. Houve um silêncio entre eles por um longo tempo antes que ela, finalmente, começasse a falar. "Eu acho que talvez esteja partido, filho."

Ryan lembrou-se da confusão que sentiu com essa declaração. Ele se virou devagar para poder vê-la. Seu pescoço estava se recuperando bem na época, mas ainda era difícil virar. "O quê?"

"Seu coração." Ela olhou na altura dos olhos dele. "Há um grande buraco aí onde havia uma menina chamada Kari."

Ele suspirou e pôs os olhos no teto. "Onde ela está? Por que ela não telefonou?"

Sua mãe esperou antes de responder. "Eu não tenho as respostas, mas eu sei de uma coisa: você vai se recuperar de sua lesão nas costas." Sua voz ficou suave. "Mas, se deixar Kari Baxter escapar, você nunca mais voltará a ser o mesmo."

Ryan entrou na caminhonete quando a lembrança desapareceu. Todos esses anos mais tarde, ele ainda estava no mesmo lugar onde estava naquela tarde no leito de hospital. Sem saber ao certo como sobreviveria sem ela.

Especialmente depois de tê-la reencontrado.

Houve uma diferença desta vez. Ryan não deixou Kari escapar; conscientemente, ele a ajudou a seguir em frente. Ela queria fazer seu casamento dar certo, e Ryan acreditava profundamente que a ex-namorada estava tomando a decisão certa. A decisão centrada em Deus.

Ele se lembrou de parte do que Kari lhe disse sobre Tim Jacobs, o homem com quem ela havia se casado. O homem que não a amou o suficiente para ser fiel. Ryan estava simplesmente impressionado com o desejo de Kari de permanecer ao lado daquele sujeito, mesmo depois do caso dele. Se ela fosse tímida e dependente de Tim, o tipo de mulher que nunca defendia seus interesses, Ryan talvez tivesse entendido. Mas Kari Baxter?

Ele riu alto ao dar partida na caminhonete e sair do estacionamento da escola.

As histórias do ensino médio sobre Kari eram lendárias. Embora todo mundo quisesse ser seu amigo ou acompanhante no baile de formatura, ninguém da escola precisou ficar curioso sobre o que ela pensava sobre os típicos vícios de um adolescente – bebida, drogas, sexo e toque de recolher, até mesmo horário para chegar em casa. Não que ela fosse perfeita. Kari se meteu em encrencas por conversar durante a aula ou passar cola para os colegas nas provas. Mas as tentações realmente ruins nunca foram problemas para Kari.

No momento em que Kari entrava em uma festa, as latas de cerveja começavam a desaparecer. Ela olhava para os lados, com os olhos brilhando com uma alegria que não podia ser comprada em uma garrafa. "Eu espero que vocês não estejam bebendo, porque isso não é tão legal."

Em sua presença, os colegas queriam ser puros. Se fossem bons o bastante para Kari Baxter, então seriam bons o bastante. Aquela garota, com sua simples presença, impunha respeito.

Na verdade, quanto mais Ryan pensava nisso, mais admirava o que Kari havia feito ao voltar para Tim. Não era porque lhe faltava força de vontade ou determinação. Não; ela só poderia ter voltado pela graça de Deus, pedindo-lhe para honrar sua decisão de amar e para ajudá-la a permanecer firme nessa decisão.

Ryan lembrou-se de algo que ela lhe disse sobre sua motivação, e agora ele a repassou na mente. "Eu realmente acredito que o amor é uma decisão. Eu decidi amar Tim Jacobs na felicidade ou na tristeza."

"E se Tim não pensar da mesma maneira?", perguntou Ryan. Ele não estava verificando suas chances. Pelo contrário

– ele se surpreendeu com a possibilidade. Queria saber até onde ia o compromisso de Kari, até quanto ela esperaria se o marido não mais a amasse e se recusasse a mudar.

Os olhos de Kari se encheram de tristeza quando lhe respondeu, e ele, imediatamente, sentiu pesar por perguntar. "Eu não vou dar o divórcio a ele, Ryan. Eu não posso."

Eu não posso.

Essas três palavras fizeram-no sofrer mais agora quando ele virou à esquerda para pegar a rodovia e seguiu para casa. O tempo dos dois juntos na praia na outra noite mostrou a Ryan como ela ainda se sentia com relação a ele. Não que Kari não quisesse a vida que poderia ter tido caso tivessem ficado juntos: ela, simplesmente, não podia. Sua palavra, sua honra, seu relacionamento com Deus, sua decisão de amar – tudo isso significava muito para ela correr o risco de jogar fora. Era esse o tipo de pessoa que Kari Baxter... ou melhor, Jacobs, era.

De repente, Ryan percebeu onde precisava estar naquela noite fria de segunda-feira. Ele deu meia-volta com a caminhonete e foi para a igreja. Havia reuniões para estudo bíblico lá durante a semana, e o templo estaria aberto por pelo menos mais três horas.

Cinco minutos depois, ele se sentou despercebido em um banco dos fundos e deixou que seus olhos se adaptassem à luz parcial. À distância, ele podia ouvir os sons abafados de pessoas conversando e, de vez em quando, rindo. Ryan apoiou os cotovelos na parte de trás do banco à sua frente, abaixou a cabeça e tentou entender como havia feito tanta confusão com Kari na época em que jogava futebol.

O que há de errado comigo, Deus? Eu a amava. Por que não deu certo?

Em resposta, as palavras de Kari encheram seu coração mais uma vez. "O amor é uma decisão... uma decisão... uma decisão."

Se isso fosse verdade, ele deveria ter decidido telefonar para Kari todos os dias depois do acidente, mesmo estando confuso e preocupado com sua lesão. Ele deveria ter decidido ir atrás dela até que suas intenções estivessem claras. E deveria ter decidido dar ao seu amor por ela a prioridade que dava à sua carreira no futebol.

Ryan pensou no modo como Kari demonstrou seu amor para Tim, o modo como ela estava disposta a ficar ao lado dele mesmo quando uma parte dela odiava o homem pelo que ele tinha feito a ela.

Ryan inquietou-se, levantou a cabeça, olhou à sua volta. Talvez Deus estivesse tentando lhe ensinar algo sobre o amor. Alguma coisa que Kari já havia descoberto, mas Ryan nunca descobriu.

Pensou em sua vida, no trabalho como treinador e no tempo que passava com sua família e amigos. Ele tinha certeza de que essas coisas eram estimuladas pelo amor. Mas somente o amor como ele o conhecia. Já o amor de Kari – o tipo de amor que poderia voltar para um homem como Tim Jacobs e orar para que Deus curasse o casamento deles –, esse amor era algo completamente diferente.

Ele pegou uma Bíblia na parte de trás do banco à sua frente. Se o amor realmente era uma decisão, então, naquele exato momento, bem ali, Ryan queria entender melhor como isso poderia funcionar. A maioria das pessoas que conhecia tinha mais experiência com as Escrituras do que ele, mas até ele sabia onde encontrar o capítulo que falava do amor. Virou as páginas até chegar ao décimo terceiro capítulo de 1 Coríntios e começou a ler.

Os três primeiros versículos só podiam significar uma coisa. O que quer que uma pessoa fizesse, fossem quais fossem os outros sacrifícios, atos de bondade ou talentos que a pessoa demonstrasse, a soma total disso não significava nada se ela não fosse motivada pelo amor.

Isso fazia sentido. Ryan continuou a ler.

Era no quarto versículo que a passagem começava a ficar boa, dando definições específicas do que era o amor e do que não era. A lista – "o amor é paciente, bondoso, não inveja, não se vangloria" – lançava uma nova luz, em primeiro lugar. Mas, então, seus olhos passaram por algo que parecia ter sido escrito ali, naquela tarde, e não há quase dois mil anos. Era como se aquele curto trecho estivesse destinado somente aos seus olhos.

O amor não procura seus interesses.

Encostou-se firmemente no banco, levado de volta à época em que ele e Kari não estavam exatamente juntos, naqueles primeiros dias de sua promissora carreira no futebol. Ela passou aquele tempo esperando por ele com uma paciência altruísta. Algo bem semelhante ao que demonstrava agora, enquanto esperava que Tim Jacobs recobrasse o juízo.

"Espere por mim, Kari. Quando eu não estiver tão ocupado, quero estar com você. De verdade."

Ryan sentiu um peso no estômago. Ele realmente disse isso a ela? A lembrança de suas palavras tinham um gosto amargo, como se nunca tivessem sido totalmente digeridas. Ele olhou para o versículo e leu mais uma vez a parte que dizia que o amor não procura seus interesses. Era isso, não era? Seu amor para Kari foi genuíno, de acordo com os padrões do mundo, mas buscou totalmente seus interesses de acordo com os padrões de Deus. Então, era assim? Quando eu não estiver ocupado, eu ligo para você e decido quando o tempo será oportuno? Era realmente isso que Ryan dissera. Mas por que ele não percebeu isso antes?

Ryan leu outros versículos. Em sua cabeça, ele começou a marcar todas as coisas, de acordo com as Escrituras, que o amor fazia. Ele sempre protegeu... esperou... confiou... perseverou. Perseverou! Aquela última palavra foi um tapa em seu rosto. Se ele tivesse perseverado em seu amor por Kari, teria lhe perguntado por que ela se afastou, por que ela pareceu desinteressada por ele após o acidente.

Perseverança?

Ryan reprimiu uma risada triste. Ele não havia chegado nem perto dessa atitude. Obviamente, Kari poderia ter lhe perguntado sobre a mulher em seu quarto de hospital. Mas ela persistiu por muitos anos antes do acidente e, por fim, afastou-se somente quando parecia que Ryan havia entregado seu coração a outra pessoa.

Com o espírito pesado, Ryan leu o restante do capítulo e foi mais devagar quando se aproximou do versículo 11. Um sentimento cada vez maior de esperança começou a encher seu coração enquanto as palavras amenizavam sua tristeza e frustração: "Quando eu era menino, falava como menino, pensava como menino e raciocinava como menino. Quando me tornei homem, deixei para trás as coisas de menino".

Essa era a diferença, pensou. Ele não passava de um menino na época do futebol – pelo menos, no modo como pensava e em seu entendimento. Agora, porém, ele tinha a chance de fazer algo que nunca havia feito antes: amar Kari do modo como Deus queria que ele a amasse. Honrá-la sem pensar, em nenhum momento, em si mesmo.

Lágrimas arderam em seus olhos quando essa percepção criou raízes, porque amá-la agora, depois de perder toda a esperança de estar com ela, seria mais doloroso do que qualquer coisa que Ryan havia feito antes. Mas seria amor. O verdadeiro amor; um amor amadurecido e responsável. Depois de todos os anos desejando Kari, querendo-a e acreditando que ela seria sua esposa um dia, Ryan sabia que não havia tempo como o presente para amá-la de verdade. Sim, o modo como ele deveria tê-la amado naquela época.

Ele não precisou perguntar a Deus o que significaria amar Kari, agora que ela havia voltado para Tim. O Senhor já havia sussurrado a resposta para ele com tanta clareza como se estivesse sentado ao lado de Ryan na igreja fria e vazia. Sem hesitar, ele pôs-se de joelhos, retraindo-se um pouco quando a patela esquerda absorveu seu peso. *O futebol*, pensou ele ironicamente. O futebol levou os melhores anos de sua vida, arruinou suas chances com Kari Baxter e, em troca, deixou-o com o corpo permanentemente lesionado.

Os versículos bíblicos sobre o amor voltaram, e ele se corrigiu. O futebol não havia levado essas coisas; foram suas ações egoístas. Ele expirou lentamente e imaginou Kari saindo de sua caminhonete, afastando-se pela última vez.

Eu ainda a quero, Deus... é com isso que o Senhor terás de me ajudar. Mas, neste exato momento, por favor... por favor, dai-me força para amá-la como o Senhor quereis que eu ame.

Ame-a como Eu amei você, meu filho.

Ryan concordou silenciosamente, fechou os olhos e fez a única coisa que provou que ele tinha um novo entendimento do amor – um entendimento dado por Deus. Com o coração cheio e sincero, ele implorou ao Senhor para mostrar a Kari e Tim uma maneira de fazer o casamento deles dar certo.

Lágrimas silenciosas escorreram por seu rosto enquanto ele continuava a orar. Era assim que o amor podia ser tão doloroso. Doloroso o suficiente para que Kari permanecesse em um casamento infiel. Doloroso o suficiente para que ele renunciasse a todas as pretensões com a mulher que amava.

Doloroso o suficiente para que Cristo entregasse Sua vida para salvar as pessoas de seus pecados.

Ryan fez que não com a cabeça lentamente, passando ao que era essencial graças a uma nova profundidade da compreensão. Então, amor era isso. O tipo de amor que Deus tinha por seu povo – o tipo de amor que Kari tinha por Tim.

Ryan ficou ali por quase uma hora, ignorando a dor no coração e nos joelhos enquanto orava pelo casamento de Kari. Quando saiu da igreja naquela noite, ele percebeu que algo intenso e profundo havia acontecido no santuário, algo que mudaria para sempre o que ele sentia com relação a Kari, mas também com relação à sua própria capacidade de amar.

Ele pensou na proposta de treinamento profissional que havia recebido no dia anterior, a que o deixaria a mais de mil quilômetros de distância de Bloomington, de Kari e do casamento que ela estava tentando salvar. A proposta foi um acaso feliz, uma possibilidade pouco provável para um treinador do ensino médio, até mesmo para quem havia passado anos no futebol profissional. Então, mais uma vez, talvez fosse uma trégua divina, um dom da graça.

O trabalho exigia que ele se mudasse em fevereiro, bem depois que a temporada de futebol tivesse acabado. Mas, a princípio, Ryan recusou. Sua choupana estava aqui; sua fazenda, sua velha comunidade. De caso pensado, ele optou por voltar para cá quando deixou os Cowboys. Ali sempre seria seu lar. Mas agora... à luz de seu compromisso de se desprender totalmente de Kari, sua saída de Indiana poderia ser a melhor coisa para os dois. Uma maneira de ilustrar um amor que não mais buscava seus interesses.

E, enquanto dirigia noite adentro, com uma dor profunda e, ao mesmo tempo, gratificante em seu íntimo, ele soube que já não era mais um menino em se tratando dos caminhos do amor.

Ele era um homem.

CAPÍTULO 24

Kari pôs as mãos nos bolsos de um par novinho de calças de sarja azul-marinho, curvou o corpo habilmente e sorriu por cima do ombro quando uma série de cliques da câmera disparou.

Fazia oito dias que ela e Tim haviam chegado em casa do seminário intensivo de casamento sobre o qual o pastor Mark havia comentado. Tim ficou ansioso para ir, mais do que disposto a reorganizar seus horários de aula para ter a chance de começar o que seria um período de cura entre ele e Kari. Os dois dias foram maravilhosos. Ela e Tim conversaram seriamente com os conselheiros, até ficar claro o que motivou cada um deles e como eles influenciavam um ao outro – a dança deles, como chamavam os conselheiros. As coisas que aprenderam sobre si mesmos e seu relacionamento naquelas escassas 48 horas foram mais reveladoras do que todos os momentos juntos em que conversaram até aquele ponto.

O perdão acontece uma vez, disseram-lhes os conselheiros. A cura leva uma vida.

Kari inclinou a cabeça e sorriu para a câmera novamente.

Ela já sabia com cada fibra de seu ser que havia feito a escolha certa – uma escolha dolorosa, mas, ainda assim, a certa. O pastor Mark colocou-os em contato com um conselheiro cuja especialidade era com os casamentos em crise, e eles estiveram com o homem três vezes antes do seminário.

O fotógrafo abaixou a câmera.

— Perfeito, Kari, linda! Agora do outro lado.

O gênio por trás da câmera era Henry T. Canistelli, famoso fotógrafo de catálogos, um homem a quem Kari carinhosamente chamava de Hank. Quase todos os trabalhos de catálogo memoráveis de Kari vieram de suas mãos.

Prontamente, ela mudou de posição e deu outro sorriso.

— Kari, querida, a câmera adora esse rosto. Faça a mesma expressão por cima do ombro.

Era bom voltar ao trabalho. A equipe da agência de modelos estava grata por ver que quaisquer problemas que a levaram a dar um tempo estavam aparentemente resolvidos.

"Vamos trabalhar com seu corpo inteiro até sua barriga começar a crescer; depois, faremos anúncios de maternidade e trabalhos só de rosto", disse-lhe sua agente. "Eu posso mantê-la ocupada até você entrar em trabalho de parto."

O trabalho atual era uma sessão de seis horas em um estúdio agradável em Indianápolis. Apesar das luzes quentes e da exigência da aparência impecável, era um trabalho sem sentido. As fotos em estúdio sempre eram. Fotos ao ar livre eram outra coisa, completamente diferente – manter os insetos afastados do spray de cabelo, trabalhar com iluminação natural e as condições meteorológicas, congelar no inverno e transpirar no verão – tudo isso, fazendo força para parecer bem até o fim.

Com tudo o que tinha na cabeça nesses dias, ela estava grata por sua agente ter organizado seis trabalhos em estúdio seguidos. Ela faria esses trabalhos e, então, teria outra pausa para as férias.

— É assim, Kari. — Hank sorriu para ela por cima de sua câmera. Ele era trinta anos mais velho que ela, com um sotaque de Nova York mais pesado do que um tijolo. — Perfeito. Vamos tentar o outro ombro. O olhar simpático da mãe jovem que você conhece bem.

Ela se virou de costas para ele e olhou por cima do ombro como se estivesse olhando para trás para um rastro de crianças ou sorrindo de uma piada do melhor amigo. Depois que Hank terminou de clicar, Kari relaxou.

— Tudo depende de você, Hank. Eu só me mostro. Você faz a mágica.

O fotógrafo ajustou uma boina francesa na cabeça e deu risada.

— Você está mal-informada, menina linda. Eu já estou no ramo há anos, e talento como o seu não aparece com frequência. Esposa, amante, amiga, a garota ao lado, o que você quiser. Qualquer visual que você quiser e, ainda por cima, beleza sempre jovem – é isso que você tem.

Kari riu, gostando das brincadeiras tranquilas que ela e Hank sempre faziam.

— Bem, então, eu acho que é melhor agradecer ao bom...

Hank levantou a mão e interrompeu-a.

— Eu sei, eu sei... — ele levantou o tom para imitá-la de forma afetuosa: — É melhor agradecer ao bom Senhor, porque foi ele que me fez parecer assim, e eu não seria nada sem ele. — Recitou, bem-humorado. Hank concordou com a cabeça pacientemente, como se tivesse ouvido a explicação uma centena de vezes. — Bem, você nunca sabe, garota. Talvez haja alguma coisa nessa sua fé. — Ele balançou os dedos na direção de Kari como se estivesse lançando um feitiço. — Talvez isso explique o brilho sobrenatural em seus olhos. — Ele deu de ombros. — Seja o que for, se você pudesse pôr numa garrafa para vender, ganharia milhões.

Em resposta, Kari simplesmente sorriu e apontou para o céu. A visão que Hank tinha de Deus estava gasta, na melhor das hipóteses, mas Kari imaginou que ela estava na vida dele por uma razão – mesmo que por apenas algumas vezes por mês, em uma ou outra sessão de fotos. Além disso, ela não conseguia deixar de gostar dele. Eram bons amigos, um tipo de relacionamento que vai além das obrigações profissionais.

Outros cinco figurinos precisavam ser fotografados. Kari juntou as roupas e seguiu para o camarim. Enquanto estava se trocando, ela pensou no segundo dia do seminário de casamento, o dia em que a mudança aconteceu.

"Cuidado com os seus medos", avisou um dos conselheiros. "Quando um relacionamento não está dando certo, os medos normalmente são a base do problema."

Ele pediu que os dois pensassem em seus maiores medos em relação um ao outro, e, depois de cinco minutos de silêncio, lágrimas encheram os olhos de Tim. Ele olhou para o conselheiro e engoliu em seco. "Ela amava Ryan Taylor antes de me amar. Como eu poderia chegar à altura dele?"

"Então, qual é seu medo?", o conselheiro perguntou a Tim, sua voz meiga, calma. Mesmo antes de Tim poder responder, Kari teve uma nova compreensão.

"Eu acho que...", ele desviou o olhar para Kari, "eu acho que eu sempre pensei que não fosse bom o suficiente para você. Eu pensei que você merecesse alguém melhor."

A conselheira interveio. "E quanto a você, Kari? Qual é seu maior medo em relação a Tim?"

Kari lembrou-se do modo como os amigos de Tim a menosprezaram na festa da faculdade. A resposta foi simples. "Eu tinha medo de não ser inteligente o suficiente."

Eles falaram sobre atitudes e como as pessoas sempre responderam aos seus medos de uma forma ou de outra. Neste caso, Tim enfrentava o problema passando tempo com uma mulher que apreciava sua inteligência. Kari, no entanto, lidava com o medo afastando-se de Tim e ocupando-se com atividades que a faziam se sentir competente – como as sessões de fotos.

"Então, vocês percebem como funciona a dança", disse o conselheiro para Tim. "Quanto mais Kari se ocupava, maior era seu sentimento de rejeição e mais atraído você se sentia pela outra mulher. Era uma dança na qual os passos afastavam vocês cada vez mais a cada dia."

Tim e Kari se olharam, surpresos com a inteligência da descrição daquele homem.

"A essa altura do casamento de vocês", continuou o conselheiro, "há três âncoras à sua disposição, âncoras que – se optarem por usá-las – vão evitar a destruição da sua vida em comum. Se optarem por ignorar essas âncoras, vocês provavelmente não poderão esperar que o casamento sobreviva."

Tim segurou a mão dela enquanto o homem falava. Embora Kari ainda tivesse sentimentos de dúvida e de raiva e momentos em que seu coração queria pensar em Ryan, a sensação de sua mão na do marido era mais reconfortante do que ela esperava.

O conselheiro voltou sua atenção para Tim. "Primeiro, por causa de sua tendência de exagerar na bebida, você deve abrir mão completamente de qualquer forma de álcool."

"Eu... já tentei."

"Agora que estamos fazendo disso parte de seu aconselhamento, se você não conseguir parar por conta própria, precisará examinar um dos programas cristãos de tratamento. Nós lhe daremos uma lista."

Ele mal parou de falar quando desviou o olhar para Kari. "Segundo, vocês devem ser totalmente fiéis um ao outro, tanto emocional como fisicamente."

"E o mais importante de tudo", interveio a conselheira, "vocês dois devem se comprometer a entender seus medos individuais e mudar o modo como lidam com eles. E isso significa que a palavra *divórcio* não deve ser incluída no vocabulário de vocês."

O conselheiro concordou com a cabeça. "Lembrem-se: cada uma dessas âncoras depende de vocês. Ao fazer essas escolhas, vocês poderão mudar os passos de sua dança e trabalhar no sentido da cura."

Terminada a sessão de aconselhamento, antes de irem para casa, Kari e Tim atravessaram um parque cheio de árvores de mãos dadas, conversando. Eles prometeram dançar mais próximos daquele momento em diante.

Uma batida rápida na porta do camarim revelou a Kari que ela precisava deixar as lembranças de lado.

— Ok, linda, o tempo acabou — disse Hank. — Vamos trabalhar essas coleções e ir para casa.

— Tudo bem... estou indo.

Kari ajustou o próximo figurino e deu os últimos retoques na aparência. Ela também estava ansiosa para terminar o trabalho e ir embora.

Ela e Tim estavam sendo acompanhados em sessões de aconselhamento por um psicólogo cristão em Bloomington. O próximo compromisso dos dois era à noitinha, e Kari demoraria pelo menos uma hora para voltar para casa antes disso. Ela sorriu para si mesma. As sessões de aconselhamento, às vezes, eram difíceis e dolorosas; mas pensar nelas fazia com que ela tivesse um sentimento de esperança. Um sentimento delicado e hesitante de uma esperança que só podia significar uma coisa: que seu coração partido estava começando a se restabelecer.

***

A quase noventa quilômetros ao sul, nos Silverlake Apartments, Angela Manning estava sentada à mesa em sua cozinha, tomando café e pensando no sumiço de Tim. Ela simplesmente não conseguia compreender o que havia acontecido. O relacionamento deles estava maravilhosamente bem. Havia algumas tensões, mas isso era normal, não era? A jovem tinha certeza de que as coisas se acalmariam uma vez que o divórcio de Tim estivesse realmente em andamento.

Então, certa noite, enquanto ela estava na biblioteca, ele simplesmente fez as malas e desapareceu, deixando apenas um breve bilhete para explicar sua mudança de atitude.

Seu coração doía ao pegar o bilhete na mesa de café e lê-lo pela centésima vez desde que ele voltou para a esposa.

Angela,

Sinto muito. Cometi um erro terrível, e isso está me destruindo. Preciso estar com minha esposa, e você precisa seguir em frente. Perdoe-me.

Tim

A princípio, Angela ficou imaginando se o bilhete era algum tipo de piada de mau gosto, uma tentativa de Tim para assustá-la. Mas, uma vez que ele não apareceu naquela noite, nem na próxima, nem nas seguintes, ela começou a entrar em pânico. Angela nunca teve a intenção de se envolver com um homem casado. Mas, uma vez envolvida, a única coisa que a mantinha viva era acreditar piamente que o casamento de Tim havia acabado e o futuro dele estava aqui com ela, neste apartamento fora do *campus*.

Pensar que Tim nunca poderia tê-la levado a sério, e que ele talvez tivesse deixado o caso continuar sem intenção de ficar por muito tempo com ela, era mais do que Angela podia suportar. Isso a fez se sentir desprezível, sórdida e usada – assim como a mulher por quem seu pai saiu de casa.

Ela sentiu lágrimas arderem nos olhos e tomou um gole de café, lembrando-se do choque daqueles primeiros dias após o abandono de Tim.

Quando percebeu que ele havia ido para casa ficar com a esposa, Angela disse a si mesma que o amante voltaria. Ele havia ido embora só por causa da consciência pesada. Quando percebesse o que havia deixado para trás, daria início ao processo de divórcio – como deveria ter feito meses atrás – e, então, viria bater à sua porta.

Mas, passada uma semana, Angela começou a ter dúvidas. A esposa de Tim havia voltado para ele por livre e espontânea vontade? Tim disse que ela estava na casa dos pais antes. Mas, agora, eles já estavam morando juntos? Na casa deles? Como assim? Angela não podia suportar a ideia.

Então, nos últimos dois dias, deixou mensagens de voz de hora em hora no escritório de Tim, desesperada para conversar com ele. Ela até pensou em ir lá e esperá-lo. Ficou batendo as unhas na caneca de café enquanto decidia o que fazer. Se ele não retornasse seus telefonemas hoje, era exatamente isso que ela faria. Não havia escolha.

Uma vez que agora ela estava apaixonada por Tim, não importava se ele era casado ou não. Tudo o que importava era estar com ele. Ela só conseguia pensar em...

O telefone tocou.

Angela deu um pulo e até espirrou café na roupa ao correr para atender ao telefone. Era Tim; tinha de ser. É claro que ele ligaria de volta! Ele a amava tanto quanto ela o amava. Esse negócio de ir para casa só fazia parte do processo de separação, algo que ele tinha de tirar da cabeça. Sim, era isso.

Um raio de esperança passou por seu coração, e ela apertou o botão.

— Alô?

Houve silêncio por um momento, e, em seguida, Angela ouviu a respiração de alguém do outro lado da linha. Aparentemente, Tim estava descontrolado e com dificuldade para falar. Ela estava prestes a dizer o nome dele quando um homem começou a falar.

— Oi, Angela. Sou eu.

Angela sentiu a dor da decepção.

— Quem é?

O homem deu uma única risada, e algo na risada deu arrepios em Angela.

— Você não sabe, querida? É Dirk.

Uma intensa frustração correu pelas veias de Angela. Dirk Bennett? O caso deles já não estava encerrado? O rapaz era obcecado. O fato de terem dormido juntos não significava que ela quisesse se casar com ele. Além disso, ele era muito jovem. Depois de estar com um homem como Tim Jacobs, não havia a menor possibilidade de Angela voltar para um rapaz.

Ela deu um suspiro e não escondeu a irritação.

— O que você quer?

Ele ficou em silêncio por um tempo, pesando, sem dúvida, a reação dela.

— Bem... eu sei que você não está mais saindo com o professor e queria saber se você gostaria de sair comigo hoje à noite.

Ela quase não acreditou.

— Não, Dirk. Eu não vou sair com você hoje à noite, nem amanhã, nem qualquer outra noite. Nosso namoro acabou. Você está me entendendo?

Dirk começou a respirar mais alto e mais próximo.

— Você não entende, Angela?

Havia algo estranho em sua voz, e Angela sentiu o arrepio novamente.

— Entende o quê?

— Desde que nós nos apaixonamos, eu venho fazendo planos. — Sua voz estava mais alta, mais nervosa que antes.

Angela deu uma olhada no relógio e pensou em desligar o telefone. Era provável que Tim estivesse tentando ligar, e lá estava ela tendo uma conversa com um louco com quem não chegou a namorar um ano. Ela passou os dedos sobre o nariz e tentou ser paciente.

— Que planos?

Dirk hesitou, sua voz estava mais suave novamente.

— Os planos para me casar com você, Angela. Já está tudo certo.

Angela não cabia em si de indignação. Aquilo era um evidente absurdo.

— Você está louco? Eu não tenho nenhuma intenção de me casar com você. — Ela estremeceu com a ideia. — Agora, eu tenho que ir.

— Espere! — Ela estava para desligar quando a voz de Dirk soou novamente. Desta vez, suas palavras foram expressas com nada menos do que ódio. — O professor não quer você, Angela. Ele voltou para a esposa. Eu os vi juntos outro dia. De mãos dadas.

A respiração de Angela ficou presa na garganta, e uma dor aguda rasgou seu coração. Não! Não era possível. Tim só estava dando um tempo para pôr os pensamentos em ordem; ele, na verdade, não havia voltado para a esposa. Só fazia algumas semanas.

— Você me ouviu, Angela?

O tom de Dirk assustou-a e, desta vez, ela desligou o telefone. Quando o telefone tocou quinze segundos depois, ela o tirou do gancho e escondeu-o debaixo de um travesseiro. Então, pela primeira vez desde que Tim se foi, Angela escondeu o rosto entre as mãos e chorou.

Uma hora depois, quando seus soluços diminuíram, ela se esticou no sofá e considerou suas opções. Ela não gostou de nenhuma delas até que... Teve uma ideia. Era desonesta e totalmente sórdida. Contudo, quanto mais Angela pensava nisso, mais acreditava que poderia funcionar.

No mínimo, Tim iria voltar ao seu apartamento mais uma vez. Depois disso, seria simples convencê-lo a ficar. Ora, Angela o fez se apaixonar por ela uma vez; sem dúvida, poderia fazer isso novamente. A ideia desenvolveu-se e tomou forma até que Angela se convenceu de que era a coisa certa a fazer. Se ela tivesse de mentir e manipular um pouco, bem, seria uma pena.

Era a única maneira em que ela pôde pensar para salvar o que ela e o amante tinham.

Do contrário, como ela sobreviveria?

Angela pensou no período de férias que estava se aproximando e seu horário de aulas cheio. Sua ideia era brilhante, mas ela só iria colocá-la em prática depois do feriado de Natal. Dessa forma, daria tempo a Tim para mudar de ideia sem ter de mentir para ele.

Ela sorriu, sentindo-se melhor do que nunca desde a partida de Tim. De uma forma ou de outra, ela o teria de volta.

Era simplesmente uma questão de tempo.

***

— Angela! Fale comigo! — Dirk gritou ao telefone por quase um minuto antes de desistir e bater o telefone na base. Apertou os punhos, observando o modo como seu bíceps inchava debaixo da camiseta.

Se ao menos ela pudesse vê-lo, ver como ele havia transformado seu corpo em uma obra de arte... Ela nunca mais pensaria no professor.

Algum tipo de música irritante dessas bandas formadas por meninos estava tocando no dormitório ao lado do dele, e ele bateu o punho contra a parede.

— Abaixe isso! — Quase no mesmo instante, a música diminuiu. Mas Dirk mal notou. Ele não conseguia parar de pensar em sua conversa com Angela.

Como ela teve coragem de zombar de sua oferta? De ridicularizá-lo sem dar-lhe uma chance? Dirk passou a mão nos cabelos e percebeu que estava ficando ralo por causa dos comprimidos. Seu treinador tinha avisado que, nas doses mais elevadas, podia haver queda de cabelo. Ele andou pela sala mais uma vez e ficou olhando para a foto de Angela pregada na parede perto de sua cama.

Tudo isso era culpa do professor! Na verdade, talvez o homem tivesse enganado Dirk. Talvez ele ainda estivesse fazendo paradas no apartamento de Angela. Desde que identificou um segundo carro estacionado na casa de Tim, Dirk tinha certeza de que o homem havia se reconciliado com a esposa. Mas e se ele ainda estivesse vendo Angela?

O pensamento deixou-o cego de raiva. Ele pegou um copo na cômoda, jogou-o no chão e esmagou-o com o salto da bota. Seu coração batia forte enquanto ele pensava em sua preciosa Angela, cega com as mentiras de um perdedor como o professor Jacobs, que a enganava com outra.

Dirk cravou os punhos nas coxas e cerrou os dentes. Só havia uma maneira de saber com certeza. Ele teria de começar a observar o apartamento dela novamente. Não todas as noites, como um tipo de demente que vive assediando mulheres – mas o suficiente para pegar o professor, se ele realmente passasse por lá. O suficiente para saber se era por isso que Angela estava dificultando as coisas para ele.

Seu calendário estava pendurado em um quadro de avisos ali perto, e Dirk puxou-o com força, arrancando a tachinha da parede. Faltavam dois dias para o feriado de Ação de Graças; mas, depois disso, ele começaria a vigiar o apartamento de Angela pelo menos três noites por semana. Era isso – ele ficaria alternando os dias até que pudesse pegar o professor Jacobs em flagrante.

Então ele assustaria o professor de uma vez por todas. Mesmo que, para isso, ele tivesse de violar a lei.

CAPÍTULO 25

O dia de Ação de Graças foi excepcionalmente quente naquele ano. John Baxter descobriu que precisava apenas de um suéter leve quando saiu na varanda depois do jantar.

Era um típico feriado dos Baxter – quente, movimentado e barulhento. Kari e Tim estavam na cozinha embalando as sobras do almoço. Erin e Brooke haviam levado as crianças lá para fora para brincar de pega-pega, enquanto os maridos, Sam e Peter, jogavam futebol com Luke. E Elizabeth estava em uma discussão acalorada com Ashley sobre a importância de ela passar mais tempo com Cole. John adorava a presença de sua família, mas precisava clarear as ideias. Fechou a porta ao passar por ela e encontrou o pastor Mark Atteberry sentado nos degraus lá fora, sozinho.

Ele pôs a mão no ombro do amigo.

— Estou feliz por ver você e Marilyn juntos conosco.

— Está ótimo. — Mark virou-se, os olhos brilhando de paz e contentamento. — Precisamos mais disso. Nós dois com os Baxter!

John inclinou-se para trás e fixou os olhos nas árvores sem folhas que se enfileiravam ao longo da entrada.

— Dá para acreditar? Tim e Kari lá dentro, juntos, como se o casamento deles não houvesse acabado há algumas semanas?

— É maravilhoso. — Mark manteve os olhos no horizonte. — Isso mostra como Deus é bom. — Ele fez uma pausa, e seus olhos se estreitaram. — Eu estava orando por eles durante o jantar. Esses dois estão se esforçando ao máximo, tomando tanto cuidado um com o outro. — Ele hesitou. — Mas eu acho que Ashley e Brooke não aprovam a presença dele hoje!

John suspirou e sentou-se ao lado do pastor.

— Vai levar um tempo, mas elas vão mudar de ideia. Elas querem que Kari seja feliz.

Mark olhou para o quintal da frente.

— Ela e Tim estão participando dos cultos do domingo de manhã. Eu espero que eles não topem com Ryan Taylor...

Uma brisa agitou as árvores próximas, e John pensou no passeio que Kari e Ryan fizeram para pescar.

— Ela sempre vai sentir algo por ele.

— Sim.

— Mas ela ama mais Tim.

— Eu acho que sim. Ela me diz que o amor é uma decisão. — Mark alisou o queixo. — Eu gosto disso. Ela está *decidida* a ficar casada com Tim, para o que der e vier, e algo bonito está surgindo dessa decisão. É realmente impressionante.

Eles ficaram em silêncio por um bom tempo, e o cheiro de tortas de abóbora que haviam acabado de sair do forno passou pela janela atrás deles, misturando-se ao cheiro distante de folhas queimadas. Esta era a época favorita do ano para John, o momento em que as lembranças de sua família, de quando seus filhos eram mais jovens, estavam perto o bastante para ver, ouvir e tocar.

Mark respirou prolongada e lentamente e deu um tapinha no joelho.

— Como anda Ashley ultimamente? Eu não tenho tido muitas notícias dela desde que todos os problemas com Kari começaram.

John sentiu um peso no coração, como a cobrir a perfeição daquele momento.

— A vida nunca foi fácil com Ash. Não foi quando ela era menina, e não é agora.

— Ela foi líder de torcida no ensino médio, não foi?

— Por pouco tempo. Até que ela chegou à conclusão de que não era seu perfil.

O pastor concordou.

— Isso mesmo, eu lembro. E não tinha um menino sempre atrás dela?

— Landon Blake. Ele defendeu o time no exterior, formou-se no mesmo ano que Ashley. Sua família ia à Clear Creek Community Church, mas eles se mudaram para a cidade, e agora vão a uma das igrejas grandes perto da universidade.

— O que aconteceu entre Ashley e Landon?

Era disso que John gostava em Mark Atteberry. Ele era pastor de coração. Sua preocupação com a igreja ia além da participação dos membros nas atividades congregacionais. Ele se preocupava com as ovelhas como pessoas; interessava-se pela vida delas, quer só participassem da Páscoa uma vez por ano ou fossem famílias como os Baxter, que estavam ancoradas na história da igreja. Por causa disso, ele era um dos melhores, mais amorosos e eficientes pastores que John Baxter já tinha conhecido ou de quem já tivera notícia.

John pensou em sua pergunta sobre Ashley e Landon.

— É uma longa história.

— Eu imaginei. — Mark sorriu. — Conte-me. Eu tenho tempo.

Ainda faltava uma hora para as sobremesas, e os dois homens não estavam com pressa.

— Nós sempre pensamos que Ashley iria para a faculdade, como as irmãs. Talvez desse aula de arte ou cuidasse de um estúdio de música por perto. — Ele fez uma pausa. — Nós sabíamos que ela era diferente, mas nunca pensamos que chegaria ao fundo do poço. — John fitou a grama marrom e, de repente, pôde ver Ashley chegando em casa no verão antes do último ano na escola, entrando em casa de forma desafiadora e exigindo mais tempo com os amigos.

— Ela conheceu algumas pessoas em um café perto da universidade. A maioria delas tinha três ou quatro anos a mais que ela e estava envolvida com algum tipo de movimento retrô da década de 1970.

Foi nesse ano, explicou John, que ela começou a se vestir de modo diferente, usar saias tingidas e sair de casa sem pentear os cabelos. Várias vezes naquele verão, John e Elizabeth expressaram seus temores a ela.

— Desconfiamos que ela estivesse bebendo, talvez até se interessando por drogas por causa de todas as mudanças que vimos. Mas Ashley tinha cuidado para não ser pega, e nós não tínhamos certeza. — John encolheu ombros. — Além disso, não queríamos forçar o assunto.

No final, nada restava das conversas deles que não fosse mais tensão. Quando a pegaram bebendo em uma festa do ensino médio naquela primavera, ninguém ficou surpreso. Muito menos, Landon Blake.

— Ele passou em casa depois disso e me disse que amava Ashley. Era alguma coisa a ver com seu sangue, disse ele. Independentemente das decisões que ela viesse a tomar, ele iria amá-la até o dia em que ela morresse.

— Grandes palavras para um menino do ensino médio. – disse o pastor.

John considerou aquilo e concordou com a cabeça.

— Landon sempre foi maduro para sua idade. Muito maduro.

Desde cedo, Blake se mostrou um rapaz sério, daqueles que vão bem com as notas e se comportam de maneira exemplar. Tinha pinta de astro e uma devoção enorme pelos esportes atléticos. Ele era bom tanto nas corridas como nas partidas em equipe e, disparado, um dos meninos mais populares de sua classe. As garotas ficavam atrás dele, mas Blake estava interessado somente em Ashley. E, toda vez que ela o desprezava, ele ficava ainda mais apaixonado.

— Eu ouvi de alguns amigos de Ashley que a turma caçoava da devoção de Landon a ela. Mas ele nem ligava. Até me disse, uma vez, que continuaria a chamá-la para sair até que ela aceitasse.

John lembrou-se claramente das razões de Ashley para não aceitar os convites do menino como se fosse ontem.

— Ele é bom demais para mim, pai, o típico norte-americano. Ele aceitou o sistema – o lance da fé, o lance do trabalho, o lance de guardar dinheiro para comprar uma casa. Ele acha que a vida é trabalho, casamento, filhos e aposentadoria. Mas por quê? Para que serve tudo isso?

Como todos os filhos dos Baxter, Ashley tinha direito ao ensino com preço reduzido na Universidade de Indiana por causa da posição do pai. Mas ela não teve interesse nem em solicitar o ingresso no curso superior.

— Ela foi para a Associação de Bloomington, não foi? — Mark uniu as sobrancelhas curiosamente, e, mais uma vez, John ficou impressionado com a memória dele.

— Sim, ela se formou em design gráfico, e nós realmente pensamos que ela cresceria. — Um suspiro preocupado escapou lá do íntimo, e John fez que não com a cabeça. — Nós ainda nos sentimos assim quando ela foi para Paris.

— Paris. Foi aí que ela ficou grávida?

— Foi. — Aqueles dois anos foram os mais difíceis que John e Elizabeth enfrentaram como pais. Ashley raramente telefonava e, toda vez que fazia isso, era como se uma parte dela tivesse desaparecido para sempre. Mais tarde, os pais descobriram que Ashley havia conhecido um artista francês famoso, que dirigia um estúdio no centro de Paris. O romance dos dois foi fogo de palha. Além disso, os detalhes eram superficiais, embora todos imaginassem que o artista era o pai do filho de Ashley. — Seja lá o que aconteceu lá, isso a deixou com cicatrizes. Ela chegou em casa cansada, cética, grávida e mais determinada do que nunca a se opor a tudo aquilo em que lhe ensinamos a crer. A única razão por que ela veio parar aqui é que ela não tinha outro lugar para ir.

— Foi aí que ela sofreu o acidente. — Mark não precisou perguntar. Todos na igreja souberam do acidente de Ashley Baxter. As pessoas oraram dia e noite para que o feto pudesse sobreviver ao impacto, e, milagrosamente, isso aconteceu.

— Às vezes, eu acho que a ação judicial foi apenas mais uma de uma longa lista de coisas que a machucaram. É claro que ela nunca concordaria.

— Se eu me lembro bem, era muito dinheiro para uma menina.

John concordou com a cabeça lentamente.

— Especialmente, uma garota cuja vida estava completamente desarranjada.

De acordo com Ashley, a ação foi a melhor coisa que já aconteceu a ela. Ela estava grávida de seis meses quando um caminhão de frete do setor público bateu na traseira de seu carro. O impacto causou perda total no carro de Ashley e a colocou na UTI com uma concussão e costelas quebradas. As contrações começaram imediatamente, e os médicos temiam que o bebê pudesse ter sofrido uma lesão cerebral no acidente.

A história recebeu uma atenção local considerável, porque a empresa de transporte tinha um histórico de acidentes similares – e, em muitos desses casos, a culpa foi de um sistema de freios com defeito. Considerando o fato de que a empresa havia divulgado essa informação antes da colisão, qualquer advogado recém-formado saberia que havia muito dinheiro no caso.

Quatro meses depois, quando Cole, um bebê saudável, já tinha pouco mais de um mês de idade, o advogado de Ashley fechou um acordo amigável de duzentos mil dólares com a empresa de transporte. Assim, da noite para o dia, Ashley tornou-se proprietária de uma casa com três quartos em um bairro de luxo perto da universidade e começou a viver aquilo que John gostava de chamar de ser levado pela correnteza – fazendo algumas aulas de arte na universidade, saindo com os amigos, pintando quadros, tocando violão.

— Eu tenho dó de Cole. Ele não tem um pai, e a mãe, na verdade, ainda não cresceu.

Mark alisou o queixo novamente.

— Parece que ela não mudou muito desde que voltou de Paris.

— Não.

— Eu acho que não percebi...

— Pobre Cole. — John cruzou os braços, e seus olhos encontraram os do amigo. — Eu tento ocupar o lugar de um pai para ele. Você sabe, sentar no chão e brincar com o garotinho. Mas Ashley está sempre deixando o menino em casa para poder encontrar um lugar tranquilo para pintar ou passar o tempo com os amigos no café. É quase como se ela ainda estivesse no ensino médio. — Ele procurou as palavras. — Ainda tentando convencer o mundo de que ninguém pode dizer à Ashley Baxter como se deve viver.

A brisa estava ficando mais forte, e nuvens de tempestade se juntavam no norte. As temperaturas caíram consideravelmente durante os momentos em que eles ficaram lá fora e, de fato, estavam previstas nevadas para o final da tarde. John levantou-se e deu uma boa espreguiçada, apertando levemente o ombro de Mark.

— Tudo isso para pedir: ore por ela? Quando Cole ficar mais velho, ele logo vai perceber que somos seus verdadeiros pais e que sua mãe não passa de uma menina confusa.

Mark ficou em pé também e deu um tapinha nas costas do médico, seu velho amigo.

— Eu vou orar. E toda vez que você precisar conversar, estou à disposição.

John sentiu-se firme novamente. Ele se lembrou de sua história favorita da Bíblia, a que Pedro sai do barco e anda sobre as águas. O grande pescador estava andando muito bem até olhar para as ondas e começar a afundar.

À medida do possível, John tentou viver sua vida sem olhar para as ondas. Mas, quando olhou, quando a vida de seus filhos já crescidos levou sua fé a vacilar um pouquinho, Deus sempre enviou alguém para ilustrar as palavras de Cristo: "Homem de pouca fé, por que você duvidou?".

John tinha certeza de que, nesta situação, seu momento mais difícil, o Senhor enviou o pastor Mark para cumprir esse papel. Era uma certeza que mantinha seus olhos onde eles deveriam estar – longe das ondas e voltados para os braços sempre estendidos de Jesus.

***

Dentro de casa, Ashley ouviu os homens pararem de conversar e virem em direção à porta da frente. Enxugou as lágrimas de raiva dos olhos e correu para a sala de jantar vazia para que não percebessem que ela estava ouvindo a conversa.

Era assim que seus pais a viam – como uma mãe solteira irresponsável que se importava pouco, ou nada, com seu próprio filho?

Os ombros de Ashley enrijeceram, e ela pegou um pano de prato para limpar as migalhas de pão da mesa. Ótimo. Se era assim que seus pais queriam ser, ela poderia sobreviver sem eles. Não precisava levar Cole à casa deles, ora! Tinha uma dezena de amigas que teriam o maior prazer em cuidar do garoto. Por que sobrecarregar seus pais? Ainda mais se eles achavam que ela estava passando sua obrigação para eles.

Pelo canto do olho, ela viu Kari e Tim, lado a lado perto do balcão da cozinha, esticando um pedaço de filme plástico sobre uma tigela de purê de batatas. Eles estavam conversando em voz baixa sobre algo que Ashley não pôde decifrar. A visão praticamente lhe fez vomitar. Kari estava tão disposta a recomeçar de onde parou com Tim, mesmo depois do caso descarado dele? O fato de Tim poder aparecer na casa dos Baxter era nada menos que impressionante.

Ela se lembrou da oração de seu pai pela refeição e de como, no espaço tranquilo depois disso, Tim falou com toda a família.

"É claro que todos vocês sabem dos problemas que Kari e eu estamos tendo." Tim teve a atenção de todos à mesa, e falava com uma voz triste, humilhada. "Eu fiz algumas escolhas muito ruins e estou arrependido. E não só no sentido de magoar Kari...", seus olhos brilharam, e Ashley teve vontade de cuspir nele, "mas de magoar todos vocês também". Ele estendeu a mão para segurar a de Kari. "Estamos nos esforçando ao máximo para resolver nossos problemas e, enquanto isso, o apoio de vocês significa tudo para mim." Ele olhou para Kari e depois para os outros. "Para nós dois."

Tim limpou a garganta. "No entanto, eu não vou pedir o perdão de vocês. Eu quero conquistá-lo."

Ashley revirou os olhos enquanto a lembrança desaparecia. Todo aquele discurso era uma tentativa patética de Tim de tornar as coisas mais fáceis para si mesmo, para que pudesse aparecer por perto da família de Kari sem se sentir culpado pelo que fizera a ela e a todos.

Ela deu uma olhada para a irmã, esforçando-se ali, ao lado do marido. Havia um brilho de fé em seus olhos – não só fé em Deus, mas em Tim também. Era uma fé que Ashley não conseguia entender. Se Tim traiu Kari uma vez, certamente ele faria isso novamente. E, mesmo que não fizesse, sua irmã teria de viver a vida toda ciente da traição de Tim.

Kari estava louca, ficando ao lado de Tim quando um homem de verdade ainda era claramente apaixonado por ela. Ashley pensou em Ryan Taylor por um minuto e soube que, não fosse por Kari, ela mesma o teria chamado para sair. Sim, ele era como seus pais em muitos sentidos. Mas havia algo ousado e diferente em Ryan – algo que o tornava mais atraente do que Landon Blake havia sido.

Ela passou o pano de prato sobre a mesa mais uma vez. Se o casamento exigia o tipo de devoção que Kari tinha por Tim, Ashley estava feliz por ser solteira.

Na sala ao lado, a porta do pátio se abriu e Luke entrou, sem fôlego, com a bola de futebol na mão. Peter, o marido de Brooke, veio logo atrás, e os dois passaram por ela sem dizer uma palavra. Não houve uma centena de vezes em que Ashley e Luke brincaram com aquela mesma bola depois de jantares como este? *Você era meu melhor amigo, Luke. O que aconteceu com a gente?*

Essa era uma pergunta que sempre passava por sua cabeça quando ela estava na casa dos pais, mas Ashley nunca a fez em voz alta. *Eu deveria ter ficado em Paris porque aqui ninguém dá a mínima para mim.*

Ela prestou atenção nos sons à sua volta: o tinido suave de pratos e o barulho da água passando na máquina de lavar louça; um jogo de futebol na televisão na sala ao lado e os sons misturados de conversa e risadas.

Ali estava sua irmã, grávida de quase quatro meses de um marido que, até algumas semanas atrás, estava vivendo com outra mulher. Neste exato momento, não havia uma pessoa em sua família que não estivesse sentindo pena de Kari. Pobre Kari assim, pobre Kari assado.

Ashley deu um estalo com a língua e passou o pano de prato na outra ponta da mesa.

E havia Brooke. Não faz mal que ela e Peter tenham se afastado da fé e dos valores de seus pais da mesma forma que Ashley. Brooke e Peter sempre foram bem-vindos à casa dos Baxter, e sempre foram mencionados de modo favorável. Mamãe e papai nunca implicaram com eles, nem se queixaram deles. A razão era óbvia, e irritava Ashley continuamente: Brooke e Peter eram médicos, assim como o papai. Eles podiam não ir à igreja, mas pelo menos se deram bem na vida, seguindo o John em uma profissão respeitável.

Mas Ashley, não – não, senhor! Segundo seu pai, ela não teve o tino de crescer ainda.

Ela olhou para Brooke e Peter do outro lado da sala. Como todos os outros, eles pareciam felizes neste Dia de Ação de Graças. E por que não estariam? No jogo de cartas da vida, eles não tiraram outras que não fossem ases, cartada após cartada.

As pessoas sempre elogiavam Erin. Ninguém parecia notar que ela praticamente tinha fobia da possibilidade de seu marido conseguir um emprego fora do estado. Erin era professora do jardim de infância, uma menina doce, uma cristã. Que razão tinha para se sentir perdida ou excluída naquela tarde?

E Luke? Ele deixou de ser o raio de sol despreocupado de uma infância marcada pela certeza absoluta... para ser um conservador ignorante e egoísta que fazia pouco senão julgar os que o cercavam. Especialmente, Ashley.

Ashley juntou um punhado de migalhas, foi para a cozinha e sacudiu-os na pia, apertando-se entre Kari e Tim com um seco "dá licença".

Ela não estava no meio do caminho para a sala de jantar quando ouviu Tim sussurrar para Kari: "O que está acabando com ela?".

Ashley ignorou a resposta de Kari. O que importava? Eram eles que tinham problemas, não eram? Lágrimas encheram seus olhos enquanto ela apanhava um suéter. Em vez de arriscar a fazer perguntas para os pais sobre o que estava errado, ela foi para a varanda vazia dos fundos.

Lá fora, sozinha, viu um par de pássaros perseguindo um ao outro no céu escuro, mergulhando no céu de um jeito e depois de outro, revezando-se na frente. Então, ela olhou em direção à casa lá atrás. Pelas janelas da sala da família, pôde ver os outros conversando e rindo.

A vida deles é um caos, e você nem sabe disso. Ela respirou forte. Eles pareciam mais felizes do que qualquer família de televisão já havia sido. E talvez fossem.

Todos, exceto Ashley.

CAPÍTULO 26

Kari, inevitavelmente, iria se deparar com Ryan Taylor mais uma vez, e isso aconteceu na véspera de Natal.

Após seis semanas de aconselhamento e trabalhando para juntar os pedaços de seu casamento, Kari tinha esperanças de que a cura completa estava próxima. Ela e Tim estavam avançando a cada sessão. Eles eram mais honestos um com o outro, mas também mais carinhosos, mais cuidadosos para não magoar um ao outro.

Logo no começo das sessões de aconselhamento, Kari confessou seu caso emocional com Ryan. Admitir o fato foi difícil para ambos. Mas, então, eles discutiram toda a questão com o conselheiro. Para alívio dos dois, saber que ambos haviam se desviado do caminho tornou-se uma fonte de compreensão mútua bem como de dor.

Desde então, Kari estava particularmente satisfeita com seu progresso em uma área de sua cura – os pensamentos em Ryan eram menos frequentes agora. Tudo isso, contudo, foi ameaçado na manhã de domingo de dezembro quando ele apareceu em sua classe da escola dominical.

Fazia dez minutos que o culto na igreja havia acabado, e ela estava sozinha, guardando suprimentos, quando ouviu a voz de Ryan atrás dela.

— Oi.

Seu coração acelerou ao vê-lo em pé na porta.

— Oi. — Ela respondeu. Tirou o pó das mãos nas costas de sua saia.

Ele pareceu ter o cuidado de não deixar os olhos pararem na barriga de Kari, que estava firme e arredondada, não deixando dúvida de seu estado. Kari sentiu o rosto esquentar. *Ele já sabe agora; é por isso que não está surpreso.* Ela se repreendeu em silêncio. Por que ela não lhe contou sobre o bebê? Teria sido melhor que ele soubesse por ela.

Ryan segurava um envelope nas mãos e parecia nervoso, como se eles estivessem se encontrando pela primeira vez novamente.

— Eu... eu queria desejar um Feliz Natal para você. — Estendeu a mão com o cartão. — É para você.

Não, Ryan... não.

Ela atravessou a sala de aula e pegou o envelope, mantendo-se à distância, sem tirar os olhos dele.

— Eu estou... Tim e eu estamos juntos de novo. — Sua mão parou na barriga timidamente. — Vamos ter um filho.

Ryan pôs as mãos nos bolsos, e Kari esforçou-se para ler os olhos dele.

— O pastor Mark me contou.

De repente, Kari foi dominada pela proximidade dele, presa novamente nas lembranças da noite que tiveram no lago e nas verdades que ficou sabendo ali. Lágrimas encheram seus olhos.

— Ryan, eu... eu não posso ser sua amiga. — Muito emocionada para falar, ela fez um não com a cabeça, uma série de soluços presos na garganta.

Ele cruzou os braços bem na frente e respirou com dificuldade pelo nariz.

— Eu sei.

Os joelhos de Kari tremiam debaixo da saia, e ela, desesperadamente, queria que ele fosse embora. Um encontro como esse só serviria para regredir tudo o que ela estava tentando fazer com Tim e o conselheiro. Lágrimas juntaram-se em seus olhos, e ela olhou para os pés.

— Estar com você naquele dia... — ela se esforçou para engolir — foi um erro, Ryan. Eu nunca deveria ter deixado...

— Kari. — Seu tom a fez parar, e ela encontrou seu olhar mais uma vez. — Eu não vim aqui para pedir que você seja minha amiga ou para fazer você se sentir mal. — Ele lhe deu um sorriso triste. — Eu só queria lhe dar um cartão de Natal e dizer uma coisa.

Ela pôde sentir o perfume de sua colônia e tentou não pensar em como era bom vê-lo novamente. Em vez disso, ela esperou que ele continuasse.

Ryan encostou-se no batente da porta.

— Todos os dias durante as últimas seis semanas eu orei por você, Kari.

— Orou?

Ryan fez que sim com a cabeça, sem tirar os olhos dos dela.

— Sim... para que você e Tim resolvessem as coisas. — Ele mordeu o lábio inferior e hesitou. — É óbvio que minhas orações estão sendo respondidas.

Eles conversaram pouco por mais alguns minutos e, então, Ryan olhou para o relógio.

— Eu preciso ir. — Evitou abraçá-la, mas ergueu uma das mãos enquanto se afastava. — Feliz Natal, Kari.

Depois que ele foi embora, ela abriu o cartão e sentiu a respiração presa na garganta. Dentro, ele havia escrito esta simples mensagem: "Obrigada por me ensinar o que realmente é o amor".

A conversa que tiveram passou novamente em sua cabeça. Os olhos de Tim disseram que ele ainda sentia algo por ela. E as batidas de seu coração responderam que seus próprios sentimentos não mudaram. Na verdade, só uma coisa havia mudado desde a última vez que eles se encontraram.

A determinação de ambos de abrir mão um do outro.

***

Ashley muitas vezes usou as manhãs de domingo para fazer tarefas não cumpridas durante a semana. Se, por acaso, estivesse na rua quando o culto na igreja acabasse, ela às vezes passava por lá para pegar Cole. Aquela véspera de Natal foi uma dessas ocasiões. Ela chegou a pensar em participar dos cultos com sua família, mas, no final, estava muito ocupada. Ela iria em outra ocasião. Na véspera de Ano-Novo, talvez, ou na Páscoa.

Colocou seu Honda vermelho no estacionamento da igreja, passou os dedos nos cabelos curtos e estava seguindo em direção à salinha de Cole quando viu Ryan Taylor em pé na porta de uma das salas da escola dominical. Por um instante, pensou em se aproximar dele e colocá-lo a par das novidades sobre Kari; mas, antes que pudesse se decidir, ele se virou e andou na direção oposta. Com quem ele estava conversando? Sua curiosidade venceu-a, e ela seguiu lentamente em direção ao lugar onde Ryan estava. Ela se inclinou, mas a sala estava vazia.

— Ashley?

Ela se virou e viu Kari se afastar de um armário. Seu rosto estava manchado de lágrimas, e ela segurava um punhado de frascos de cola e tesouras para crianças.

— Oi. — Ashley sentiu-se estranhamente culpada. — Eu só vim buscar Cole.

— A sala de Cole fica do outro lado do prédio. — Kari endireitou-se e tirou o cabelo do rosto. Ela parecia cansada, como se estivesse carregando um fardo invisível muito pesado para suportar.

— Eu... — Ashley encolheu os ombros e decidiu ser honesta. — Eu vi Ryan e pensei que pudesse pegá-lo aqui antes de ele ir embora.

Kari aprumou-se rapidamente e começou a empilhar livros. Ela falou de costas com Ashley.

— O que você ia dizer para ele?

— Olhe, Kari, eu não estou tentando dificultar a sua vida. — Ashley suspirou. — Mas, se você me perguntar, Ryan é muito melhor...

— Eu não estou perguntando! — A voz de Kari foi áspera, e fez Ashley dar um passo para trás. — Além disso... — Ela alisou a saia com as mãos e hesitou. — Além disso, Ryan se sente da mesma maneira que eu. Aquilo que nós dois tivemos é melhor ficar no passado.

— Ryan disse isso? — Ashley já havia se preocupado com o bom senso de sua irmã antes. Mas se Kari pensava que Ryan Taylor não estava mais completamente apaixonado por ela, com certeza ela precisava de ajuda.

— Ryan amará você até o dia em que ele morrer. Por que você acha que ele estava aqui?

Kari olhou para Ashley na mesma altura dos olhos da irmã.

— Para me dizer que ele estava orando por mim.

— Viu? — Ashley jogou as mãos para o alto. — É a mesma coisa. Ele está esperando, caso as coisas com Tim não deem certo. É claro que ele está orando.

— Não é assim. — Os olhos de Kari estavam molhados, e ela bateu os pés ao falar. Ashley já se sentia mal por insistir no assunto. — Ele está orando para que eu e Tim sejamos felizes juntos.

Havia, obviamente, mais do que isso, mas Ashley não tinha tempo para analisar o assunto agora. Tinha de pegar Cole. Além disso, não havia por que discutir. Kari estava determinada a ficar com Tim, por mais infeliz que isso a deixasse.

— Olha, eu sinto muito por tocar no assunto. — Ashley fez uma pausa e, embora a conversa pudesse naturalmente levar a um abraço, ela apenas disse: — Até mais — e acenou enquanto seguia para a sala de aula de seu filho. Ao chegar lá, seus pais já haviam prometido a Cole almoçar no restaurante favorito dele.

Ashley pensou nas compras que ela ainda precisava fazer para o dia seguinte e deu de ombros. Ultimamente, ela não queria sobrecarregar os pais, mas se eles estavam se oferecendo...

— Está bem. Podem levá-lo para almoçar. Eu o busco mais tarde.

Sua mãe estendeu a mão e apertou a dela.

— Venha com a gente.

Ashley lembrou-se da conversa no dia de Ação de Graças que seu pai teve com o pastor.

— Tudo bem. Podem ir. Eu tenho coisas para fazer. — Ela se abaixou e esfregou o nariz no de Cole. — Seja bonzinho com a vovó e o papai.

Os olhos de Cole brilharam.

— Eu vou, mamãe. — Ele ergueu um pedaço de papel dobrado que estava dentro de uma caixa de cor viva com uma tampa. — Aqui... Eu fiz isso para você. — Ele sorriu. — A *tia* disse que é o melhor presente de Natal de todos.

Abriu-o e, dentro, havia uma imagem colorida do bebê Jesus com estas palavras: "Jesus me ama, isso eu sei."

Ashley fixou seus olhos na mensagem, e dúvidas passaram rapidamente por sua cabeça. Jesus podia amar Cole – e quem não amaria? –, mas, obviamente, ele não se importava muito com ela. Ela sorriu para o filho e desarrumou o cabelo dele.

— Obrigada, querido. Você fez um lindo trabalho.

Cinco minutos depois, Ashley chegou a um posto de gasolina a aproximadamente um quilômetro e meio da igreja. Uma placa dizia que os clientes precisavam pagar antecipadamente dentro da loja de conveniências, e ela resmungou, remexendo rapidamente na sua bolsa à procura de uma nota de vinte dólares enquanto seguia em direção ao prédio. As lojas não ficavam abertas até tarde, e ela estava com pressa para acabar com isso. Três pessoas estavam à sua frente na fila do caixa, e ela ficou impaciente, olhando para os lados, ainda pensando na conversa que teve com sua irmã naquela manhã. Kari só podia estar louca para deixar um cara como Ryan Taylor escapar.

A filha andou, e algo chamou a atenção de Ashley. Ela olhou para fora e viu uma caminhonete Chevy prata entrando no estacionamento. O motorista parecia alguém conhecido, e, quando a caminhonete parou perto da bomba, ela não teve dúvidas.

Era Ryan; não havia como confundir seu perfil.

Ashley viu-o sair, ler a placa e vir para dentro da loja.

Ela o admirou em silêncio. Não gostava de esportes, mas quem não apreciaria um corpo como aquele? Se ele não estivesse apaixonado por Kari...

Ele a viu de imediato.

— Ei, Ash, tudo bem? — Ele a abraçou de forma descontraída, um sorriso iluminando seus olhos.

— Bem. — Ela sorriu e deu uma olhada para ele. — Você está lindo como sempre.

— Que é isso! Obrigado, madame. — O tom de voz era descontraído e amistoso. — O mesmo digo para você.

Era isso que tornava Ryan diferente de Landon, pensou ela. Ryan não era apaixonado por ela. Ele podia rir com ela, provocá-la, conversar sobre qualquer coisa sem nunca deixá-la com medo de que uma proposta de casamento surgisse a qualquer instante.

Ela foi direta.

— Vi você conversando com Kari na igreja hoje.

Seus olhos arregalaram-se sutilmente.

— Ashley Baxter, na igreja?

Alguns centímetros os separavam enquanto esperavam na fila, e Ashley deu uma cotovelada nas costelas de Ryan.

— Qual é... não é que eu tenha aversão à igreja. — Ela balançou os cabelos e pôs uma mecha atrás da orelha. — Eu fui buscar Cole, mas meus pais já tinham planos para ele. — Ashley inclinou o rosto, fazendo contato com os olhos. — E você saiu antes que eu pudesse dar um oi.

Os olhos de Ryan perderam um pouco do brilho.

— Levei um cartão de Natal para sua irmã.

— Ah. — Ashley fez movimentos grandes com a cabeça enquanto concordava. — Minha irmã fiel.

Era a vez de Ashley no caixa. Ela pagou pelo combustível, saiu e encheu o tanque, e se encontrou com Ryan perto da caminhonete. Ele encostou-se na porta do motorista e examinou Ashley.

— Kari está fazendo a coisa certa.

Ashley suspirou e olhou para o céu nublado lá longe.

— Ele vai traí-la de novo.

— Agora eles têm um filho para pensar. — Ryan encolheu os ombros. — Eu tenho a intuição de que ele parou de andar por aí.

Ela estalou a língua e fez que não com a cabeça, irritada.

— Kari deveria ficar com você.

Ryan sorriu e levantou o queixo, sua expressão subitamente cautelosa.

— É um assunto delicado, Ashley.

Um carro parou atrás dele com o motorista ansioso por uma bomba vazia. Ryan abriu a porta da caminhonete e entrou.

— Você já comeu?

Ashley adorava como o sorriso descontraído dele a desafiava e fazia se sentir desejável.

— Não. — Ela mexeu as chaves. — Estou morrendo de fome.

Ele apontou para o carro dela.

— Siga-me.

— Está bem. — A resposta de Ashley saiu pela boca antes que ela tivesse tempo de pensar no assunto. Voltou correndo para o carro com um misto de emoções em seu íntimo. Almoçar com Ryan Taylor? O que Kari acharia disso? Falando nisso, o que Ryan estava pensando?

Ela o seguiu e repreendeu-se por deixar sua imaginação fazê-la divagar. Ryan a conhecia desde que Kari tinha nove anos de idade. Ele estava sozinho e não queria nada mais do que conversar por uma boa meia hora com uma velha conhecida.

Ele a levou a um bufê de saladas que ambos concordavam ser um de seus favoritos. Depois do almoço, eles ainda estavam conversando sobre a vida e rindo dos dias do passado.

Ryan recostou-se e apoiou os cotovelos na mesa.

— Estou satisfeito.

Ashley empurrou o garfo e o guardanapo.

— Eu também.

Ela sempre se convenceu de que não precisava de um homem em sua vida, mas seu tempo com este homem em particular a estava deixando tentada a rever sua teoria. Ela queria que o almoço com Ryan durasse para sempre. *Ele nunca se sentirá atraído por mim*, ela se lembrou. *Eu sempre vou ser a irmãzinha de Kari.*

Mas, com a mesma rapidez que os pensamentos se formaram, Ryan olhou para ela com a expressão mais séria.

— Como nunca fizemos isso antes?

— Bem... — O coração de Ashley pulou uma batida. — Eu sempre fui a irmãzinha de Kari. — Ela estava brincando com ele e, em resposta, ele sorriu. — Não se preocupe. Eu só tive uma quedinha por você quando fiz doze anos.

Os olhos de Ryan dançaram.

— Doze anos? — Seu queixo caiu, e ele fingiu estar desapontado com a revelação. — Você desistiu de mim quando tinha doze anos?

— Vamos ver... — Ashley ficou olhando para o teto e depois olhou novamente para Ryan. — Eu acho que você estava ocupado namorando alguém naquela época. — Ela levantou o queixo, fingindo estar com os sentimentos feridos. — Eu era uma moça séria de doze anos, sabe. Você simplesmente desprezou a mulher por trás daqueles aparelhos nos dentes.

Ambos riram, e Ryan se inclinou para frente, procurando os olhos de Ashley.

— Você sabe como é bom estar aqui com você!

O mundo de Ashley parecia balançar. Ela advertiu para si mesma que nada poderia vir de uma atração por Ryan Taylor. Toda a família sabia que ele era ex-namorado de Kari. Seria impossível.

Não seria? Então, o que era este sentimento de timidez que a estava consumindo? Ela ficou mexendo em algumas migalhas de pão sobre a mesa.

— Para mim também.

— Nós deveríamos ter feito isso antes. — Ele lhe deu um sorriso torto. — Alguma vez depois de seu aniversário de doze anos.

— Sim. — Ela deu risadinhas e tentou entender o que ele estava pensando. — Ei, você está ocupado? Hoje, quero dizer?

Os olhos dele dançaram.

— O que você está inventando agora?

— Eu tenho uma ideia.

— Diga. Tem que ser melhor do que qualquer coisa que eu tenho para fazer hoje.

— Vamos às compras de Natal. — Ela se endireitou na cadeira. — Eu preciso ir ao shopping. E já que Cole está com meus pais...

— E eu não comprei nada para a tia Edith, a mulher que tem tudo. — Ele bateu a mão na mesa. — Você acertou.

Eles passaram o resto da tarde juntos, fazendo compras em lojas de brinquedos e butiques e rindo das outras pessoas frenéticas fazendo compras.

Em uma loja de departamentos luxuosa, acharam a cabeça de uma manequim em cima de um monte de blusas com desconto.

— Maravilhoso! — Ryan apressou-se, pegou a cabeça e continuou a andar.

— Tia Edith sempre quis uma segunda cabeça. Ela perde a dela o tempo todo. Onde eu pago?

Eles riram tanto que tiveram de parar para recuperar o fôlego, e, quando Ryan colocou a cabeça de isopor de volta no lugar, ele pôs, inesperadamente, o braço sobre os ombros de Ashley.

— Tudo bem, irmãzinha, me conte por que uma menina bonita como você ainda está solteira.

— Simples. — Ela afugentou os pensamentos de Paris e sorriu. — Nunca me apaixonei desde os doze anos de idade.

— Ei. — Eles continuaram a andar, e ele começou a bater o sapato de brincadeira no dela. — Eu estou falando sério.

Ela suspirou, ainda se recuperando das risadas.

— Há rapazes. Eu só não estou tão interessada assim.

Ele concordou devagar com a cabeça.

— Certo.

Já era tardinha quando eles finalmente acabaram as compras. Os pais de Ashley provavelmente estavam em sua sessão habitual de embrulhar presentes na véspera de Natal, e ela sabia que tinha de pegar Cole. Mas ela e Ryan estavam com fome, e Cole podia esperar. Afinal, ele se divertia mais com os pais de Ashley.

Eles pegaram uma pizza a caminho de casa e a levaram à casa de Ashley. Ryan pôs seu casaco em uma cadeira assim que passou pela porta da frente e soltou um assobio baixinho.

— Muito bonita.

Ashley levou a pizza até a mesa e voltou para a sala. Desde que passaram pela porta, havia uma mudança entre eles. Enquanto ela o observava passear pela sala, admirando suas pinturas, ela soube o que era.

O clima descontraído entre eles se foi. E, no lugar das amenidades daquele dia todinho, havia algo que eles não tiveram tempo de considerar.

Ele deu as costas para as pinturas de Ashley, seus olhos cheios de admiração.

— São suas?

— Sim. — Ela podia sentir o sorriso roçando seus lábios. — Todas elas.

— Ashley... são maravilhosas. — Ryan voltou sua atenção para uma de suas peças. O coração de Ashley disparou. Era sua favorita – uma paisagem no pôr do Sol com a grama alta balançando ao vento e um celeiro desbotado em segundo plano. Ryan lançou um olhar para ela por cima do ombro. — Essas peças deveriam estar em um museu.

Ela sempre foi reservada com relação aos seus trabalhos artísticos. Seus pais nunca, de fato, aprovaram-na se dedicando a uma carreira como artista. Normalmente, parecia mais simples guardar seu trabalho para si mesma. Quando seus pais vinham visitá-la, eles geralmente atravessavam rapidamente a sala, fazendo pouco mais que um comentário casual. Algo do tipo: "Bonita, Ashley" ou "Estou vendo que você anda ocupada".

Cole era o único que realmente admirava as pinturas da mãe.

Até agora.

Ryan indicou com a cabeça a pintura do pôr do Sol.

— Qual é a história deste?

Era a primeira vez que alguém lhe pedia para explicar uma peça, e ela se sentiu lisonjeada, quase sem palavras.

— Ela me faz lembrar de casa. — Sua voz era suave. — O caminho que eu via quando era criança.

Ela passou os próximos vinte minutos dando-lhe detalhes sobre suas telas. *Ele acha que eu falo sobre isso com todos*, pensou ela. Mas as histórias de suas pinturas eram vislumbres de sua alma, lugares que nunca foram expostos antes.

Enfim, não aqui em Bloomington.

Ryan e Ashley foram até a cozinha para comer a pizza, e, depois disso, ele se esticou.

— É melhor eu ir.

Ela sorriu.

— Tia Edith? — A noite passou voando, e Ashley queria que houvesse uma maneira de comprar mais algumas horas.

— Aham. O avião chega às nove.

Ashley tentou manter-se séria.

— Ela vai gostar dos doces. Mas a cabeça do manequim... aquele teria sido um presente maravilhoso.

Os dois riram enquanto seguiam em direção à porta da frente, e Ryan pôs o braço em volta do pescoço de Ashley, puxando-a para perto a fim de lhe dar um abraço íntimo de amigo. Mas, dado o abraço, seu braço ficou. Ele se afastou o suficiente para ver o rosto dela.

— Eu me diverti hoje, Ash.

Ela se sentiu tímida novamente, algo que havia acontecido apenas algumas vezes em toda a sua vida, mas duas vezes só naquele dia.

— Eu também.

O momento mudou e, de repente, o clima ficou carregado de uma atração tão forte que Ashley ficou sem fôlego. O sorriso de Ryan desapareceu enquanto permanecia abraçado a ela. Seus olhos ardiam com intensidade e perguntas não feitas, e, antes que pudessem dizer outra palavra, o espaço entre eles desapareceu. Devagar, carinhosamente, Ryan levou o rosto até o dela e a beijou.

Não foi o beijo apaixonado de um homem que desejava se aproveitar dela. Em vez disso, foi um beijo que bateu à porta da possibilidade. Ele a beijou uma segunda vez, e então Ashley sentiu o corpo de Ryan tenso.

Ele se afastou, sem fôlego, e segurou os ombros dela.

— Ashley... — ele fez que não com a cabeça —, eu não deveria ter feito isso.

Ela se sentiu como se estivesse sendo arrastada debaixo d'água. As palavras de Ryan não faziam sentido. Ele não sugeriu que almoçassem juntos? Ele não passou o dia dando cotoveladas e fazendo cócegas nela, e colocando o braço em volta de seus ombros?

Um arrepio percorreu sua espinha, e ela deu um passo para trás. Não importava o que Ryan pudesse dizer, ele não podia negar sua atração por ela – não depois dos momentos que passaram juntos naquele dia.

— Não foi um crime me beijar, Ryan. — Ela não hesitou em seu olhar, desafiando-o a admitir o que sentia. — Eu não tenho mais doze anos.

Ryan gemeu e olhou para o chão ladrilhado. Quando ele ergueu os olhos, ela viu muita dor nos olhos dele.

— Você é maravilhosa, Ashley. Você me faz rir, e, toda vez que estou perto de você, eu me sinto melhor com relação à vida. — Ele baixou a cabeça novamente e esfregou a nuca.

Ela deu um passo para se aproximar. Se ele precisava se convencer daquilo, ela estava pronta para a tarefa.

— Nós nos conhecemos há muito tempo. — Ela pôs a mão no ombro dele. — O que aconteceu hoje é o que nós dois estamos sentindo. — Sua voz transformou-se em um sussurro. — Estou certa?

Ryan ergueu os olhos, e sua expressão estava coberta de angústia.

— Se você quer dizer que estou atraído por você... ? Sim. Eu estou. — Ele tirou a mão dela de seu ombro e segurou-a. — Mas não foi certo beijar você, fazer você pensar que eu poderia sair com você assim.

A dor de ser rejeitada por ele era mais dolorosa do que qualquer coisa que ela sentiu desde que chegou de Paris. Lágrimas beliscaram seus olhos, e ela tirou a mão da mão dele. Seu tom estava silenciosamente irritado quando ela, por fim, encontrou a voz.

— É Kari, não é? Você tem medo de se apaixonar por mim por causa dela, certo?

— Não. Eu não estou com medo. — Ele se encostou no batente da porta. — Kari ama o marido dela, e é assim que as coisas devem ser. Meu tempo com ela acabou.

Ashley passou a mão no cabelo.

— Eu não entendo, Ryan. O que é?

Ele não disse nada, e, de repente, Ashley entendeu. Embora ele nunca mais pudesse ver Kari, o coração de Ryan ainda não estava livre.

Ela deu dois passos para trás e se encolheu. Era a única maneira que ela conhecia para evitar o frio que surgiu na sala.

— É muito cedo, não é? — Ela mordeu os lábios para parar de tremer, e um suspiro triste e demorado atravessou seus dentes. — Por quanto tempo você vai amá-la?

Ela não conseguia respirar enquanto esperava a resposta de Ryan. Ele pegou suas chaves, com os olhos cheios de água. Então, deu um passo para trás em direção à porta e disse apenas duas palavras.

— Para sempre.

***

Quando foi embora da casa de Ashley, Ryan cerrou os dentes e apertou as mãos no volante. O que ele estava pensando? Ele fez que não com a cabeça, estendeu a mão para desligar o rádio e soube a resposta. Ele não estava pensando nem um pouco, não desde o momento em que ele convidou Ashley para almoçar. O que aconteceu no posto de gasolina para levá-lo a agir de modo tão louco?

Ele sabia essa resposta também. Lá estava ela, rindo, provocando-o, bajulando-o e parecendo tanto com Kari que seu coração ficou ferido. Como ele poderia resistir? Por que não passar um dia com uma bela mulher solteira, a quem ele conhecia durante grande parte de sua vida? Sem dúvida, não haveria problema algum para Kari se os dois saíssem à tarde.

Enquanto as horas passavam, Ryan se divertia mais do que imaginou. Às vezes, toda a experiência no shopping o fez se lembrar de outra ida às compras. A que ele e Kari fizeram depois que seu pai morreu. O dia em que ele admitiu pela primeira vez seus sentimentos por ela.

Mas só quando beijou Ashley na porta da casa dela foi que ele entendeu perfeitamente seus motivos.

Por mais horrível que fosse, estar com Ashley hoje foi uma maneira de enganar seu coração, uma maneira de diminuir a dor de perder Kari novamente. Ashley e Kari eram tão parecidas que ele quase pôde se convencer de que ela *era* Kari. Mas, embora Ashley fosse praticamente uma imagem de sua irmã mais velha refletida no espelho, foi aí que a semelhança fez uma parada abrupta.

Kari era boa e compassiva, dedicada quase que de forma excessiva. Ashley, por sua vez, era uma pessoa livre – uma artista, teimosamente independente e refratária a qualquer coisa convencional. E também, descobriu ele, surpreendentemente vulnerável e carente de atenção. Era injusto de sua parte beijá-la; era errado fazê-la pensar que ele tinha intenções sérias quando, para ser sincero, ele não tinha. Ele se sentiu atraído por Ashley e, sim, se divertiu com ela. Mas ela nunca seria a mulher certa para ele. Ainda mais porque sabia que, toda vez que olhasse para Ashley, não conseguiria deixar de pensar em Kari.

Seus pensamentos de culpa consumiram-no durante todo o trajeto para casa. Ele entrou na garagem, estacionou, trancou a caminhonete, foi para a cozinha e sentou-se à mesa. Lá, à sua frente, onde o deixou nos últimos dias, estava o contrato. Um papel que lhe oferecia a oportunidade de ser treinador que ele nunca mais teria.

Ele hesitou em aceitar o compromisso por uma única razão. Embora ele e Kari nunca pudessem ficar juntos, Ryan ainda gostava de morar ali: o cheiro doce do capim selvagem em volta de sua choupana em Clear Creek; o modo como a comunidade de Bloomington vibrava com os valores familiares e o entusiasmo acadêmico; sua familiaridade com cada cruzamento e estabelecimento comercial; as lembranças de seu pai. Aquele, afinal, era o seu lugar.

Ryan ficou olhando para o contrato e soltou um suspiro contido.

Mas agora, à luz da noitinha com Ashley – e o beijo que não fez outra coisa senão confundi-la –, parecia não haver motivo para ficar. Toda vez que ele passasse pela universidade, ficaria se perguntando se Tim estava sendo fiel à Kari. Toda vez que fosse à igreja, se perguntaria se veria os dois. E, depois que o bebê nascesse, ele teria de conviver com a realidade de que, se as coisas tivessem sido diferentes, a criança poderia ter sido dele.

E, quando ele se deparasse com Ashley, as coisas nunca mais seriam as mesmas com relação a ela também. Ele correu os olhos na primeira página da proposta de treinamento e, de repente, percebeu que era a coisa certa a fazer. Não era seu sonho treinar uma equipe profissional quando sua época de jogador tivesse acabado? Aquele contrato não era exatamente o que ele vinha esperando quando se deparou novamente com Kari naquele primeiro domingo?

Ryan pegou uma caneta e aproximou mais o documento. No tempo que levou para assinar seu nome, ele se comprometeu com um futuro que mudaria sua vida e iria enviá-lo para a Costa Leste por um tempo que poderia ser de anos.

Ele sempre disse para si mesmo que, se aparecesse a oportunidade de ser treinador profissional, não se desfaria de sua casa nem de seus bens. Agora, porém, considerando sua situação e a decisão que havia acabado de tomar, o lugar não parecia tão importante. Ryan decidiu telefonar para o corretor de imóvel depois dos feriados. Em seguida, ele se reuniria com sua equipe de treinamento na escola de ensino médio de Clear Creek e lhes daria a notícia. Em poucas semanas, faria as malas e começaria uma nova vida, novamente, na cidade de Nova York. O mais longe possível de Kari Baxter Jacobs.

CAPÍTULO 27

As amigas sempre diziam a Kari que o quinto e o sexto meses de gravidez eram os melhores, e, quando fevereiro chegou, ela teve de concordar. Seus pais estavam dando um jantar pelo aniversário de Brooke naquela noite, e Kari estava feliz por se ver livre do mal-estar matinal e do inchaço que parecia aparecer nos quadris naquele primeiro trimestre.

Agora, o peso extra que ela carregava não era nada além do bebê, e suas irmãs eram unânimes quando prenunciavam que ela teria um menino.

"Você está como eu quando estava grávida", Ashley dizia quase todas as vezes que olhava para Kari. "Uma moça com quadril fino e uma barriga parecendo um balão."

Kari sabia que ficaria maior nas semanas que se seguiram, mas não tinha ideia de como isso era possível. Sua pele parecia já estar esticada até o limite, e sua capacidade de comer um prato grande de comida já havia parado um mês atrás. Ela pensou no filho que abortou e agradeceu a Deus pela vida desse bebê.

As sessões de aconselhamento com Tim estavam sendo melhores do que ela imaginou ser possível. Embora tivesse sido tentado, ele não bebia desde antes do Natal. E eles estavam saindo uma noite por semana, às vezes só para conversar sobre até que ponto ficaram distantes e o quanto tinham de esperar.

Seu criado-mudo estava cheio de livros sobre o que esperar durante a gravidez, e, à noite, ela e o marido liam com atenção, examinando os desenhos de bebês durante a gestação e tentando imaginar como seria seu bebê – se os olhos da criança haviam se formado e se ela já tinha cabelo.

"Você achava que, a essa altura, já saberíamos tudo isso de cor." Tim passou o braço ao redor dela enquanto estavam sentados juntos na sala de TV uma noite. Levou tempo para o relacionamento físico dos dois se restabelecer, mas, a cada semana, o afeto de Kari vinha com mais facilidade.

"Eu não aguento mais. Parece que o dia do parto não chega nunca."

"É provável que seja assim toda vez, se você tiver um ou cinco filhos."

Kari acreditava.

O bebê continuou a virar e se mexer dentro dela, e, apesar das previsões de suas irmãs, Kari tinha certeza de que a criança era uma menina. Ela e Tim conversaram sobre nomes e decidiram que seria Jessie Renée, o nome da bisavó de Kari, uma mulher fiel de quem ela ouviu falar, mas nunca conheceu. Se fosse menino, eles decidiram que seria Timothy Joseph – T. J., de forma abreviada. Mas, na mente de Kari, o nome do menino era um pouco mais que uma questão técnica.

Ela e Tim decidiram esperar até o nascimento do bebê para descobrir se ela estava certa, e, no ultrassom, ela teve de lembrar o médico de não revelar o segredo.

Tim estava ao seu lado enquanto o médico deslizava o aparelho sobre o abdômen de Kari em uma de suas consultas, com os olhos voltados para um pequeno monitor.

— Bem, Kari, é um bebê saudável...

— Não me diga! — Ela levantou a mão, e Tim e o médico sorriram.

— Brincadeira. Você não arrancaria a verdade de mim agora nem que me pagasse.

— Nós *estamos* pagando — Kari brincou. — Mas não me diga, está bem?

Cada semana que passava, cada fase de desenvolvimento, deixava Kari mais ciente de tudo o que ela e Tim estavam compartilhando por causa do esforço dos dois e do presente de cura de Deus em seu casamento. Os sentimentos de alegria e de gratidão, às vezes, pegavam-na despercebida, enchendo seu coração de um gozo feliz. E, embora às vezes ainda se lembrasse de Ryan, ela não mais sofria ao pensar no que eles haviam perdido.

Ryan seguiu em frente também, o que era bom – aceitou o trabalho de treinar os New York Giants. Ele telefonou para os pais de Kari e se despediu antes de ir embora, pedindo que dessem a notícia para ela. Ela estava feliz por ele, certa de que essa posição era outro exemplo da bondade de Deus na vida deles. Era o tipo de trabalho que ele sempre quis.

Kari pegou uma pilha de pratos de porcelana e a dispôs na mesa de seus pais. Toda a família Baxter viria hoje à noite – a primeira vez desde os feriados em que todos eles estiveram juntos à mesa. Kari estava ansiosa. Aquela noite também seria a primeira vez que eles teriam a oportunidade de conhecer a nova namorada de Luke, que daria uma passada para comer a sobremesa.

Kari e Erin tinha discutido a situação minuciosamente e, na brincadeira, decidiram que – como sempre – a menina não teria uma chance com as irmãs de Luke à volta.

"Pelo menos ele sabe que nós nos importamos", Erin riu quando conversaram sobre isso naquele dia mais cedo.

"Sim." Kari sorriu. "A menina não faz ideia."

Ela terminava de arrumar a mesa enquanto Erin e Ashley ajudavam a mãe na cozinha. Os aromas deliciosos da comida de Elizabeth já enchiam a casa: um frango assado saboroso, legumes frescos cozidos no vapor com manjericão e alecrim, e o famoso pão de grãos integrais. Este era o tipo de refeição que tinha de sua mãe – criado por ela para ser saudável e delicioso.

"Os alimentos influenciam nosso modo de sentir, nossa aparência, nosso modo de agir, e até nosso modo de amar", a mãe sempre dizia, e ninguém duvidava dela. Ela era formada em nutrição e trabalhou meio período como nutricionista do hospital por uma década antes de ficar doente. "É parte de meu trabalho cuidar para que todos saibam comer direito", justificava.

O estômago de Kari roncou, e ela deu tapinhas na barriga inchada. *Eu acho que você gosta da comida da vovó também, hein, pequena Jessie?*

Seu pai chegou em casa do trabalho e sentou-se ao lado de Tim, que estava assistindo a um jogo de basquete na televisão. Minutos depois Brooke e sua família chegaram, e as conversas em torno de Kari ficaram mais altas. Estes eram os sons de que ela sentia falta desde que saíra de casa, os sons que Erin perderia se o marido aceitasse o emprego que ele estava considerando em outro estado.

Luke entrou na cozinha e jogou a mochila no chão, perto da mesa.

— Eu falei de Reagan para você, certo? Ela vai vir para a sobremesa.

Kari viu quando a mãe parou de mexer uma panela de feijão e olhou para a mochila.

— Leve essa mochila para seu quarto, por favor.

Luke pegou a mochila.

— Eu falei, certo?

— Sim, Luke. Nós vamos nos comportar da melhor maneira possível.

Kari viu Ashley escorrendo os legumes no vapor.

— Não se preocupe, Luke. Nós vamos cuidar para que nossas máscaras estejam no lugar certo.

— Não comece, Ashley. Talvez você já tenha ido embora quando ela chegar aqui.

Elizabeth suspirou.

— Falem sério, vocês dois! Vocês poderiam tentar ser simpáticos um com o outro. Afinal, é aniversário de Brooke.

— Tudo bem. — Ashley continuou de costas para Luke.

Kari observou e ficou imaginando se o relacionamento mudado dos dois era tão doloroso para Ashley quanto para Luke. *Ela é muito nervosa, Deus. Mostre-me como posso ajudá-la.*

Luke deu de ombros e esboçou um sorriso para Kari.

— Pelo menos minhas outras irmãs vão ser boazinhas com Reagan. — Ele saiu da cozinha com a mochila e subiu correndo as escadas.

— Ei, Brooke, venha dar uma olhada neste jogo. — Era Peter chamando da sala ao lado quando Brooke entrou na cozinha, sem fôlego e com a testa franzida.

Brooke olhou para a tela da televisão na sala ao lado e fez que sim com a cabeça, distraída.

— Mãe, onde está o analgésico de Cole? — Ela fez uma careta. — Maddie está com febre de novo. Quase não pudemos vir.

— Quando ela ficou doente? A Thelma do outro lado da rua me contou que três crianças foram hospitalizadas com inflamação de garganta só na última...

As conversas continuaram até o jantar ficar pronto. Então, todos os dez – todos, menos Maddie – reuniram-se em torno da mesa.

— Vamos orar. — O pai deles abaixou a cabeça e esperou até que a sala estivesse em silêncio. — Senhor, nós Vos agradecemos por esta família, por permitirdes que nos reunamos e pelo aniversário de Brooke. Obrigado porque a criastes para estar entre nós e permitais que este ano seja de bênçãos e descoberta para ela e sua família. Abençoai este alimento para que ele possa nutrir nosso corpo. Em nome de Jesus, amém.

A conversa começou quase de imediato.

— Passe o frango.

— Mãe, você fez de novo! Tudo está com um cheiro delicioso.

— Ninguém faz um pão como você.

— Pai, você ficou sabendo mais alguma coisa sobre a concessão que o hospital está tentando obter para uma ala nova? Era para ser mais quarenta quartos.

— Ashley, seu velho treinador de tênis vai para nossa igreja agora. Ele mandou oi para você.

As discussões aconteciam ao mesmo tempo, mas todos pareciam entender e poder participar de todas. Havia uma conversa entre Elizabeth, John e Ashley sobre um curso de arte que ela estava fazendo. Sam queria saber quantas semanas faltavam para o bebê de Kari nascer, e Erin contou uma história sobre uma de suas alunas do jardim de infância que levou um peixe congelado à aula no dia do animal de estimação. Quando as risadas diminuíram, Luke completou dando-lhes um relatório minucioso da vitória recente de seu grupo de debate.

Foi uma refeição que Kari sabia que lembraria com carinho nos próximos meses, quando estivesse ocupada cuidando de um recém-nascido e aprendendo a ser uma família com Tim e o bebê. Em pouco tempo, o jantar acabou, e os pratos estavam sendo lavados quando a campainha tocou.

— Deve ser Reagan. — Ashley lançou um sorriso artificial para Kari e os outros. — Todo mundo colocando a máscara.

Erin e Brooke deram risadinhas, e Luke fez que sim para elas.

— Valeu! — Ele estreitou os olhos para Ashley antes de se afastar da mesa. — Ela pode se sentar ao lado de Kari.

Kari olhou para Ashley e inclinou a cabeça.

— Qual é, Ash, seja boazinha. Quantas vezes ele traz uma menina para casa?

Ashley apoiou-se na mesa e sussurrou:

— Eu estou sendo boazinha. Eu só estou dizendo que a gente tem que se comportar da melhor forma possível. — Ela se encostou na cadeira e levantou as sobrancelhas. — Afinal, não são tantas as meninas que conseguem viver de acordo com o padrão perfeito de Luke.

Quando Luke e sua nova namorada entraram na sala, a discussão cessou e a mesa ficou em silêncio.

— Está uma nevasca lá fora. — Luke disse ao jogar o casaco de Reagan em uma cadeira e tirar a neve da cabeça dela.

Todos os olhos estavam voltados para Reagan. Ela era alta e de aparência atlética, mais encorpada que a maioria das meninas com quem Luke namorou. Pelo modo fácil com que olhavam um para o outro, Kari podia dizer que eles eram amigos há um bom tempo. Ela ficou imaginando se essa era a garota com quem seu irmão se casaria.

Luke fez as apresentações; então, ele e Reagan se sentaram ao lado um do outro o mais longe possível de Ashley. Quando todos estavam sentados, eles cantaram "Parabéns" para Brooke.

— Trinta e cinco, certo? — Luke brincou com ela. Ela já havia aberto os presentes, e Luke incluiu um frasco de vitaminas para idosos.

— Trinta, muito obrigada. — Brooke levantou o queixo e sorriu.

Peter inclinou-se e beijou-a no rosto.

— Mas você não parece ter nem um dia mais que 21 anos, minha querida.

— Ah, por favor... espero que esse seja o presente de aniversário dela. — Ashley fez que não com a cabeça e piscou para Brooke. — Ninguém merece um elogio assim, nem mesmo no aniversário.

Reagan falou pouco, só observou e ouviu, respondendo aos comentários sussurrados de Luke com um sorriso doce.

John foi o primeiro a puxar conversa com ela.

— Conte para nós, Reagan, como você se enrolou com esse cara louco? — Ele deu uma cotovelada em Luke, que estava sentado ao seu lado.

Reagan riu, e Kari chegou à conclusão de que gostava dela. A garota parecia à vontade com os Baxter, e algo em seus olhos parecia genuíno, sólido. Mamãe e Erin começaram a servir a torta.

— Bem. — Reagan olhou para Luke, e Kari viu. Independentemente do tempo em que os dois estavam namorando, seu relacionamento era mais sério do que qualquer um deles havia tido. A expressão nos olhos da menina era inconfundível.

Ela estava apaixonada por Luke.

Reagan continuou:

— Luke estava brincando no ginásio da escola, e eu entrei com minha bola de basquete. Faltava uma pessoa no time deles, mas... — ela lançou um olhar provocante para Luke — alguém do grupo não achou que eu pudesse jogar com eles.

— Então, mãe — Luke ergueu as sobrancelhas e fincou seu garfo na torta diante dele —, eu já disse que você é uma cozinheira de mão cheia?

— Continue, Reagan. — John riu. — Estava ficando bom.

Reagan fez que sim com a cabeça, e seus olhos dançavam enquanto fazia contato com vários deles ao redor da mesa. Ela, sem dúvida, não era tímida; mas não era ousada nem antipática também. Kari olhou para suas irmãs e viu que estavam entretidas com a história. Até Ashley. Esta menina era boa. Conquistou todas elas em uma questão de minutos.

A história continuou sobre como Luke se recusou a deixar Reagan jogar no time. Então, depois de algumas posses de bola, quando surgiu um lugar no outro time, ela o ocupou.

Luke começou a se levantar.

— Alguém precisa de alguma coisa da garagem? Eu vou me esconder lá até...

Reagan puxou-o pela manga, e ele se sentou. Ela abaixou o queixo e virou-se para ele com olhos provocantes.

— Você pode esperar. Afinal, seu pai perguntou.

Luke gemeu, e Reagan riu levemente.

— Nosso time venceu o dele, mas eu não acho que foi isso que o conquistou. — Ela lhe lançou uma expressão de falsa curiosidade. — Não foi isso, foi?

Os cotovelos Luke saíram da mesa, e ele cobriu os olhos.

— Lá vamos nós.

Reagan inclinou-se para frente.

— Eu acho que foi a cesta de três pontos que eu enterrei na cara dele para ganhar o jogo. — Ela fez um sim com a cabeça, como se estivesse procurando algum tipo de confirmação dele. — Sim, foi isso.

John riu tanto que seu rosto ficou vermelho.

— Bem, até que enfim alguém mostrou para ele como é que se faz.

Houve risadas de uma ponta à outra da mesa, e, novamente, todos começaram a falar ao mesmo tempo. Eles descobriram que Reagan cresceu na Carolina do Norte e estava estudando na Universidade de Indiana com uma bolsa de estudos de vôlei. Ela frequentava uma igreja que se reunia no *campus* e, ao que tudo indicava, ela parecia ter uma fé tranquila e verdadeira.

Quando Reagan e Luke saíram para ver um filme meia hora depois, Kari e os outros esperaram em silêncio até a porta da frente se fechar. Então, todos se olharam e riram como faziam quando Luke tinha treze anos e uma menina vizinha vinha chamá-lo.

— Eu acho que ouvi sinos de casamento. — Erin gritou e concordou com a cabeça como se tivesse um esquema com a mãe. — Vocês não?

Kari sorriu.

— Eu gostei dela.

— Definitivamente. Dou um ano. — Brooke espreguiçou-se e olhou para o relógio.

— Eu voto a favor. — Ashley levantou-se e tirou vários pratos de sobremesa da mesa antes de ir para a cozinha. Kari estava grata porque a irmã havia sido educada enquanto Reagan estava lá, e agora ela pareceu sincera em sua resposta.

Elizabeth apenas sorriu calmamente e encolheu os ombros.

— Nunca se sabe. Deus tem um plano para a vida de todos. Reagan talvez só seja parte do plano de Luke.

A conversa continuou, mas depois de ouvir o comentário de sua mãe, Kari não continuou mais a ouvir. Era verdade? A Bíblia respaldava isso, é claro, mas, mesmo assim, um plano específico? Para todos?

Kari mordeu os lábios enquanto as vozes ao seu redor estavam desbotadas. Ela realmente ouviu Deus quando ela e Ryan estavam namorando? Ou tinha, de alguma forma, ignorado o plano de Deus? Quase ao mesmo tempo, olhou para Tim, absorto na conversa com o marido de Erin. Mesmo agora, vê-lo ali a encheu de partes iguais de amor e dor.

Ela pensou no curso lento da cura dos dois e no quanto o caso de Tim lhes custara. A intimidade física, por exemplo, ainda era um problema. Por mais que quisesse resolver as coisas, ela ficava paralisada toda vez que Tim a tocava. O conselheiro disse que poderia levar meses para isso mudar.

Perdida em seus pensamentos, ela se levantou da mesa e começou a empilhar os pratos de sobremesa que haviam ficado na mesa. O conselheiro lidou com o problema com cuidado.

"Vamos dar um mês por vez", ele lhes disse em uma sessão conjunta na primeira semana que se reuniram com ele após o seminário intenso de casamento. "Um relacionamento físico precisa ser reconstruído com o tempo à medida que a confiança é reconquistada. Por ora, eu gostaria que evitassem qualquer coisa muito íntima." Ele apresentou uma série de diretrizes para supervisionar o contato físico deles por enquanto. Esfregar as costas era bom, disse ele, e beijar era excelente se ambos estivessem dispostos; mas, além disso, qualquer intimidade física era desaconselhada, pelo menos até que o conselheiro julgasse que eles estavam prontos para seguir em frente.

A orientação do conselheiro vinha como um alívio para Kari. É óbvio que, um dia, a vida amorosa deles seria boa novamente. Mas, por enquanto, ela não conseguia se imaginar íntima com Tim. E se ele a comparasse com sua ex-aluna? Pior – e se ele tivesse uma doença?

Essa questão foi discutida também. Era simples, disse-lhes o conselheiro. Tim teria de fazer exame. Duas vezes. O primeiro aconteceu uma semana após a reunião com o conselheiro e deu negativo. O segundo seria realizado em algumas semanas.

Kari suspirou e levou os pratos para a cozinha. Sentiu um calafrio pelo corpo. Ela não conseguia imaginar como as coisas teriam acabado se Tim não tivesse optado por voltar para casa. Eles, provavelmente, estariam passando pelo processo de divórcio quase na mesma época do nascimento do bebê.

Sua mãe estava certa. Deus tinha um plano para todos.

Não havia motivo para olhar para trás, curiosa para saber se ela teria virado à esquerda no caminho da vida quando Deus queria que ela tivesse virado à direita. Quaisquer que tenham sido as conversões erradas que ela talvez tenha feito, o plano de Deus hoje era que ela e Tim reconstruíssem seu casamento – por mais doloroso que fosse o processo. Cabia a Kari crer que Deus poderia pegar os pedaços da vida dos dois e transformá-los em algo bonito.

O conselheiro, certa vez, disse algo que ela não havia cogitado antes. "Recuperar-se de um caso pode levar até um ano, e, durante esse tempo, vocês vão passar por estações." Ele tirou os olhos de Kari e olhou para Tim. "Vocês dois lutaram contra sentimentos por outras pessoas, mas você, Tim, é a parte responsável aqui. As estações devem afetar mais Kari do que você, pelo menos superficialmente."

As estações eram estas: outono, um período de raiva; inverno, um tempo de choro; a primavera traria a cura, e o verão, um período de novo crescimento. Isso significava que a raiva de Kari era normal – algo bom, porque ela ainda tinha momentos em que ficava furiosa. Pensando nisso, ela enxaguou um prato na pia, mal ouvindo a conversa sobre Reagan e Luke que ainda estava acontecendo na sala de jantar.

Ela pensou no quanto foi difícil ficar ao lado de Tim, mesmo depois que ele voltou para ela. Havia dias em que ela ainda queria odiá-lo, e noites em que tinha nojo até de dormir no mesmo quarto.

Mas esses dias estavam diminuindo e ficando cada vez mais distantes, e ela podia ver as marcas da mão do Senhor por todo o relacionamento crescente que tinha com o marido. Com o tempo e o aconselhamento, parecia que suas emoções estavam fechando o círculo. Mais uma vez, ela sentiu o amor de Tim e se convenceu de que eles estavam aprendendo novos passos para sua dança em se tratando de relacionamento.

Novos passos! Tudo se resumia a isso. Os dois estavam aprendendo os passos que iriam uni-los, uma dança capaz, agora sim, de prendê-los para sempre. Uma dança que poderia ser nada menos que o plano de Deus para a vida de ambos como casal. Ela enxugou as mãos em uma toalha. Sua mãe estava certa. Deus tinha um plano para cada um deles, e este... este momento de reconstrução com Tim era parte dela.

A neve caía mais forte do que antes, e as previsões meteorológicas eram de que ela poderia chegar a meio metro antes de parar. No caminho para casa, Tim e Kari pararam no mercado e pegaram mantimentos suficientes para a semana, só para garantir.

Quando chegaram em casa, a neve havia deixado branca a entrada de casa, e os montes cobriam os três primeiros degraus que levavam à porta da frente. Kari estava imóvel no banco do passageiro e não tirava os olhos do caminho.

— Você acha que é seguro?

Tim acompanhou seu olhar.

— O quê?

— Os degraus. — Ela se virou para ele, a mão sobre a barriga redonda. — Choveu antes. E se tiver gelo debaixo da neve?

— Nãooo. — Ele olhou para o relógio. — Ainda é cedo. Só vai ter gelo mais tarde.

Ela sentiu o chute do bebê debaixo de seus dedos.

— Você acha mesmo que não tem perigo?

— Querida, não tem gelo. — Ele abriu um sorriso largo e abriu a porta do carro. — Eu vou primeiro e mostro para você.

Ele caminhou com dificuldade pelos montes de neve e ficou olhando para ela lá atrás, dando-lhe o sinal de que estava tudo bem quando ele pisou no primeiro degrau e escorregou. Como em uma cena de pastelão, seus braços balançaram, tentando achar o equilíbrio, e Tim se estatelou de costas no chão, desaparecendo na neve.

— Oh! — Kari saiu do carro e andou o mais rápido possível em direção a Tim. — Você está bem?

— Eu acho que sim. — As palavras foram abafadas, e, assim que chegou até ele, Kari viu o porquê. Havia neve sobre ele, deixando-o com uma barba branca. Seus olhos eram as únicas partes que se podia ver do rosto. Parecia que ele era feito de neve.

Eles se olharam por um momento, de olhos arregalados; então, Tim cuspiu a neve da boca.

— Como eu disse, sem gelo.

Kari estava segurando as risadas desde que viu a expressão surpresa de Tim quando ele caiu. De repente, ela não pôde mais contê-las. Fazia meses que não ria daquele jeito, e ela desmoronou ao lado dele na neve, tirando a umidade do rosto dele enquanto ele também ria alto.

No momento em que Tim subiu os degraus e ajudou-a a fazer o mesmo, eles estavam rindo tanto que mal podiam respirar. Quando desabaram no sofá da sala da frente, Kari tinha lágrimas nos olhos.

— A sua cara estava...

— Tudo bem, vá em frente e ria de um pobre homem machucado.

— Bem, era mais um pobre boneco de neve machucado...

As risadas continuaram até que, finalmente, os dois estavam cansados. Só então Kari percebeu algo que ela não tinha reparado antes: aquela foi a primeira vez que eles riram juntos, riram de verdade, desde muito tempo antes de Tim sair de casa.

Depois de meses de raiva, traição e sofrimento indescritíveis, uma semente de amor e riso sobreviveu lá no fundo deles. Se eles podiam rir juntos agora, depois dos longos períodos de outono e de inverno desenhados pelo conselheiro, isso podia significar apenas uma coisa.

Estava chegando a primavera.

CAPÍTULO 28

Orar fazia parte da vida do Dr. John Baxter tanto quanto respirar. Porém, há muitas semanas ele não sentia uma urgência tão forte de orar como sentiu naquela tarde, menos de 24 horas depois do jantar festivo para Brooke. Geralmente, quando o desejo de orar era tão urgente como agora, vinha acompanhado do rosto de alguém que ele amava muito: como um de seus filhos ou, possivelmente, Elizabeth. Mas esse impulso que o incitava a orar nesse dia não estava ligado a nenhum deles.

John esperou até ver o último paciente, então trancou a porta atrás de si e, quase imediatamente, caiu de joelhos e fechou os olhos.

Senhor, o que é? Tem alguém em apuros?

Durante um longo tempo houve silêncio, mas, em seguida, a imagem de Kari lhe veio à mente muito fortemente. Era isso! Ele deveria orar por sua segunda filha. Claro. O bebê não devia vir antes de três meses, mas ela teria uma consulta médica essa manhã. Talvez algo estivesse errado; ou, quem sabe, havia algum tipo de complicação. Sua mente ficou imaginando as possibilidades médicas. Havia muita coisa para um médico e pai considerar.

Em vez disso, ele orou fervorosamente por Kari e pelo bebê, pedindo proteção, misericórdia, bondade e graça. Mais do que tudo, ele orou pedindo que Deus acelerasse o processo de cura entre Kari e Tim, para que eles fossem o tipo de família que sua filha tanto queria... e que o bebê deles precisava.

Normalmente, enquanto John orava, o fardo diminuía. Mas, dessa vez, quanto mais ele permanecia de joelhos, mais desesperado o senso de necessidade se tornava. Depois de quase trinta minutos suplicando a Deus a favor de sua filha, ele finalmente ficou quieto.

O quê mais, Senhor?

Em resposta, um rosto lhe veio à mente, mas não um que John esperasse. Sabendo ser o que Deus queria que fizesse, ele fechou os olhos novamente e considerou o homem cuja figura não lhe saía da cabeça: Tim, o marido de Kari. John orou pelo genro como há muito tempo não fazia, pedindo que o Senhor estivesse perto dele onde ele estivesse, e que lhe concedesse esperança, purificação e salvação como ele jamais havia sonhado ser possível.

Dessa vez, John sentiu paz e confiança na alma ao terminar de orar. Mas também sentiu outra coisa. Algo inquietante. Juntou suas coisas e se preparou para ir para casa com mais pressa que de costume. No meio do caminho percebeu que o que lhe enchia o coração não era simplesmente um sentimento inquietante. Era uma sensação de desgraça iminente, uma sensação de que, independentemente do quanto orasse ou de quão rapidamente dirigisse, algo terrível aconteceria.

***

Cinco minutos antes de deixar o escritório naquele dia, Tim Jacobs teve uma ideia. Em vez de ir direto para casa, ele pararia em uma floricultura e compraria para Kari o maior buquê de rosas vermelhas que vendessem ali. Afinal de contas, eles tinham motivos para celebrar: faltavam exatamente três meses para o nascimento do bebê. Mas esse dia marcava algo ainda mais importante: eles voltaram a rir. A noite anterior havia sido a melhor que Tim se lembrava de ter tido em meses; até mesmo, em anos. Pela primeira vez, sentiu que Kari realmente o havia perdoado – não apenas *queria* perdoar – e que eles conseguiriam dessa vez. E isso pedia pelo menos uma dúzia de rosas.

Havia mais uma coisa digna de celebração, algo no qual ele tentava não se firmar muito: Angela não havia feito nada para importuná-lo.

No começo, Tim tinha certeza de que ela ligaria ou viria ao seu escritório, inconformada com a partida repentina dele ou certa de que poderia fazê-lo mudar de ideia. Mas, aparentemente, o bilhete que ele havia escrito para ela foi bem claro. A não ser por uma série de mensagens que ela havia deixado na secretária eletrônica outro dia, ela não havia feito contato.

Embora, ocasionalmente, sentisse o desejo de ligar para ela e se desculpar, Tim sabia que a recomendação do conselheiro era sábia. Ele precisava a todo custo se manter longe. Uma vez que o caso havia terminado, não poderia haver volta. Com isso na cabeça, ele juntou uma pilha de papéis e, ao colocar um pé para fora do escritório, o telefone tocou. Não era comum receber chamadas ao final do dia, e ele quase deixou cair na secretária eletrônica, mas então reconsiderou. E se fosse Kari? Talvez houvesse algum problema com o bebê ou ela talvez precisasse que ele comprasse alguma coisa no mercado.

Tim deixou a maleta mantendo a porta aberta, colocou a pasta de papéis embaixo do braço e pegou o telefone.

— Alô?

Havia um som estranho e, depois de alguns segundos, ele percebeu que alguém estava chorando do outro lado. Seu estômago apertou.

— Kari?

A pessoa não respondeu, e o som do choro fraco parou.

— Sou eu.

A voz de Angela o atingiu como um soco. Tim sentou-se na beira de sua mesa e engoliu em seco. Era a chamada a qual ele tanto temia.

— Oi.

Ela fungou.

— Eu... eu sei que você voltou para sua esposa. Mas eu precisava ligar para você. Tem uma coisa... —, mais soluços. — Tim, eu... eu estou grávida.

Enquanto as palavras passavam lentamente por seu cérebro e entravam em sua alma, Tim foi deslizando devagar pelo lado da mesa até parar no chão, e a pasta de debaixo do braço caiu perto dele. Ele apoiou a cabeça sobre os joelhos e tentou acalmar o coração agitado.

Centenas de temores inflamaram suas entranhas, e uma náusea forte e rápida veio sobre ele. Se Angela estivesse mesmo grávida, então tudo a que ele havia se agarrado, toda esperança de que algum dia Kari e ele teriam um casamento que ofuscaria até mesmo seus primeiros dias de casados, tudo estaria arruinado em um segundo.

Ele fechou os olhos e imaginou ter dois filhos de duas mulheres diferentes, filhos que saberiam dos pecados do pai deles tão claramente como saberiam o próprio nome. Mesmo se Kari se dispusesse a permanecer com ele apesar do nascimento de seu filho ilegítimo com Angela Manning, eles nunca poderiam ter a vida familiar plena que ele tão desesperadamente desejava.

E tudo isso – cada sonho que morria – era inteiramente culpa sua.

— Tim, você está aí? — Ele ouviu novas lágrimas na voz de Angela e uma frustração que ela nunca havia revelado antes.

Ele inspirou. O chão não parecia firme como antes.

— Estou aqui.

— Bem... o que eu devo fazer?

A mente dele se esforçava para se focar em algum lugar, para aceitar a verdade do que estava acontecendo.

— Hã?... certo. — Ele precisaria contar à Kari primeiro, dar a notícia naquela mesma noite. A última coisa que ele queria era ver Angela Manning sem que a esposa soubesse. — Você tem certeza? Fez um teste?

— Claro que eu tenho certeza! — Ela retrucou, contrariada. — O que aconteceu com a gente, Tim? Você disse que me amava, lembra? É lógico que, depois de duas pessoas viverem juntas por semanas a fio, uma gravidez é uma possibilidade real.

Ele sabia que sentiria compaixão, e sentiu. Lamentava por ela, e mais ainda pelo bebê. Mas algo no tom de voz dela fazia com que ele soubesse sem sombra de dúvida que não amava essa mulher. Ele nunca amou. Ela foi meramente uma diversão, um erro. E, de algum modo, isso piorava a situação.

— Eu sinto muito, Angela. — Ele já soluçava. Isso não dizia tudo. — Eu não sei o que dizer.

Houve uma pausa e ela fungou mais um vez.

— Nós precisamos conversar.

Tim massageou as têmporas e sentiu o início de uma enxaqueca.

— Tudo bem. Amanhã, meio-dia, no meu escritório.

Ao desligar o telefone e juntar as coisas, ele sentiu uma dor no peito e soube que era seu coração se partindo. Daquele momento em diante nada mais seria igual.

E agora ele tinha de ir para casa e contar à Kari.

***

O corpo de Dirk Bennett estava mais frio do que jamais esteve em toda a vida. Seus dedos estavam dormentes e seus dentes rangiam. Mas, por dentro, ardia uma paixão que fazia a noite parecer mais quente.

Ele olhou pela janela de sua caminhonete e fitou o apartamento de Angela.

Logo, logo, meu bem... logo.

Uma caixinha com tampa estava no banco ao lado e ele estendeu a mão para pegá-la, sentindo os músculos se retesando com o movimento. Cuidadosa e delicadamente, levantou a tampa da caixinha e fitou o anel de diamante dentro dela, joia que ele havia comprado mais de um ano atrás. O anel que colocaria no dedo de Angela no momento em que ela dissesse sim.

E Dirk sabia que, sem dúvida, esse momento estava chegando. Ele vinha acompanhando as luzes do apartamento de Angela ligarem e desligarem durante os últimos três meses; ele variava seu horário e se convencia a cada dia mais de que havia se enganado sobre o professor. O homem não estava mais se encontrando com Angela. E isso era bom.

Nesse período, Dirk havia triplicado o número de comprimidos que tomava. Ele sorriu. Os comprimidos foram a melhor coisa que lhe aconteceu desde que conheceu Angela. O corpo dele atraía os olhares de metade das garotas da sala de musculação do *campus*. Não havia nenhuma possibilidade de ela dispensá-lo agora.

Ele fechou a caixinha do anel, colocou-a de volta no assento e abriu o porta-luvas. A vida teria sido muito mais simples se, para começar, o professor Jacobs tivesse ficado longe de sua garota.

Dirk piscou e esfregou os pulsos nas pernas por cima da calça jeans. Uma imagem veio e depois outra e mais outra. Angela com o professor no almoço; Angela e o professor andando de mãos dadas. Os dois entrando no apartamento dela e apagando as luzes.

Não importava que o professor não estivesse mais se encontrando com Angela. Dirk agarrou o volante com tanta força que os nós de seus dedos ficaram brancos. Se o professor estivesse na frente dele, ele ainda...

Tudo ficou subitamente nebuloso, vermelho e desfocado ao redor. Dirk apertou ainda mais o volante e segurou a respiração. Ele odiava o professor Tim Jacobs pelo que ele havia feito. Se não fosse por aquele sujeito, Angela nunca o teria deixado. Se ele não tivesse ido atrás de sua garota, a vida seria...

Dirk deu um soco tão forte no painel de plástico que fez um buraco de alguns centímetros de profundidade.

Analisou seus dedos e limpou três pontos que sangravam. O medo juntou-se à dança das emoções que estavam em seu coração. *O que há de errado comigo?* Seu ato havia aliviado um pouco da raiva, mas não toda. Ele abriu o porta-luvas e tocou o revólver ali dentro. Ao fazer isso, uma verdade lhe ocorreu.

E se ele estivesse errado? Se, por alguma razão, o professor Jacobs ainda estivesse se encontrando com a garota, não fazia sentido só assustá-lo, como Dirk havia planejado no princípio. Era hora de fazer planos para o casamento, não esperar nos bastidores enquanto Angela Manning se desgraçava em um romance sórdido. Não, a situação era séria demais para estragar tudo apenas afugentando o odiado rival.

Dirk enxugou os dedos sangrentos na calça. A essa altura, ele teria de tratar a situação de modo diferente – muito diferente. Mesmo que isso lhe custasse a vida.

Ele deu partida no carro, abriu o tambor da arma e espiou lá dentro.

Bom. Cheio de munição.

Isso significava que ele não precisaria ir a uma loja. Em vez disso, teria tempo para jantar e fazer lição de casa. Depois ele voltaria, subiria as escadas até o apartamento de Angela e lhe daria o anel.

A raiva que havia sentido momentos atrás já estava passando. Na verdade, ele se sentia muito bem. Contanto que ninguém se colocasse em seu caminho, às dez horas dessa noite ele e Angela Manning ficariam noivos.

CAPÍTULO 29

Kari estava no quarto do bebê tentando decidir que tom de rosa para o papel de parede combinaria com a cama pastel que ela havia comprado com a mãe no dia anterior. Não importava que todo mundo, incluindo Tim, pensasse que seria um menino. Ela mantinha um profundo sentimento de que a preciosa criança crescendo dentro dela era uma garotinha.

Kari sentiu o bebê se mexendo e colocou a mão em seu abdômen. Era uma menina ativa!

Ela mal podia esperar para ver o rosto de sua filha, fazê-la ninar bem perto de si e acompanhar Tim experimentando seus primeiros momentos como pai. Brooke havia lhe dito que o homem fica mais manso ao ter um filho, e Kari não tinha dúvidas quanto a isso. Ela podia imaginar Tim admirando seu bebê, sua própria carne, cara a cara, percebendo sua profunda vulnerabilidade, tendo consciência de que, a partir daquele momento, toda decisão que tomasse interferiria em uma outra vida. Uma vida inocente, que não pedira para ser concebida, mas que logo seria parte indissolúvel da vida deles. Era uma transformação que estava prestes a fortalecer a ligação entre eles.

Kari atravessou o quarto e ficou olhando para o único brinquedo do bebê, um filhote de águia de pelúcia branca, precariamente empoleirado na cômoda. Foi dado por Tim: o primeiro presente dele para o filho.

"Branco, porque Deus nos deu um começo do zero com esse bebê", ele lhe disse uma semana antes, ao trazer para casa o presente. Naquela noite, Tim havia esperado até estarem sentados perto da lareira para lhe dar o presente. Ela segurava o brinquedo admirando os detalhes nas asas e sentindo o contato gostoso da pelúcia.

Tim passou um dedo sobre o brinquedo e repousou a mão sobre a dela. "E uma águia, porque as famílias das águias são para sempre. E, um dia, depois que passarmos por tudo isso, nós teremos uma família para sempre também."

Kari piscou, mas a lembrança permaneceu. Pegou o pássaro de pelúcia e o apertou contra o rosto. O pelo branco sintético era macio, e ela podia ver a filha, já com alguns anos, carregando a águia pela asa. Seria seu brinquedo favorito; provavelmente, um objeto já meio desbotado, com pelos faltando por causa da quantidade de amor. Mas as palavras de Tim sobre o meigo bichinho e o significado dele soariam sempre como novas.

Kari ouviu um barulho e virou-se, encontrando o marido à porta, olhando para ela. Desde que estavam juntos novamente, ele fazia questão de estar em casa mais cedo do que na época antes do caso. Por coisas como essa era que ela sabia que ele estava tentando.

— Oi. — Ela sorriu para ele e fez a águia dar um pequeno voo perto do rosto. — Nossa menina vai adorar isso. — Ela abaixou o pássaro novamente. — Eu não ouvi você chegando.

Os cantos da boca de Tim ameaçaram levantar, mas seus olhos estavam tristes. Cruzou o quarto e, enquanto massageava os ombros da esposa, uma nuvem caía sobre seus olhos.

— Como foi seu dia?

A preocupação agitou o coração dela.

— Bom. — Ela inclinou a cabeça. — Você está bem?

— Sim. — Ele examinou o rosto dela, ainda com as mãos em seus ombros. — Bem. Foi só um dia puxado.

Ela queria acreditar nele, mas seus ombros curvados e sua expressão preocupada o denunciavam.

— Tem certeza?

— Aham. — Ele respondeu soltando um suspiro lento. — Eu tenho alguns papéis para olhar. Vou estar lá em cima.

Já havia passado uma hora depois do jantar quando ele encontrou a esposa na sala de estar, escrevendo no álbum do bebê. Um arranjo céltico instrumental tocava no fundo e o cheiro de frango assado permanecia na casa.

Kari inclinou a cabeça para trás e encontrou os olhos de Tim examinando-a. O cheiro do que quer que Tim houvesse comido não havia sumido ainda, e o estômago dela ainda se contorcia.

— Terminou com seus papéis?

— Não. — Ele respirou fundo e enfiou as mãos nos bolsos. — Eu preciso voltar, esqueci uma pilha de papéis no escritório.

— Oh... — Kari imediatamente se perguntou se Tim estava mentindo para ela, se ele tinha planos de ir a outro lugar em vez de voltar para o trabalho. Ela rejeitou esse pensamento. O marido estava longe de mentir para ela, essa era uma das razões para a reconciliação deles estar indo tão bem.

Ela se levantou espreguiçando-se, forçando para a voz sair casual.

— Quer que eu vá junto?

— Não, tudo bem. — Por um instante ele pareceu paralisado no lugar. Depois ele se aproximou e segurou as mãos dela. — Posso lhe dizer uma coisa? — Sua voz estava tranquilamente intensa.

— Claro. — Ela prendeu a respiração, desesperada para saber o que passava pela cabeça dele.

Ele lhe segurou as mãos dela com mais força.

— O que aconteceu com a gente foi minha culpa, Kari. Totalmente minha culpa.

Ela se sentiu mais relaxada. Isso era tudo? Um surto tardio de culpa?

— Isso não é verdade, e você sabe disso. — Seus dedos massageavam gentilmente as mãos do marido. — Nós dois fizemos escolhas ruins.

Ele balançou a cabeça.

— O fato de você estar ocupada não me dava o direito de ter um caso, por mais sozinho que eu me sentisse.

Um silêncio de expectativa permaneceu entre eles, como se Tim ainda tivesse algo importante a dizer. Ela baixou a fronte.

— É por isso que você estava tão distante hoje à noite?

— Não. — Ele examinou o rosto e os olhos dela. Sua boca permanecia aberta, mas ele parecia não saber o que dizer.

— O que foi?

Ele deixou o olhar cair para suas mãos unidas. Que vontade de que o chão o tragasse naquele instante! Quando olhou para cima, seus olhos estavam molhados.

— Nada. É só que... — Ela aguardava, tentando lê-lo. — Eu sinto muito, Kari, mais do que você jamais vai entender.

Ela gentilmente soltou suas mãos das dele e o envolveu pela cintura. Ela precisou esticar os braços para fazer isso.

— Eu sei.

Ele a manteve o mais perto que a barriga saliente dela permitia. Os rostos estavam a centímetros de distância, e Kari se perguntava se esse seria o momento em que seus lábios finalmente se encontrariam. Eles não tiveram mais do que abraços e mãos unidas desde que voltaram a estar juntos. Mas, como ele parecia estar com as emoções à flor da pele, um beijo parecia possível.

Em vez disso, Tim passou suavemente o dedo na sobrancelha dela e continuou gentilmente pelo lado do rosto.

— Eu quero que você se lembre de uma coisa.

Kari esperou, com o coração batendo com força.

— Não importa o que ainda aconteça, eu não quero ferir você de novo.

Seus olhos se detiveram e, aos poucos, a distância entre os rostos foi desaparecendo até seus lábios se encontrarem. As lágrimas ardiam nos olhos de Kari e rolavam por seu rosto. O gosto salgado se misturava com o beijo, e a ternura entre eles crescia.

Não era o tipo de paixão que já haviam compartilhado em outros tempos, embora Kari imaginasse que, um dia, teria isso novamente. Ao contrário – era um beijo de infinita tristeza por todo amor que já tiveram, por tudo o que perderam e por tudo o que nunca mais teriam de novo. Mas também significava mais. Era um beijo que falava de uma esperança que vinha apenas de Deus.

Kari afastou-se primeiro. Pegou na mesa de café as chaves do carro.

— Vá pegar seus papéis. Ficarei esperando.

— Você é tão linda! — Ele examinava o rosto dela como se estivesse tentando memorizá-lo. — Você é a melhor coisa que já aconteceu comigo, Kari. — Ele a beijou mais uma vez. — Você acredita em mim?

— Acredito. — Ela respondeu secando as lágrimas e lhe entregando as chaves. — Eu acredito em você de todo o meu coração.

***

Enquanto Tim se despedia e se afastava, Kari percebeu que era verdade: ela realmente acreditava nele. E, com todas as suas forças, orou para que os dias de mentiroso dele tivessem acabado. Porque, depois de tudo o que havia passado desde o verão, tinha certeza de uma coisa: se Tim Jacob traísse a confiança dela novamente, isso a mataria, ainda que pudesse levar décadas para que seu coração parasse de bater.

***

Lágrimas rolavam pelo rosto de Tim enquanto se dirigia ao escritório. Ele segurava firme o volante, furioso consigo mesmo. Ele teve a oportunidade perfeita para contar à esposa, mas não conseguiu. Foi fisicamente impossível – não conseguiria dizer nada ruim, vendo o espírito aberto de sua esposa e a doce confiança corajosamente escrita no rosto dela.

Ele respirava com os dentes cerrados. Agora, teria de esperar até voltar para casa. Era um prolongamento daquele tormento. Era preferível se jogar de um penhasco a ter de olhar nos belos olhos de Kari – olhos que confiavam nele, apesar de tudo o que fizera – e contar que Angela Manning estava grávida dele. Era a pior situação que ele podia imaginar. Como sobreviveriam àquilo?

Muito antes de chegar ao escritório e pegar sua pilha de papéis, Tim estava quebrando a cabeça à procura de possíveis soluções. Ele estava para sair de lá quando lhe ocorreu uma ideia. Talvez Angela estivesse errada quanto à gravidez. Podia ser apenas uma suspeita e ela quisesse o apoio dele, se esse fosse o caso. De qualquer modo, de repente ele sabia que não queria Angela Manning no escritório no dia seguinte. Era preciso acabar com isso hoje à noite.

Ele colocou a pilha de papéis sobre a mesa. O trabalho já não tinha qualquer importância. E se escrevesse um bilhete para ela, contando como estava comprometido com Kari? Depois, poderia parar no apartamento dela à noite para entregá-lo e diria que precisava ir embora. Ele nem pisaria lá dentro. Apenas entregaria o bilhete, diria que Kari o esperava e iria embora. Quando chegasse em casa, ele contaria a verdade a Kari e, de alguma maneira, eles encontrariam um jeito de lidar com a situação.

O plano começava a tomar forma enquanto Tim se sentava, pegava uma folha de papel e rabiscava um bilhete para Angela. Era suficiente que lhe dissesse que ele lamentava e, sim, se ela estivesse grávida, ele se responsabilizaria. Mas, pouco importando o que ela pudesse precisar dele, nunca mais poderia dar o coração a ela.

Porque, quer estivesse grávida quer não, o coração dele era da esposa, de quem deveria ter sido sempre.

Ele colocou o bilhete no bolso da calça, pegou a pilha de papéis mais uma vez e foi para o carro. Ao ligar o motor, teve uma impressão fortíssima de que deveria abortar a operação e voltar para casa. De alguma forma, parecia que o próprio Deus queria que, a todo custo, ele não visse Angela Manning aquela noite.

Bem, essa sensação se devia provavelmente à insistência do conselheiro em que ele ficasse longe dela de todo jeito. Tim sabia que era um bom conselho, mas essa regra fora estabelecida para evitar uma nova queda. Mas, hoje, não havia nem o mais remoto risco disso.

Ver Angela agora era simplesmente o modo de evitar um encontro em público com ela ou, ainda, uma cena. Com certeza, Deus não teria problemas com isso.

Tim virou na rua dela, estacionou o carro e fechou os olhos. *Deus, por favor, fazei Angela estar errada. Mas, como for, estejai comigo, por favor.*

Lentamente, movendo-se como se tivesse o dobro da idade, saiu do carro e deu os primeiros passos em direção ao seu futuro. Algo que, ele orava desesperadamente, não envolvesse Angela Manning e um filho ilegítimo.

***

Dirk Bennett parou em frente ao apartamento de Angela e desligou o motor. Ele não via sentido em ficar do lado de fora. Segurou firme com a mão esquerda a caixinha do anel, mais determinado do que nunca.

Abriu a porta do carro e fez o gesto de sair, mas se lembrou da arma. O professor não aparecia há semanas, talvez há meses. Mas e se ele aparecesse essa noite? E se, depois de tudo o que Dirk havia planejado, maquinado e esperado pelo momento perfeito, o professor Jacobs estivesse com Angela essa noite? Tudo seria estragado assim, sem mais nem menos?

Uma raiva louca inundou seu ser ao cogitar essa possibilidade; com um movimento furioso, ele pegou o revólver no banco do passageiro. As mãos de Dirk tremiam ao pensar em ver esse homem e em colocar um fim nesse caso de uma vez por todas.

Então, sacudiu a cabeça e respirou lentamente, desejando aliviar a tensão nos ombros. Isso não aconteceria. Nada poderia arruinar seus planos agora. Ele repousou novamente a arma no banco ao seu lado.

Nada, a menos que...

A menos que Angela não tivesse captado a visão do que ele havia planejado para os dois. A menos que, de alguma forma, o professor a tivesse convencido de que tudo o que ela havia passado com Dirk fora simples, superficial e sem valor. A menos que ela risse dele ao dar uma olhada no anel, se recusasse a falar com ele e o expulsasse do apartamento.

Esse pensamento nunca lhe ocorreu antes.

Claro que Angela havia lhe dito não no passado, mas isso foi antes, quando ela estava se encontrando com o professor. Foi antes de Dirk fazer musculação, antes de ter transformado o corpo em uma obra de arte. Horas e horas de exercícios extenuantes, treinos e mais treinos cansativos, comprimidos e mais comprimidos e mais comprimidos – e tudo isso por Angela Manning.

Se ela o rejeitasse agora, tudo o que ele conhecia como significado para a vida estaria acabado.

Uma agitação estranha enchia sua cabeça e não o deixava pensar direito. Caso ela não aceitasse, ele saberia como convencê-la. Dirk segurou o revólver mais firmemente e o escondeu no bolso. Não queria assustá-la. Assim, com o anel em uma das mãos e a arma em outra, Dirk saiu da caminhonete e bateu a porta com força.

Nem tinha dado quatro passos quando pensou ter visto o professor.

O que era aquilo? Será que estava vendo coisas? Dirk piscou, o ódio encheu todas as suas veia e capilares, sufocou seu peito, sua mente e seu coração. Mas a visão não mudou. Pelo contrário, ele viu o professor Jacobs se dirigindo para a porta da frente do prédio de Angela.

A raiva pegou-o pelo pescoço, sufocando-o. Dirk nem mesmo tomou fôlego antes de fazer alguma coisa para deter o homem. Sacou a arma do bolso e correu para alcançar o professor.

— Ei! — Dirk disse com as têmporas pulsando de fúria, levantando a arma. O rosto do professor se congelou, surpreso – Dirk posicionou o dedo no gatilho.

— Esse é pela Angela.

Com o som do nome dela nos lábios, Dirk puxou o gatilho. Uma. Duas. Três vezes. Até o professor cair na calçada, com sangue jorrando do peito.

Só então a raiva diminuiu o suficiente para que Dirk percebesse o que havia feito.

Ele fitou o professor caído na calçada. Olhou para a poça vermelha se formando em torno do homem e correu para o carro, com o coração batendo desesperadamente.

Enquanto se afastava, lhe ocorreu que ele havia acabado de arruinar tudo. Qualquer sonho de se casar com Angela e ter uma vida a dois com ela, toda a ideia de, finalmente, ter uma vida como a de seus irmãos estava caída naquela calçada, morrendo.

Bem ao lado do professor Tim Jacobs.

***

Ao bater no chão, Tim instantaneamente fez duas observações.

A primeira foi que a dor era mínima, apesar dos três tiros terem-no acertado em cheio. Ele teve uma sensação quente e pulsante no meio do peito, mas, fora isso, podia estar deitado na calçada por ter escolhido isso.

A outra observação era a que o preocupava mais: ele não conseguia se mexer, nem um pouquinho. E foi essa realidade que o levou além da dor e do medo direto para o terror. Pois, apesar de tentar se convencer de que estava tudo bem, era muito claro que alguma coisa estava errada.

Ele ouviu passos e choro. Mesmo sem conseguir abrir os olhos, ele sabia que Angela estava a seu lado.

— Tim! — Ela se ajoelhou perto dele, tinha a voz desesperada. Havia outras vozes, espectadores se reuniram ao redor dele, e ela gritava para todos: — Alguém chame uma ambulância!

Seus dedos seguraram os dele e os apertaram.

— Aguente firme, Tim. — Angela gritou as palavras e começou a chorar. — Meu Deus, não!

Tim podia sentir o chão duro embaixo de si. Duro e quente, pelo sangue que corria. O desespero tomou conta dele, que se esforçava ao máximo para falar. Ele tinha algo a falar. Ainda que o custo disso fosse toda a força que lhe restava, ele precisava dizer antes que fosse tarde demais.

Ajudai-me, Pai... eu estou encrencado.

Vozes cercavam-no, gritando ordens, murmurando preocupações, perguntando se ele estava respirando. Tim não sentia dor agora, apenas um profundo sentimento de urgência.

— Alguém estanque o sangramento! — Era a voz de Angela.

— Ele está respirando? Vejam se ele está respirando e...

— Já chamaram a ambulância?

Tim não ligava para nada disso.

A única coisa que o preocupava era que estava morrendo em frente à casa de Angela Manning. Quando Kari ficasse sabendo, ela pensaria que ele havia mentido sobre tudo. Depois de seis meses, ela ficaria sabendo do bebê de Angela, e isso seria ainda pior.

Ele lutava para formular as palavras que precisava dizer.

— Angela...

— Tim! — Ela apertou as mãos dele com força. — Aguente firme, querido! Alguém chegará a qualquer minuto.

Ele lutou por quase um minuto e, finalmente, abriu os olhos. O que viu confirmou a seriedade da situação. O rosto de Angela era uma máscara de puro medo.

— Oh, Tim! — ela disse. — Quem fez isso com você?

Tim lembrou-se do rosto irado do jovem. *Esse é pela Angela.*

— Ele... ele conhecia você.

Ficou estampado nas feições de Angela que ela havia entendido.

— Ele era jovem?

Ele nem tentou responder. Não importava quem havia atirado nele, só importava o que Tim tinha a dizer. Ele pensava na carta que estava em seu bolso e queria conseguir alcançá-la. Mas só conseguiu tragar um ar seco. *Por favor, Deus... eu preciso falar...*

Engoliu em seco e por fim as palavras saíram.

— Eu... sinto muito... — Cada sílaba saía com um esforço cada vez maior, e, em seu íntimo, ele sabia que estava morrendo. — Pelo... bebê. — Tim engoliu o ar e ouviu o barulho molhado em seus pulmões.

Sangue... Isso não vai durar muito...

— Não, Tim. — O choro de Angela ficava mais alto, e ele sentiu a respiração dela sobre seu rosto. Então, ela falou em um sussurro, para que apenas ele ouvisse. — Tim, eu não estou grávida... Eu inventei tudo isso para que você voltasse para mim.

O quê?! Aquela história toda foi uma mentira? Um alívio refrescante correu por seu corpo mais rápido do que o sangue fugia de suas veias. Ele aspirou o ar mais uma vez. Não sentia nenhuma parte do corpo, com exceção de uma ferroada nos seus olhos.

— Você... pode... — O fluido em sua garganta tornava quase impossível falar qualquer coisa. — Você pode... dizer à Kari... que eu sinto muito. Diga... que eu a amo.

Ele podia ver a aflição nos olhos de Angela, mas também, compaixão.

— Não fale assim, Tim. Você pode dizer isso a ela. Você vai ficar bem.

Ele ouviu o barulho da sirene se aproximando e, depois, uma confusão de passos. Ainda conseguiu enxergar quatro paramédicos e ouvir um deles gritando:

— Afastem-se, por favor!

Tim ficou feliz pela ajuda, mas tinha certeza de que era tarde demais. Angela soltou suas mãos, e seu rosto se perdeu na escuridão. Ele sentiu a preocupação na voz firme dos paramédicos.

— A respiração está fraca.

— Nós perdemos seu pulso e precisamos...

As palavras foram sumindo. Seus olhos fecharam-se novamente. De repente, Tim estava pensando de forma mais clara, como jamais havia pensado antes. Sua tristeza também estava mais clara. A verdade era que estava tudo acabado. Ele nunca mais veria Kari, nunca a seguraria em seus braços implorando seu perdão por morrer desse jeito, nunca colocaria seu filho recém-nascido sobre os ombros.

As consequências daquele ano passado longe de Deus, ao final, lhe custaram tudo.

Ele imaginou Kari com o bebê deles e, de alguma forma, que ela estava certa. Era uma menina! Uma doce menina que viveria a vida inteira sem o papai. Mas, curiosamente, junto com a tristeza, palavras flutuavam em sua mente, como ventos suaves. Palavras que ele havia memorizado quando criança, que encontrou escritas na capa de sua Bíblia no dia em que voltou para casa, para Kari.

"Não tema", o pastor Mark havia citado, "pois eu o resgatei; eu o chamei pelo nome; você é meu."

Redenção. Essa era a palavra que ficava aparecendo, vez após outra. Por muito tempo ele não quis crer nisso, não pensou que fosse possível. Mas agora, com absoluta certeza, ele sabia a verdade que Kari havia lhe mostrado, que o Senhor agora sussurrava à sua alma.

Não tema.

O Senhor era um Deus de redenção para todo aquele que se arrependia e se voltava para ele. E Tim havia se arrependido até o mais profundo de sua alma moribunda.

Eu o chamei pelo nome.

Sim, Senhor.

Enquanto as batidas de seu coração diminuíam, enquanto inspirava seus últimos fôlegos de ar, Tim foi dominado por um senso de profunda tristeza, profundo arrependimento por tudo o que havia se permitido ser, por todas as vezes que escolheu andar por seu próprio caminho, em vez de seguir o Senhor. E, mesmo tendo o coração cheio de tristeza, ele podia sentir uma pontinha de luz começando a aparecer. Ela trazia o conhecimento de um amor e uma paz que eram mais infinitos do que tudo o que ele jamais havia conhecido.

Você é meu. Não tema.

Eu sinto muito, Senhor.

... pois eu o resgatei.

Sim, Senhor.

Você é meu.

Enquanto ele se distanciava de tudo o que havia conhecido nessa vida, sua tristeza se misturava com amor e paz profundos – amor que o guiaria até os braços de seu Pai.

Seus últimos pensamentos foram ao mesmo tempo simples e profundos. Sua gratidão por não ter de passar a eternidade no inferno ia além do que as palavras podiam expressar. Porque esse ano que ele passou lá já havia sido longo o bastante.

CAPÍTULO 30

Kari já estava com o estômago ruim de preocupação quando seu pai ligou. Tim tinha saído havia quase três horas para fazer o que levaria, no máximo, uns quarenta minutos. Os gritos das possibilidades cortando o silêncio da casa eram tão altos que ela mal podia se concentrar.

Ela atendeu o telefone ao primeiro toque.

— Tim?

— Kari, querida, sou eu, papai. A voz de seu pai estava cansada, permeada de tristeza, aflição e medo como ela nunca havia ouvido antes. Nem mesmo nos anos em que sua mãe estava doente.

— Tim está demorando. — O coração de Kari pulsava em sua garganta e suas palavras soavam forçadas, robóticas.— Ele já devia estar em casa.

— Tim está no hospital, meu bem. Houve um acidente.

— O quê? — Ela apertava olhos com força, seus joelhos tremiam em função do turbilhão de terror dentro dela. *Por favor, Deus, não!*

— Ele... ele está bem?

— Precisamos ir ao hospital. — Seu tom continuava aflito. — Eu vou pegar você, querida.

— E a mamãe?

— Ela está na igreja. Às vezes o estudo bíblico vai até mais tarde. Eu vou deixar um bilhete para ela nos encontrar no hospital. — Ele hesitou. — Estou... a caminho.

Quando desligou o telefone, Kari teve certeza de que seu pai sabia mais do que lhe havia dito, mas estava com muito medo de fazer as perguntas, e elas se agitavam em sua cabeça. *O que aconteceu com Tim? Será que o acidente foi perto da universidade? Será que alguém cruzou o sinal vermelho? Ou será que o carro dele era o único?*

Ela estava esperando do lado de fora da casa, enrolada em uma jaqueta que mal cobria sua barriga e tremendo muito quando seu pai chegou. A caminho do hospital ela colocou os braços em volta do corpo, segurando firmemente, lutando para encontrar sua voz. Seu dentes batiam enquanto falava.

— Como... por que eles ligaram para você?

Seu pai manteve os olhos na estrada congelada.

— Os paramédicos sabiam que ele era meu genro e acharam que era melhor eu ligar para você.

Eles ficaram calados o resto do percurso. Ao chegarem ao hospital, um dos amigos do pai, um médico do pronto-socorro, conduziu rapidamente os dois a uma sala separada. Ele ficou de frente para eles e indicou-lhes assentos.

Kari queria gritar com o homem. *Diga o que está acontecendo! Não me peça para sentar. Eu quero ver meu marido.* Apesar disso, ela simplesmente obedeceu, como se seu corpo estivesse escutando o que sua mente se recusasse a reconhecer.

Seu pai falou primeiro.

— Eu contei à Kari que houve um acidente. Isso é tudo que ela sabe.

— Certo. — O médico grisalho em frente a eles tinha uma face bondosa, mas sua expressão era muito grave. Quando ele falou, no entanto, não havia urgência. — Temo não ter boas notícias.

Nessa hora Kari soube que algo estava terrivelmente errado. Algo muito pior do que havia imaginado antes.

— Onde ele está? — Ela exigiu. — Não estou preocupada com os detalhes. Eu só preciso...

— Kari! — O doutor segurou suas mãos e fixou os olhos nela, desejando que ela o ouvisse. — Seu marido foi baleado.

A sala começou a girar. Respirar e falar estava fora de questão. Seu pai passou os braços ao redor de seus ombros e sussurrou:

— Kari, aguente firme agora...

O som agitado ecoando na cabeça de Kari tornava quase impossível se concentrar. Ela tentava desesperadamente entender o que o médico estava dizendo, mas só conseguiu pegar alguns pedaços. Algo sobre três balas. Sangramento considerável. Paramédicos fazendo tudo o que podiam.

Mas, apesar do enorme esforço que fazia para ouvir, as palavras do homem se misturavam – todas, com exceção das últimas, que se destacaram com repentina e horrível clareza.

— Ele não resistiu, Kari. Eu sinto muito.

— Não! — Ela puxou suas mãos das do médico e colocou-as sobre seu abdômen saliente, se recusando a entender. Não era possível. — Não! Tim estava no escritório. Ele tinha alguns papéis... Você o confundiu com outro cara.

Seu pai segurou-a mais forte enquanto perguntava ao médico:

— Os tiros foram no *campus*?

Mesmo em seu desespero, ela pôde ver a expressão do médico mudar.

— Ele foi baleado do lado de fora de um condomínio... fora do *campus*.

Nesse momento Kari teve um contração fortíssima e se dobrou de dor. *Não... por favor, Deus, não!*

Suas palavras se dissolveram em uma série de gemidos agonizantes que foram se desenvolvendo até ela não conseguir reconhecer a própria voz. O pai pôs os braços ao seu redor e segurou-a com firmeza – ela não soube exatamente por quanto tempo – até que estivesse mais calma. E depois vieram as perguntas, as agonizantes perguntas nas quais não queria pensar, mas que precisava fazer.

Ela levantou a cabeça e encarou o médico em meio à torrente de lágrimas.

— Ela foi presa?

O médico franziu as sobrancelhas. Olhou primeiro para o pai e depois para ela.

— Disseram-me que o atirador era um jovem de dezenove anos. Ele fugiu, mas a polícia o pegou. Ele confessou tudo.

Um pequeno raio de esperança cruzou as trevas na alma de Kari.

— Então ele não estava no apartamento de Angela Manning?

O doutor hesitou.

— Eu creio que estava, sim.

E a esperança morreu.

— A senhorita Manning conversou com a polícia. Ela será uma testemunha-chave quando o caso for a julgamento. — Ele se inclinou para frente e estudou cuidadosamente o semblante de Kari. — Você está bem?

Ela fez que sim com a cabeça.

— Acho que sim. — A contração diminuiu, mas qualquer alívio que tenha tido foi logo substituído pelos questionamentos. Mas apenas uma coisa importava.

Por quê?

Depois de todo o progresso que fizeram, por que Tim mentiria para ela e iria ao apartamento de Angela Manning?

Por que alguém atiraria nele?

E por que Deus permitiu que ele morresse?

Ela sentia dores da cabeça aos pés. Seu corpo se agitava mais violentamente à medida que os minutos passavam, como se o frio se alojasse nela e nunca mais fosse embora.

Seu pai aproximou-se de seu ouvido e disse suavemente:

— Eu sinto muito, Kari.

Seu abdômen se contorceu novamente, mas não tão forte como antes. Ela fechou os olhos. Não... não, não podia ser verdade. Tudo isso não passava de um pesadelo.

— Pai, por favor, me diga que não é verdade. — Ela gemeu, desesperada por algum sinal de que tudo fosse mentira. Quando nenhum sinal veio, ela soluçou ainda mais alto. — Por quê? Por que, Deus? Por que Tim? Por que agora? Por quê?

Ela não ouviu resposta, nem de seu pai, nem do doutor, nem mesmo de Deus – não naquele momento. Então, ela fez a única coisa que podia: chorou por Tim, por ela mesma e pela criança que nasceria, e por tudo o que a morte de Tim significaria.

E nesse momento, ela sentiu que uma parte de si também morria. Pois muito pior que a dor de perder Tim foi a perda indescritível de saber que ele mentira novamente, que ela mais uma vez não conseguiu ser suficiente para ele, mesmo depois de tudo o que eles haviam passado. De todas as terríveis emoções que rasgavam seu coração, o sentimento dilacerante de ser traída era a pior de todas. Pior até do que a morte do marido.

— Kari. — O simples ato de erguer os olhos para o médico levou embora suas últimas energias. Ele lhe entregou um pedaço de papel dobrado. — Isto estava no bolso dele. — Os olhos do homem estavam úmidos. — Eu acho que você deve ficar com isso.

Kari abriu o bilhete, enquanto o amigo de seu pai se retirava da sala. Ela tentou focalizar as palavras, mas suas mãos estavam tremendo tanto que não conseguia fazer isso. Seu pai gentilmente tomou o papel de suas mãos e, com uma voz calma que emanava força e pesar, começou a ler.

"Cara Angela..." Ele fez uma pausa, e Kari percebeu que ele estava a sondando, considerando se essas últimas palavras de Tim lhe fariam mal.

Os batimentos cardíacos de Kari aumentaram e ela engoliu em seco. Suas últimas palavras foram para Angela, e não para ela. Esse fato entrava como uma faca em seu coração. Ela apertou os olhos fechados por um momento.

— Continue, pai, eu quero ouvir.

Ele mudou a carta para a mão direita e segurou o joelho da filha com a outra.

"Cara Angela, eu lamento pelo que aconteceu entre nós, mas você precisa saber de uma coisa. Eu não quero que você venha ao meu escritório amanhã – nem amanhã nem nunca. E eu não quero que você me ligue. O que tivemos juntos foi errado; foi uma mentira e eu realmente lamento por isso. Mas eu não amo você. Eu nunca amei. Eu amo minha esposa, meu foco é ela e deve ser assim pelo resto da vida."

Lágrimas de alívio, quentes e suaves inundaram os olhos de Kari e ela enterrou novamente a cabeça no ombro do pai. Uma cobertura de paz sobrenatural caiu sobre ela, fazendo com que se sentisse relaxada. Tim foi fiel a ela! Por pior que pudesse parecer, a única intenção dele era acertar as coisas com Angela Manning, de uma vez por todas.

A última mensagem de seu marido aliviou a dor de ter sido traída, mas intensificou cem vezes a dor da perda.

— É só isso?

O semblante do pai ficou obscurecido e ele fez que não com a cabeça.

— Tem mais.

Novamente o medo lhe golpeou o estômago e veio outra contração moderada. O que mais agora? Alguma coisa pior? Ela segurou a respiração.

— Leia, pai... eu preciso saber.

Ele consentiu e voltou uma vez mais a atenção para o bilhete. "Mais uma coisa. Se você estiver grávida, eu vou assumir a responsabilidade."

— O quê? — Sussurrou Kari, e não conseguiu segurar o vômito. Com os olhos vidrados, permaneceu congelada no lugar, considerando as horríveis possibilidades. Se a tal Angela estivesse grávida, os bebês teriam apenas meses de diferença. Possivelmente, estariam na mesma série na escola.

Ela se lembrou da angústia de Tim mais cedo naquela noite, a forma como ele parecia estranhamente sobrecarregado. Agora, tudo fazia sentido – apesar da realidade disso tudo lhe dar calafrios.

A dor em seu abdômen começou de novo, e ela se curvou. Seu pai fez um sinal no corredor e, em segundos, o médico do pronto-socorro retornou.

— Ela está tendo contrações —, o pai explicou.

O doutor franziu a testa.

— Nós precisamos monitorar você, Kari.

Ele se mexeu para ajudá-la, mas ela levantou a mão.

— Eu estou bem. — A dor estava diminuindo e ela se endireitou novamente. — Eu preciso ver Tim.

O amigo de seu pai pareceu preocupado, mas concordou.

— Nós ainda o estamos limpando. Você poderá vê-lo logo depois.

As palavras não lhe vinham, então seu pai falou por ela:

— Obrigado, Mike. Nós estamos bem. Tenha um monitor preparado, se for o caso.

O colega concordou com a cabeça e deixou a sala. Por um longo tempo, não houve nenhum barulho na sala, a não ser os soluços cansados de Kari e, de vez em quando, as palavras gentis de seu pai.

— Aguente firme, Kari... Nós vamos superar isso. Deus vai nos ajudar a passar por isso.

No fundo de sua alma ela cria, acreditava de alguma maneira que sobreviveria, que a criança deles ficaria bem e que, em um momento no futuro, de algum modo, ela poderia até mesmo ser feliz. O que ela não sabia era como faria para sair daqui e chegar lá.

No momento, ela não tinha certeza se saberia como respirar, quanto mais cuidar de si mesma e de sua filha sem Tim. Em questão de horas, ela perdeu o marido, o casamento, seus sonhos para o futuro. Tudo isso se foi. E mesmo que Deus a ajudasse a sobreviver, uma questão ainda apertava seu coração. *Onde estais, Deus? Onde o Senhor estais nisso tudo?* Kari sentiu outra contração, mais branda dessa vez.

— Eu estou bem. Elas estão passando.

— Você tem certeza? — Seu pai colocou gentilmente a mão sobre a barriga dela. — Com trabalho de parto prematuro não se brinca.

— Eu tenho certeza. — Ela suspirou e ia pedir ao pai que lhe ajudasse a encontrar o corpo de Tim, quando ouviu uma batida na porta. Uma enfermeira colocou a cabeça para dentro. — Senhora Jacobs, tem uma mulher aqui querendo ver você. Ela disse que é urgente.

Kari olhou para o pai.

— Deve ser a mamãe. — A ideia de repetir os detalhes da morte de Tim era insuportável, mas ela ansiava ver a mãe.

Ela fez que sim com a cabeça para a enfermeira. — Mande-a entrar. — A mulher desapareceu deixando a porta aberta.

Um minuto se passou, e uma bela jovem, com a face marcada pelas lágrimas e vivos olhos azuis inchados, apareceu à porta. Imediatamente seus olhos se detiveram na barriga de Kari. Ao fazer isso, algo mudou na expressão da mulher. Kari soube instintivamente quem ela era. A outra mulher. E ela sentiu o coração afundar até os joelhos.

A mulher cruzou os braços e falou secamente.

— Eu sou Angela Manning.

Kari sentiu os braços do pai em volta de seus ombros, mas manteve os olhos fixos na mulher à sua frente. Então, essa era Angela? Aquela que foi o motivo de Tim ter abandonado o lar, aquela que quase destruiu seu casamento? Aquela que nesse momento talvez estivesse carregando dentro de si um filho de Tim?

Kari estava totalmente esgotada, sua cabeça ainda girava com a realidade de que Tim estava morto em uma enfermaria ali perto. Mas ela precisava de alguma forma encontrar forças para encarar Angela Manning. *Pai, eu não consigo fazer isso.*

E, então, surpreendentemente, veio a reposta silenciosa no profundo de sua alma. Uma resposta surpreendente, mas confortavelmente familiar. Aquela que há alguns meses não faria sentido.

Minha graça é suficiente para você, filha.

E, desse modo, Kari conseguiu respirar novamente. Seu mundo ainda estava abalado, mas ela podia respirar.

Angela fixou os olhos no chão por um momento, depois voltou a olhar para Kari. O arrependimento nos olhos de Angela era evidente e profundo. E, subitamente, Kari sentiu algo que jamais esperava sentir na presença da amante de Tim.

Compaixão.

— Eu sinto muito, senhora Jacobs. — Lágrimas enchiam seus olhos. — Eu sou a culpada por ele estar morto.

Kari não fazia ideia do que ela queria dizer, mas uma onda de ansiedade lhe percorria enquanto esperava.

Angela engoliu em seco, olhou de relance para o pai de Kari e depois voltou para ela.

— Eu… eu disse para Tim que estava grávida, mas... — um soluço escapou de sua garganta — eu menti para ele. Eu queria que ele voltasse para mim. — Ela abaixou a cabeça novamente. — Ele veio me dizer que queria continuar casado com você.

A tristeza consumiu Kari duplamente. Era a mesma mensagem que Tim expressava na carta, mas ouvi-la dos lábios dessa mulher…

Ela sentiu os joelhos fraquejarem e balançarem sob o peso da ironia: a realidade de que seu marido estava morto não por causa das traições nem por suas mentiras, mas porque ele queria fazer a coisa certa.

De repente, Kari precisava saber o que havia acontecido.

— Quem atirou nele?

Angela cruzou nervosamente as mãos.

— Seu nome é Dirk Bennett. Eu namorei com ele por um tempo no ano passado e ele… ele se tornou obsessivo. Ele achou que o motivo de não estarmos mais juntos era o fato de eu estar com Tim. Mas isso não era verdade…

Kari ficou ali, olhando fixamente para Angela Manning, muito chocada com as notícias para sentir qualquer coisa além de terror e confusão. Tim foi morto por alguém que perseguia Angela Manning? Aquilo tudo era um absurdo. Ele devia estar em casa com ela, ajudando a escolher o papel de parede e as cortinas para o quarto do bebê, andando cuidadosamente com ela, passando das feridas de ontem para a nova vida que estavam construindo juntos.

Era isso que ele deveria ter feito. E não ter ido procurar sua ex-amante e ser baleado.

Angela ergueu mais uma vez a cabeça.

— Eu estava lá quando o estavam socorrendo. — Sua voz falhou e ela pressionou o nariz.— Ele queria que eu dissesse uma coisa para você.

Kari engoliu os soluços que se depositaram em sua garganta e se apoiou firmemente nos braços do pai. Ela queria odiar essa mulher pelo que ela havia feito a Tim e ao seu casamento. Odiá-la pelo modo como mentiu para ele, o que acabou lhe custando a vida. Mas estava claro que Angela Manning também estava ferida, não somente pelo pesar e pela culpa, mas também por causa da certeza de que ela poderia ter impedido a morte de Tim. Além disso, essa mulher era a única pessoa que podia compartilhar com ela o que seu marido falou quando estava morrendo. Kari percebeu que não conseguia reunir ódio algum; apenas uma nova onda de lágrimas que encheu seus olhos e molhou seu rosto. Não era possível falar.

Seu pai permaneceu quieto durante toda essa conversa, mas sua força tranquila ao lado dela era tudo o que a mantinha em pé. Ele parecia entender a necessidade que a filha tinha de saber. Então, John limpou a garganta e olhou para Angela.

— O que ele disse?

O olhar de Angela cruzou com o dele, e Kari viu resignação e um conhecimento profundo de que, por mais desviado que Tim estivesse, a única que ele amou foi Kari.

— Ele me disse para lhe falar que ele...

O rosto de Angela ficou vermelho. Suas marcas de expressão se franziram enquanto uma série de pequenos soluços sacudia seu corpo. Quando foi capaz de falar, ela pegou um lenço de uma caixa no centro da mesa e assoou o nariz.

— Desculpe.

Kari estava tentando ser paciente, mas queria saber cada uma das palavras finais de Tim, especialmente porque foram endereçadas a ela.

— Ele o quê?

Angela fungou.

— Ele falou para lhe dizer que estava arrependido… e que ele amava você e sempre amaria.

Nesse momento a enfermeira retornou e olhou para Kari.

— Eu preciso falar com você por um minuto, por gentileza.

O pai gentilmente segurou o cotovelo de Kari e ela olhou mais uma vez para Angela. Havia um silêncio constrangedor enquanto a outra mulher colocava a bolsa no ombro, e suas lágrimas aos poucos se transformaram em uma dignidade fria.

— Eu achei que você deveria saber a verdade.

Kari só pôde aceitar.

— Obrigada.

Uma após a outra, elas deixaram o quarto: Angela para a escuridão da noite de incerteza e arrependimento e Kari, para um quarto de hospital totalmente iluminado – o que era ainda mais sombrio –, o quarto onde seu marido jazia frio, inerte e morto.

Seu coração disparava enquanto ela e o pai seguiam a enfermeira pelo longo corredor até uma porta fechada.

— Seu marido está aqui, senhora Jacobs. — A voz da mulher era gentil. — Fique o tempo que você quiser.

Kari piscou e, ao abrir a porta, percebeu que o choque inicial de perder Tim havia passado. A dor paralisante que agora engolfava seu ser nunca poderia ser confundida com algo irreal.

CAPÍTULO 31

Haviam passado dois dias da data prevista, e as dores estavam vindo a cada seis minutos. Kari encontrou os pais na cozinha, tomando o café da manhã.

— Está na hora. — Ela sentiu os cantos da boca se levantarem levemente, mais do que já haviam levantado desde a morte de Tim.

Seu pai estava em pé.

— Tem certeza?

Ela afirmou:

— Eu estou pronta.

John, Elizabeth e Kari foram no mesmo carro e ninguém falou de trivialidades. O que eles poderiam dizer? O que qualquer um deles poderia dizer? Tim é que devia estar ali, levando-a para o hospital, e ninguém podia fugir do fato de que ele fazia falta nessa hora.

Kari suspirou e olhou pela janela. Ela estava aprendendo a aceitar a perda de Tim, mas não era fácil. Uma contração veio, e ela se curvou gemendo alto, o que fez com que seu pai acelerasse. Ela respirava de modo curto e rápido, com os lábios contraídos, como Brooke havia lhe mostrado. Ela não teve coragem de ir sem Tim às aulas de parto, ainda que sua mãe e Brooke tivessem se oferecido para isso. Por isso, Brooke lhe tinha dado algumas instruções rápidas; ela lhe disse que aprender a respirar durante as contrações era o mais importante. Mas a dor era prolongada e impiedosa.

Como tudo mais em sua vida esses dias.

Aos poucos, as contrações diminuíram, e Kari recostou-se no assento, lembrando-se de tudo a que sobreviveu nesses últimos meses. Às reportagens detalhando como Tim havia sido baleado em frente ao apartamento da amante; ao artigo, uma semana depois, explicando que o atirador Dirk Bennett estava sendo julgado por assassinato de primeiro grau. Ao funeral, quando o pastor Mark falou sobre a beleza da redenção e sobre como Kari e Tim encontraram paz antes da morte dele.

Todos lhe deram apoio. Ninguém, nem mesmo Ashley, mencionou que, talvez, a morte dele tenha sido o melhor e que, talvez, Kari estivesse melhor sem um marido como Tim Jacobs.

Kari não era idiota. Ela sabia que, pelas costas, as pessoas provavelmente estavam falando coisas assim. Houve um tempo em que ela mesma poderia ter sido tentada a dizer essas coisas. Mas agora não. Não depois do modo como ela e Tim estavam unidos antes de ele morrer.

Seu pai dirigia tão rápido quanto era possível fazê-lo de modo seguro. Outra onda de dor tomou conta dela, que apertou a mandíbula para não gritar.

— Pai... — As contrações lhe tiravam o fôlego e ela se balançava para frente, tentando sobreviver.

— Só mais dois minutos, querida, dois minutos. Aguente firme, estamos quase lá.

Kari fechou os olhos quando a dor diminuiu, orando por força. Sabia que Deus lhe ajudaria a suportar a dor física do trabalho de parto. O que a preocupava eram as coisas que viriam depois.

Ser mãe sozinha... E explicar à criança o que havia acontecido com seu pai? Kari não conseguia imaginar como faria tudo isso.

Oh, Pai... é tão difícil. Lágrimas rolaram de seus olhos e ela começou a chorar, soluços internos profundos vieram de um lugar que ainda estava em carne viva, que ainda panteava o fato de Tim estar morto, que ainda sofria ao lembrar de suas últimas palavras e com a triste ironia de que ela o havia perdido bem quando eles haviam se encontrado novamente.

Seu pai pisou no freio.

— Chegamos.

Kari abriu os olhos e viu uma enfermeira esperando com uma cadeira de rodas do lado de fora da sala de emergência.

— Você ligou avisando?

John Baxter já estava fora do carro abrindo a porta para Kari.

— Claro! — Ele sorria carinhosamente para ela enquanto a ajudava a ir do carro para a cadeira de rodas, enxugando com o polegar as lágrimas da filha. — Eu não quero que meu neto nasça em uma sala de espera de hospital.

Os quinze minutos seguintes foram um misto de preparações e contrações enquanto as enfermeiras alojavam Kari em uma sala de parto e monitoravam o progresso do bebê. Depois de alguns minutos o médico apareceu e a examinou.

— Eu diria que será em algum momento da próxima hora. — Ele acariciou a mão de Kari e ela podia sentir sua simpatia como um cobertor quente: tanto confortante quanto sufocante. Parecia que todos em Bloomington sabiam o que havia acontecido com Tim: sua pobre e aflita esposa estava grávida de seis meses e esperava estoicamente pelo retorno do marido quando ele foi baleado e morto em frente ao apartamento da amante. Kari apreciava a preocupação do médico, bem como a de todos os outros; mas odiava o modo como isso havia feito com que ela se tornasse objeto de pena aonde quer que fosse. Especialmente aqui, dando à luz o primeiro filho poucos meses após o enterro do marido.

Outra contração veio e ela pensou que fosse desmaiar de dor. O médico segurou sua mão até ela se recuperar disso. Em seguida, ele curvou a cabeça, examinando seu rosto encharcado de lágrimas.

— Você está bem?

Kari concordou com a cabeça.

— Estou pronta para conhecer meu bebê.

Ele deu um sorriso largo.

— É isso aí, garota! Ouça, alguns parentes seus estão no corredor. Posso deixá-los entrar?

— Claro. — Ela tentou sorrir.

Quando a porta se abriu, seus pais entraram com Ashley e Cole. Eles foram seguidos de Brooke e Peter, ambos vestindo jaleco branco e sorrindo de orelha a orelha. Atrás deles estava Erin, com a promessa de que Sam viria depois, e no fim da fila estava Luke, com um buquê todo de rosas brancas. Eles se reuniram ao redor da cama, colocando as mãos nos joelhos e ombros de Kari e alisando mechas soltas de cabelo em seu rosto suado.

As dores vinham mais rápido, mais fortes, e Kari sabia que sob circunstâncias normais ela não iria querer companhia. Mas essas eram as pessoas que ela amava, sua família – aqueles que estiveram ao seu lado a vida toda, quer concordassem com ela ou não. Enquanto quisessem estar lá, ela não pensaria em pedir a eles para se retirarem. Além disso, eles não ficariam por ali muito tempo. Foi combinado que apenas sua mãe ficaria com ela durante o nascimento.

O grupo estava quieto, todos olhando para Kari, quando seu pai limpou a garganta e tomou a mão dela.

— Nós não queríamos que você ficasse sozinha aqui.

Kari engoliu a saliva e esperou até que pudesse falar.

— Obrigada.

— Eles vieram assim que eu liguei. — John passou os olhos pelo rosto de todos. Seu queixo tremia quando voltou o olhar para Kari. — Não importa quanto tempo demore, nós estaremos do lado de fora se você precisar de alguma coisa.

Ela concordou com a cabeça, incapaz de fazer qualquer coisa além de gemer quando outra onda de dor veio. Depois que isso passou, ela olhou para os olhos de cada um da família, com respiração ofegante e suor escorrendo da testa.

— Eu amo vocês.

Havia sorrisos e sussurros de "também amamos você" ao redor dela, e, mais uma vez, seu pai assumiu o controle.

— Precisamos ir. Vamos orar por Kari e pelo bebê.

Todos concordaram com a cabeça e ninguém, nem mesmo Ashley, Brooke ou Peter, mostrou algum sinal de hesitação. Um a um, eles deram as mãos até que a única ligação que faltava era entre Luke e Ashley, que estavam em pé próximos um do outro. Finalmente, Luke sorriu para a irmã do meio e estendeu a mão. E com isso o círculo estava completo. Lágrimas brilhavam em todos os olhos, e Kari sentiu o coração se elevar pelo amor que experimentava no meio de sua família.

Seu pai olhou para cada um deles, um de cada vez, depois curvou a cabeça.

— Senhor, Vós sois gracioso e misericordioso em todas as coisas; mesmo assim há dor na chegada de uma nova vida. Pai, nós Vos pedimos que permitais que este bebê venha rapidamente, sem estresse ou problemas de qualquer tipo. E nós pedimos que nesse processo Vos guardeis a salvo tanto a Kari como o bebê.

A voz de John falhou e Kari sentiu de novo gotas rolando sobre o rosto. Ela sabia que o pai devia estar profundamente tocado pelo modo como todos se reuniram aqui. Especialmente Luke e Ashley.

— Senhor, eu já orei isto um milhão de vezes antes, mas me deixais dizê-lo novamente: obrigado por minha família. Depois de Ti, Pai, eles são a parte mais importante de minha vida.

Quase imediatamente ao fim da oração, Kari estremeceu com outra contração, e dessa vez seu pai fez sinal para a enfermeira entrar. A mulher entrou na sala já tumultuada e verificou os dados no monitor.

— Certo, Kari, eu acho que chegou a hora.

Os outros saíram da sala – todos exceto sua mãe, que lhe segurava a mão e andava ao seu lado enquanto a transferiam para a sala de parto. Kari ficou agradecida por eles terem planejado desse modo.

A última fase do trabalho de parto pareceu bem mais curta do que a primeira e, depois de trinta minutos, o médico já pedia à Kari para fazer força pela última vez. E quando ela fez, sentiu uma grande sensação de alívio. Segundos depois a sala estava cheia do som do chorinho da linda criança recém-nascida.

— Parabéns, Kari! — O médico ergueu o bebê, que se contorcia, e Kari mal podia acreditar que tudo estava realmente acontecendo. — É uma menina!

Um gemido de alívio escapou da garganta de Kari. Ela caiu de volta para trás exausta, esgotada, eufórica. A mãe estava ao seu lado, apertando-lhe a mão e beijando sua testa.

— Oh, meu bem, ela é linda.

— Eu sabia que era uma menina. Deus me falou há alguns meses. — Kari sorriu e percebeu que não estava mais chorando. Em vez disso, uma alegria indescritível percorria sua mente e seu coração, uma alegria de alívio, reverência e espanto diante do milagre da vida.

— Há algo de muito especial em uma filha. — A mãe pôs o rosto contra o de Kari. — Eu me lembro exatamente do que você está sentindo agora. — Ela pausou, e suas lágrimas de felicidade caíram sobre o rosto de Kari. — Agora, você sabe por que eu amo tanto você.

— O nome dela é Jessie Renée.

— Que lindo, Kari! Sua bisavó iria amar essa pequena.

Uma enfermeira da sala de parto apareceu ao lado de Kari com uma bebê limpa e enrolada em um cobertor.

— Achei que você gostaria de conhecer sua filha:

Delicadamente, como se a bebê fosse feita de vidro, Kari tomou-a nos braços e segurou-a próxima de si.

— Oh, mamãe… Não há nada como isso. Eu mal posso acreditar na sensação de senti-la em meus braços.

Kari fitava, maravilhada, a filhinha. Ela estava errada na noite da morte de Tim. A melhor parte de sua vida não havia acabado. A esperança renasceu – sua menina era prova viva disso.

Os planos de Deus para ela não estavam mortos; eles foram apenas revisados, renovados. Eram tão novos como essa vida preciosa que tinha nos braços.

***

Um som estranho encheu o ar aquela manhã, mas Kari não conseguia forçar os olhos a abrir. O que é isso? Quase como se alguém estivesse cantando… não, cantarolando… bem em seu quarto de hospital.

A melodia era familiar, e, apesar de estar meio dormindo, ela finalmente a reconheceu.

Vós sois fiel, ó Deus, meu Pai celeste,
Não há nem sombra de mudança em Vós;
Vós nunca mudais, ó Pai, e não falhais;
Como tendes sido para sempre o sereis.

A cantoria começava a ficar mais clara, e Kari pensou que seu pai devia estar no quarto. Esse era seu hino favorito, aquele que ele sempre cantava quando era bem visível a mão de Deus trabalhando entre eles. O canto continuou, e, como Kari estava quase completamente acordada, ela se uniu ao coro.

Vós sois fiel, ó Deus! Vós sois fiel, ó Deus!

Vossa mercê, nova a cada manhã;

O que preciso tendes sempre provido –

Vós sois fiel, ó Deus, fiel a mim.

Ela abriu os olhos e então seu coração parou. Como ele...? Quem falou para ele...? Isso era impossível.

O homem sentado na cadeira ao seu lado, embalando a pequena Jessie com tanto cuidado como se fosse dele mesmo, não era John Baxter. Era Ryan Taylor.

Os batimentos de Kari voltaram, e ela olhava fixamente para ele, incapaz de falar.

— Ela é linda, Kari. — Com os olhos molhados, ele sorria para a bebê. — Ela se parece muito com você.

Kari piscou para conseguir ver em meio às próprias lágrimas.

— Ryan... eu não... como você ficou sabendo?

— Minha mãe me contou sobre o que aconteceu com Tim. — Ele contemplava a criança e beijava sua fronte macia. — Eu fiz minha mãe prometer que me contaria quando o bebê nascesse, e acho que ela falou com seu pai. Ele ligou ontem por volta do meio-dia, depois que Jessie havia nascido. — Ele levantou os olhos e viu Kari olhando para ele. — E eu peguei um voo poucas horas depois de saber.

Ela o examinou cuidadosamente, não tendo certeza se havia entendido.

— Por quê?

Ele passou seu dedo grande delicadamente pela testa da bebê e olhou de Kari para a pequena Jessie e depois de novo para ela.

— Há muito tempo você me disse algo que eu nunca vou esquecer.

— Falei? — O coração de Kari estava batendo quase fora do peito e ela não conseguia impedir as emoções que lhe assaltavam.

Ryan fez que sim com a cabeça.

— Você me disse que o amor é uma decisão. — Pausou e olhou para a pequena criança. — Eu achava que amava você, Kari. — Os olhos dele encontraram os dela novamente. — Mas era um amor egoísta. Não o tipo de amor que honraria você. Definitivamente não o tipo de amor que você alimentava por Tim.

Ela viu os olhos de Ryan se encherem novamente, e os dela fizeram o mesmo. Por fim ele engoliu em seco e voltou a falar.

— Depois que você voltou com o Tim, eu tive uma pequena conversa com Deus e percebi que você estava certa. O amor – o verdadeiro amor – *é* uma decisão. — Ele balançou a cabeça uma vez. — Então, decidi naquele momento que amaria você do modo como você queria ser amada. E que isso significava deixar você ir.

A menina se mexeu. Ryan ajeitou-a e falou um pouco mais alto do que um sussurro.

— Foi uma decisão que... — sua voz parou e ele baixou a cabeça por um minuto, quando deixou cair uma lágrima sobre a bochecha de Jessie. Ryan sorveu rapidamente o ar e secou o molhado com o polegar. Depois levantou os olhos para Kari. — ...uma decisão de amar você que quase me matou.

Pronto!

Os verdadeiros sentimentos dele foram expostos, e ela não conseguia pensar em nada para dizer. A perda de Tim era tão recente para Kari até mesmo começar a sondar seu coração, agora na presença de Ryan, sobre tudo o que sentia.

O semblante de Ryan ficou mais sério e ele piscou para impedir outra lágrima.

— Eu sinto muito pelo que aconteceu com Tim. Não era isso que eu... — Ele inspirou bruscamente e fitou o teto por um momento antes de voltar a atenção para Kari. — Eu sinto muito.

As lágrimas rolavam agora livremente pelo rosto de Kari, que concordou.

— Eu também. Nós estávamos... estávamos seguindo na direção certa.

Eles ficaram em silêncio por algum tempo. De vez em quando, Ryan olhava para baixo, para o bebê, e se permitia um sorriso torto.

— Ela é perfeita. Um completo milagre.

Kari esperou um minuto, com os olhos fixos nas delicadas feições da menininha.

— E aí... você está em Nova York?

— Isso. — Ele ergueu a cabeça, analisando Kari. — Treinando os Giants.

Ela assentiu.

— Foi o que eu ouvi. — Sua mente procurava alguma coisa neutra para dizer. — E como tem sido?

— Bom. — Ele sorriu tristemente. — Eu sinto saudades de casa, mas você sabe que eu sempre quis ser técnico nesse nível.

Ela se afundou no travesseiro novamente e absorveu a visão dele – forte, bonito e familiar, embalando sua recém-nascida com uma ternura desajeitada. Seu coração se recusou a fazer mais do que isso; as possibilidades por todos os lados de seu caminho particular de dor eram mais do que ela conseguia considerar. Era cedo demais, ou talvez tarde demais, para voltar atrás. De qualquer modo, não era nem momento nem lugar para considerar o que poderia estar à frente.

Além disso, agora a vida de Ryan estava em Nova York e a dela, aqui, com a família. Onde sempre estaria.

Ela forçou as emoções ao perguntar:

— Quando você volta?

— Eu tirei uma semana de folga. Se não tiver problema para você, eu gostaria de ajudá-la a se instalar ou algo do tipo. — Ele deu um sorriso largo. — Sabe, pular de prédios altos, trocar fraldas, essas coisas.

Ela sorriu, triste e pensativa, e deu uma olhada para a águia de pelúcia, o bichinho que Tim trouxe antes de morrer, aconchegada aos pés de Jessie no berço do hospital. Ele devia estar aqui, devia estar sentado à sua frente, segurando sua filha, murmurando alguma coisa para ela. Mas o lugar estava ocupado por Ryan.

Kari fechou os olhos por um momento. De alguma maneira, Tim *estava* ali, sorrindo para eles do seu lugar no céu, seu lugar de redenção.

Ela se sentiu inundada com porções iguais de paz e dor.

— Tim estava tão empolgado com o bebê. Nós estávamos aprendendo...

Ryan não respondia, apenas escutava. Observava o rosto dela, esperando que dissesse mais.

Tudo o que ela conseguiu elaborar foi uma conversa trivial.

— Eu vou ficar com a casa. — Ela admirou por um pouco a pequena Jessie. — Vou ficar nos meus pais por algumas semanas, mas, quando estiver em condições, a bebê e eu vamos para casa.

Ryan inclinou-se para frente na cadeira acolchoada do hospital, embalando cuidadosamente a pequena adormecida.

— Vai levar algum tempo para você voltar a viver novamente.

Ela fungou.

— Pois é.

O olhar de Ryan ficou desfocado, vidrado com coisas que não diria, sentimentos que ele era sensato demais para expressar. O momento passou.

— Bem, garota — ele lhe deu um meio sorriso —, em minha opinião, você poderia usar um amigo. Alguém para escutá-la e com quem andar. Talvez alguém para segurar a mamadeira quando você estiver cansada. — Ele encolheu os ombros. — Pelo menos até eu ir embora.

Uma dezena de perguntas lhe vieram à mente ao pensar na possibilidade, mas o nó na garganta era grande demais para pensar em dar voz a elas. Em vez disso, ela sorriu em meio às lágrimas e perguntou a única coisa que importava.

— E depois, o quê?

Ryan estendeu a mão e gentilmente massageou a ponta dos dedos dela.

— Eu vou sempre estar a um telefonema de distância. Sempre que você precisar de mim, Kari. Não importa quantos quilômetros estiverem entre nós, eu vou sempre estar ao seu lado.

Kari aguardou um momento, analisando Ryan, sentindo a segurança e a proteção que sempre sentiu com ele.

— Eu gostaria disso.

Ela imaginou os dias seguintes: ela e a filha indo para casa, para o berçário temporário criado na casa dos pais, com Ryan parando para uma visita e vendo-o segurando Jessie, compartilhando com ele esses poucos dias carinhosos pela frente. E dizendo adeus no final da semana.

Ela o olhou nos olhos, relembrando os momentos que passaram juntos. Durante toda a vida, ela estivera dizendo adeus a Ryan Taylor. Essa seria apenas mais uma vez.

Kari suspirou.

Como tantas vezes antes, não havia como prever o que o amanhã reservava para nenhum deles. De certo modo, eles haviam completado o ciclo. E, ainda que não se encontrassem novamente durante um mês ou mesmo um ano, Ryan estava certo: ele estaria ao seu lado.

E de alguma maneira… de alguma maneira, por hoje isso era o suficiente.

Mais sobre a família Baxter!

Vire esta página para ter um trecho-bônus de LEMBRANÇA,

o segundo livro da **SÉRIE REDENÇÃO**

de Karen Kingsbury e Gary Smalley

Extraído de **LEMBRANÇA**
de Karen Kingsbury e Gary Smalley

CAPÍTULO 1

O Dr. John Baxter recebeu as notícias sobre o incêndio no momento em que chegou ao Hospital St. Anne aquela tarde. Uma enfermeira do pronto-socorro sinalizou para ele voltar da ronda; seu rosto estava machucado.

— Fique por perto; nós podemos precisar de você. Um bloco de apartamentos está pegando fogo até o chão. Algumas famílias estão presas do lado de dentro. No mínimo, dois mortos. E já estamos com pouco pessoal disponível.

John sentiu a agitação familiar da adrenalina, que vinha com o fato de ele trabalhar perto de desastres. Ele trabalhava na sala de emergência apenas esporadicamente – nos verões em que não tinha aulas para dar ou quando um desastre de algum tipo exigisse pessoal extra. Mas, para John, as emoções de uma sala de emergência nunca diminuíam. Era tudo tão agitado e desgastante agora como sempre foi.

Ele deu uma olhada para os outros fazendo preparações e então se voltou para a enfermeira.

— O que aconteceu? — As sirenes berravam por toda a Bloomington.

A enfermeira fez que não com a cabeça.

— Ninguém sabe ao certo. Ainda estão trabalhando no incêndio. Eles perderam o contato com dois bombeiros. — Ela fez uma pausa. — Todos temem o pior.

Bombeiros? O coração de John foi parar no estômago.

Ele a seguiu até os fundos, onde um grupo de pessoal médico estava se preparando para a primeira vítima.

— Eles conseguiram os nomes? Dos homens perdidos?

A enfermeira parou e se virou.

— São do caminhão 211. Isso é tudo o que sabemos até agora.

John sentia o sangue lhe fugindo da face enquanto se lançava em uma fervorosa oração silenciosa. Ele orou pelas pessoas que estavam combatendo o fogo e pelas famílias presas no prédio. E pelos homens do caminhão 211 que estavam sumidos.

Criou na cabeça a imagem deles, perdidos em um inferno, arriscando a vida para salvar mães, pais e crianças. Ele os imaginou soterrados sob escombros chamejantes ou tendo cortada a comunicação com seus superiores.

Então, ele orou por um dos homens do caminhão 211 em particular. Um jovem robusto que amava Ashley, sua filha do meio, quando os dois eram adolescentes.

***

O dinheiro estava acabando. Essa era a razão principal por que Ashley Baxter estava procurando emprego naquela bela manhã de verão – um dia com céu azulado e flores desabrochando, perfeito para a arte criativa.

O pagamento acertado no acidente que envolveu seu carro quatro anos atrás estava quase no fim e, mesmo que tivesse pagado a casa à vista, ela e o pequeno Cole ainda precisavam de dinheiro para viver – pelo menos, até que suas pinturas começassem a vender.

Ashley suspirou e passou os dedos pelos curtos cabelos escuros. Analisou o anúncio no jornal mais uma vez:

"Funcionário para asilo. De preferência com treinamento médico. Salário e benefícios."

Por mais baixo que parecesse, podia ser justamente o trabalho que ela procurava. Ashley ficou sabendo pelo pai que o salário das pessoas que trabalhavam em asilo era, em geral, um pouco mais do que o mínimo. Ela trabalharia principalmente com pacientes com Alzheimer, demência senil ou outras doenças da idade; pessoas incapazes de viver por si mesmas. Ela teria de tomar conta de alguns corpos enrugados, limpar queixos cabeludos e, especialmente, trocar fraldas. O trabalho não era nada glamuroso.

Mas Ashley não ligava. Tinha motivos para querer o trabalho. Desde que havia voltado de Paris, tudo em sua vida havia mudado. Ela só tinha 25 anos, mas sentia-se mais velha, exausta e cética. Raramente ria, e não era o tipo de mãe de que Cole precisava. Apesar dos fãs que possuía, a imagem que tinha de si mesma não era boa. Imaginava-se acabada – até mesmo, feia.

Paris era parcialmente responsável pela pessoa na qual ela havia se tornado. Mas muita coisa se devia a toda correria desde que havia voltado. A fuga, pelo ponto de vista dos pais, de sua religião cansativa, de suas tentativas de fazer com que ela fosse a mulher que jamais poderia ser. E a fuga de Landon Blake: de suas investidas sutis, mas persistentes, e do previsível estilo de vida que seria forçada a assumir se algum dia se apaixonasse por ele.

Qualquer que fosse a razão, Ashley tinha consciência de que algo trágico havia acontecido com seu coração nos últimos quatro anos depois da Europa. Tornou-se frio – mais frio que o vento que açoitava Bloomington, Indiana, em meados de janeiro. E isso, por sua vez, estava afetando sua única verdadeira paixão: sua habilidade para pintar. Continuava trabalhando nisso, continuava pintando algumas telas; no entanto, há muitos anos ela não fazia algo realmente memorável.

Ashley pôs seu capuchino de lado e começou a procurar o endereço do asilo. Além de pôr dinheiro dentro de casa, trabalhar com idosos poderia espantar o profundo frio dentro dela – poderia, até mesmo, derreter o gelo que se acumulou em redor de sua alma ao longo desses anos. Ela sempre sentiu alguma empatia por pessoas de idade, uma quase compreensão. De alguma forma, elas mexiam com um lugar em seu coração de um modo que nada mais conseguia tocar.

Ela se lembrou de que estava dirigindo pela cidade uma semana atrás e viu duas senhoras de idade – corcundas, mulheres idosas enrugadas, provavelmente com seus noventa anos – andando de braços dados pela calçada. Elas davam passos cuidadosos e medidos; quando uma começava a escorregar, a outra a segurava.

Ashley parou naquela tarde e examinou as duas idosas à distância, pensando que elas dariam um bom tema para sua próxima pintura. Quem eram elas? O que haviam visto em sua vida tão longa? Elas se lembravam da tragédia do *Titanic*? Será que haviam perdido filhos na Segunda Guerra Mundial – ou teriam, elas mesmas, servido no conflito? As pessoas que elas amavam ainda estavam vivas? Ou viviam próximas o suficiente para irem visitá-las?

Elas foram bonitas, indo de um evento social a outro com muitos caras chamando por elas? E choraram por terem se tornado invisíveis, agora que a sociedade já não reparava nelas?

Ashley observou as mulheres atravessarem cuidadosamente um cruzamento e, em seguida, congelarem de medo quando o sinal abriu e elas estavam no meio do caminho. Um motorista impaciente apertou a buzina. A expressão no rosto das mulheres ficou nervosa e, em seguida, angustiada. Elas se apressaram, arrastando os pés de tal modo que quase caíram. Quando chegaram ao outro lado, pararam para recuperar o fôlego, e novamente Ashley ficou ali imaginando.

Era só isso que restava a essas senhoras: motoristas irritados, impacientes com o passo lento delas e com suas dificuldades físicas? Era essa toda a atenção que elas receberiam naquele dia?

O fato mais chocante sobre a lembrança era que, enquanto as perguntas vinham, o rosto de Ashley ia ficando mais molhado. Ela abaixou o retrovisor e contemplou seu reflexo. Algo estava acontecendo com ela, algo que há meses não acontecia. Na verdade, há anos.

Ela estava chorando.

E foi então que ela percebeu a profundidade de seu problema. O fato era que suas experiências a haviam tornado cética. E, se queria criar uma obra de arte inesquecível, ela precisava de algo mais do que uma tela e um pincel: precisava de um coração terno e quebrantado, capaz de sentir as coisas de maneiras esquecidas por ela há muito tempo.

Naquela tarde, enquanto observava as duas idosas, um pensamento ocorreu a Ashley Baxter. Talvez ela tivesse inadvertidamente tropeçado em um modo de recuperar a suavidade que há muito havia morrido dentro dela. Se queria um coração transformado, talvez precisasse apenas passar um tempo com os idosos.

Era por isso que o anúncio no jornal da manhã lhe tinha um apelo tão grande.

Ela dirigiu lentamente, olhando o número das casas, até que encontrou a que estava procurando. Faltavam cinco minutos para sua entrevista. Ela parou na calçada, tomando tempo para estudar o lado de fora do prédio. "Casa de Repouso para Adultos Sunset Hills", dizia a placa. O prédio era na maior parte de tijolo, com algumas seções pequenas de tapume bege e um telhado bastante desgastado e arqueado. O caminho de grama na frente estava bem-cuidado, sombreado nas laterais por um par de macieiras novas. Um amontoado de roseiras lutava para produzir algumas flores vermelhas e amarelas na frente de uma ampla janela à direita da porta. Uma mulher de cabelos grisalhos duros e crespos, com pele flácida, olhou para ela através do vidro empoeirado com olhos nervosos e vazios.

Ashley respirou fundo e inspecionou o local mais uma vez. Parecia bom o suficiente, o tipo de instalação que atraía pouca ou nenhuma atenção e servia bem ao seu propósito. Como seu pai chamava casas como esta? Ela pensou por um momento, e o nome lhe veio: *Salas de espera do céu*.

Sirenes soaram à distância, muitas delas. Sirenes normalmente significavam uma coisa: que seria um dia agitado para seu pai. E, talvez, para Landon Blake. Ashley esqueceu o som e se olhou no espelho. Até ela podia ver a semelhança de gêmeas entre ela e Kari, sua irmã mais velha. Fora os olhos de Kari, que eram castanhos enquanto os seus eram azuis, elas eram quase idênticas.

Mas as semelhanças paravam aí.

Kari era boa, pura e estoica, e mesmo agora, cinco meses após a morte do marido, com uma bebê de dois meses de idade para cuidar sozinha, poderia facilmente encontrar uma razão para sorrir, para acreditar no melhor sobre a vida e o amor.

E Deus, claro. Sempre Deus!

Ashley mordeu os lábios e abriu a porta do carro. A determinação misturava-se ao ar úmido do verão quando ela pegou a bolsa e se dirigiu até a entrada. A cada passo, ela pensava mais uma vez naquelas duas senhoras de idade, em como ela havia chorado pela condição solitária, isolada e esquecida delas.

Quando Ashley chegou à porta da frente, um pensamento lhe ocorreu. A razão pela qual as mulheres tinham sido capazes de aquecer os lugares frios de seu coração, de repente, estava clara. Em todos os sentidos que importavam, ela era como elas.

***

Não havia modo de sair.

Landon Blake estava preso no segundo andar em algum lugar no meio do prédio de apartamentos em chamas. Paredes incandescentes queimavam de cada lado dele e, pela primeira vez desde que havia se tornado bombeiro, Landon havia perdido a noção das saídas. Cada porta e cada janela havia sido alcançada pelo fogo.

Seu parceiro tinha de estar em algum lugar ali por perto, pois eles se separaram para verificar os cômodos mais rapidamente. Agora, o fogo havia se tornado tão intenso que ele não tinha certeza de que conseguiria encontrar o companheiro a tempo. Landon pegou o rádio do bolso da jaqueta e colocou-o perto de sua máscara de ar. Então, ele virou uma válvula para que suas palavras fossem entendidas.

— Socorro! Socorro!

Ele colocou o rádio perto do ouvido e esperou, mas só havia o crepitar da estática como resposta. Alguns segundos se passaram, e a voz de seu capitão soou no rádio.

—Tenente Blake, relate seu paradeiro.

A esperança brilhou no coração de Landon. Ele colocou o rádio perto da válvula na máscara mais uma vez.

—Tenente Blake pedindo socorro, senhor. Não consigo encontrar a saída daqui.

Houve uma pausa.

— Tenente Blake, relate seu paradeiro.

O estômago de Landon se contorceu.

— Eu estou no segundo andar, senhor. O senhor está me ouvindo?

— Tenente Blake, aqui é seu capitão. Informe seu paradeiro imediatamente! — Uma breve hesitação se seguiu. Então, o tom de voz do capitão se tornou urgente. — EIR, entrar no prédio agora! Informar sobre o segundo andar. Repito, EIR, informar sobre o segundo andar.

EIR? Landon se esforçou para respirar normalmente. EIR era a Equipa de Intervenção Rápida, os dois bombeiros que aguardavam em estado de alerta em qualquer trabalho para o caso de alguém do pelotão se perder no incêndio. A ordem só podia significar uma coisa: o rádio de Landon não estava funcionando. Seu capitão não tinha ideia de que ele tinha se separado do parceiro ou por onde começar a procurá-lo.

Landon passou pelo corredor enfumaçado e ouviu o rádio voltar à vida. Ele o segurou perto do ouvido.

— Isto é um alerta. Temos dois homens presos no segundo andar, e o rádio deles não está funcionando. Unidades de apoio estão a caminho, mas até lá eu preciso de todos no prédio. Vamos!

Ele tinha razão: os rádios não estavam funcionando. *Deus amado, nos ajude...*

Landon lutou contra uma onda de medo. Ele havia sido treinado para, em situações como esta, fazer a varredura do ambiente para encontrar vítimas e, em seguida, abrir caminho para fora do prédio. Deveria escolher o lugar mais provável para uma saída e abrir caminho em meio às chamas e aos vidros quebrados. Fazer o que fosse preciso para sair do edifício.

nosos que iriam matá-lo em questão de minutos – se os destroços não o sepultassem primeiro.

Seu tanque de ar ainda estava meio cheio, então o menino provavelmente estaria respirando bem – enquanto Landon permanecesse consciente o suficiente para compartilhá-lo com ele.

O calor era sufocante. O visor do capacete era projetado para derreter com 180 graus – um aviso de que o bombeiro estava em uma situação perigosa. Landon olhou para cima e viu um gotejamento lento e constante de plástico vindo de logo acima da testa.

É isso. Não há saída.

Ele se sentia desmaiando, caindo no sono. Pegou a máscara mais uma vez, engoliu mais uma lufada de ar e, em seguida, colocou firmemente a máscara de volta no rosto da criança. *Mantenha-me acordado, Deus... por favor.* Ele quis dizer as palavras em voz alta, mas sua boca não cooperava. Aos poucos, a dor, o ruído e o calor ao seu redor começaram a se turvar.

Estou morrendo, ele pensou. *Nós dois vamos morrer.*

E nas sombras de sua mente, ele pensou sobre as coisas de que sentiria falta. Ser marido, um dia, e pai. Envelhecer ao lado de uma mulher que o amasse, permanecendo ao lado dela ao longo dos anos, vendo os filhos crescerem.

Uma lembrança doce e clara lhe veio à mente. Sua mãe, franzindo a testa quando soube de sua intenção de combater incêndios. "Eu me preocupo com você, Landon. Tenha cuidado." Ele sorriu e beijou a testa dela. "Deus quer que eu seja bombeiro, mãe. Ele vai me guardar em segurança. Além disso, ele sabe o número dos meus dias. Não é isso que você sempre diz?"

A lembrança desapareceu quando a fumaça desceu queimando sua garganta novamente. Uma dormência sombria pairou sobre a mente de Landon, e ele foi atingido por uma grande tristeza. Prendeu a respiração enquanto a fumaça sufocava o pouco de vida que restava nele. Ele já não tinha mais forças para forçar nem mesmo uma tossida, para tentar respirar um ar limpo pelo menos mais uma vez. *Então é isso, Deus. É isso.*

Sua morte iminente o encheu, não de medo, mas de uma paz meio amarga. Ele sempre soube dos riscos de ser bombeiro. Aceitou de bom grado todos os dias que pôde vestir o uniforme. Se este incêndio significava que seus dias findaram, então Landon não tinha arrependimento nenhum.

Exceto um. Ele não teve a chance de dar adeus a Ashley Baxter.

UMA PALAVRA DE KAREN KINGSBURY

Quando Gary Smalley entrou em contato comigo para escrever ficção com ele, eu me arrepiei.

Quando ele disse: "Pense em uma série", senti um branco. Durante semanas, orei sobre a ideia da série, pedindo a Deus para me mostrar exemplos que ilustrassem melhor as verdades relacionais ensinadas por Gary Smalley e pelo pessoal do Smalley Relationship Center (Centro de Relacionamentos Smalley).

Ideias vieram, mas pareciam muito pequenas para algo tão grande e que pudesse mudar vidas como o sonho que eu e Gary passamos a compartilhar.

Então, um dia, eu estava em um voo doméstico saindo de Colorado Springs, quando Deus literalmente me deu a série *Redenção* – títulos, exemplos, personagens, temas, trama e tudo mais. Tudo isso foi parar em meu notebook enquanto arrepios percorriam minha espinha.

Normalmente, eu não me vejo chorando quando escrevo a sinopse de um romance. Posso imaginar as lágrimas que ele poderia trazer. Eu sei onde a história vai mais tocar meu coração. Mas eu, realmente, não choro. Naquele voo, porém, as lágrimas vieram abundantemente. Eu podia ver a família Baxter, cada pessoa, e nessas horas eu os conheci: seus medos e desejos, seus pontos fortes e fracos, as coisas que os arrasavam e as que lhes davam esperança. Chorei por todas as situações pelas quais fiz a família Baxter passar. Mas também chorei por aqueles que sairiam vitoriosos por se manter sob a influência do amor e por causa da redenção do Deus misericordioso.

Em alguns sentidos, os livros da série *Redenção* serão lidos como muitos de meus outros romances. Os personagens vão ser falhos; terão seus problemas, os mesmos que você e eu enfrentamos, apesar de nossa fé. Normalmente, não deixo meus leitores curiosos para saber o que aconteceu com os personagens. Mas, no caso da série *Redenção*, algumas perguntas ficarão sem resposta. Questões não serão resolvidas até o final. Em alguns sentidos, eu gostaria de poder contar agora o que acontecerá com John, Elizabeth, Brooke, Kari, Ashley, Erin, e Luke. Mas não posso.

Os livros que virão estão escritos nas páginas do coração de Gary e no meu, mas ainda têm de ser digitados. À medida que surgirem, nós os apresentaremos a vocês.

As prateleiras das livrarias estão repletas de todos os tipos de romance, mas meus favoritos sempre serão os que contêm uma história de amor. Não o clichê um-garoto-conhece-uma-garota, mas histórias de amor comovente, inesquecível: o amor verdadeiro. Acredito que é o que Deus me deu naquele dia no avião – uma série de histórias reais de amor, que teria o poder de mudar nosso jeito de ver e de pensar o amor.

Gary e eu oramos para que, ao desfrutar da série *Redenção*, você obtenha um profundo entendimento sobre como Deus pode resgatar relacionamentos quebrados, como o amor brilha seus raios mais fortes à sombra da presença dele. Talvez, ao embarcar nos próximos anos com os Baxter, você se dará conta de que estará expressando sua nova compreensão sobre isso em seus próprios relacionamentos.

E talvez – apenas talvez – a série *Redenção* o ajude a mudar a maneira de conviver com o outro, a maneira como você ama.

Deixo a você a mensagem de *Redenção*: que não importa quem você é ou onde esteja, não importam as estradas que trilhou, Deus ama você e quer ter um relacionamento profundo com você. A Bíblia diz que o Senhor é zeloso, que significa que é ciumento, apaixonado pela relação com você (Êxodo 34.14). Ele se importa tanto com a restauração de seu relacionamento com Ele que enviou o próprio Filho à cruz para redimir você. A Bíblia diz que aceitar o dom divino da redenção é o primeiro passo para um relacionamento restaurado com Ele.

Se precisa saber mais sobre a redenção que Deus tem para você, peço que entre em contato com uma igreja perto de sua casa, que creia na Bíblia e fale com um pastor – alguém como Mark, pastor da Clear Creek Community Church. Em seguida, tome a decisão de aceitar a redenção enquanto ela ainda pode afetar profundamente sua vida.

Mas não espere. A verdade é que muitas vezes não há muito tempo para se fazer o que é certo. Se ignorarmos a redenção de Deus hoje, amanhã poderá ser tarde demais. O melhor momento para dizer sim ao Senhor, sim a um relacionamento restaurado com ele e com os outros em sua vida, é agora.

Obrigada por viajar pelas páginas de *Redenção* ao nosso lado. Espero que você passe este livro para outra pessoa e depois fique de olho em *Lembrança*, o segundo livro da série *Redenção*.

E, enquanto isso, que você se veja andando perto de Deus, desfrutando a jornada da vida e celebrando a dádiva da redenção.

Como sempre, eu gostaria de ouvi-lo. Por favor, escreva para mim, Karen@KarenKingsbury.com, ou visite www.KarenKingsbury.com.

Que Deus abençoe a você e aos seus. Humildemente,
Karen Kingsbury

UMA PALAVRA DE GARY SMALLEY

Por vários anos, tive o sonho de criar uma ficção, reunindo uma série de romances que ilustrasse o que acredito que Deus ensina sobre relacionamentos. Durante as últimas três décadas, escrevi muitos livros sobre como restaurar relacionamentos quebrados. Mas nada toca o coração, nada concretiza a verdade tão bem como uma boa história.

UM SONHO SE REALIZA

Alguns anos atrás, me deparei com um romance de Karen Kingsbury e o li em um voo longo. No meio do voo, meu filho Greg me deu uma cotovelada nas costelas. "Papai..." Ele olhou nervosamente ao redor para ver se alguém estava olhando. "Você está chorando muito alto. Está tudo bem?"

Eu não tinha palavras. Eu simplesmente apontei para o livro e continuei chorando.

Os livros de Karen foram os primeiros que realmente me fizeram chorar. Desde então, tenho lido tudo o que ela escreve. É claro para mim que Deus lhe deu um dom especial, uma capacidade de criar histórias que não só tocam corações como também transformam vidas.

Imediatamente, Karen se tornou minha autora de ficção favorita. Ela também me deu uma ideia. E, ao conhecê-la, de repente pude ver meu sonho de colaborar com um escritor de ficção tomando forma. Meus temas e minhas lições sobre relacionamentos... com a narrativa dela. Tivemos uma reunião naquele verão, e Deus deu-nos ideias para nossa série *Redenção*.

A série acompanhará a vida de John e Elizabeth Baxter e de seus cinco filhos adultos, cada um deles tentando encontrar seu caminho na vida — às vezes com Deus; outras, sem ele. A série seguirá caminhos de dor e de prazer, de tragédia e de lágrimas que acontecem na vida de Brooke, Kari, Ashley, Erin e Luke.

Os Baxter, seus cônjuges e seus amigos experimentam as mesmas dificuldades que cada um de nós enfrenta – o anseio por amor duradouro, a mágoa de relacionamentos quebrados, o medo do desconhecido, os questionamentos sobre o futuro, a tristeza da perda e a alegria de relacionamentos restaurados. Com o tempo, você conhecerá os Baxter como se eles fossem seus vizinhos ou membros de sua própria família. Meu palpite é que você mesmo vai acabar se vendo em um ou em mais deles.

No final de cada livro, Karen e eu apresentaremos perguntas que podem ser usadas para clubes de leitura, pequenos grupos ou como um guia para reflexão pessoal.

O resumo de tudo é este: a série *Redenção* é meu sonho realizado, ficção que tocará e ensinará corações que buscam por isso. Estou convencido de que esses livros irão fazê-lo rir e chorar. Eu sei que eles irão deixá-lo com uma compreensão mais profunda de como você pode construir relacionamentos preciosos com as pessoas em sua vida.

Espero que você goste da viagem.

REFLEXÕES SOBRE RELACIONAMENTOS

A maioria de nós é como os Baxter: queremos relacionamentos profundos, mas frequentemente passamos a vida atordoados – ferindo e sendo feridos pelas pessoas a quem amamos. No processo, acabamos com relacionamentos quebrados e distantes.

No caso de Kari, seu relacionamento com o marido – o homem com quem queria o mais íntimo e profundo relacionamento – foi ferido e quebrado. Ela tinha uma decisão a tomar: deveria ficar com ele e amá-lo sem se importar com mais nada ou fazer o que a maioria das pessoas acha que ela deveria fazer: dar-lhe o divórcio que ele queria e viver a sua vida?

Kari fez uma escolha difícil. Ela decidiu amar Tim incondicionalmente.

O amor é uma decisão. Nem sempre uma decisão fácil.

Você, talvez, esteja diante de uma situação semelhante. Quem sabe, seu casamento esteja frio ou até mesmo quebrado, e você precisa decidir o que fazer. Talvez você seja como muitos dos filhos da família Baxter e se sinta desconectado dos demais membros da família, ainda que lhes corra nas veias o mesmo sangue. Por outro lado, você pode ter sido ferido por um amigo e ter de decidir se vai ou não permanecer no relacionamento.

Seja qual for sua situação, há esperança. Deus pode redimir nossos relacionamentos quebrados e restaurá-los totalmente. Sim, o Senhor pode nos dar a força e a graça para amar em meio a circunstâncias difíceis.

Se você está lutando com um casamento difícil, estou interessado em você. Oro para que Deus redima e restaure esse relacionamento. Se você se lembrar, uma das ferramentas que Deus usou para restaurar o casamento de Kari e Tim foi uma coisa chamada casamento intensivo, uma experiência de aconselhamento direto que os ajudou a entender como eles estavam ferindo um ao outro e como poderiam reconstruir o casamento. Essa mesma ajuda está à sua disposição. Se você quiser participar de um casamento intensivo ou se precisar de ajuda com relação a outro relacionamento, entre em contato conosco:

The Smalley Relationship Center
1482 Lakeshore Drive
Branson, MO 65616

Fone: (800) 84-TODAY (848-6329)
FAX: (417) 336-3515
family@smalleyonline.com
www.smalleyonline.com

Guia de Estudos

Use estas perguntas para reflexão pessoal ou para discutir em um clube de leitura ou em outro pequeno grupo.

1. Com qual personagem você mais se identificou no livro? Por quê?

2. Qual personagem você mais gostaria de ser? Por quê?

3. Em que aspectos você viu o tema da redenção agindo no livro? Quais personagens neste livro trataram de aspectos da redenção e como eram essas diferentes facetas para os diversos personagens? Descreva como a redenção atuou na vida dos personagens principais.

4. Onde você vê a redenção em sua vida? Reflita sobre uma ocasião em que você necessitou da redenção de Deus e a encontrou. Como isso aconteceu?

5. Quais personagens exemplificam melhor o tipo de amor que você gostaria de ter em seus relacionamentos? Como eles expressaram amor?

6. *Redenção* trata de muitas dificuldades de relacionamento. Com qual delas você mais se identifica? Em que aspecto sua luta é similar? E em qual é diferente? O que você sente faz com que não saia do lugar em sua luta? O que é preciso para que você avance?

7. O que você achou da decisão de Kari de permanecer casada? Como ela demonstrou o que decidiu? Foi algo fácil para ela? O que ameaçou sua decisão?

8. Liste alguns dos atributos que possam descrever o amor que Kari tinha pelo marido. Como esses mesmos atributos podem ser úteis – ou mesmo possíveis – em sua vida?

9. O que, por fim, transtornou Tim? O que o impediu de amar Kari como havia prometido que a amaria? Qual desses obstáculos você vê em sua vida? O que você pode fazer sobre isso?

10. O que você pensa de Ryan Taylor? Descreva o tipo de amor que ele tinha por Kari durante a primeira metade do livro. Como aquele amor mudou? Em quais relacionamentos você ama as pessoas como Ryan inicialmente amava Kari? E o que você pode fazer para mudar?

11. Muitas pessoas aconselharam Kari sobre a situação dela. Se ela lhe pedisse conselhos, o que você diria a ela? Por quê?

12. Se Tim viesse pedir seu conselho, o que você lhe teria dito. Por quê?

12. E se fosse Ryan a procurá-lo em busca de orientação? O que você lhe teria dito. Por quê?

14. Os irmãos de Kari são importantes para ela. Descreva a relação que ela tem com cada um. E descreva o relacionamento que você tem com seus irmãos.

15. Descreva o relacionamento entre John e Elizabeth Baxter. Quais foram alguns dos sinais sutis e das maneiras práticas pelos quais mostraram amor um pelo outro? Quais são as formas práticas que você usa ou pelas quais pode mostrar seu amor pelas pessoas?

16. Como o matrimônio de John e Elizabeth Baxter afetou o casamento de Kari e Tim? Qual o impacto que seu casamento (ou de seus outros relacionamentos íntimos) tem sobre as pessoas ao seu redor?

17. A Clear Creek Community Church desempenhou um papel significativo na vida de vários membros da família Baxter. Que influência positiva as pessoas da igreja têm sobre os vários membros da família? Foi efetivo o envolvimento da igreja com a família ou você queria que os cristãos lidassem com a situação de forma diferente? Explique. Qual o papel que seus amigos ou líderes da igreja que você frequenta têm em seus relacionamentos?

18. Os conselheiros no casamento intensivo falaram a Kari e a Tim sobre sua dança pessoal. Isso incluiu reconhecerem seus medos mais profundos, analisarem suas atitudes e reconhecerem que isso estava causando distância entre eles. Veja se você pode identificar sua própria dança e como ela acontece em seus relacionamentos mais profundos. Os passos de sua dança estão trazendo você para mais perto das pessoas a quem ama ou aumentando a distância entre vocês?

19. Quais relacionamentos na família Baxter ainda precisam ser restaurados e redimidos?

20. Ao longo de *Redenção*, Deus encontra formas criativas de falar com as pessoas. Como Deus fala com você? Ao mesmo tempo, considere as formas do inimigo e de sua voz o distraírem. De que forma o inimigo está tentando distraí-lo?

Este livro foi composto em Fairfield LT e
Univers e impresso pela RR Donnelley
para a Editora Planeta do Brasil,
em janeiro de 2015.